解套

Jietao

郜治治 著

SPM

南方出版传媒

广东人民出版社

· 广州 ·

图书在版编目（CIP）数据

解套 / 邰治冶著. —广州：广东人民出版社，2020.10

ISBN 978-7-218-14516-7

Ⅰ．①解… Ⅱ．①邰… Ⅲ．①长篇小说—中国—当代
Ⅳ．①I247.5

中国版本图书馆CIP数据核字（2020）第190797号

Jie Tao

解 套

邰治冶 著

出 版 人：肖风华

责任编辑：汪　泉
装帧设计：莎　莎
责任技编：吴彦斌

出版发行：广东人民出版社
地　　址：广州市海珠区新港西路204号2号楼（邮政编码：510300）
电　　话：（020）85716809（总编室）
传　　真：（020）85716872
网　　址：http://www.gdpph.com
印　　刷：广州市浩诚印刷有限公司
排　　版：广州市友间文化传播有限公司
开　　本：787mm×1 092mm　1/16
印　　张：20.25　字　数：350千
版　　次：2020年10月第1版
印　　次：2020年10月第1次印刷
定　　价：58.00元

如发现印装质量问题，影响阅读，请与出版社（020-85716849）联系调换。
售书热线：（020）85716826

解套
Jietao

目录
CONTENTS

目录
CONTENTS

下岗离异

　　苏宏玮怎么也没想到，如果他不与小关签那份房屋买卖合同，余惠文或许不会和他马上离婚；如果不是公司房租到期，他也不至于下岗。然而这一切，好像一双无形之手早给他安排好了似的，一起聚集在2007年秋天这个节点。让他跟房子扯上了说不清、道不明的关系；让他的家庭分崩离析；让他的工作一夜之间丢失。虽然为了买房办了假离婚，但他并不愿弄假成真；虽然公司不景气，他也不愿下岗失业。然而，生活没有如果，该来的总会来，就像天要下雨、娘要嫁人一样，根本不以人的意志为转移，这就注定了苏宏玮的命运从此发生了根本逆转。

　　……

　　早上，苏宏玮刚来到公司，就被通知开会，老板在会上怀着十分沉重的心情宣布：公司目前难以为继，正赶上房租到期，已无资金继续周转，只好关门歇业，待时机好些，再召回大家，继续奋斗、开疆拓土。苏宏玮是部门经理，公司的情况他一清二楚。尽管他早就知道公司已奄奄一息、苟延残喘，但他还是没想到倒闭得这么快。当结果突然推至他面前时，他和他的同事都怔住了。他不光感到吃惊，更感到无所适从——这就意味着从现在开始，他成了失业大军中的一员，正式下岗了。还是在多年前，自打从国有企业失业后，"下岗"这个名词，就如达摩克利斯之剑一样，始终悬在他的头上摇来晃去，时刻令他惴惴不安。如今当真又品尝了这种苦头时，他才真切体会到"苦涩"一词所蕴含的全部要义。说白了他不仅仅是单纯的下岗失业，而且还要顶着无能、失败、被炒鱿鱼、被抛弃、时代弃儿等一堆难堪、尴尬的标签。光这让人不堪忍受的歧视性语境，就足以让这个男人瞬间颜面扫地、矮人三分。

快六点了，苏宏玮怀着郁闷的心情走出公司。五年了，他就在这里出出进进，付出的是心血和汗水，得到的只是那点可怜的工资，到头来还被老板的一句轻飘飘的话打发了。他感觉自己就像一条忠诚的狗被主人一脚踢出了门一样，流落街头；他更觉得自己像一头年迈的老马，如歌曲《三套车》中的所唱的一样，被主人无情地卖掉，无尽的苦难正等着它。然而，这就是现实，而且是无法更改的现实。虽然他内心一直企盼老板能私下多给他几句安慰抑或鼓励的言辞，但从上午宣布倒闭那一刻起，他就再也没见到老板的踪影。直到下班了，他才怀着万千复杂的心绪走出公司。别了，熟悉的环境；别了，赖以生存的空间。望着陆陆续续走出大厅的人们，望着那些熟悉的场景，苏宏玮虽有千万个不舍，但满眼只有无奈。那一刻，他的心在哭泣。

大街上来往的人群熙熙攘攘，川流不息。每个人都行色匆匆、神情漠然地与他擦肩而过，没有人关注他的存在，更没有人知道他此刻在想什么，苏宏玮第一次感到如此的孤独。望着来来往往的人群，望着疾驰而过的车辆，看着鳞次栉比的高楼大厦，他的心充满了悲凉。没人能体会他内心是多么的茫然，更没人知道他是多么的凄苦。大街上飘来汪峰的歌曲："我在这里祈祷，我在这里迷惘；我在这里寻找，在这里失去；我在这里活着，也在这儿死去……"狂野嘶哑的呐喊声唱出了他内心无尽的悲凉，让他感到此刻自己就像一只断线的风筝，飘飘荡荡没个着落……

再往前走，郁闷中又听见了地摊上响起崔健的摇滚歌曲——《一无所有》。那歌声响彻寰宇，直往他的耳朵里砸，震得他不时头皮发麻，懵懵懂懂。他现在是彻底地一无所有了。虽然表面上还有妻儿，但他那强势、刻薄的老婆，如果得知他又下岗了，说不定会用怎样刻薄的语言来打击他本来就脆弱的心灵。两人同床异梦、貌合神离，心早已越来越远了。苏宏玮已有预感，这次恐怕真的要弄假成真、分道扬镳了！

刚到立交桥，手机响了。他拿出来看了看，原来是做中介的小关打来的。接通后，小关说："苏大哥，有套房子太便宜了！三房，一百二十平，新装修不久，可以拎包入住，产权九八年，楼层五楼，采光、通风极好，才三十万。又是学区房，交通便利，以现在的行情，转手也能赚个五六万，不知您是否感兴趣？"听了小关的介绍，他的心动了一下，想着反正闲着也是闲着，过去看看也无妨，就回话说："你等着，我过去看看。"说完就直奔小关的中介店。

看过了房，苏宏玮真没想到，这套房子无论从哪个方面讲都要比他们刚刚卖掉的那套旧房好得多，而且价格也便宜得多，除了小关介绍的优势外，卖家因急等用钱，同意再降一万元成交。如此利好，让苏看到了巨大的获利空间，即便现在转手倒卖也能赚个五六万。真是上帝为他关上了一道门，却为他开启了一扇窗，刚刚下了岗，就捡了这样一个大便宜，也算是给了他心理上的一丝安慰。基于这样的判断，他当场就交了订金，签了买卖合同。

带着一个下岗的坏消息和一个买房的好消息回到了家，他不知该如何向妻子开口。思忖再三，他决定还是先把好消息告诉她。本指望得到妻子的认可，让她先高兴一下再谈下岗的事，没想到余惠文听完后，当即变脸道："你买房怎么不跟我说一声，是疯了还是傻了？这时候除了你，还有人买房吗？这个家早晚得让你给败了！"

让妻子劈头盖脸地一顿数落，苏宏玮的心情一下糟糕透顶，火气不由得冒了上来。多年来，他为了家庭和谐，一直迁就妻子，克制自己。谁知她非但不领情，反而认为自己懦弱。人的忍耐是有限度的——老虎不发威你以为是病猫，今天就给你看看马王爷头上长了几只眼？他怒不可遏道："什么疯了、傻了、家让我给败了？你说的是人话吗？本来是一套很便宜的房子，买来转手一卖也能白赚一笔，我还没有把话说完，你就不问青红皂白朝我发火，像你这样的女人，除了我，哪个男人受得了？"

余惠文斜看了苏宏玮一眼说："终于说实话了，原来这些年你都是装的？好啊，真是委屈你苏宏玮了，既然如此，咱们就正式离吧，省得你跟我痛苦一辈子！反正离婚手续早就办过了，无须再走过场，从现在起，咱们各过各的。"

苏宏玮一听妻子这话，血脉一下贲张，他一直担心余惠文说出这话，现在她终于说出口了。还好没有提到下岗的事，否则她指不定还要说出什么难听的话。既然她提出离婚，自己还有什么可留恋的？于是发狠道："离就离，谁怕谁？离了张屠夫，难道还吃带毛的猪！"

余惠文也感到事态严重，话已出口，覆水难收！但她历来在苏宏玮面前强势，这次也不可能示弱，即便是错了，也要错到底。想了想说："旧房子已经卖了，钱咱俩各一半，新房子每人一套，你的房子你交按揭，我的我交。孩子归我，你每个月交一千元抚养费，这条件你没意见吧？"

苏不假思索地说："好，没意见，每年一万二，我今天就交一年的。"

余惠文强忍着泪水道："还有，家里需要带什么东西，你可以带走！"

苏宏玮咬咬牙说："家里的东西我一样不要，家都没了，还要这些干什么？"

两个人吵完架后，苏宏玮开始收拾自己的衣物。听到屋中余惠文在嘤嘤地哭泣，那声音仿佛从极力压抑着的缝隙中挣脱了出来，有如裂帛般撕心扯肺的声线，让苏宏玮忽然涌出一种从未有过的悲哀："我自狂歌空对日，飞扬跋扈为谁雄？"要不是这场金融危机带给企业灾难，他也不至于下岗；要不是房地产出现"拐点"，搅得人心惶惶，妻子也不至于蛮不讲理，和他分道扬镳。"夫妻本是同林鸟，大难当头各自飞！"想着想着，不觉悲从中来，眼泪不由得夺眶而出……

家就这样散了，他没告诉任何人，只是在城乡结合部的单身公寓里租了一间房，算是落脚处。想到十二年前初来南厦，还有一套公家的宿舍给他住，如今连宿舍都没了，这让他看清了自己眼下四面楚歌、走投无路的境地！他真不知道接下来该怎么办了。就在他彷徨无助的时候，手机响了，原来是小关打来的："苏大哥，啥时去交易呀？房东急得很，他等钱用！"

"房子可以买，但我已经有一套房挂在名下，不知房管局能否过户？"苏宏玮老实回答说。

"已有一套肯定过不了户。这样吧，如果你相信我的话，看在咱们兄弟一场的份上，这套房可以我的名义购买，然后咱俩再到公证处做一份全权委托合同，房子还是你的，贷款也是你来交，就算我帮哥哥忙了，咋样？"小关想了一下，提出了这个建议。

"好的，我相信你，等委托公证书出来后，帮我找一家银行，把贷款的事也办了。房子挂牌继续卖，可再加上十万元！"苏宏玮苦笑了一下说。

"行，等我电话。愿苏哥发财！"

挂了电话，苏宏玮的心里稍稍得到了一丝安慰。也罢，船到桥头自然直。走一步看一步呗，活人总不能让尿憋死。

他下楼买了几份报纸，想看看有没有单位招聘的信息，却从楼市版面上看到了一连串耸人听闻的标题，什么跳楼价、房东破产、业主含泪大甩卖等。这半年，全国的楼市几乎一致的是衰风四起、肃杀一片，所有的媒体上几乎无一例外地充斥着这样的信息和评说。房子成了全民的焦点，衰风之下各种匪夷所思的现象也频频冒出。一连几日，他很少出门，就窝在家里看报纸，找信息。无独有偶，《南厦日报》刊登了这样一条信息："为确保银行信用，本人愿以一元价格转让位于滨海大道湾区六号楼近一百六十七平方米商品房一套。有意者电话联系：×××××。"苏宏玮看得心惊肉跳：为什么会有如此不可思议的现象上演呢？想起自己刚刚从小关手上买的这套房，是不是真的会砸在自己手里，就像余惠文讲的，自己干了一件傻事？此时，他的心里七上八下的忐忑了好一阵子，平静下来后还是觉得事情不会那么糟。这不是正常的经济秩序，衣食住行是人类基本的生存所需，无论是谁，今天不买房不等于明天不买，没有房你总不能睡到马路上吧？这是一个最简单不过的道理，他就不信房地产行业会一直这么萧条下去。他忽然萌生出一个想法，照着报上的电话打了过去。接电话者是一个三十多岁的年轻人，他告诉苏宏玮，他是半年前买的这套房。当时他的加工企业运转情况尚可，偿还按揭款的能力还行，没想到下半年形势急转直下，他的企业受制于资金的压力，已濒临倒闭的边缘，他买了房子但已无力偿还按揭。他是做企业的，无论如何，要保证银行信用不能受损，他相信自己还有东山再起的一天。眼下他只能忍痛割爱，放弃这套年初购买的房产。这位姓郑的老板向苏说了这么多，让他感慨万千。大千世界，芸芸众生，到这时候还有人考虑自己的信用，实在是难能可贵。他内心祝愿这位郑老板日后必能东山再起，财源滚滚。接着，两人到市公证处办理了全权公证委托，将这套167平方米的房子转到苏宏玮的名下。虽然合同写的是一元钱，但苏宏玮还是口头答应将来形势好转，定将他的首付款如数奉还。郑姓老板听了虽半信半疑，但还是很高兴，两人因此成了朋友。苏宏玮也不知自己大脑发烧到什么程度，他只是觉得好奇，他要赌一把，即使跌进谷底，又能怎样？他不愿想太多了，走一天看一天。眼下他还能交按揭款，未来却只能是"傻子睡凉炕，全凭命运撞"了。

晚上，苏宏玮一人喝起了闷酒。肖元凯来电话了："兄弟，吃饭没？出来喝一杯？"

"来吧，我在南山路的'一品鲜'。"苏回复说。

肖和苏宏玮同是北方大学的校友，苏来南厦一家信托投资公司上班时，正赶上该公司面向全国招聘人才，于是他介绍肖也来应聘。不料还没到五年，公司在清理整顿中解散了。两人都以为是国有企业，旱涝保收，起码是个铁饭碗，没承想双双下岗。苏还好，虽下岗却没失业，当时被下派到一家所属房地产公司做销售经理。肖就没那么好运了，公司宣布倒闭他就失业了。苏每想起这事，总有万分歉意：若不是自己拉他来，哪会有今天的结局？愈这样想，愈增加了歉疚感。

苏宏玮到了房地产公司，干起了房子的买卖。也就是那时，他发现一些当地人开始做起炒楼花的生意来。他们开始拿两万或五千元订金从售楼处拿走大套一百三十多平方米或小套五十多平方米的预订合同，然后到外面倒卖，少则赚五千元，多则二三万元。时间长了，大家也熟悉了，为了炒房方便，他们开始鼓动苏也加入炒楼花的行列。苏开始还不敢介入，一位姓陈的本地人索性从他手里拿走五千元，没过六天就悄悄塞给苏宏玮五千元，并告之是替他卖楼花所赚的利润，现又帮他另买了一套。苏虽心慌得不行，但那些人却得心应手、不以为然。有此关系，他们如鱼得水，楼花炒得更欢了。有一次请苏吃饭，老陈酒后吐真言称前天他刚买一楼花还没三天就赚了八万元。苏想想自己一年才不过五六万的收入，而老陈两天就获利八万，这真让他开了眼界，也颠覆了他靠工资谋生的观念。此后，他便加入这行。为了救赎，他又拉肖元凯入伙。肖此时应聘进了一家广告公司，钱也不多，见苏宏玮拉他炒房，自然喜出望外。两人美美地干了一年多，每个人包里都多了近二十万元。而这条路又让肖元凯找到新的发财之道，不到两年，他就辞掉广告公司的工作，开始了专业的炒房生涯。他现在手里大小有十二套按揭房，形势走到今天，他像热锅上的蚂蚁，惶惶不可终日。但在人面前，他还装得像没事人一样。今晚他约苏宏玮就是想听听老同学的意见，帮他拿个主意。

不一会，肖元凯到了，人还没进屋，声音先传了过来。"一人不喝酒，二人不耍钱。到这儿来喝酒，想必是有心事？"

"老婆离了，自己下岗失业，好事都让我摊上了！"苏宏玮说完给肖元凯倒上，两人碰了一杯。

"怎么回事，开玩笑吧？"肖元凯漫不经心地说。

"有拿家庭和工作开玩笑的吗？"苏拿起酒杯碰了一下，独自干了。

"说说吧，怎么回事？"肖元凯这回郑重起来。

苏宏玮于是把事情前前后后叙述了一遍，末了说："我现在是一无所有，再没什么可牵挂的人和事了！"

"我怎么没你这样的好运气？我那老婆一身滚刀肉，打死也不离婚，言称和我生死相依，不离不弃。你说气人不气人？"肖元凯说不上是感慨抑或是自豪。

"你最近怎么样，那些房子处理得怎样了，银行的官司撤诉了吧？"苏宏玮给肖元凯倒了一杯酒问。

"按照你的建议,前些日子我赔本卖了两套房,终于把几个窟窿堵上了,现在他们都已撤诉,暂时算是告一段落。如果到了期限,形势还不见好转,我只能再卖第三套了!"肖元凯表情无奈,面容沮丧。

苏宏玮知道一个多月前肖元凯就曾找过他,并告之因无法按时缴银行按揭款,已被两家银行告上法庭。他当时就给肖出了个主意,让他在最短的时间内宁愿赔钱也要卖掉一两套房,以解燃眉之急。肖虽然不情愿,但还是照做了,最后避免了被拍卖的结果,也缓解了因资金紧张造成的被动局面。

"车到山前必有路。总还是有法子的!"苏抬起头看了肖元凯一眼。

"看眼下的态势,谁心里都没个底,我真怕回到2000年前的时候,如真那样,我就水深火热了!"肖元凯毫不讳言,他把自己的担忧一股脑地端出来。

"谁都一样!你还有十多套房产,还有老婆孩子。我呢,现如今是纯粹的'三无'男人。咱俩比起来,谁更闹心?"苏宏玮喝了杯中的酒大发感慨。

"你以为炒房不闹心?告诉你,自打入了这一行,我就没一天安生过。你把房子买到手,也就意味着你的煎熬开始了。你每天都在盼房子啥时候才能卖出去。这样的焦虑一般人是无法体验的,它让你随时都痛不欲生、备受摧残。房子好不容易卖出去了,攥在手里的钱又开始缩水了。通货膨胀和货币贬值让你无时无刻不忧心忡忡。你唯一的愿望就是尽快买到房子,只有这样才能稍许心安。而这样的轮回,让你又进入了新一轮的煎熬!"肖元凯絮絮叨叨地大倒苦水,让苏宏玮听了愈加闹心。

"咱们成立一家公司怎么样?"苏宏玮说。

"我认为还不是时候,咱们的实力太薄弱,没有一定的资本做后盾,什么也干不了!"本来情绪就不高的肖元凯听了这话更加没了精神。

苏宏玮不再说话了。他看了肖元凯一眼,"也许你说得对,咱们现在确实没这个能力,但我不甘心。不在沉默中灭亡,就在沉默中爆发!等着吧,早晚有一天我苏宏玮一定会崛起!"苏说完与肖碰了一杯,仰脖干了。

"兄弟,咱们眼下需要的是耐心。在南厦这地方,商机多的是,只要动动脑就不愁没饭吃。实在没招了,一年炒个两套房也饿不死,没有什么可怕的!"肖元凯安慰起老同学来。

"兄弟说得对,没招了,我就加入炒房团,干他个三年五载,也能发家致富!"苏宏玮感到眼前似乎看到了一点亮色。

两人正聊着，老修来电话了："在哪儿？最近家里怎么样？"前些日子苏宏玮酒醉吐真言流露了家庭矛盾，让老修挂念不已，今天想起，特意问候。

"我和肖元凯都在南山路的'一品鲜'，你来吗？"苏宏玮回话说。

"好的，我马上就到！"电话挂了。

老修是吉林白城人，后随父母去了大西北，1995年来南厦开了一家贸易公司，做些西北的农副土特和水果产品买卖。他是苏宏玮做元山售楼部经理时认识的。老修为人豪爽大气、质朴淳厚，广交朋友，见苏的第一天，房子还没买就拉他去喝酒，此后两人成了朋友，而且至今来往不断。他有三套房，自己住一套大三房，另两套出租。下行的趋势让他有些担心，他怕房价会回到2000年前，那样，他这些年的打拼都将付诸东流。对于当前的形势，虽然他有一定的主见，但还是想听听大家的看法，如跟他的意见相左，他会灵活调整自己的初衷。

没到二十分钟，老修风风火火地进来了，苏宏玮忙不迭地招呼服务员添杯加菜，倒上酒说："先喝一个，然后再听我俩絮叨。"

老修也就不客气，抬手就干了一杯。"好！"苏宏玮说完又倒满了一杯。

"最近大家感觉怎么样，我是对眼下的房地产越看越不懂了，不知你们年轻人怎么看？"喝完酒修玉林说。

"谁能说得清啊，我们还想听你的高见呢！"肖元凯开口了。

"凡事皆有度，把握好这个度，就是最大的赢家。"老修适时发表了自己的看法。

"依您看这个度怎么把握？"肖元凯虚心上前请教。

"这个度就在年关前后。我敢说，过了春节，万物复苏，房地产的形势也会幡然苏醒，一切都会朝着好的方向发展。"修玉林坚定地说。

"为什么过了年就能好转？"肖元凯问。

"否极泰来、物极必反，这是规律。城市化进程是大趋势，况且地方政府也要狠抓税收财源，国家也不可能一棍子把房地产打死。而所有这些都表明房地产市场只会向前，不会倒退！"修玉林说。

"我赞成老修的观点，物极必反。虽然现在是寒冬期，但春节正是一个拐点。挨过这个年，或许就可能转暖了！"苏宏玮第一个支持修玉林的观点。这些天来，他始终活在沉闷中，听了老修的一番话，似有所悟，端起杯子敬了修玉林一杯。

"我也认为修大哥说得有道理。姜还是老的辣！来，为修大哥的高见，咱们干一杯！"肖元凯说完举起杯子与修玉林碰了一下。

"我也豁然开朗。来时还有些茫然，经大家讨论，有拨云见日之感。来，祝大家如我一样茅塞顿开，多多发财！"修玉林举起杯子。

"看来今天不虚此行，反正我是满载而归，来！大家干一杯。"肖元凯说完，三只酒杯碰在了一起。

Chapter 2　第二章

山重水复

　　2008年春节到了，苏宏玮度过了他一生最为难过的除夕之夜。没有灯火也没鞭炮，更没有亲人的祝福和孩子的欢笑，苏宏玮独自一人坐在床边，桌上摆了一瓶张裕干红，一盘香肠，一碗花生米，半只鸭子，锅里煮着买来的饺子。望着翻滚的水饺，苏宏玮发起了呆。每到过年，他都会暗自盘算，这一年成果如何。以往看到自家在不断进步，他都感到无比的惬意。可如今，一切都烟消云散。

　　"新年好！祝你在新的一年从零起步，排除万难、心想事成！"苏宏玮端起酒杯，满含泪水，口中念念有词，干了他新年的第一杯酒。两杯、三杯……苏宏玮已记不清他喝了多少杯，眼看酒瓶已快见底了，他却丝毫没有醉意。他也不知今天是怎么了。都说一人不喝酒，他却喝个没完。眼看酒瓶空了，他好像意犹未尽。可他就买了一瓶酒，想再喝也没地儿去买了。况且，看情形他连屋门都走不出去。电视里，是热热闹闹的春节联欢晚会，但他的眼里只有令人眼花缭乱的影像。苏宏玮兀自笑了——看电视里的人卖力地表现自己，好像一时成了焦点，其实繁华过后，还不是如我一样，归于沉静，齐万物而为一，世界总是喧嚣——平静，而后又是喧嚣——平静，循环往复，日复一日，年复一年。人生有低谷，也有高潮，我苏宏玮现在落入低谷，相信只是暂时的。"自信人生二百年，会当击水三千里。"终有一天，我会走出来，出人头地的。苏宏玮知道自己微醉了，但他还想借着酒意发挥一下想象力。平时活得谨小慎微、战战兢兢，生怕迈错一步，到头来还是落得如此狼狈。今天，他索性放浪形骸一次，醉生梦死一场又何妨？活得如此艰难，不免有穷途末路，揾英雄泪之感。

外面有鞭炮的响动，夹杂着大人和小孩的欢笑声，苏宏玮想起了他的女儿多多，又想起了余惠文，想起了一家三口人的时光……

他和余惠文是在所属企业证券公司一次调查时认识的。那时的她文文静静，谈话中还不乏幽默。戴一副白边框的眼镜，剪一头齐肩的短发，给人的感觉是秀气、清爽，一看便是受过良好教育的大家闺秀。他见她第一眼时，就被她的气质给迷住了。他暗暗发誓，一定要将她带入婚姻殿堂，执子之手，与子偕老。他的精诚没有白费，终于如愿以偿，拜堂成亲，结婚生女，一晃九个年头过去了。

两个人的过往，令他难以忘怀。参加工作十年多，他俩省吃俭用、勒紧裤带，加上父母的资助，总算安了个家，有了自己的房子。年初，夫妻俩理财的一笔钱到期了，他们商量来商量去，最后决定拿这笔款在湖东的怡园小区买一套八十多平方米的两居室。两人原意是搬到新家后，把眼下住的房子租出去，剩下的钱用来买些理财产品，这样手头可以宽裕一些，再不用过那种紧巴巴的日子了。愿望是好的，但当真的实践起来，又骤然觉得这想法有些老土，甚至有些落伍了。货币的贬值及通胀的持续都使得人们无所适从。余惠文首先给丈夫算了一笔账："拿咱家这笔钱去理财还赶不上通胀的速度，不如拿去买房。左右也是贷款，拿这六十万作两套的首付，买两套新房。一套咱自己住，另一套给爸妈住。北方冬天太冷，他们年纪也不小了，楼上楼下的好照顾些，也免去因惦记而引起的后顾之忧，即使将来不住卖了也有钱赚！"

见妻子说得蛮在理，苏宏玮也点头应允，事情就这样定下来了。夫妻俩于是在怡园小区六号楼九、十层各选了一套八十多平方米的两居室。交首付款签合同的当天，苏宏玮还在担忧每个月按揭款的偿还问题："两套房每月还银行按揭近七千元，咱俩工资加一起也不足八千元，以后的日子怎么过？"

"不就是吃点苦嘛！爸妈就我一个女儿，他们辛苦了一辈子，我不给他们养老还有谁给他们养老？我想好了，以后下班要干点私活。我准备多找几家私营企业做兼职财务，我的几个同学都这样干！咱俩都要发挥各自的特长，努努力。再说，咱搬到新家后，这套房子的房租刚好补贴家用，日子也差不了多少！"妻子余惠文仔细分析了眼下的困难。见老婆信心满满的样子，苏宏玮也就放下心来。毕竟是添置家产，虽说是给老人住，但财产还是他们夫妻的，想到自己名下一下有了三套房子，那种妙不可言的心情让他感到眼前的世界也仿佛光亮了许多。

当他们兴冲冲地去办理按揭时，银行工作人员的一番话，却让两人傻眼了。原来新政要求已购房者一家只能再购一套房，而且首付必须超百分之四十以上。对于这样的新规，夫妻俩都有点蒙圈。他们过去从来不关心国家对房地产的调控政策，要不是这回买房，他们还真是一无所知。

"你们还是回去商量商量吧，按政策只能做一套的贷款。"贷款部的工作人员如是说。

回到家里，两人相对无言，眼看三套房的美梦做不成了，苏宏玮像掉进冰窖里，周身寒彻，从头凉到脚。余惠文坐在沙发上闷了许久，忽然抬起头来看着闷闷不乐的苏宏玮说："条条大路通罗马，活人还能让尿憋死？办法还不是人想出来的？"

本来心情沮丧得不行的苏宏玮听老婆这样说，抬起头问："你有啥好办法？政策在那横着呢，凭你有登天的本事也绕不开！"

"你没听过'见着红灯绕道走'的说法吗？咱们也思想开放一回，事不就办成了？"余惠文盯着自己的老公坚定地说。

苏宏玮很费解，不明白老婆话里的含义，也想不出余惠文有什么锦囊妙计。他茫然地看着余惠文。

"说到底现在的政策是以家庭为单位，而调控的也是这点，如果把一个家分成两个家，那咱不就能买两套房了吗？"余惠文像阐述论文一样把她的如意算盘摊了出来。苏宏玮怎么也没想到老婆为了多买套房竟然如此挖空心思。他重新打量了与自己相濡以沫近十年的妻子。若不是亲耳听到，他是绝对不会相信这样的话竟然出自她之口。

"吃错药了还是疯了，这样的玩笑也敢开？"苏宏玮脱口而出。他不相信妻子会说出这样的话，而且余惠文一点都不像说这话的人。

"怎么了，不就是离个婚吗？这年头谁还把它当回事！没结婚的像结婚一样的同居，结婚的却像没结婚的一样分居；夫人像情人一样深居简出，而情人却像夫人一样招摇过市。这有什么意外和大惊小怪的！"余惠文根本没管丈夫把嘴张得大大的，像看怪物一样看着自己，随口说出这些话。

尽管两人已结婚九年多，也已有了女儿多多，但苏宏玮对妻子的这番言论还是有些吃惊。他好像有点不认识她了。她的父母均是学校老师，可谓家教甚严。但这样的家庭，却有如此离经叛道之女，苏宏玮怎么想都不明白是家庭教育还是社会教化的结果？"你怎么想我不管，但你怎么做，那就不是你一个人的事，现在悬崖勒马还不晚，别到时悔之晚矣！"

"你怕了？现在不是流行'七年之痒'吗？放飞了你，不也了却了你一直想飞的梦想吗？"余惠文半调侃半开玩笑地说。

"我可不想开这种玩笑，房子宁愿不买，也不走这条路。"苏宏玮的脸色变得严肃起来。结婚九年来，虽然免不了磕磕碰碰，有时三天不说话，但总的来说夫妻感情还是可以的。尽管这几年他是忍气吞声、处处退让，但还没到各打算盘的程度。他不愿走这步险棋。

"你以为我愿意啊，还不是政策逼的！不这样有更好的路吗？"

"眼下不买了，等政策放宽了咱再买，何必要挤这班车？"

"今年不买，明年不知又要涨多少，咱们结婚九年，房价涨了三四倍，往后还不知还要涨多少呢？现在不是流行说'十一不买房，一年又白忙，放假玩八天，少个卫生间'吗？"余惠文侃侃而谈。

"我还是觉得不合适，离婚在中国人的眼里可不是什么好事！"苏宏玮还是顾虑重重。

"你是真傻还是听不进人话？咱们这是假离婚，又不是真离。只是办个手续而已，该怎么过还是照样怎么过。再说了，我们单位的老李为了买房，也办了假离婚，这有什么好奇怪的？等将来政策变了，想复婚再领张证儿不就得了，就这么定了！为了免去你的后顾之忧，咱们再拟一份协议。内容包括如果谁违反协议，无权分割现住房，只能拥有其名下按揭的新房。现住房产权归于我名下，为了免交各项费用，就不另行更名，你觉得怎样？"她说完又在苏宏玮面前撒娇道："办了手续咱们还住在一起。倒是你可不能变心啊，如果你再找个小三，那我可绝饶不了你！"

被妻子闹了几天的苏宏玮终于妥协了，他拗不过余惠文，这些年他们就是这样过来的。尤其是第一次下岗之后，妻子一哭二闹三上吊的本事他是领教了多少回了，已经没有任何资本再跟她抗衡了！接下来两人去了民政局，又去了银行，当一切都按着她的设计进行时，望着手里的两份合同，余惠文却显得有些怅然若失："咱们这样做是不是有点过了，让爸妈知道了还不得骂死我？你可不许乱说呀！"

苏宏玮无奈地点了点头："让爸妈知道，有你哭的一天！"

时间过得很快，转眼快到2007年底，眼看快交房了，按理说是喜事，可夫妻俩这时却高兴不起来。这些日子周边传来的消息让人愈加沮丧。先是网上风传北、上、广、深的房价一天天走低；而后本市的二手房也在跟着竞相唱衰，房价跌至上半年的七成以下。眼看三套房缩水成了两套房，几年的努力毁于一旦，如此变故让夫妻俩有些蒙圈。妻子余惠文首先有些承受不住了，她的心情开始变得坏起来，常常话还没说几句，情绪就开始激动，以至到最后火往蹿到头顶，吵架成了家常便饭。她开始埋怨苏宏玮当初不该提议买房子，钱如存到银行理财，还有些利息，现在亏大了，多少年的心血才能换回一套房！苏宏玮心里也窝火，他没想到妻子撒泼耍赖且蛮不讲理。本来买房是他的建议，但没提买两套，也没提假离婚。现在出了问题竟然把过错算在他头上，想想真是委屈。人算不如天算，当初如果买一套，既不用假离婚，也没这么大的压力，更不用天天吵架了。

夫妻俩的争吵还在继续，但外面传来的消息更是让人胆战心惊。房价跌幅之猛烈，牵动了所有人的心。一段时期以来，工作之余，人们谈论最多的就是房子、房价。有房子的没人能幸免，他们众口一词，谈的都是房子跌到什么程度才能停下来；而没房子的却开始欢欣鼓舞了。他们开始议论房价跌到什么程度可以买房，更有甚者希望房价重回2000年的两千多元，那样大多数人就可扬眉吐气、从容购房了，不必像现在这样愁肠百结，为能有个家而殚精竭虑。余惠文耳朵里每天灌满了这些风言风语，与单位那些没房的小青年不一样，她无法诉说自己的烦恼。自己是有房一族，而且有三套房，是足以让人羡慕的那种家庭。但她的烦恼一点也不比那些没房的小青年少。眼见房价像"滑铁卢"似的往下跌，她就像掉到冰窖里，周身寒彻，无处话凄凉。只有丈夫才是她的出气筒，她也不知自己哪儿来的邪火，只要见了苏宏玮，条件反射，三句话没说完，就开始发飙了。

要是没有房价的波动，没有网上的推波助澜，苏宏玮和余惠文或许不至于天天吵架。但她是从事财务工作的，尤其是在证券公司的就职敏感度比一般人要高一些，正是这种敏感度，让她的神经每天趋于高度紧张。夫妻间每晚绕不开的话题便是当下的房地产调控。到了2007年下半年，随着房地产行业形势的每况愈下，国家宏观调控政策力度加大，市面上流动的气氛开始变得异样了。他的家庭也因此紧张起来。他清楚地记得，夫妻间第一次提出离婚时的情景："你知道吗，买咱房子的那个老师后悔了。房价一个劲儿地跌，咱那房眼下只值三十万了。"余惠文的心情越来越糟，她脱口说出卖房后发生的内幕。

"你是怎么知道的？"

"帮咱卖房的中介小王告诉我的。她说现在卖不知还要便宜多少呢！"

"她觉得买亏了再退回来嘛，我还不愿卖呢！"

"我可不干，哪有卖了再赎回来的？"

"急老婆嫁不出好汉子，你这样急不可待，早晚有后悔的一天！"

"痴人说梦话，你把眼睛睁大了看，现在是什么火候了，你还瞪着眼睛说瞎话，我看你好像没活在地球上！"

苏宏玮让老婆一阵炮轰，顿时哑火了。他也很想呛她几句，说她鼠目寸光且浮躁，只看眼前那点利益；不懂大势，永远是跟风盲从的小市民。但这些话到了嘴边还是咽了回去。他不想斗嘴，那样夫妻又得吵起来，结果是各不相让，伤害的是两人的感情。

看丈夫无语，余惠文的火并没有消。她本来想让苏宏玮表扬她几句，没想到丈夫跟她的想法南辕北辙，不但不肯定她，反而说她短视。这让她无论如何都平静不下来：明明现在房价还在跌，你却无视事实，说些无关痛痒的话？她愤慨了："我真不知说你什么好，说你蠢、说你笨、说你窝囊都不合适，像你这样的人，只能是这个时代的混混儿。一无是处，还自以为是，早晚得饿死！"

女儿多多听不下去了，从书房里出来插嘴道："妈妈，你是怎么了？看谁都不顺眼，我看爸爸也没惹你呀！"

"乖！你不是在写作业吗，写完了么？"余惠文突然觉得女儿长大了，今后说话要注意些，免得给孩子留下蛮横霸道的印象。

"你们最近怎么老是吵呀，害得我连作业都写不好！"女儿说。

"大人的事跟你没关系，你不懂，长大就知道了。"余惠文突然觉察自己的任性已给家庭带来了一定的危机，她必须改弦更张，克制情绪，否则，这个家便没有太平日子。

吃过晚饭，央视二台的经济新闻正播放记者采访某湖南籍女孩在深圳购房的经历，一下吸引了夫妻俩的眼球，他们不约而同地坐在电视前看了起来。被采访者向记者明确表示，房价的跌幅已严重超出她所承受的预期。虽然交了首付款，但看眼下的行情，下跌的趋势还在继续，她的那点首付款早已荡然无存，但跌势还没探底，她无论再交多少按揭款都是白交。两害相权取其轻，衡量再三，她只能选择放弃。虽然信用会因此受损，但她已顾不得了。皮之不存，毛将焉附，她坚信自己的抉择没有错！

这则从天而降的消息带给夫妻二人的冲击超过以往的任何一次。余惠文当时就有些傻，呆坐了好一会儿才冒出一句："卖掉一套房子吧，能拿回多少就拿多少，赔钱我认了！"

苏宏玮还没像妻子那样悲观，面对眼前的颓势，或许因为他天生就没有那样的敏感度，抑或并不甘心形势会势如破竹没个止住的时候。"再看看吧，现在就卖太草率了，而且有点早，我的意见是再等等！"

余惠文则不这样想。凭着多年的职业敏感度，她预感房价还会继续走低。最近一些专家的点评，几乎众口一词地认为房价是下行趋势。不仅如此，专家们还列举了中国香港、日本美国等国家和地区房地产的发展史，得出的结论是下行是必然趋势，是不以人们的意志为转移的。这些日子，余惠文除了工作，就是在网上浏览各种房地产信息。从央视评论到地产大鳄王石抛出的"拐点论"；从专家学者的论述到名嘴任大炮的预言，纷纷亮相登场。各种耸人听闻的消息一时甚嚣尘上。观点之新奇，议论之热烈，前所未有。余惠文每天因这些来自而惶惑，不知道该怎么办，更不知道她的家庭将面临怎样的分崩离析。她的精神有些错乱，甚至无法在众说纷纭中辨别正确的方向，她觉得自己要崩溃了……

"卖掉一套吧，要真回到2000年的房价，咱们这些年的苦日子就算白熬了！"余惠文像是说给丈夫听，又像是说给自己听。

"卖什么卖，现在匆忙卖房，将来要后悔的！"苏宏玮有点急，语气也不那么平和了。

"现在不卖将来跌得更惨，到时后悔都来不及！"余惠文显得无比的焦躁。

"切忌跟风，古人范蠡就讲要逆势而为。美国人巴菲特的理论是'别人贪婪我恐惧，别人恐惧我贪婪'。现在还没到要抛售的时候，不要自乱阵脚。"苏宏玮安慰起妻子来。

"你就是这毛病，火上房都不着急。都啥时候了，你还稳坐泰山。再不卖恐怕损失更大了！"余惠文声音高了起来。

"要卖你去卖，反正我认为不是时候。为什么不能等等？太草率了！"苏宏玮虽然声音高了些，但还是试图化解妻子的焦躁。

"我怎么找了你这么个男人，什么事儿都慢半拍。看来咱俩真不该做夫妻！当初……"余惠文更加恼了，她的话也尖酸刻薄起来。

苏宏玮被妻子骂得有些火，但他并不想大吵。他告诫自己，冲动是魔鬼，事缓则圆。但余惠文这样损他，也让他有点下不来台，"我不想和你辩论，但你也别自以为得势。哲学上说注意'一种倾向，掩盖另一种倾向'。明天的世界怎样，谁也说不清，别坐井观天好不好？"

"就你这种人，躺到棺材里也愚顽不化。别跟我讲大道理，走——走！离我越远越好！"

"你以为我愿意听你絮叨？告诉你我早听够了，只不过我一直在忍。哪天忍不住了，咱俩也完了！"苏宏玮第一次放出这样的狠话。

"你也别忍了，给你自由。咱俩离婚，你走吧。今生别再来找我！"余惠文说完，连她都不相信这是自己说的。

"这是你说的，可不是我说的？"

"我说的，怎么样！"

"好，我走！"苏宏玮见妻子如此绝情，只好站起来。可当他想离开这个家时，还真不知到哪儿去。结婚九年多，他从没想过要离开余惠文。

"怎么还不走，你的能耐哪儿去了？"余惠文又追加了一句。

"走就走，有什么了不起！"箭在弦上，他不得不起身向外走。

来到街上，天空中群星闪烁，移动的汽车亮着灯缓缓前行，到处是霓虹灯的世界亮如白昼。街上人来人往，苏宏玮踯躅在人群中。"日暮乡关何处是"，他还真不知到哪儿去了。来到这个城市，他从来没有像今天这样孤独和落魄过。虽然每天都像蚂蚁一样循环往复，忙个不停；他也曾祈祷能清闲几天，但这是奢望，生活从未让他停下来，他曾暗想或许自己天生就是个劳碌命，一辈子也停不下来。可今晚他却感到空闲了，没什么事等着他做，也没什么事让他专心致志，他觉得自己眼下空空如也。没了家庭的羁绊，仿佛又回到了学生时代，一下子变得轻松无比。然而只一瞬间，他又回到了现实。自己已不再是那个无忧无虑的学生，如今他是有妻儿的人，他要尽一份责任，一份担当，如此才算一个顶天立地的男人。苏宏玮这样想着，心里的郁闷渐渐散去了。他想到自己已是快四十的男人了，生活不是儿戏，总不能跟老婆吵几句，就离家出走吧，这哪像一个大丈夫的所为？思前想后，他觉得还是该回去，尽管余惠文会嘲笑他、轻视他，会在以后的日子里看不起他，但这些都无所谓，夫妻间没有是非曲直对错之分，有的是包容和宽厚、理解与信任。

在外面辗转彷徨了两个多小时后，苏宏玮又回到家来了。余惠文并没有说什么，好像知道他会回来一样，表情一如既往，并不意外。日子就这样继续下去，两人再也没提离婚的事。可是后来发生的事，还是让他俩的婚姻走到了尽头。虽然两人从内心并不想真的离婚，但情势所迫，有时的偶然也会发展到必然的一步。

……

对于美国的次贷危机，中国的金融监管机构推出了适度从紧的货币政策。最明显的是各大银行的贷款审批逐渐收紧，钱不再像流水一样滋润大地、善待万物。人们普遍感到了这种变化所带来的压力。苏宏玮所在的公司首先就感受到了阵阵寒意，客户少了，业务量也一点点开始下滑。更让他感到不安的是往日安宁幸福的家庭被打破了，取而代之的是无休止的争吵。他和余惠文的日子似乎无法再安宁下去了，只要两人相见，仿佛条件反射一般，三句话后便开始争吵。弄得苏宏玮推门之前，首先要提醒自己，千万别说话，免得祸从口出，引起家庭战争。但你越小心翼翼，越容易横生祸端。原因是两个人的价值观开始有了变化，再也不像从前那样相敬如宾、包容谦让了，而是彼此看对方像乌眼鸡一样，根本没有调和的余地。

下班了，苏宏玮走在回家的路上。两点一线，让他自然形成了惯性。不过他的心情就像最近的天一样阴转多云。由于公司的业务一再下滑，已到了濒临倒闭的关头。资金趋紧，让一些原本能做些大单的广告商家收缩战线，而小的商家更是难掩其窘状。眼看生计成了问题，他的心情怎么也好不起来。但他不想把实情告诉余惠文，那样她也会跟着担惊受怕。与其两个人备受煎熬，不如他独自一人扛着，况且既使她知道了也于事无补。想想，也只能默默独自忍受了。妻子见他无精打采的样子，也有些烦。往常她总盼丈夫早点回家，与他一起享受家庭的和谐与安宁。自从房价一个劲地下跌，她的心情就再也没有好起来。看到苏宏玮一副寡言少语的样子，明显是跟她冷战，这又让她觉察自己的任性已给家庭带来了负面的影响。想是这样想，但到了特定的情境，她还是控制不了自己的情绪，像火山喷出岩浆，汹涌澎湃，毫无阻挡地一泻千里。

原因是当她再次提出卖房时，苏宏玮还是不温不火，模棱两可地说些搪塞话。这让余惠文心里的气又起来了："你就这点能耐，什么事就知往后缩，一点男人的气概也没有！"看着火冒三丈的妻子，苏宏玮仍旧无动于衷。他甚至压下心中的怒火，转而用轻松的口吻说："既然你想卖那就卖好了，我不参与，怎么卖都是你的事，你看着办！"说完摔门进屋躺下了。余惠文没想到丈夫高挂免战牌。他历来是九头牛也拉不回来的主，今天是怎么了？转念一想，这种是非原则的大事，绝不能姑息迁就。丈夫一时想不通，过了这阵也许就好了。看着摔门而去的苏宏玮，她跟自己这么说。

此后，在余惠文的坚持下，一个多月后终于完成了买卖，现住房以三十八万五千元的价格卖给了一位老师。合同签完了，余惠文却有些不舍起来。毕竟住了七年多，交通、购物、学校、小区环境都让她留恋；室内装修、全套家具电器，都倾注了她极大的心血。现在真要搬走了，要和这些有灵性的物品永远拜拜，余惠文的心情复杂到了极点。女儿更是不舍她的小屋，屋中惬意的陈设让她还没走就哭起来。难过的余惠文只能安慰女儿："多多不哭，妈给你换的新房要比这儿不知强多少倍。咱们住的新房，还有电梯和花园，比这高级多了！"

新房还没交房，他们租了一套公寓，好在离学校不远。日子又开始了。虽然夫妻俩一度消停了，但两个人的隔阂却一点点开始显现出来。夫妻间那种亲密无间的感情逐渐泯灭，取而代之的是无休止的冷战。彼此间话题也很少，没了往日的亲密，却多了理性的谦让。余在这场家庭角逐中虽然占据了上风，但她也没有胜利的喜悦，因为从女儿的不悦和丈夫的冷漠中，她还是感到了无法言明的孤单和冷落。

……

除夕夜里，苏宏玮正回味着他和余惠文的分分合合时，电话响了，原来是好友修玉林打来的。电话中除了拜年祝福的话语，还谈到了另一话题："兄弟，整天给人家做嫁衣，还不如给自己干，我劝你好好考虑考虑，如缺资金我可以投点。"

老修的话虽不多，但却激起一池涟漪，让苏宏玮心里一动。他想成立公司单干已由来已久，只不过认为时机未到。无论人力、财力还是经营的方向，他都还没有深思熟虑过。目前的形势，也还没有好的风向，让他平步青云、鹏程万里。他还在踌躇，何去何从，目前还没定论。不过老修却给了他另一讯息，那就是他会出一些资金。有了这个重要的支撑，苏宏玮觉得自己离那个梦又近了一大步。电话刚接完，又有电话进来，原来是吴晴岚打过来的。她是肖元凯的同乡，以前是《牡丹江商报》记者，因夫妻离异，辗转来到南厦。同是北方人，自然有"老乡见老乡，两眼泪汪汪"之感。在一次酒桌上，肖向苏宏玮介绍了吴的个人遭遇，引起苏的极大同情，于是便极力向公司推荐，而后她去了公司行政部任职，由于素质高，写文章是行家里手，到公司不足两年，已晋升行政部主任，职权已超越苏、肖二人。公司倒闭后，她在一家文化传播公司上班。父母给她在南厦买了一套房子，自己又买了一小套出租，虽说有按揭的压力，但还能过得去。

电话中吴晴岚说了些拜年的话并告知明天到他家来拜年。苏宏玮感到很为难，他的家已散了，如今是流水落花，孤家寡人一个，让人家拜哪门子年？思来想去，只好敷衍着说："谢谢，年就不要拜了，改天我去您家，准备盘酸菜馅饺子就行！"

谁知吴晴岚并不晓得苏的家庭变故，反而打趣地说："看你不是主要的，是想看看嫂子和多多，都一年没见面了，很想她们。"

见事情瞒不住了，苏只好实话实说："我和余惠文年前就离了，多多也归了她妈。我现在是一人吃饱，全家不饿！"

吴晴岚没想到苏宏玮也离了。在她的印象里，苏是个顾家的好男人。一不抽烟、二不喝酒，更没有沾染其他恶习，在现今社会已具备了居家好男人的基本条件，可这样仍然逃不脱妻离子散的下场。她不明白现在的人都怎么了？家庭担当、夫妻责任，毫无约束可言，想想自己的丈夫，要不是屡次红杏出墙，她也绝不会走这条路。她深知单身女人有多难，为了离开那个被人在背后指指点点的地方，她背井离乡、颠沛流离了好几年，才在南厦落了脚，有了相对稳定生活。囿于自己生活的缘故，对于离异的家庭，她都报以同情，也理解他们的艰辛。今天听了苏宏玮的难言之隐，她似乎想到了自己当年的处境："想开点，说不定哪天嫂子回心转意就回来了。"

"但愿她能想开，认识到自己的错误，那就好了！"苏宏玮说。

"明天过来吧，包饺子给你吃。不管怎样，日子还得过，相信一天会比一天好！"吴晴岚跟苏宏玮这么说。

接完电话的苏宏玮心情好了点。正当他准备睡觉时，短信响了一声。苏宏玮想这么晚了还有什么人给他发短信呢？想想，打开看了起来。"新年新气象！你要给我牢记，不想我的刑事拘留；贪玩的拉去放牛；不祝福我的发配西藏驯猴；忘了我的一律斩首；善良的我祝你快乐；有比我还想你的一律开除出地球。新春快乐！！！"苏宏玮想起来了，原来是公司的同事周晓丹。小周是南大中文系毕业的，到公司从文案做起。由于功底好，加之人勤奋，做了几单业务后深得老板的赏识，一年后成了公司的骨干。小周对苏宏玮尊敬有加，一口一个苏老师地叫着，有些案子也常请他指点。久了两人的关系也日益密切起来。周晓丹总以徒弟自居，经常为师父买饭倒茶，有时大家都口干舌燥时，她却突然拿出一个苹果抑或一只梨在苏的面前晃了一下，而后塞到他的手里，做个鬼脸消失了。周的老家在湖南的一个县城里。公司倒闭后她就不见了踪影，苏因自家后院起火应接不暇，因此没时间给周晓丹打个电话问问情况，没想到她倒先拜起了年。见她依然开朗热情，我行我素，苏的心总算平静下来。他于是给她挂去了电话："新年快乐！祝我们的小周越活越年轻，越活越漂亮，心想事成，万事顺意！"拜年的话说完了，连苏宏玮自己都觉得这些话太乏味、太平淡了，没一点新意。

"你怎么样，找着工作没有？"周晓丹问。

"我打算自己开一家公司，做自己想干的事。"苏宏玮把自己的打算告诉给了周晓丹。

"有志气！在公司时我就觉得你不是泛泛之辈，不可能甘心屈居人之下。'久有凌云志，重上井冈山'。相信你定能展翅翱翔、鹏程万里。"周晓丹为苏点起赞来。

"让你夸得我都飘飘然了，我怎么不知自己还有凌云志？一介凡夫俗子，想的是吃饱穿暖、七情六欲，此外别无所求！"苏宏玮觉得自己就是个泛泛之辈，根本不配做一个达者，更没有兼济天下的胸怀。小周之所以这样说，无非是个人盲目崇拜和恭维而已。

"苏大哥，我从第一天见你，就知道你能成大事。只是还没有一个供你发挥能力的平台而已。'好风凭借力，送我上青云'。你缺的是强劲的东风，早晚会平步青云！"周晓丹直抒胸臆，根本没觉得这是恭维话。

"别奉承人了，说说你吧，如今在哪高就呢？自公司倒闭后就不见你的踪影，该不是回家结婚了吧？"苏宏玮觉得该调侃一下这小丫头，否则他会招架不住她的伶牙俐齿。

"我 —"她迟疑了一下，又接着说，"我回家了一趟，最近又回来了，想再找一份工作。这不，赶上过年，就给你打个电话算做拜年喽！"周晓丹欲言又止，嗫嗫嚅嚅地说了这些话。

苏宏玮觉得小周话里有话，只不过不愿多说罢了。大千世界、芸芸众生，谁都活得艰难，不愿说出自己的难言之隐，想必自有不说的道理，想到这，无端又多了一份忧虑。看这小姑娘外表无忧无虑、天真无邪，其实内在不知有多少悲欢离合萦绕于心，看她那深邃的目光，就知道背后的故事不少。"这样吧，明天中午请你吃个饭，算做拜年，到时再谈谈各自的打算，决定我们今年干什么。"苏宏玮感到只有这样才能缓解眼下的尴尬，他有些释然了。

"好呀，好呀！其实我回来第一天就想见你了，怕你忙没敢打搅，你说吧，咱们在哪儿见面？"周晓丹连声说好并问了会面的地址。

"在大剧院旁的万达广场吧，有个'桂小厨'餐厅，请你吃广西菜，如何？"苏宏玮说。

　　"吃饭是次要的，就是想见见你。在南厦我没什么亲人，你像哥哥一样呵护我，让我有亲人的感觉。"周晓丹说着说着语调有些低沉了。

　　"明天见面再说，祝你有个好梦，让你一觉到新年！"苏宏玮不敢再说了，他怕再说下去会说到小周的伤心处，让她来一场倾盆大雨，那样就不好收场了。

　　放下电话，苏宏玮看到手机快没电了，于是赶紧充电，刚弄好，肖元凯又来电话了。他告诉苏宏玮说："我老婆三十晚上不想吃饺子，非得要吃元宵，我又没买，她就跟我闹个没完。你说，她这样矫情，我今年能顺吗？"

　　苏宏玮听后无言以对。幸福的家庭都是相同的，不幸的家庭却各有各的不幸。肖元凯老婆使小性子，说明她还有亲人的概念，如果像余惠文这样，连矫情都没了，那是怎样的可怕啊。想想，只能因势利导，说些无关痛痒的安慰话敷衍、搪塞过去。

　　远处，震耳欲聋的鞭炮声传了过来，新的一年到来了，苏宏玮站到阳台上，望着远方默默祈祷，希望自己在新的一年里否极泰来、翻身跃马、一飞冲天。

万物复苏

　　春节过了，南方虽乍暖还寒，但楼市却早早地露出了春意。苏宏玮惊奇地发现，二手房市场首先开始复苏，一些中介又忙碌起来。苏宏玮接到许多电话，大意是去年委托他们卖的房子现在是否还卖？苏宏玮感到欣喜，他把这讯息也告诉了肖元凯和修玉林。二人也回话，他们也同样接到了中介方打来的电话。肖还当场卖掉了他一套一百四十三平方米的房子。不过，随后他就后悔了。原因是房价涨速极快，不到两个月的时间，不仅恢复到去年原来的价位，而且还有拉高上扬的势头。一些开发商欣喜若狂，他们纷纷撤换去年的价格，又重新确定了新的价位。个别开发商甚至把价格提高了百分之二十以上。形势逆转之大，让所有的人都始料不及，人们眼看房子一天一个价，又像变戏法一样翻着跟头似地往上拱，所有的人都为此目瞪口呆。很多人都为昨天的错失良机而懊悔，又为今天的疯涨而手足无措。举国上下，无论达官贵人，还是黎民百姓，大家都为这种史无前例的经济现象而惶惑。没人知道这样的势头还会持续多久，人们在焦虑、烦躁中不断听到更为摧残心灵的消息。北、上、广、深等一线城市的房价已全部回调。更让大家意外的是，从三月份开始，各地政府开始陆续救市，并相应出台一系列的救市政策，更加刺激了房地产加快复苏。为鼓励个人购房，新政明确个人购买九十平方米以下房子契税下调百分之一，免征印花税、土地增值税等。而央行也适时推出贷款七折优惠、最低首付百分之二十、个人公积金贷款利率和商业贷款分别调至百分之四点零五和四点五九等一系列刺激消费，鼓励个人购房的优惠政策。同时，地方政府也制定了相应的减免政策。其中，全国影响较大的有杭州市的《二十四条》，明确了购房可入户的扶持政策。

这些政策的出台，可以说促进了房地产业的发展，同时也对房地产市场价格起到了推波助澜的催化作用。

苏宏玮对这场形势的翻盘感到十分的困惑。他不明白，怎么一夜之间就变化如此之快，而且这种剧变又是毫无征兆，一切都无规律可循，像变魔术一样。他怎么想也不明白，但又暗自窃喜。他现在手里有三套房，在这场角逐中，他是大赢家。事实证明，余惠文错了，她那一套过时的预言被现实击得粉碎，她现在恐怕是向隅而泣，只有伤心的份了。苏宏玮想到这显然很兴奋。从刚结婚到如今，他一直受老婆的指责，小心翼翼地活在她面前，唯恐哪句话引她大发雷霆。如今他解放了。"不要说我们一无所有，我们要做天下的主人"，他想起了《国际歌》，想放开喉咙喊一嗓子，抒发这几个月来的压抑。然而他还没唱出第一句，就发现嗓子发出的音调完全不是那么回事，南腔北调且被拽到爪哇国去了。他怅怅无处宣泄，看来他还没到得意的时候。正在懊恼时，小关的电话打来了："苏哥，房子卖不卖？人家多出了十二万，如卖，马上过来签合同！"电话中小关仍掩饰不住内心的喜悦。

"先看看再说，不急！势头刚有好转，估计到五六月份，才见小高潮，到那时再考虑卖吧。"苏宏玮跟小关这么说。

其实这些天苏已跑了多家售楼处，联系了很多房产中介，总结归纳出房地产市场还有大的反弹。不仅地方政府在推波助澜，而且刚性和改善性需求也被极大地诱发出来。这些诱因都使得房价像脱缰的野马一发而不可收。进入下半年，房价会在一个高位运行，让人们感到房子所带来的沉重压力。苏宏玮盘算的是他手里的钱还按揭能撑到哪一天。他不再担心房子是否能卖出去，而是琢磨什么价位他才肯出手。这期间他一直思考开一家什么样的公司能让他如鱼得水、大显身手。最初的设想是开一家房产中介公司，但随后的调查走访又否定了这个初衷。他发现房屋中介门槛虽低、投资少，但易受政策左右且人员流动性大，员工素质参差不齐且忠诚度较差，能坚持三年就算好企业了。否定这个想法后他又思考自己能干什么。他所学专业现如今到哪儿应聘都是人满为患。企业什么专业都需要，唯独写字的哪也不需要。考虑一圈，还是围着房产转。思了又思，想了又想，最后又征询了老修的意见，最终才决定开一家投资咨询公司。经营项目也是与房地产业相关的业务咨询和投资地产的法律法规的有关业务。其实，苏宏玮自己知道他的主营就是买房卖房，抑或买卖其他商铺和写字楼等，说白了就是炒家。但他给自己定了一条规矩：切忌单打独斗，凡是超出他能力范围的，一定寻找多个合作伙伴，风险共担、利益共享，如此才能立于不败之地。商场最忌讳的是"贪"，这条把握好了，利大利小都是次要的。苏宏玮把这些都想好了，前期筹备也开始了。修玉林是他首选合作伙伴，不仅人可靠而且还能为他带来一部分资金，其次自然是老同学肖元凯。没想到电话刚打通，肖元凯就喜气洋洋地对他说："兄弟，我最近开了一家元凯中介公司，明天正式开业，你一定来捧捧场呦，赚个人气！"苏宏玮没想到肖元凯早就蠢蠢欲动，现在时机到了，他终于可以大展宏图了。"好啊，到时一定去。盼你人气爆棚，房源广进，多多发财！"苏宏玮随口说出很多祝福的吉利话，并且提出买两个花篮以示祝贺。拉肖元凯做合伙人的愿望落空，苏宏玮自然想到吴晴岚。对于吴跟他合伙做投资生意他一点底都没有。大年初一应邀去了吴家，两人见面都感慨万分。相识一晃有八年多了，吴最初是粉黛佳人，面若桃花，一颦一笑宛若花开花落，引无数痴男望眼欲穿。现今却端庄安详，让岁月消磨了些许风华；但容颜依旧，只是少了些顾盼生辉的神采，没了婀娜多姿的身材，让人的想象多了点美中不足的缺憾。仅是一瞬间的感觉，吴依然是谈笑风生，待人热忱，让苏有宾至如归的感觉。两人谈起这些年的沧桑变故，恍惚有"十年一觉扬州梦"之感。"时间过得太快了，一晃快十年了，我都不知是怎么过来的，眼看奔四十了。网上说得好：'你走得累不累，脚知道；你撑得难不难，肩知道；你过得好不好，心知道。'人过三十天过午，这些年五味杂陈，我是什么滋味都体验到了！"吴晴岚感慨地说。

"大家都一样，你是十年一觉，而我呢，十年过后两茫茫，妻别离、自断肠！个中滋味儿，只有我自己知道了！"苏宏玮说完不免心中黯然了许多。

"今天过年，咱们都不谈往事，说说未来。新年你有什么新打算？"吴晴岚一改抑郁的心情，转而问起了苏宏玮。

"眼下的形势让人无法给自己定位，美国的次贷危机及中国的宏观调控对各个产业都是寒风劲吹。对于我个人而言，现如今实在想不起能干些什么！"不谈打算还好，一说未来，苏宏玮更是沮丧，他对未来不抱任何希望，甚至有绝望之感。

"别伤心了，你一个男子汉这样，那我们小女子岂不没活路了！别那么悲观，风水轮流转，明天到我家。说不定哪天太阳就照到咱这来了！"吴晴岚很是达观地安慰苏说："其实，我的境况也比你好不到哪里去。公司连年亏损，快到山穷水尽的地步了。去年接拍了一部电视剧，找了几家投资者，最后都因市场原因怕拍完没人买单而搁浅。今年要是还不能得到改善，我怕是也要改换门庭了！"吴晴岚轻描淡写地说了自己的状况。

苏宏玮不听则已，待吴说完后更是感慨万千，生存危机让所有的人都忧心忡忡，一个女人尚且如此，他一个大男人还有什么理由怨天尤人呢？"与天斗其乐无穷"，看来只有自己奋斗，谁都救不了你。那天与吴的会面让他明白了这个道理。晚上，吴晴岚果然给苏宏玮包了一顿酸菜馅饺子，还做了几个凉菜，又拿出一瓶干红，直喝到夜阑才散。

论人品和工作能力，吴不论须眉，有她来做合伙人苏还是放心的。但不知吴是否愿意入伙，踌躇了好一阵子，苏宏玮才把电话打过去。吴此时正在公司郁闷，原因是节后上班第一天老板的话就让所有员工瞠目结舌。"各位，今年的业务还是没有起色，那咱们真要饿肚子了。希望大家要集思广益、多方联络、广开渠道、融通资金，否则下季度工资要减半了！"他的话还没说完，下面的人皆面面相觑，不知如何是好。吴晴岚非常清楚公司面临的困境，也理解老板的苦衷。但大势不好，她也无能为力。资金匮乏，什么项目都无法操作，作为部门经理的她心急如焚，正思考着如何才能破局时，电话响了。接通后才知是苏宏玮打来的。她对苏怀有极大的感恩之情。苏不仅帮她调到南厦，让她结束了三年多的漂泊生涯，而且又帮她介绍了新男朋友。虽然最终没成，但那也是跟她消极被动有很大关系。吴读书不少，但她相信缘分，虽至今孑然一身，她仍然笃信属于她的那份爱情没有到来。春节拜年时听苏说他的婚姻解体，内心不免一震。凭感觉她知道苏还是不愿割舍，但木已成舟，无法挽回，她只有安慰的份了。不过，她还是隐约替他惋惜。论形象、人品和学识，苏不该落得这样的地步。但话说回来，自己学富五车、貌若西子不也沦落到孤家寡人、无人问津了吗？命由己造，相由心生，世间万物皆是化相，心不动，万物皆不动，心不变，万物皆不变。万法皆生，皆系缘分。一切都是命中注定，任你千般辗转，万般腾挪，到头来仍是无可奈何、空空如也。吴正想着自己的感悟，对面电话里苏的声音就响在耳边："想什么呢，一直不说话？"

"——啊！正在想你的处境。"吴晴岚被苏问得有些不知所措，慌乱中脱口而出。

"我有什么好想的！姥姥不疼、舅舅不爱、一人吃饱、全家不饿，有我不多、没我不少。"苏宏玮信口调侃，丝毫没有理会吴晴岚的话外音。

"今天怎么想起给我打电话了，在我的印象中，你主动给我打电话也就两三回。"吴晴岚恢复了常态，转而反击了。

"天地良心，你把我说成什么人了，我就那么无情无义吗？"苏宏玮的委屈声高了起来。

"说吧，找我有事吗？"吴晴岚认真问了一句。

"想请你到'一品鲜'吃个饭，怎么样？"苏宏玮灵机一动顺口说出连他自己都意外的邀请来。

"你说这话让我想起网上最近公布的谎言分级十大参照标准。"

"什么谎言分级十大标准？"苏宏玮有些疑惑。

"第一是餐厅：菜马上到；第二是同事：改天我请你吃饭；第三是领导讲话：我最后说两句；第四是服装店：这衣服就是为你设计的；第五是老公：我在开会呢；第六是小姐：我昨天才来，今天才上班；第七是等人：我马上到；第八是开发商：房价还会涨；第九是医院：我们已尽力了；第十是教育：再穷也不能穷教育。"

"你说这话也让我想起最近网上流传的说法……父母忽悠孩子叫教育；孩子忽悠父母叫欺骗；男人忽悠女人叫调情；女人忽悠男人叫勾引；男女互相忽悠叫爱情。你说，现在的社会怎么这样了！"

"这就是现实，咱们谁都别无选择！"吴晴岚说。

"别说了，六点半在'一品鲜'见，成吗？"苏宏玮又重复了一遍。

"好吧！晚上在'一品鲜'见。"吴晴岚沉吟了一下答应了。

六点半，吴晴岚来到一品鲜酒楼。刚一进屋，立刻引来无数关注。她身着一件黑色香云纱的连衣裙，佩戴一条白金项链，脚穿一双柔软精致的羊皮鞋。身材虽不尽纤细，却也窈窕可人，梳一时尚马尾辫，衬托出她独有的气质。苏眼前一亮，忙引她到一个僻静的座位坐下来。这是一家以北方菜为主的餐馆，因有几道特色菜而闻名遐迩。苏先点了一道干锅鸭，又点一盘清蒸鱼，而后又点了两盅鲍鱼排骨汤、一盘青菜，随手把菜单递给了吴晴岚。

"差不多了，点太多也吃不完，现在流行的说法叫光盘行动。咱们也该遵章守纪！"吴晴岚推回菜谱说。

"请女人吃饭机会很少，尤其请颜值高的美女吃饭更是少之又少。但愿不要骂我吝啬就好！"苏宏玮见吴很是随意便讲了这番话。

时值春季，窗外几棵美人蕉亭亭玉立，随风舞动，仿佛几位绿衣美女翩翩起舞,看得两人不免遐想万千、诗意大发:

"头上月如弓，影去无形。厅前醉酒舞青锋，几许痴情藏深处，寂寞难从！秋水出芙蓉，迷倒诗翁。天生高雅戏鱼龙，踏遍江湖堪笑傲，谁是英雄？"吴情不自禁抒发内心的感受。

"好词！收放自如且直抒胸臆，不仅展示了个人的情怀，又表达了深邃的见解和主张。令人佩服。"苏宏玮见吴触景生情，把她创作的《浪淘沙·无境》背诵如流，贴切抒发了自己的情感和情绪。在他面前她还是第一次流露个人的才气。

"看你这般豪放，苏某也不让巾帼一回，你且听"——"醉里看红颜，春意阑珊，几番风雨更添寒。长叹此生如寄客，随遇而安！常在孤独间，寂寞无言，为谁痴守又经年？但愿佳人频顾我，一笑悠然！"

苏一口气吟完了《浪淘沙·春》，顿感回肠荡气，仿佛又变回了年轻时代那个挥洒自如、谈风论月的风流才子。

"咱俩干吗呢？吃饭变成了赛诗会，你看看周围谁像咱俩这样疯癫痴傻呀！"吴晴岚忽然觉得两人变成众矢之的，她感到很多年没这样的冲动和激情了，她很难为情地注视着苏宏玮。

"这叫触景生情，管别人说什么。'我本楚狂人，凤歌笑孔丘'。本来就活得很艰难了，到这儿还要看他人的脸色，这辈子要累死了！"苏宏玮不屑看了周围一眼。

两人正聊着，菜陆续端了上来。看着色、香、味俱佳的菜肴，苏很开心。这些日子郁积的烦恼，经与吴的一阵交流，仿佛烟消云散了，剩下的是信心满满、气冲云天的豪情壮志。他觉得今天的饭没白吃，起码换来个好心情。

"你请我来就是吃饭这样简单吗？"吴晴岚希望苏是单纯请她吃饭，她不愿与他的关系掺杂其他功利因素。她只想与她喜欢的男人共进晚餐，最怕有人破坏这样的氛围，她在内心祈祷苏能说些女人受用的言辞，那样她会意绪绵绵、倍感温馨。

遗憾的是，苏宏玮却没有这般的诗情画意，他想的是用什么样的词汇能游说吴晴岚加盟、入伙，完成他的梦想。两人的想法南辕北辙，当然，结果也就可想而知了。

"难得我们相聚，你就不想说些什么？"吴晴岚今天心情极好，和自己熟悉的人在一起，她的话自然多起来。

苏宏玮见她先开口，想了一下便说："现在的形势日新月异，你就没什么想法吗？难道不想再攀什么高峰？"

正沉浸在温情脉脉中的吴晴岚听到苏的话有些意外，她还没有这方面的想法，对于这样的提问她无法正面回答，"能有什么想法？在这个浮躁的社会，能够独善其身，多读几本书，让自己沉静下来，就是最好的想法了！"

吴的回答让苏宏玮大失所望。他说不出的沮丧，遗憾中不免深深地惋惜。他原以为吴能跟他携手同行，开疆拓土，打出一片天地。没承想吴的想法跟他南辕北辙，他感到有些失望，来时的兴致再也提不起来了，只是礼节性地举杯碰了一下。

对于苏的邀请，吴晴岚并没有想太多。那日到她家虽然也聊了许多往事，但苏的情绪一直不高，郁郁寡欢，不像今天这样神采奕奕、精神焕发。她怎么也想不到，过了年苏就判若两人，满腔壮志未酬、可上九天揽月的豪情。她原想苏是否刚离异，精神不振，到她这来一诉衷情，谈谈风花雪月；但看苏的状态并不拘泥于此，而是另有他意，于是闷闷中问了一句："你找我来并不是单纯的对酒当歌、畅谈人生吧？有什么雄图大略，说吧！"

本来苏宏玮踌躇满志，想把自己的计划通通告诉吴晴岚，怎奈吴是"落花有意，流水无情"。他看出吴并不想与他比翼高飞，看出了这点，他的心凉了半截。但到了这地步，他是明知不可为而为之："我自己想开一家投资公司，不知你是否愿意合伙？"说完了，他用期许的眼神看着吴晴岚。那意思很明显："看您的意见了"。

对于苏拉她加盟开公司，她还没有考虑过。说心里话，这些年走过来，苏给她的印象还是不错的。有担当、有责任心，和这样的人做伙伴还是放心的，况且，自己所在单位也是朝不保夕，出来闯荡一番也不是不行。但她不知道苏邀她加盟是否另有他意。她要弄清这点才能决定。"据我所知，开投资公司起码要注册一千万资金，且不论你是否有这个实力，单就租金、办公用品及相应设备就需要一大笔资金。即使这些都不成问题，你的主营项目又是什么？咱们俩在公司的角色有定位吗？"吴晴岚的一番话让苏宏玮敏感起来。本来他还没想两人的关系会如何，但她的提问又让苏不得不回答这个问题。他想了一下说："这要看你的态度了，你想定位什么角色就是什么角色。"

吴晴岚思考了一阵，最后说："给我点时间，回去考虑考虑，总可以吧？"

苏没想到吴晴岚会用这样的回答结束了今天的约会。回来后他反复回味吴的言行，怎么分析都确定不了吴的意图。思考再三，他最后决定先放下再说。可他想看看还有什么合适的合伙人，却想了很久也没想出比较合适的人选。

Chapter 4 第四章

招兵买马

  时间过得很快，鼠年已过半载了，苏宏玮的公司还没有着落。这期间他又找了老修多次，修给他的答复很简单：同意加盟，并愿承担相关的办公费用，项目投资按资金比例分成。两人还签了一份合作协议。苏也为此把他当初花三十万买的一套房子卖了，还了银行的按揭之后，他手里竟然还有近四十万的现金。有了这笔钱，他先在写字楼里租了一套里外间的办公室。自己在里面睡，外面可作办公用，一举两得。当他把办公室收拾好，行李刚搬进楼梯间，电话响了。原来是周晓丹打来的。她请苏宏玮吃饭，并且详细告知了餐馆的地址，末了又说："不许不来呀，今天不到，永远不理你！"

  对于周晓丹，苏宏玮有太多剪不断理还乱的情绪。他们从认识那天起，周就像小妹妹一样整天围在他身边。有时深更半夜还给他打电话，弄得余惠文很是反感，她虽知道丈夫不是拈花惹草的人，但常有女人打电话来，她还是难免萌生醋意。"你俩白天调情还不够，晚上还带到家里来？干脆别回来了！"弄得苏宏玮每有这样的电话都三言两语尽快了事。一天，两人共进午餐时，苏宏玮不得不开口讨饶："我的小姑奶奶，往后下班不要给我打电话好不好，长此以往，我的家庭就散了！"苏的本意是告诉周晓丹注意影响，谁知周却不以此为意："打电话都是公事，解决不了才找你的嘛。又没跟你玩风弄月，卿卿我我，嫂子怎么那么小心眼啊！"

苏宏玮听后更是哭笑不得。看来小女孩真是不谙世事，这种事本来是心照不宣的，但她却不以为意，可见是太单纯了。有了这印象，苏反而对她有了好感，以致公司倒闭他们还有联系。除夕晚上的一通电话让两人在大年初一中午就在万达的"桂小厨"见了面。周晓丹穿了一件长长的黑外套，脚下蹬了一双半长筒靴，一头飘逸的黑发，在熙熙攘攘的人群中有点鹤立鸡群的风采。许是很久没见的缘故，苏宏玮忽然觉得周晓丹一下子变得成熟起来，成了一个亭亭玉立、风姿绰约的大姑娘。他像欣赏一件艺术品一样看着她，让她有些不好意思，"看什么呢，不认识呀？"她做了一个鬼脸，算是掩饰了眼前的尴尬。

两人在桂小厨餐厅里落座。"时光真是过得太快，一晃又是一年，怎么样，还好吧？"苏宏玮用关切的口吻说。

"不好！谁见面都这样问，好像大家离开了就会好起来，其实一点都不是这样的。"周晓丹毫不扭捏，像在自己亲人面前一样倾诉起来，"我回到家，立刻被爸爸看起来。原来给我寻了一门婆家，对象是县上供销公司的副经理，很有钱。这事是我嫂子给介绍的，他们家人还来过我家，看了很满意，于是就定下来。后又下了聘礼，日子定在农历的二十三。之前因我没见过男方，彼此并不了解，所以不同意这门亲事。谁知我爸坚决不同意，说聘礼已收了，哪有反悔的道理，见我不愿意，就把我看起来。哥哥同情我，在临结婚的前一天，半夜把我送到火车站，就这样我又回到南厦。本想给你打电话，又怕给你添麻烦，就找了一份家政工作，除夕晚上才给你打去第一个电话。"周晓丹把她这半年的经历原原本本地讲了出来，然后长吁了一口气，这才平静下来。

苏宏玮没想到这半年来周晓丹竟有如此的境遇，感慨万千中，他又同情起周晓丹来。想想芸芸众生中有多少人的命运不能由自己来决定。不幸的人各有各的不幸，谁能完全主宰自己一生的命运呢？联想自己眼下的处境，不也如一介浮萍随波逐流吗？

周晓丹看出了苏的异样，不由得问起："你怎么了，刚才还好好的，怎么一下子就变了？"

"没事！我是听你的遭遇有些动情。活着即遗憾，没有遗憾，给你再多的幸福也不会快乐。所以要活在当下，感受生活！"苏宏玮转而开导起周晓丹来。

"苏大哥，你怎么了？我这次见面看出你的变化很大，是不是有事没告诉我？"晓丹很认真地问起。

"光顾着聊天了，菜还没点一个。来，服务员，点菜！"苏宏玮无法面对小姑娘那双纯净如水的眼睛，他只好用点菜来掩饰自己的窘境。

不一会，菜上来了。地道的广西菜，给苏印象最深的是黑豆腐和酸鱼，还有当地的水酒。"菜的口味怎么样，有湘菜好吃吗？"苏宏玮亲切地问了一句。

"偶尔尝一回也是不错的！"周晓丹回应说。

"还在家政那儿干吗？"苏问了一句。

"就是名声不太好。但钱还是好挣的，每月有三四千，比公司时还多，我都不想出来了。"周晓丹说。

"我最近想开一家投资咨询公司，你来吧，工资不低于三千元，怎么样？"苏宏玮平静地说。

"太好了，我就盼着你能开公司，然后带着我周游世界！"周晓丹听完马上跳起来，她的劲头比苏宏玮还高。这个消息对她来说，比她拿了多少金元宝都高兴，她想的就是跟着苏宏玮开一家公司，能天天看见他，和他一起哭，一起乐。至于其他事，她还没有想那么多，她也不愿想太多。或许她的年龄还没那么成熟，想得单纯自然，也没那么多的顾虑。

看着周晓丹一副无我的状态，苏宏玮感到无比轻松。若能给人带来愉悦，带来欢乐，自己也就成了天使。其实这世界上，人多半是为他人活着。只有你周围的人快乐、幸福，你才能安然释怀；也只有想着他人，为他人谋幸福，你才能从自由变成自在的人。苏宏玮觉得自己变得高大起来。他觉得自己成了播撒快乐的信徒。

那天晚上，苏宏玮的心情格外好。虽然他还没看到未来任何曙光，眼下还没有什么业务单子从天而降，但他还是满怀信心。他坚信只要努力拼搏，向着自己既定的目标前行，就会看到无限风光。

接连几天，他一直在跑办理营业执照的手续。中介小关来电话了，他告诉苏宏玮："苏哥，你的那套大三房价位能不能再降一些，所有的客户只是问了问，听了报价就走了！"

"你看报多少合适？"苏宏玮说。

"顶多每平方米不能高于一万一，过了这个价，就很难卖了！"小关说。

"你看着办吧，超过这个价位的钱归你，怎么样？"苏宏玮回了一句。

"哥，就这价位都很难卖。要是小于九十平的，我敢打包票，你这太大了，不好卖呀！"小关大倒苦水。

挂了电话，刚到办公室，周晓丹又打来电话，她说："本市洪山小区有两栋九二年盖的职工宿舍，现企业改制，为给下岗职工发放经济补偿金，公司现决定整体出售，共五千四百多平方米，价格每平方米三千八到四千二左右，能来看看吗？"周晓丹怂恿苏宏玮前来了解一下。

当价格信息第一次介入到苏的脑海里，他首先想的是如此低价位的利润空间，但随后的整体两栋出售，又让他望而却步。按五千平方米计算，他起码得有两千多万的资金。就他个人而言，拿出两百万都困难，更别提两千多万了。想想，那股火花只闪了一下便熄灭了。"不去了。眼下咱们还是小打小闹阶段，倒个一两套还可以，还没那么大的胃口。"苏宏玮推诿说。

"如果小打小闹你开公司做什么？炒房一人就成，我没想到你竟这样僵化，真让我把你给高看了！"周晓丹在电话里毫不留情地数落起苏宏玮来。

苏宏玮听着听着觉得周的口吻怎么跟余惠文如出一辙，说得他血脉贲张，让他不得不激动起来。他本想说小丫头片子懂什么，但又觉得不妥，只好改口说："好！听你的，咱们去看看，这行了吧？"

苏宏玮和周晓丹看完后已是中午十二点多了。走出洪山小区，苏还回头看了几眼。说心里话，如果论单套买，五千一平方米也不愁销售。但面积太大了，没有相当实力的人是吃不掉的。他反复思考着。周晓丹看出了他的顾虑，顺口说："一人不行可再找几个人嘛，人多力量大。买完转手，还不赚它一大笔！"

周晓丹的一番话提醒了苏宏玮。何不拉几个人联手来吃掉这个楼盘呢？苏想到这里，情不自禁地拍了一下脑门。平时自己总觉得智商还够用，现在还不如这丫头片子灵光。越想越恨自己大脑不开窍，临到关键时刻还得周晓丹点拨。这样想着，不由得看了眼前的周晓丹一眼。

"走吧，苏大哥，今天我请客，咱们去吃客家菜！"没等苏宏玮反应过来，周已拉他朝路边走去。

"今天这顿饭我请，主要犒劳你，成不成你都是头功，做我的徒弟你合格了！"苏宏玮的心绪多云转晴，用赞许的眼光看了周晓丹一眼。

"这消息你是怎么知道的？"吃饭时，苏问了一句。

"这个小区有一妇女生小孩，我来做月嫂，听她们在议论，才得知房子要整体出售。听你说要做房地产大买卖，就打了电话。"周晓丹讲了全过程，然后用期待的眼神看着苏宏玮。

"有点商业头脑，值得表扬，以后有这样的消息要随时报上来。"苏宏玮用赞许的口吻表扬了周晓丹。

苏宏玮随后就找了修玉林，两人看后都觉得是笔大买卖。之后又拉肖元凯来看，三人都认为这个项目可以操作，于是坐下来商量。肖元凯算了一笔账："五千多平方米的出盘价得两千多万，咱们得至少筹一千两百万。这笔钱对咱三人来说力不从心，只有再拉上两三人才能吃下。预计以每平方米五千二百元转手，起码可获利五百万。现在就看我们手里能拿出多少钱。"

苏是第一次遇到这样的大事。论实力他是最差，手里仅有卖房的不到四十万，与老修碰头得知他只能拿出两百万。而肖元凯倒是没明说他有多少资金。苏宏玮回来后苦思冥想也没想出个对策。烦躁中，他给小关打了电话约他出来吃饭。小关来了，两人在一小酒馆喝了起来。

"兄弟，我那套房子现在行情价能卖多少钱？"喝过两杯酒后苏宏玮先开口了。

"苏哥，你现在想卖了？"小关两杯酒落肚后，话开始多了。

"想卖，我等钱用！"苏宏玮毫不讳言。

"顶多每平方米一万元，而且还得遇上个有诚意的买主。"小关说。

"卖吧，就按这个价，事成我不会亏待你！"苏下了决心。

看着苏真的表态同意卖房，小关也高兴了："来，苏哥，我敬你。今后咱哥俩联手，你买我卖，肯定能发财！"说完碰了一杯，干了。

苏宏玮回来仍觉得不踏实，他怕有人捷足先登。万一有哪路神仙得知这个消息，抢先与改制公司签订合同，那他的计划岂不是全盘泡汤？越想越有些怕。他想明天必须与那家公司负责人见个面，了解清楚，无论转让时间、价格及其他相关手续等都要问个明白，那样他才好作下一步的打算。想到这，他给小周打了个电话："你不要再去家政上班了，从明天起，到公司报到，每天早九点到晚六点是工作时间，工资三千，另有奖金和加班费，包交社保、医保和住房公积金等三金，可以吧？"苏宏玮一口气把该说的都讲完了，然后等周晓丹的态度。

"那我明天就可以上班了？"周晓丹说。

"你明天就来吧，跟我到外贸公司去一趟，了解转让事宜，看看能否合作成功。"苏安排了明天的工作。

第二天一大早，还没到八点，苏就听到了敲门声，开门一看，原来是周晓丹。她换了一身黑色西装加筒裙，又让苏眼前一亮。落落大方、气质优雅，完全是职业女性的装束。"来得这么早，我才刚起来！"苏说不上是表扬她还是批评自己。

"你怎么在这睡，干吗有家不回呀！"周晓丹很意外。

"啊！昨天太晚了，所以没回家。"苏搪塞了一句，"咱们到下面吃个早餐,然后就走。"苏宏玮说完穿上衣服推开门。二人到外贸公司时,他们也刚上班,稀稀落落的没几个人。见了负责人,周晓丹先说明来意:"听说贵公司要转让两栋宿舍楼,能否为我们介绍一下?这是我公司苏总,想了解一些情况,希望给予方便。"

"我姓刘,你们叫我老刘就行。这两栋房子的消息已发布一个星期了,前后已有三家公司前来洽谈,但都没有结果。我们出的条件并不高,但这几家都想杀价,这是国有企业,资产评估太低了,国资委通不过,所以现在还没有哪一家主动来签约,我们也在向上汇报,争取一个双方都能接受的价位。"

"可否打听一下,贵公司的最低价格是多少?"周晓丹适时提出了核心的问题。

"到了今天,我也不瞒着掖着了,公司上报的是三千八百五十元每平方米,产权标明共五千四百六十一平方米。你们想要就按这个价定,合同签完,要交五十万定金,其余款项一个月内付清,之后公司即可为你们办理相关手续。"刘总经理说完了他的意见,看了看苏宏玮和周晓丹,期待着回复。

苏宏玮觉得该说话了,从进门到现在他只是礼貌性地点点头。现在他要表明自己的态度和诚意,给对方留下好的印象。"贵公司提出的条件我听了大概,这样,能否把合同拿出来给我看看,如果合适,咱们马上签约?"说完看着刘总。

"我们苏总是北方人,说话干脆利落,办事从不拖泥带水,你跟他合作肯定会让你满意的。"周晓丹适时插了一嘴。

"北方人豪爽、大方,我愿意与北方人合作。小王,拿一份转让合同给他们!"刘总发话了。

苏宏玮仔细看了一遍合同,发现内容与刘总说的基本一致。于是表态说:"合同我看过了,基本没问题。如果跟您马上签,还能优惠一些吗?"

"看苏总是个爽快人。这样,如果今天能签,我马上打电话请示每平方米再降五十元,你看可好?"刘总来了精神。自消息发布已两星期了,几乎每天都有前来洽谈者,但大抵以"考虑考虑"为由,便泥牛入海无消息。公司急得火上房,刘总也为此忧心忡忡,前天他还打了报告请求每平方米再降价一百元,但报告没有批下来。今天见有人来谈价并且与标的价格相差无几,他动心了。公司改制、人员下岗早已弄得人心惶惶,拖久了不知要出什么事。他想尽快结束这旷日持久的麻烦。当他听说苏有意接盘,大喜过望,于是答应了他的请求,操起了电话。不一会通话结束,刘总满面笑容说:"上级批准,每平方米以三千七百五十元转让给你们。其他条件不变,立即成交。"

苏宏玮没想到他第一次出来与人谈生意就大获全胜，自进入社会他还是第一次代表公司出面谈合作，那种欣喜远比考大学得知被录取时还要兴奋。但高兴之余，对方却提出要先交五十万定金。苏自己的卡上只有三十多万，减掉半年的办公室租金，也只有三十来万了。眼下不交钱，不仅机会丧失，而且面子也将丢尽。思谋许久，苏开口说："我今天只是来看看，没想到这么快达成协议。为表诚意，我先把卡上的三十万转给贵公司，咱们先把合同签完，另二十万明天转来，你看可好？"

见苏如此有诚意，加之第一面就拿出三十万，刘总也很高兴地答应了。双方约定明天带二十万来，合同拿走。双方签完合同，也快中午了，苏主动约刘总出来喝一杯，被婉拒后二人出了公司门。

"苏大哥，你太有本事了，只一个回合，他就降一百元。我敢说，再磨一会儿，他还能再降一百元！"出了公司大门，周晓丹就忍不住给苏宏玮点起赞来。

"功劳是你的。要不是你问话得体，先把他震住，说不定形势就不是这样了。"苏肯定了小周所发挥的作用。

"是你的功劳，我是绿叶衬红花，价格谈下来是你的功劳。"周晓丹说。

"咱俩就别在这惺惺相惜吧，肚子都饿得咕咕叫了！"

吃完午饭苏宏玮回到办公室。他没心思休息，想的尽是二十万从哪儿来。想到最后，想到了吴晴岚。下午一上班，他就给她打了电话，约她到东湖路的玛琪雅朵咖啡馆见面。吴晴岚到时，苏宏玮早已等候多时，见吴到来忙起身迎接。两人重新落座，苏为吴点了一杯咖啡，又往她的杯子里加了一块方糖。吴依然是一身素雅，虽不似浓妆重抹艳丽，却总给人清新淡雅之感。苏很欣赏吴的气质，虽有拒人千里之外之感，却总能让人遐想万千。对他来说，吴就是个谜，他总想窥测一二，但就是不敢冒失。如今他单身了，君子好逑，没什么藩篱可以阻止他靠得更近一些。但他今天却没这个雅兴，他想的是上午刚签的合同，想拉吴晴岚加盟他的团队。

"好久不见了，约你出来聊聊天，很想听听你的见解。"苏宏玮微笑着道出了他的开场白。

吴晴岚与苏宏玮有好长时间没见面了，自从得知苏离婚后她就开始注意起他来，苏给她的印象太深了。为人儒雅、善良且乐于助人，而不像那些市侩小民，功利心强且虚荣、伪善。因为有这些好的认知，吴很愿意与他交往。本来公司有点事，但她硬是推掉前来与他会面。她想了解苏的想法，看看两人能否有相同的价值观，能否走到一起。当然这些必须出自苏之口，她一个女人是万万说不出口的，她只能被动地等待时机。今天苏主动约她出来见面，她感到是个机会，于是接了电话便赶来赴约。见苏宏玮请她谈见解，浅浅一笑："我一个女人孤陋寡闻，哪有什么见识，倒是你天天在外辛劳，见的世面肯定是比我们多了！"

见吴晴岚露出几分矜持，苏宏玮很高兴。他需要的就是这种态度，女人一旦谦让起来，事情就好办多了。想到这，他说："这几天我一直想约你。还是前些日子的话题，公司成立了，我想拉你入伙，目前已有了可操作的项目，预计利润也很可观，现在就想知道你的态度！"

对于苏拉她做合伙人一事，吴晴岚想了很久，最终她还是决定加盟、入伙。一则她的公司风雨飘摇，不知哪一天就关门倒闭了。二来跟着苏宏玮干事，她心里踏实。出于对苏的好感，她认为苏开公司不会让企业大起大落，有了这点她就有了安全感。而最重要同时也是吴晴岚难以启齿的是她希望最后和苏宏玮走到一起。当然，这点无论什么时候都不能说，这是她心中的秘密，是她无法向任何人诉说的情怀。有了这些想法，她早已开始作了准备。趁着行情好，她委托中介把她先前买的那套小房子挂上牌，没想到上个星期就被人买去了，而且没过户就到市公证处做了份全权委托公证，扣除了银行的按揭款，当天就拿到了全款。吴很高兴，她当初买这套单身公寓时，首付仅拿了近九万元，如今卖时却将近二十四万元。但是她怎么也没有想到，从银行走出来时，那个中介告诉她说："买你房的这个人是炒家，这种学区小户型最受青睐了，不出半年，起码涨十万！"吴晴岚没想到她的小公寓这样抢手，她感到有些后悔，懊恼中竟忘了走哪条路回家。那个中介看出了她的心思，"大姐，再买一套嘛，选好了照样赚钱！"这句话给了她莫大的宽慰，道了声"谢谢"回家了。

今天苏向她提出合伙的事，而且还说有了项目，自然引起了她的兴趣，"你说的项目是怎么回事，能说说吗？"

见吴晴岚认真起来，苏宏玮于是一五一十地把上午的签约过程全都告诉了她，末了还说："这个项目往最差了讲，也有四百多万的利润空间。如果做好了六七百万也不是没可能的！"

吴晴岚见苏这样说，便问："资金筹得怎样了，还差多少？"

"现正在找人入伙，眼下差二十万就能把合同拿回来。"苏宏玮看着吴晴岚说。

"我这有二十万，你拿去吧，咱们先把合同拿到手，然后再拉人，事情就好办多了。"被苏宏玮这样一说，吴晴岚也激动起来。这样的机遇不是天天都有，要赶紧抓住才是硬道理。

苏宏玮和周晓丹第二天早上就到外贸公司交了款并拿到了合同，回来把合同拿给了吴晴岚看，然后又来到了修玉林的公司。老修看了合同后很高兴，他没想到苏宏玮干得这么漂亮："小苏，真有你的！想不到这么快就签成了。这回咱哥几个大干一场。资金我出两百万，余下的大家想办法。"修玉林手拿合同赞不绝口地说。

"按眼下情况，我手里能凑两百万，吴晴岚大概也能有一百万，咱们三人也只能凑到五百万。按合同两栋楼合计共五千四百六十一平方米，总价为两千零四十七万八千七百五十元。如果银行能贷到一千万的话，咱们还得筹五百多万。"苏宏玮给修玉林算了一笔账。

"小肖不能出一部分吗？"修玉林问。

"他说现在已成立了一家中介公司，拉他入股我怕他不干，如他能加盟，当然是最好不过了！"苏宏玮说出了他的顾虑。

"的确是这样。"修玉林沉吟了一会又说，"这事咱们还是告诉他。他能加入更好，即使不合作，帮咱介绍几个投资者也不错！"

"我去找他一趟，听听他的意见。毕竟他在这行里摸爬滚打了好几年，比咱们的经验要多多了！"苏宏玮说。

Chapter 5　第五章

心怀叵测

　　自进入2008年后，肖元凯运程一直不错。先是卖了一套房缓解了因按揭而造成资金紧张带来的压力。接着又开了一家房产中介公司，招兵买马，干起了真正的房地产买卖。起初他设想把自己余下的十一套房产转手卖掉就金盆洗手，再也不干这种摧残心灵的事了。回想去年的下半年，那种煎熬简直就是把心放在油锅里炸，每一时每一刻都在惴惴不安中度过。报纸、电视、网上传来的每一条消息都能把他脆弱的心灵震裂。当时他就发誓这辈子再也不碰房地产这行了。可过了年，眼看房价蹭蹭地上涨，他的心又活了。奶奶的，这不是把人往死里整吗，还让人活不活了？就在这时，他认识的中介郑小姐打来电话："肖总，您那套小两房有人出价了，六十五万您卖不卖？"肖元凯简直不敢相信自己的耳朵。年前这套房子三十五万都无人问津，现在竟然有人出价六十五万，简直天壤之别，他当即就答应下来。自开业以来，他又陆续卖掉九套房，既赚了中介费又回笼了大笔资金。目前，他正研究区域价格差异，准备选合适时机下手，争取打个翻身仗。

　　苏宏玮这时前来求见，让他若有所思。对于这位老同学，他是既爱又恨。想当年是他把自己拉到南厦来，虽说当时是满心欢喜，感激不尽，可不料企业垮了，害得他下岗失业，找了一份广告公司的工作，收入也是饿不死撑不着的。后多亏苏又拉他炒房，这才让他走上致富路，不仅娶了老婆，而且有了自己的房子，与他的同学相比，还算得上小富。虽然还不是真正意义上的"五子登科"即房子、车子、票子、妻子、儿子齐全，但也相差无几。他没车，但驾照不久就下来了，他自信马上就会拥有的；他没儿子，他那不争气的老婆给他生了个女儿，虽然时代变了，但"不孝有三、无后为大"的潜意识还深深地根植在他的脑海里。这对他来说是一个遗憾，天意不可违，他也是无可奈何。但他没想到2007年是他的灾难年，年初还没看出什么端倪，他为此还买了两套二手房。按他的算计，装修后每套赚上二十万绰绰有余。但到了下半年，形势变了，每况愈下，房子一天一个价。他那两套新装的二手房到十月份已降到了最初买时的价格，这就意味着他每套八万多的装修费已荡然无存。他心有不甘，想硬着头皮挺下去。但到了年底，他已感到力不从心，银行的催缴单纷纷向他砸来，催缴电话也天天响起。按他的计算，十一套房的按揭款，每月将要付七万多元。这颗压在他心头的巨石，已让他奄奄一息了。这还不算，还有两家银行给他发出最后通牒：如在一月底还不能把拖欠近四个月的按揭款缴齐，银行将起诉他，择日拍卖他的房产。这些消息像山一样向他压来，他甚至闻到了灭顶之灾的气息。多亏苏宏玮提醒，让他无论如何先卖掉一套或两套，捞个喘息之机。壮士断腕，肖元凯回去就果断把他新装修的两套房子以低于行情价百分之四十的价位卖给了另一炒家。他算了一笔账，两套近一百零三平方米的房子，因地段好，每套花了六十万买下，又花了八万的装修费，加上中介费及契税等各项费用合计每套七十一万多元。两套房最终分别卖了八十七万六千多元，扣掉按揭款每套只拿到十七万八千多元。肖元凯痛心疾首，但也无可奈何。做生意有赔有赚，哪有只赚不赔的道理。想通了，心情自然也调整过来。不过，这次教训让他明白了一个道理，那就是做任何事不能走极端，要讲中庸之道，凡事要适度，切不可太贪。祖宗留下的古训一定要牢记，否则一切都将付诸流水。

"兄弟，你的外贸公司项目谈得怎样了？"肖元凯见苏宏玮来了，示意看座并开门见山地问。苏宏玮没多说什么，只是把合同拿出来给他看。

肖元凯没想到苏宏玮这么快就能把合同拿到手，不由得暗自一惊。苏宏玮和他说了这个消息，他第二天就派人去了解情况，人还没回来，苏就已把合同摆在了他面前。这让他暗自佩服苏宏玮的作风。他现在也在找项目，眼下没合适的房子拿来炒，他正考虑做民间借贷，听人家讲利润也很可观。苏宏玮带来的信息让他跃跃欲试，但没想到让苏来个捷足先登。他盘算着这个项目对他有多大的吸引力。本来他是做房产中介的，买房卖房是他的长项。现在项目让苏宏玮拿到，他已成不了主角，那怎样才能做到利益最大化，他在思考着。

"你的意思想怎么合作？"肖元凯投石问路。

"我现在缺五百万，你如果有钱就投一些，绝对不会亏待你！"苏宏玮摆明了合作态度。

"怎么个合作法，你说说？"肖元凯想进一步了解合作意向。

"合同你也看了，这个项目需要两千多万，你出多少就按百分比确定股份。"苏宏玮说。

肖元凯的大脑开始高速运转，算到最后他得出结论。这五千多平方米的房子最低可以五千元每平方米的价格出售，实际利润也就五百万。也就是说，投入一百万可有二十五万的利益。卖得好，三四个月就可售罄，看来利润还是很可观。此外他能赚一大笔中介费，更是意外之财。肖元凯有些动心，但他不愿表现得太迫切。于是说："这样吧，你让我考虑考虑，再说，钱也得筹一下，然后答复你。"

苏宏玮走后，肖元凯又打起他的小算盘：苏宏玮太精了，让他出五百万，才获利百分之二十五，而苏宏玮的五百万却要获利百分之七十五，这显然不合理。为什么他要这样算呢？肖元凯想了半天才想明白。原来是银行贷款的一千万在起作用。如果这样算，他苏宏玮岂不成了庄家？但不这样算，平均分摊吗？这显然也不成。因为无论如何银行贷款的风险是他苏宏玮要承担的，摊在大家头上也不合适。肖元凯想了半天也没想出苏的不是，但这样合作他又实在心有不甘，肖元凯陷入两难之中。放弃合作，意味让苏宏玮看透自己的狭隘，更关键的是这样巨大的利益将与他失之交臂。肖元凯反复权衡都没有找到万全之策。他又盯住了合同复印件。看了半天忽然萌生一个想法：既然是国有企业转让房产，就有文章可做。他要利用国有资产在清理整顿过程中容易出现的弊端把文章做足，让苏宏玮的合同作废，重新再来一次公开竞标。那样，项目的承包权就不一定在苏宏玮手中了。到那时，他的机会就来了，即使他没得逞，到时再与他人合作也不迟。即便这个项目旁落，也没他丁点关系，他无怨无悔。他就是不想让苏宏玮高出他一头，那样在熟悉他俩的人面前，他就难堪了。

想好了应对的策略，肖元凯马上用电脑拟了一封揭发检举信，并署上莫须有的人名分别寄给了南厦市纪委和国资委。他相信这封信一旦被纪委和国资委打开，没个小半年是结不了案的。他要静观其变，等待有利于自己的时机到来。

信发走了，肖元凯坐在椅子上反复琢磨着这件事。说心里话，他与苏宏玮并无深仇大恨。相反，苏对他可以说尽到了朋友加同学的情谊。他刚来时没地方住，还是苏主动提出两人合住同一宿舍。下岗后他失业了，苏又拉他合伙炒房，才让他结束了捉襟见肘"月光族"生活，才有了老婆、有了家、有了女儿……有了今天。但肖元凯想的不止这些，从踏上经商这条路起，能影响他的远不是什么儿女情长和婆婆妈妈。商人讲的是利益最大化，"商人重利轻别离"！"如果你做不到这点，那就不是一个好商人！"这是他进公司时，老板在一次业务会上的亲口训导，他至今铭记在心。对于这件事，他也不是对苏有多大怨气，而是利益的权衡让他心里产生了倾斜。如果苏一开始拿出利益平分的意见，他或许就欣然同意了。但换位思考，如果是他肖元凯拿到承包权，苏宏玮会像他这样做吗？答案肯定不会。那为什么轮到苏宏玮，肖元凯就这样想了呢？两人做同学时，肖元凯就没怎么看得起苏宏玮，那时的苏无论气度、家庭和学识都让肖无法恭维。有了这些潜意识的积淀，在肖元凯的思想里就有了高苏一头的观念。天下熙熙皆为利来。作为商人的他，思考的是利益而不是其他。看似毫无秩序的自然界里，也是物竞天择、适者生存。狼吃羊看似很残酷，但狼不吃羊去吃草就得饿死。狮子不吃角马、水牛转吃植物也得饿死。自然界尚且如此，转到社会上更是如此了。其实人也是动物，只不过是高级的动物罢了，其本质大抵一致，没什么区别。肖元凯想明白了这些，心里也就坦然了。他甚至哼起了小曲："郎呀！咱们两个是一条心……"

酒桌众筹

　　苏宏玮回来后，一直思考着他的资金问题。凡是有可能的朋友他都逐个想了一遍，最终还是选了当年拉他一起炒房的老陈和许杰。两人是本地人，而且这些年靠炒房都发了大财，资金不成问题，就看愿不愿意与他合作。思考再三，他决定给老陈打个电话约他和许杰到南海渔家酒楼见面。电话打通了，老朋友相邀自然不胜欢喜，三人约定晚上七点在南海渔家会面。电话打完了，苏宏玮松了一口气。他现在想的是要不要把老修和肖元凯都请上，那样气氛会更热闹些，效果也会锦上添花。但上午见肖时，肖的所为让他大失所望。肖元凯并没有表现出合作的意愿，这让他百思不解，因为前日与他说这件事时，肖还表现出极大的热情，如今却判若两人。思考再三，他决定暂不邀请二位，待事成之后大家再聚也不迟。

　　晚上七点他带上小周如约来到南海渔家。老朋友相见，大家自然有说不完的话题，尤其有了周晓丹，话题更多了。许杰更是不忘调侃："兄弟，觉悟提高得很快嘛，思想超前都赶上我们了！"

　　"别胡说，咱苏兄弟可是正经人士，素来坐怀不乱，你想歪了！"老陈故作严肃地说。

　　见两个老朋友拿他开涮，苏宏玮只好给两人介绍说："我开了一家投资咨询公司，这是公司的员工周晓丹，你们管她叫小周就好了。"

"什么时候开的公司？兄弟，你也太会选了，到哪儿招的这样绝色美女。我公司也招了很多员工，都没你的养眼！"许杰不无遗憾地说。

"咱们苏兄弟可不是一般人，在售楼处时我就看出他有鸿鹄之志，早晚有一飞冲天的时刻！"老陈又恭维起苏宏玮来。

"兄弟，别拿我开涮了，和您哥俩比，我是小巫见大巫，穷得不名一文，怎敢在关公面前耍大刀啊！"苏自谦地说。接着他又向小周介绍起两个朋友来，"这位是陈总，我的启蒙师父。没有他我现在都不知什么是炒房，是他让我知道南厦满地黄金的奥秘所在。这位是许总，更财大气粗，腰缠万贯！"

"别光聊天了，咱们点菜吧！"周晓丹不失时机地转移了话题。

周晓丹今天特意换了一身黑长裙，配一头乌黑发亮的长发，更是妩媚迷人，举手投足间令人眼花缭乱。有这样的美女作陪，尤其她是苏宏玮带来的，两人更是无所顾忌，忘乎所以，给场面平添了热闹的气氛。

酒来了，情绪自然也跟了上来，几人开始推杯换盏，喝了起来。苏宏玮知道，这两位兄弟都发了大财，看气度跟多年前已大不一样，言谈中才得知他们又各自开了自己的公司，眼下可谓财大气粗，不可一世。他想与之合作，唯有酒喝足了，事才能摆到桌面上来。"陈总、许总，咱们好久不见，今天让我敬两位兄弟一杯，聊表心意！"说完抬手干了。

四人重新落座，周晓丹端着酒杯又站了起来："两位老总，豪气冲天！看二位是苏哥的朋友，我也在此敬二位一杯，祝二位财源广进，万事如意！"说完干了杯中酒。

"豪爽！看周小妹这样大气，我也敬各位一杯，祝大家共同发财，心想事成。"许杰见状也举起手中的酒杯一口气喝了。

老陈本名陈发全，为人头脑活泛，早年曾在乡供销社做采购员。改革开放后辞了公职，干起了个体户。先是做农副产品生意，后来又做起茶叶生意，1998后看到房地产方兴未艾，于是又做起了房产买卖。老陈最为得意的是2001年一次出手买了十间车库。因小区以前是另一开发商的地盘，所以谁也没想到待两个小区建成后，中间竟然铺设了一条宽约九米的行车道。因地处繁华市中心，这里很快就被一些商家看中，他们纷纷以月租的方式将车库变成了店面。开始时工商局还不给注册，但看到街的两面都变成店铺，后来也就放开了。营业执照的颁发，直接催生了租金的上涨，到2005年，每间月租金可达四千五百元。而一些店家也开始与老陈洽谈转让事宜。老陈一开始还不想卖，但看到店家出的价格太诱人了，于是，陆续卖了这些车库。老陈给自己算了一笔账，2000年购买时是十万元一间，而每间仅交首付五万元，十间只交了五十万元，贷款五十万元，二十年每月付本息四千多元，而他的十间车库平均每月按三千元计算，每年将有三十六万多元，到2005年，扣掉按揭款二十四万多元，他净赚了一百五十多万，如今车库每间可达40万到50万之间，他还可赚四百多万。车库赚了，他又拿这些钱相继投资店铺生意，做得风生水起。在当地颇有声名，如今是腰缠万贯、财大气粗。

而另一位小兄弟许杰更是不敢小觑，他家有房屋百间，豪车三辆，光每月的租金就有七万多。他开的是一辆宝马七四零，而他老婆开的是保时捷轿跑车。投资房产这些年来也是赚得盆满钵满。两人原来合开一家房产中介公司，后来赚大了，又开了一家，兄弟俩现在是各管一家，资源共享、利益同分。他俩都是苏宏玮在元山售楼处做经理时交的好朋友，对苏都有很好印象。

"难得大家相聚，今天咱兄弟开怀畅饮，酒不喝透不准回家！"老陈有些兴奋。

"你就是嘴好，真喝开了，你第一个装孙子。"许杰说。

"二位老总，听苏总说你们都是房地产界精英，我在网上看了这样一条信息，希望各位能给我讲讲这个故事的核心内涵，也让我了解中国的房地产正发生哪些变化。"周晓丹这时插话进来，她看了二位，又看了苏宏玮一眼说："一个北京人，1994年为了圆人人都羡慕的出国梦，于是卖了位于鼓楼大街一个四合院，筹了三十万元。背井离乡到意大利淘金，不仅风餐露宿，雨天送外卖，夜半学外语，而且在贫民区七次被抢，三次挨打。辛苦度日、节俭过活，三十年过去了，如今两鬓苍苍，终于积攒了一百万欧元，相当于人民币七百六十八万元。他打算回国养老，享受荣华富贵。但当他回北京看到自己三十年前卖的四合院被中介挂牌五千万时，刹那间他崩溃了。大家想想，这个故事说明了什么？"

老陈缄默不语，许杰却开口了："这就是命！如果当年他不去意大利，而是在北京艰苦创业，那他可能是亿万富翁。所以选择有时比努力更重要。"

"讲得太好了！陈总您的观点呢？"周晓丹又问起陈发全。

"小许说得很对，其实人这一生都是不断地调整自己。我如果当年不从企业跳出来，也就没有今天。所以说选择比努力还重要！"老陈附和许杰的说法。

"两位说得太好了，真让我脑洞大开，既然都认同选择的重要性，眼下我们苏总手里就有一个项目，二位帮着看看，这个项目有没有可行性，有多大的利润空间？"周晓丹转眼说出令所有人都大为意外的话题来。

不单来的两位客人有些意外，就连苏宏玮也有些惊诧，他并没有私下授意周晓丹谈论这类话题。见事情到这地步了，他只好上前解释了："两位兄弟，我这有一项目，想诚邀二位加盟联手，不知意下如何？"说完掏出两份复印件合同。为让他们了解更多情况，苏又把事情的前前后后讲了一遍。最后说："就目前的情况，咱们还是有利可图的，起码每平方有近千元的利润。而且时间也不会太久，多找几家中介，估计有三个月就可销售一空，不知二位兄弟意见如何？"

"好事啊，消息够灵通的。这事能操作！如果把内外再装修一遍，价格再加两千也没问题。"老陈仔细分析后又加了上述意见。

苏宏玮没想到装修的问题，经老陈这样提议，他的信心更大了。即使再加三、四百元的装修费，也有两千五百元的利润。五千多平方有多少利润，苏宏玮想都不敢想了，他从未料到会有这样奇迹降临，他不敢再想下去。

许杰看出他的异样，马上接着说："这事没啥考虑的，我看可操作。我这有两百万，你拿去，最后分多少，你看着给。但房子得交给我们卖呀！"

"我也出两百万，房子由我们两家卖，八十多套房子，两三个月也就卖光了！"老陈也发话了。

苏宏玮没想到他愁肠百结的难题被两人一阵功夫就给打扫得干干净净。他的困难在人家眼里根本不是事儿，他最忧心的资金问题也在轻松的交谈中迎刃而解。看来有钱真是好！谈笑间樯橹灰飞烟灭，多么畅快淋漓呀！苏宏玮一瞬间觉得他要有钱，他要发财，他要拥有相当的财富，而那种日子绝不是一般小市民所能体会到的。

"两位的高见让我茅塞顿开，来！我敬二位，干了。"苏宏玮今天着实有些兴奋，两个朋友的一番话不仅把他的顾虑全部打消，而且又拿出资金以实际行动支持他，让他感动不已。进入社会十多年了，苏宏玮很少有求人的时候，一是现在的人都势力，能雪中送炭，真心帮助你的人少之又少；其次苏宏玮是那种不愿低三下四求人的人，有些事他宁愿自己克服也不想麻烦他人，实在办不成他宁愿选择放弃也不想求人。余惠文就对他嗤之以鼻，认为他既无能又平庸，跟不上时代的节奏。今天这件事让他看到自己的短板，看来以后还真得解放思想，主动融入社会和人群，让自己能得心应手、游刃有余 。

"兄弟，酒才喝到一半，还得喝呀！"许杰开始叫板了。

"喝！凭两位这样讲义气，我今天舍命陪君子，不醉不归！"苏宏玮的大脑开始晕了，但他还努力坚持着，以表达自己的心意。

一片冰心在玉壶

吴晴岚自从把二十万交到苏宏玮的手中，心也跟着倾斜到苏这边来。这几天她一直帮着跑资金。她知道合同签下了，这一千万的首付款是必备的。她也知道苏手里没什么钱，要筹到一千万不是一件容易的事。为此她四处奔走，希望帮助找到一些资金。经人介绍，她认识了市开元投资公司的副总经理汪清河。二人相约在滨湖路的上岛咖啡馆见面。当吴晴岚到时，汪已先她到来，二人寒暄落座。吴细看时，才说了一句："原来是你"！汪也看出了，原来二人早就认识，此前汪还到吴的文化传播公司洽谈拍电视专题片的事宜。有了这层关系，谈话也轻松了许多。汪先在吴的咖啡里加了块方糖，然后又在自己的杯中搅了起来。

"没想到是您，我朋友说有家公司想找合作伙伴共同投资一房地产项目，原来说的就是您？"汪清河喝了一口咖啡说。

"我朋友接的项目，现缺部分资金，看看您是否愿意合作？"吴晴岚开门见山说明了来意。

未见本人时，汪是一百个不情愿，怎奈介绍人是他的老朋友，他得罪不起，只好应付一下，没承想见到的是大美女吴晴岚。吴今天的装束，自然流畅中别有一种雅致。飘逸的长裙显出身材的婀娜多姿和成熟女人散发出迷人的魅力，仅这点就让汪那颗活跃的心开始泛滥起来。汪是离异单身，与老婆已离婚两年多，一直没遇到合适的女人，见了吴晴岚，眼睛便亮了起来。凭感觉，看着装，他猜想吴还没有结婚，并且与他年龄相仿，虽然女人的年龄不好猜，但相差也不会大小五岁。有了这个判断，汪的热情得到了空前的发挥。

"听朋友说您是找人合作投资。说说看，如条件允许，我愿意成人之美，况且咱们还有一面之交。"汪清河可谓大气豪爽，热情到极致。

"谢谢了，我和朋友做了一个房地产项目，缺些资金，找大家帮忙，没想到遇到了你。"吴晴岚客气地说。

"这个年代是一个利益均衡的时代，谁也无法把利益独吞肚里，所以，合作共赢是主流趋势，只有合作才能双赢。"汪清河侃侃而谈，足显现代商业青年才俊的思辨口才。

吴晴岚很惊异汪的口才和能力，她所见的人中没哪个有汪的水平和高度，就连她常接触的苏宏玮和肖元凯也没有这样的水准。肖元凯更多表现的是他的小聪明和自以为是，具备的也是商人的狡黠和痞子气。至于苏宏玮根本就不具备商人的气质，只凭热情和善良办事，不知商场的凶险和陷阱，要交很大的一笔学费才能聪明起来。她正暗自思忖眼前的人时，汪又开口了："能把您的项目说说吗？帮您评估一下，看看能有多大利润空间？"

吴于是拿出合同复印件又详细地把该项目的原委前后讲述了一遍。汪听完后又问了一句："这项目不是您领衔，而是一个叫苏宏玮签的合同？"吴晴岚点点头，算做回答。

"就合同所涉及的价格，我认为还是有很大的利润空间，五千多平方米，起码有500万的空间，而且房龄还不到十五年，按照目前的价位，这些房产很快会销售一空。这的确是个好买卖。关键是这个项目的牵头人可靠吗？怎样能确保各位投资者的利益呢？"汪清河看完后说出了他的意见。

"这个没有问题，他已经把合作协议草拟出来，请大家讨论，必要时召开一次股东会，形成一致后再出新协议书签字生效。"吴晴岚说完把苏宏玮之前交与她的协议书也呈了出来。

"嗯！这还像个合作的样子。"汪清河接过后点头说。

他仔细看了两遍后说："内容很详尽，大概也就这样了。有时间把他约出来，见面聊聊，听听他还有什么想法。总的来说，这项目可以考虑，时间不长，比投资理财要好多了。但关键是有您的面子，如果没有您，投不投就要另行考虑了！"汪清河说完意味深长地看了吴晴岚一眼。

吴晴岚深知汪后面讲话的涵义，但她不愿多想，刚见面就想入非非太不自重。但汪的话她还是很受用，有人恭维，且是当今时代骄子，总是让吴感到高兴。不管怎么说，她吴晴岚的气度还是有人欣赏，她还没到人老珠黄、无人顾盼的地步。

谈话结束，两人都给对方留下了很好的印象。临别时，汪使劲握了握吴晴岚的手说：“这次见面很愉快，希望以后多联系，您的气质和修养都让我印象深刻，祝我们合作成功！”

吴晴岚也很愉悦，和这样一位很绅士的男子在一起，那种不可言明的微妙心情让她感到无比的熨帖。没法形容吴晴岚此时的心情，对于一个多年没有男人与她这样近距离谈话的女人来说，吴今天可以说心旌荡漾、不能自已。直到离开咖啡馆回到家时，她才回过神来，暗自骂了自己一句“没见过男人”，这才算结束。不过，对今天的谈话她还是满意的，起码他还是愿意合作。虽然没有说投多少钱，但凭感觉，拿个百八十万的还是没问题，仅凭这点她就没白去。为苏宏玮排忧解难是她的责任，此时她义无反顾，还有谁来帮他呢？一想到这，她的心又悬了起来。她想尽快把这个消息告诉他，让他在痛苦的煎熬中有稍许的解脱。她正想打电话给苏宏玮，不料苏的电话来了。他邀吴出来到咖啡馆一坐。吴刚从咖啡馆出来不久，不想再去，于是说：“到我家来吧，有顶级西湖龙井给你喝！”见吴晴岚这样说，苏也不好再推辞，应了一声“马上到”便赶来了。

苏赶到吴晴岚的家，龙井茶也泡好了，满屋飘香，引得苏宏玮连连叫绝：“真是好茶！香气四溢，头一回喝这么好的茶。”

吴晴岚高兴地说：“这是与我公司合作拍片的广告商带来的，纯粹的明前茶，很难弄的！”

“我们的吴晴岚是谁呀，想当年，‘金戈铁马，气吞万里如虎’，那是何等的豪气啊！”苏宏玮赞叹不已。他知道吴参过军，而且家庭也是军人世家。

“所有的人都这么讲，害得我到现在还是孤家寡人、形单影只，都快成嫁不出去的老姑娘了！”吴晴岚边给苏宏玮倒茶边自我揶揄。

“要我说你是曲高和寡，别人都想着如何赚钱发财，把自己的小日子过好。而你却是‘念天地之悠悠，独怆然而涕下’。用这种心情与时下浮躁成风的人交往，肯定不合时宜！”苏宏玮说着说着有些控制不住了。

吴晴岚没想到今天的苏宏玮判若两人。苏平时说话总是谦谦君子，你好我好大家好，说任何话都留有分寸，今天不知怎么了，语言犀利且直中要害，根本不考虑对方的感受。吴被这些中肯的言语所震撼。这些年她活在没人敢说、无人过问的尴尬境地，从没有哪个人敢如此毫不留情面地批评自己，也从没哪个人的话让她感到如此振聋发聩。这一瞬间，她竟然乱了方寸，以致不敢再看苏宏玮。

苏还没意识到自己的话有那么重的分量。他素来认为自己人微言轻，如自然界的蝼蚁一般，不被任何人重视。但他对吴晴岚却情有独钟，吴不仅是他施以帮助才立足的人，更重要的是至今单身，怜香惜玉是男人的本能，他应该有此义务保护吴不受伤害。今天他说这些话的本意是让吴不要太矫情。他没想到这些话却引起了吴的曲解，误以为他是让她降低身段，找个人嫁了。

"今天是怎么了？平时看你生怕树叶掉下砸了脑袋，今天话怎么这么多？"吴晴岚既有讽刺又是夸奖。

"酒逢知己千杯少！也只有在你这，我才能'偶尔露峥嵘'。平时跟谁讲去？'纵有千种风情，更与何人说'！"苏宏玮喝干了杯中的茶惘然若失地说。

"想喝酒吗，我这有酒。"吴晴岚的眼睛里露出了怂恿的意味。

"改天吧，现在还不是时候，等一切都走上正轨，我就到你这开怀畅饮、一醉方休！"苏宏玮说。

看到苏还没到忘我的程度，吴虽有些许遗憾，但还是能理解苏目前的状况。她知道苏宏玮心里关注的是资金问题，她马上想到今天下午去见汪清河的经过。于是把她见汪的前后详细叙述了一番，末了又说："汪总的意思是见你一面，至于他出资多少，只能你们见面谈。"吴晴岚把汪的意思作了转达，然后看着苏宏玮。

苏宏玮怎么也没想到吴晴岚为了资金竟然放下身段去求人，这让他非常感动。他和吴晴岚仅是一般的朋友关系，而吴不仅什么都没问就把二十万放在他手里，而后还四处奔波为他筹钱，这是一种怎样的信任呢！苏宏玮想到这，内心充满了感激之情。他不免深情地看了吴晴岚一眼。而这满含无限深情的一眼，又让吴意识到他的信任和自己的使命感。她暗自下定决心，一定要帮苏宏玮排除困难，顺利把项目拿到手，争取获得他人生的第一桶金。

苏宏玮感动之余，也把昨晚与老陈、许杰喝酒合作的事全部都告诉了吴晴岚，并且告诉他两人计划投四百万。吴晴岚算了一下，如果把老修、老陈、许杰的六百万加上自己的一百万加起来就有了七百万，苏说他能筹到两百万，就有了九百万，剩下的一百万由汪总来出，资金就不成问题了。能有这样的结果，已经大大超出了两人的预期。当吴晴岚把这个换算结果说给苏宏玮听时，苏也激动了，他忙拿起茶杯，以茶代酒与吴碰了一下，干了。

这一夜，苏宏玮睡了一个自他离婚以来最安稳、最踏实的好觉。

心有千千结

　　苏宏玮自从得知吴晴岚帮他找了合作伙伴，便思谋与汪清河见上一面。今天，他放下所有事决定来见汪总。根据吴晴岚约定的时间，他准时来到滨湖路的上岛咖啡馆。吴和汪已先他到来，见苏进屋，两人同时起身表示欢迎。吴先介绍两人，三人落座后攀谈起来。

　　汪清河先开了口，他说："听吴经理说苏总拿了洪山小区商品房项目，希望苏总把情况详细介绍一下，以便决定是否有合作的可能。"

　　"情况吴经理已全面介绍了，合同方面您还有哪些疑点我可以详细解释。其实合同条款大抵没什么问题，关键是您对合作有哪些要求。说白了就是您想怎么合作？"苏宏玮开门见山、直截了当地把问题的实质抛了出来。

　　汪清河听出了苏的用意，但他不想马上把自己的意图说出来。一来他要保持深沉；二来他也要把文章作足，他要让吴晴岚看看他的水准，借此展示自己的才华，以博得她的好感；最后是了解利益能有多大。虽然吴晴岚已和他谈了大致的条件，但他的目的是想赢得吴晴岚的芳心。

　　"您的合作协议书我看了，写得还算可以，条款列得也算齐全，但还欠缺一些涉及法律的条款。比如说违约责任的划分，再比如说资金到位的最后期限，这些都需要明确。最后是利润的分配，合同的标的资金是两千万，其实咱们只需筹一千万就可，另一千万可从银行贷款，这样，我们的资金压力就小很多了。"

汪清河滔滔不绝地发表了一大堆自己的见解，看着苏、吴都在认真倾听自己的意见，他觉得目的已达到，便结束了的表演。

吴晴岚倒是被汪的一番见识给吸引了，说心里话，她还是很佩服汪的思辨能力。起码他把合作协议书吃了个透，否则他也提不出这么有力的见解。苏宏玮倒没有吴想得那么多，他想的是汪竟然提出一千万银行贷款的问题。他盘算着怎样回答这个问题。

"有关一千万银行贷款问题，目前股东会还没有开，这个问题要等开会时才能最后确定。但目前是以公司名义进行申请。"

汪眼下也找不出还有哪些问题，只好顺水推舟说："其他没什么问题，等开股东会再说吧，现在一切还没成型，我也不便说些什么，就这样吧！"说完后又看了吴晴岚一眼。

会面结束后苏宏玮马上来到修玉林的公司。老修这些日子正为产品滞销而愁眉不展，见苏到来，忙为其泡茶，"来，喝杯我的铁观音，保你神清气爽。"

苏见店里空空如也，只有两个店员不见客人，知道生意不甚景气，便说："现在市面萧条，各行生意都很难做，唯有房地产是最炙手可热的生意，不如交与他人，与我一起做房子买卖，肯定比你现在强。"

修玉林不置可否。他叹了一口气说："我也知道什么生意都不好做，但不做去干什么呢？干这行我是轻车熟路，其他我都是外行。其实炒房也需要经验。房型、楼层、通风、采光、朝向等都是要考虑的因素。此外，小区的环境、周边的交通、学校及购物等也是很值得考虑的条件。还有地段与地段之间的差异，区与区之间的比较，都是炒房必要考虑的重要参照。有经验的人看上两三眼，就知道房子的价值，能值多少钱基本有了一个大概的估算。即使你掌握了这些知识和经验，那也只算是懂得了皮毛，市场的瞬息变幻和国家政策的调控让你防不胜防，弄不好就让你倾家荡产、一无所有。不是谁都能干得了这行！"

老修的一番话引起苏宏玮的深思。的确，这一年来的经验告诉他，凡事都要慎之又慎，稍不留神，就会翻船落水，让你一蹶不振。

"老修你说得对，干这行要眼观六路、耳听八方、虚心求教、不耻下问，如此才能小心驶得万年船。"

见苏宏玮颇有同感，老修才转了话题："最近跑得怎样，有哪些收获？"苏宏玮把他与老陈、许杰的碰头情况陈述了一番，又把汪清河的情况也讲了。最后他说："看这三人的意思是拿出五百万还是极有可能的。"之后，他又把见肖元凯的事也告诉了老修："不知元凯是怎么个意思，他说要考虑考虑，我也没再催问，眼下是没动静。"

老修停了一会儿才开口说："恕我直言，虽然你们是同学，但我比你看得清，你俩根本不是一路人，肖元凯是纯粹的生意人，而你却不是。所以你做的事情，他大抵不会跟进。他有他的盘算，而他的为人决定了他做任何事都要高人一头，否则，他是不会合作的！"

苏宏玮还没想那么多，他一直认为肖元凯比他聪明，后来逐渐有了认同感。基于这样的思维定势，他对肖元凯的认识反而变得模糊起来。今天老修一语点破，反而让他有些不知所措，"我一直认为元凯天生是做生意的料，而我不是，所以我对他从不疑心。你这样说，我觉得也有道理，他的做法似乎说明对这项目并不感兴趣。"

"其实，见过肖元凯几次后，我就知道你俩的差别所在了。肖元凯把钱看得太重，不像我们西北人更看重的是人情。钱不能维系长久，而人心却能保持永远，这就是你们的区别。"老修慢条斯理地讲了他的观点。

"你的意思我明白了。这样吧，我再与其他几人沟通沟通，最后定一个时间，大家开一个股东会，最后确定各位的股份、相应的责任和应得的利益。"苏宏玮最后说。

还没等苏走出修的公司，小关的电话来了，他告诉苏宏玮说："苏哥，你的房子客户有诚意要买，他想与你见面谈谈，你看怎么样？"

"好吧，你让他等着，我马上到。"苏宏玮说完出门打了一辆的士就往小关的店里奔去。客人还真有诚意，两人谈了半天，最终商定以一百六十五万元的价格成交。苏宏玮暗自算了算，除去按揭款六十七万元，他还拿不到一百万元。加上现在手里的三十九万多，也就一百三十多万元，距两百万还差近七十万。他盘算着只有把他那套离婚时的房产卖掉才能凑够两百万。对这套房，他有太多的情感纠葛。当初为了这套房，他和余惠文办了假离婚，现在为了能生存发展，他又不得不卖掉这套他唯一可安身立命的房子，苏宏玮从哪一方面想都不愿割舍。万一他最终的结局是倾家荡产怎么办？余惠文知道他把房子卖掉会怎么想？苏宏玮一连给自己出了两个问答题。思考了好一阵子，他也没有想出什么好的答案。他最后不愿想下去了。什么倾家荡产？什么余惠文？这些问题眼下来对他眼下来说已渐行渐远，自打离婚以后，他感觉自己已变得虚幻起来。他现在是一无所有，没有家、没有亲人，好像这世界已没什么令他牵挂的人和事了，他总嘲讽自己现在是赤条条，一无牵挂。那么，既然如此，还有什么可顾虑的呢？"不破楼兰终不还"，古人尚有如此冲天气概，我辈还有什么不可舍弃的呢！至于余惠文，两人早已分道扬镳，形同陌路，还考虑她做什么呢？大路朝天各走一边，也许余惠文早把他从记忆的硬盘中删除了。苏宏玮想到这些忽然轻松了许多。天地之大，芸芸众生，还怕没我容身之处吗？苏宏玮终于走出了自我，那道心结打开了，此后他可以无所顾忌，按着他的既定目标一往无前了。

想好了这点，他又委托小关把他的那套十楼八十多平方米的房子挂牌出售，尽快凑足两百万。现在一身轻松的苏宏玮心里想着尽快召开股东会，凑足资金好接盘，至于是重新装修或即行出售只能看众股东的意见了。他正往公司赶时，电话响了，拿起来看，原来是周晓丹打来的。她告诉苏宏玮说，她去了洪山小区，把每栋、每层、每套的住房面积作了统计并画出一套表格，现准备交给他，问他在那儿呢。苏宏玮说他正往公司的路上，马上就到了。周晓丹说好，她也马上赶回去。

自从与老陈他们喝完酒后，两天了，苏宏玮还没有见到周晓丹的身影。那天幸好有晓丹替他挡酒，才没被那两人灌醉，也才有了这两天的奔波与收获。通过这些日子的相互配合，他感觉周晓丹悟性较好，业务素质很高，无论与人谈话还是交往，她都能应付自如，从容不迫，有时还显出过人的睿智，让人感觉到她的古灵精怪。苏宏玮很满意周的工作。有她在，可免去苏事必躬亲的忙碌，让他有时间四处协调、沟通，把事情做得稳妥、顺当。

小周来了，她把统计好的资料呈了上来，苏宏玮看了很满意。也只有像小周这样的员工才有这样的主动性，才能想到公司需要什么。苏宏玮把资料看完放在桌子上微笑着说："干得不错，该表扬，行动走到我前面了，今晚请你吃大餐，作为嘉奖！"

"真请我吃大餐？"周晓丹开心地笑起来。

"老板什么时候骗过人？你说吧，到哪儿去吃，随你选！"苏宏玮来了兴致。

"好呀！今晚去意大利比萨馆吃，怎么样？"周晓丹宛如孩子般跳了起来。

"那有什么好吃的！洋人的东西都是垃圾食品，根本不受大多数中国人欢迎。"

"说话不算数，不如大白兔！是你请人吃饭嘛，人家说了你又不同意。"周晓丹把嘴噘得高高的，一副不愿意的面孔。

看到周晓丹的表情，苏宏玮忍俊不禁。他故意板着脸说："多大的事啊，把你气得鼻子都歪了，我要是不带你去，看这架势，明天还不得把我给炒了！"

"就是，你要不带我去，当心我把你给炒了，让你没地哭去。"周晓丹故意绷着脸说。

"好——好！我投降，哪天把我给炒了，我还真没地方哭去。"苏宏玮顺着周晓丹的语气说。

"你真怕我离开你吗？"周晓丹这回语气变得轻柔婉转了。

"路遥知马力，日久见人心。我是个念旧的人，一旦认准了，便不会轻易改变初衷的。"苏宏玮郑重地说。

"我也是。我妈就说我死脑筋，一条道跑到黑，不撞南墙不回头！"周晓丹调皮地说。

"走吧，去吃比萨饼，尝尝老外的东西，看看什么口感。"苏宏玮站了起来。二人来到云顶路一家比萨店，上了二楼。这是一家凭海临风的上乘餐厅。随便坐在屋中任何角落，眼前的海景都一览无余。浩瀚的大海茫无际涯，放眼望去，天风海涛，水天一处，苏宏玮颇多几分感慨。偶有大船掠过，几声汽笛惊扰了眼前的宁静，而后又恢复了静谧。屋中的人们安详地品着、喝着，似乎在享受着生活的惬意，品着幸福的甜蜜。苏宏玮从未到这种安逸的环境里来过，对于这里的形态，他既感到陌生又有疏离感。他突然感到这里本不属于像他这样的人。周晓丹似乎看出了他的踌躇，忙拉他到靠窗的位置上坐下来。

"你去点吧，挑你喜欢的选。我嘛，你点一些简单、平常的就行。我吃得不多。"苏宏玮掏出钱给周晓丹说。

"要么咱们再换一家？你肯定吃不好。"周晓丹小心征求意见说。

"不换，就这家挺好！人这一生要遇到很多你所不熟悉的人和事，只有亲口品尝梨，才知道梨子的滋味。"苏宏玮说。

不一会儿，周晓丹端回颜色鲜嫩五彩缤纷的两大盘东西来，喜形于色地说："让你尝尝什么叫意大利比萨。你吃了这回，准保下回还想来！"

苏宏玮尝了一口，味道还不错，又吃了一块，觉得很好。他看了周晓丹一眼，谁知周也正在看着他。四目相对，苏宏玮从那双纯净的眼睛里看出火一般的热情和执着的专注，他不敢再看下去，他怕自己会被融化。那样他就会万劫不复，痛不欲生。苏宏玮随手胡乱叉了刀叉东西送进口中，借此掩饰自己的慌乱。他再定睛看周晓丹时，她已移动了眼光，专心吃起眼前的食物来。

吃完了饭，两人走出餐厅。周晓丹的情绪很好，非拉着苏宏玮沿着海滨的街道逛了起来。海风轻拂，清爽无比。两人就这样随心且毫无目的地往前漫步着。

"苏大哥，你说这个城市好吗？"漫步中，周晓丹忽而问了一句。

苏宏玮正感受着浓浓夜色的清凉和惬意，听周晓丹问他城市好不好也没有多加思考，随口说："一个城市好不好，要看这儿的人好不好。如果有你留恋的人，有你热衷的事业，那么，即使这个城市再贫瘠、再荒凉也会让你有留恋的地方。反之，城市再繁华，景色再秀丽，没你眷恋的人，那也不算好城市，因为它与你毫无关系，会有看山不是山，看水不是水的感觉。"

"哇塞！我懂了。怪不得有人说这里是天堂，有人却说这里是地狱。原来是这样子。"周晓丹一副恍然大悟的样子。

走了一会，她又问了一个让苏宏玮不知如何回答的问题："苏大哥，你说这个城市好吗，它有你留恋的人吗？"

苏宏玮本想说这个城市是他最诅咒的地方，既没他留恋的人，也没他留恋的事。但他又觉得不妥，于是改口说："这个城市好啊，四季如春，到处花红柳绿，一派生机盎然，典型的小资情趣生活，是泡在咖啡里的城市。它既没有深圳的快节奏，也没有上海的生存挤压，可以在慢悠悠的日子里看夕阳西下，在落日余晖里漫步于林荫大道，体验生命的意义，是一座好城市！"

"有你留恋的人吗？"周晓丹幽幽地问了一句。

苏宏玮感到有些狼狈，他实在没法回答这个问题。说有，他们已经劳燕分飞；说没有，他觉得是在揭自己日渐愈合的伤疤。他沉默了。周晓丹看出了他的难堪，"不想说是吗？"她又问了一句。

"你不想说我替你说，你是不是离婚了？"周晓丹的话像钟声一样砸进苏宏玮的心头。

"没有的事，你怎么知道的？"苏宏玮慌乱中说。

"你不说我也看得出来，你不回家整天在办公室住，连傻子都能想得到。"周晓丹步步紧逼，让苏宏玮无以回答。

"咱们回吧，天太晚了，你也该休息了。"苏宏玮只好转移话题来掩饰他的窘状。

"你还没回答我的问题呢？"周晓丹仍然穷追不舍。

苏宏玮还是不想回答她的问题，他想了想说："这事跟你有什么关系，你一个小丫头不关心自己的前途，却热衷于关注别人的隐私，有点越界了！"苏宏玮故作严肃地说。

"什么隐私、越界啦！我才不管呢，我只希望你好。看你这样子，我心里很难受。"周晓丹毫不讳言地说。

苏宏玮心里很感动,在这个冰冷的世界里,他很少体验到来自他人的关怀,而这样的温暖又来自一个比他小很多的女孩,着实令人感动。但他随即又浇灭了这种感动。他告诫自己,周晓丹是一个比他小十多岁的女孩,他不该亵渎两人美好的友谊。与她交往,要发乎情、止乎礼,要把握尺度,绝不能因一时的贪欲而悔恨终身、贻害他人。思路理清了,他无比清醒:"小周,谢谢你的关心。你现在主要是做好工作,积累更多的资源,让自己变得强大起来。只有这样你才能立足,才能越走越远。"

"现在说的是你,怎么扯到我了。苏大哥,你这是在逃避。你就不能真正面对自己?"周晓丹并没有循着苏的思维辗转,而是语言变得凌厉起来。

苏宏玮感到自己只有招架之功,已毫无还手之力,他在一步步退却,他似乎闻到了缴械投降的味道:"说得太夸张,我怎么逃避了?我非常清楚自己的处境!正因为我知道自己有几斤几两,所以才懂得该怎么做。"

"你连自己离婚都不敢说,还说自己不逃避,你不觉得太自欺欺人了吗?"周晓丹一副嘲弄的口吻。

苏宏玮觉得这小女孩的嘴太犀利了,而且毫不留情,直戳心窝子,让他不得不袒露心扉。

"不存在敢不敢说的问题,况且这种事总不能满大街去广播吧?"

"这么说你是真离了,什么时候的事?"周晓丹还是有些惊讶。

事到如今,苏宏玮也无法隐瞒了,他把事情的原委前后说了一遍。周晓丹静静地听着,不发一言。两人说不清走了多远,直到前面的灯光暗了下来,路上的行人稀少了,两人才沿着原路往回走。那一晚,周晓丹听完苏宏玮的叙述后,再也没了先前那种咄咄逼人的架势,只是陪着苏默默的前行。临别时,她只说了一句:"保重吧,如果连自己都不爱惜自己的话,那还有谁管你呢!"说完这句话,她头也不回,径直进了宿舍。

Chapter 9　第九章

众人拾柴火焰高

股东会在苏宏玮的斡旋下终于召开了。成员不仅有修玉林、吴晴岚还有汪清河、陈发全、许杰。会前，苏把与会者一一作了介绍。彼此有了了解，大家在会上也就不再拘谨，畅所欲言。

苏宏玮先做了开场白，他说："之前大家对这个项目了解得也差不多了，现在各位还有什么意见或建议，今天不妨建言献策，争取尽快接盘，好开展工作。"

他说完了，然后环顾大家一眼，期待各位发言。

汪清河自恃在市开元投资公司副总经理工作，见多识广，首先开口。他说："今天认识这么多专业人士很高兴，就这个项目而言，我认为应集思广益，争取利益的最大化。不仅要外装修，而且也要考虑内装修，这样价格才能卖得高一些。"

"嗯，这个建议很好。如果再把内装修也一同加上，不仅价格上去了，而且销售期也会缩短，加速资金的回笼。"修玉林投了赞同票。

"工程的事我来找，保证按期完工、质量达标、价格最低。"许杰也作了表态。

一直没有说话的陈发全最后才发言，他说："刚才各位的建议都非常好，我举双手赞成。再加一点，根据未来发展趋势，人们的生活水平会不断提高，我建议可否给每户安装电梯，这样一来，它不仅成了高档住宅，而且也能卖个好价。我敢断定，受欢迎的程度绝不亚于新楼盘。"

陈发全的话讲完，立刻受到全体一致的赞同。会场一下子热闹起来，大家开始议论所涉及的方方面面。看到大家热情参与，苏宏玮高兴极了。他多少年没经历这样的场合了。今天，他热血沸腾，各位的发言让他深受鼓舞，他说："今天的股东会开得很好，看到各位踊跃发言、目标一致，我深受感动。可以说，大家的齐心合力就是这个项目成功的坚实基础。只要各位心往一处想，劲往一处使，我们就能把它做好，各位的投资就能得到相应的回报。"

"是不是把大家的股份和所投的比例在会上也通报一下，看看各位还有什么意见？"老陈适时提议。

"对，亲兄弟明算账，把各位的投资比例公布一下也好，免得到时有矛盾。"许杰表态说。

"这次合作是以苏总的公司名义进行，属于项目融资，其主要工作还是由苏总来领衔运作。资金需要两千万，目前我们只能筹到一千万。而另一千万要以公司的名义向银行申请贷款，需要说明一下，各位的股份是按在两千万中的比重来确定，不知大家对此是否有意见？"一直没有说话的吴晴岚作了上述说明。

"没意见。这个工程本来就是小苏的，况且一千万贷款要苏宏玮的公司来抵押担保，真要是亏损了也是他担大头。"老修率先表态。

"没意见！"汪清河、老陈、许杰也跟着相继发声支持老修的意见。

苏宏玮还没想那么多，他想的是如何把这个工程拿到手，然后怎么做。现在既然把问题摆到桌面上来了，他只好提出自己的意见："各位兄弟，关于股份问题，我没想太多。我的意思是根据个人出资比例来分股权，大家不要因为这点损伤了我们的友谊。这是我真实的想法，希望大家考虑。"

"风险独担、利益共享，这不是现代企业的发展模式，纯是草莽山寨和江湖义气，是不能长久的！"修玉林放了一炮。

"老修说得对，既然要做，就要按规范来。风险和利益是相对的，有多大的利益就要担多大的风险。否则，将来有问题就不好办了。"老陈站出来支持修玉林的意见。

"两位的意见我赞同，分久必合，合久必分。大家切记咱们不是股份制公司，项目完了，意味合作也结束了，只有这样才能长长久久。且如果再有合作的机会，延续这个模式岂不更好！"吴晴岚也加入赞同的行列。

汪清河没有表态，说心里话他是不赞同上述观点的。但他看好这个项目，否则他也不会投资，看到大多数人都投了赞同票，他也不好反对，尤其是吴晴岚开口了，他再提出反对，就显得自己心胸太狭隘了，于是只好缄默不语，既不反对也不赞成，保全了自己。许杰一开始以为股份是按投资比例来分配，但老陈提出他的观点，仔细品味，觉得在理。他过去与他人合作基本都是这样的模式，于是心里有了认同感，他用眼睛表示了赞同。

见大家没提意见，苏宏玮觉得有些过意不去。他表态说："既然大家都是这个意见，我也不好反对。但我可以在此先作个表态，如果项目按咱们的预算顺利完成，我额外再给每人多发百分之五的奖金，如没意见，就算全会通过。"

会议转入下一个议题：每个人出资额度是多少。老修先作了表态，他卖了两套房子，合计有两百多万，他出资两百万。老陈、许杰也都各出资两百万。轮到汪清河了，他原来准备出资一百五十万，但看到所占股份不多，积极性就没先前那么高了，但不出或出得太少又怕吴晴岚小看他，于是他报出一百万的数额。吴晴岚为了支持苏宏玮的事业，把自住的房子到银行做了抵押贷款，加上自己的私房钱合计有八十万，加上前期交付的二十万，共凑了一百万。而苏宏玮卖掉两套房，眼下已有一百三十万，算了算，只有尽快卖掉那套八十多平方米的房子才能凑足两百万。这样才算筹足一千万的资金。

看看各位的出资情况已全部敲定，苏宏玮作最后发言："今天的股东会开得很成功，不仅确定了各位的出资额度，而且也对项目提出了建设性的建议，有很好的操作性和可行性。会议结束后，公司会对这些建议再作论证，以便确定最后的方案。最后，希望各位把资金尽快汇到公司的账户上，以便着手操作，早日回笼资金。"

为了能让工程尽快开工，开完会的第二天，苏宏玮就约了老陈和许杰到工地又仔细勘察了一遍。项目位于洪山小区前排，与整个小区相比较，确实毫无优势可言。周晓丹倒是乐观向上，一进小区就叽喳个不停。昨天的股东会她没机会插言，只是做了记录，形成了一份完整的会议纪要。今天她还没来得及打印分送各股东，就被苏宏玮叫来领各位察看项目情况。

"大家看看，如果咱们把它重新装修一遍，那这栋楼在这个小区就变得鹤立鸡群了，这种反差就会让它的价值充分体现出来。如果再能安上电梯，我敢说，它就是这个小区的楼王，它会让很多人蠢蠢欲动，想把它占为己有。"周晓丹以她的伶牙俐齿把前来察看的各位说得血脉贲张、跃跃欲试。

"小周要是做销售人员肯定是得心应手！"老陈感叹说。

"这小女子干啥都是一把好手，将来也是下得厨房上得厅堂，可不知谁有这样的好命把她娶到手！"许杰夸赞着说。

周晓丹让两位说得有点难为情，她羞涩地看了苏宏玮一眼，不再说话了。此时的苏宏玮正盘算装修的费用。根据眼下装修材料和人工成本的增加，他预算每平方米将达到五百三十元左右，五千多平方米就是两百七十万上下。加上原有的近两千零五十万，就是两千三百万上下。成本价已近五千元大关，而现行的二手房价位也就在七八千元，如果每平方方米估算在两千五百元，那么五千平方米的利润就是一千两百万左右。而施工时间则需要五个月，这样算下来获利还算可以。他把自己的概算给两人说了，两人听后摇摇头。老陈说："你这仅是毛利，还要除去税务、人工、银行利息及其他算计不到的费用。这样吧，开工前再开一次股东会，把所有的问题都摆出来，大家议一议，最后拍板定夺，形成决议。"

"我看了一下，加上电梯的费用，可能每平方米预算要超过五百五十元。但现在的房价还在涨，我估算再过半年二手房每平方米要达到近一万元，所以说放心大胆干，肯定错不了。"许杰则不以为然，他认为形势喜人，远比预判的要乐观得多。

"形势真有那么好，咱们就发了。这炮打响了，我相信以后会一顺百顺。"苏宏玮被许杰的乐观给感染了，他暗暗祈祷，但愿这次让他旗开得胜，完成自己的创业梦想。三人回来后，又详细地分析了各种可能出现的问题，把能想到的情况都理了一遍，这才去餐馆吃饭。苏宏玮回来后想给肖元凯去个电话。这几天他一直没见到肖元凯，他不知道什么原因，想去问个明白，却又顾虑重重。肖元凯的这次举动确实让苏宏玮百思不解，平时是很要好的朋友，为何这次却一反常态？他拿起了电话，可就在他拨号码时，电话响了，原来是吴晴岚打来的。自从苏宏玮二次来她家后，吴晴岚跟他的联系就多了起来。苏不仅让她的生活变得多彩了，而且也改变了她的生活规律。吴晴岚自己都感到变得忙碌起来，不再是两点一线，而是围绕这个项目一直在四处奔波，希望尽快促成。当然，她不想让苏宏玮看出她的心思，那样，她就觉得降低了自己的人格。所以，做这些工作她都是低调行事。股东会上，她也是坚定地站在苏宏玮的角度上发表意见。会开完了，她急迫想知道最终的结果，加之他与苏宏玮的这种特殊关系，使她不自觉地关注起苏的个人生活来。

当苏宏玮来到吴晴岚家时，刚一推门，就闻到了满屋飘香。他猛然想起，该是吃晚饭的时候了。餐桌上摆满各色菜肴，还有一瓶张裕干红葡萄酒。苏宏玮有些疑惑，不知吴要请什么客人。但随即他又否定了这个想法，因为他看到吴晴岚的满含柔情的目光。一刹那他明白了，吴的这些精心准备都是为了他。苏宏玮由于家庭的缘故，很少得到他人格外的照顾。当这些温情猝不及防地降临时，他一时还不能适应，感到困惑。但尽管如此，他还是表现出了随遇而安的神态。

"准备了这么好的一桌菜，真让我受宠若惊啊！"苏的讲话既表明了态度，又肯定了吴的用心。

"没什么准备，只是到了该吃饭的时间，不想让你饿着肚子罢了。"吴晴岚轻描淡写地随口说了这些话。

苏站在那儿正想该怎么回话时，吴晴岚又开口了："坐吧，站着的客不好打发！"苏就势坐了下来。

"喝点酒吧，一醉解千愁。这大晚上的，该没什么烦心的事了吧？"吴晴岚漫不经心地说。

此时的苏宏玮已经把刚进屋时的心绪完全抛到爪哇国去了。什么发乎情、止乎礼，什么男女授受不亲，统统是约束个人行为的礼节。古人曹孟德讲"对酒当歌，人生几何"，我辈还拘泥于传统的礼教中不能自拔，未免有些太落伍了。想到这，他拿起酒瓶往杯子里倒了下去。看着吴的杯子也倒满酒，他端起酒杯说："来，何以解忧，唯有张裕！"说完与吴晴岚碰了一下，干掉了大半杯。

吴晴岚知道这些日子苏是备受煎熬，虽然搞定了洪山小区的项目，但筹足这样一大笔资金无疑是很艰难的事。其中的辛苦不言而喻，但最主要的是工程拿到手，后续的装修是大问题。根据会上的决议，要内外一起施工并配以电梯，最终达到高档装修的规格。如此，不仅要精确地计算成本，而且要统筹规划，做到无一疏漏。吴晴岚深知所有的这些事都必须由苏宏玮亲自处理，没有哪个人能为他独当一面，排忧解难。现在只有她最懂得苏所付出的代价，也只有她才能为苏担起应有的责任——吴晴岚不知何时有了这样的使命感和责任感。她暗暗告诉自己，尽量为他排忧解难；为他扫清一切障碍。只有这样，才能留住这个男人的心，让他认识到自己的可贵。当吴晴岚把这些都想透了，她似乎变得轻松了。看来爱可以把人变得伟大起来，远离低俗。索取会让人变得狭隘，而奉献才是人最本真的品质。吴晴岚转而觉得自己高大起来。

苏宏玮并不知道吴为他牺牲了自己，他还沉浸在酒精中。"问君能有几多愁，恰似一江春水向东流"。苏宏玮说不清自己的烦心事有多少，酒精让他感到所有压在心头的忧患渐渐都隐去了，取而代之的是无我的状态。

"你知道，只有来到你这儿，我的心才彻底解脱。自来到南厦，我的神经就没放松过，无形的压力让我随时在崩溃的边缘。总感到身上背负沉重的包袱，它让我无时无刻提醒着自己什么。但结果是什么呢？妻离子散，无家可归！"苏宏玮说着说着有些哽噎了。

看着苏宏玮有些动情，吴晴岚安慰说："其实每个人都不容易。幸福的家庭是相同的，不幸的家庭却各有各的不幸。你我及天下众生都有自己难念的经。有句话说得好，'一大早被闹钟吵醒，说明还活着；不得不从被窝里爬起来，说明还没失业；收到一些短信，说明还有朋友想着你；听别人的话有些刺耳，说明有人在意你；衣服穿得越来越紧，说明吃得还算可以；总想到外面看看是咋回事，说明还有些追求'。"看着苏宏玮若有所思，吴晴岚趁势给他倒了一杯酒，然后举杯，"说你不容易，我一个人容易吗？其实女人往往比男人承受的苦难要更多！"

"总没我们男人压力大吧！养家糊口不说，还要面对方方面面的批评和指责。既有来自社会的，也有来自家庭的。我有时都感到自己快被挤压成粉末尘埃了。"苏宏玮喝了一口放下说。

"别老是妄自菲薄。网上说，'二十岁的男人是半成品；三十岁的男人是成品；四十岁的男人是精品；五十岁的男人是极品；六十岁的男人是样品；七十岁的男人是纪念品；八十岁的男人是废品'。像你这样的男人正是精品，到哪儿都是香饽饽，要看到自己的优势！"吴晴岚纠正了苏宏玮的悲观论调。

两人喝着喝着，酒瓶快见底了。吴晴岚没想到酒喝得这么快，她起身准备再买两瓶，苏宏玮见状拦住了，"别喝了，现在这样正好，再喝我就走不出门了！"

"难得你有这样的兴致，再喝一些也无妨嘛！"吴晴岚还是坚持要去买酒。

"不行，坚决不能喝了，酒后乱性，再喝就要丢人了！"苏宏玮上前把吴拦下。

吴晴岚知道苏说这话的意思，但她有意逗了一句："喝多了又怎样，难不成你还有什么想法？"

"我苏宏玮别的不敢说，做人还是有分寸的。尤其是熟人更要非礼勿视，非礼勿动。俗话说，'兔子不吃窝边草'。这点我还是有自知之明的！"苏宏玮虽头有点晕，但大脑还是清醒的。

见苏坚持不再喝了，吴晴岚虽有些许遗憾，但她还是很欣赏苏的理智。男人不能没有定力，仅凭这一点，她就对苏钦佩不已。两人重新坐下来。"酒也喝得差不多了，说说公司的事吧？"吴晴岚换了话题，再聊下去，两人都会尴尬的。

　　"公司的项目在会上也说得差不多了，我与老陈和许杰又去了一趟工地，重新核算了一下工程费用，根据最后预算，大概需要三百万左右。这样整个工程将需要两千五百万上下，而利润则在一千万至一千五百万左右。"苏宏玮给吴详细算了一笔账，得出的最后结论是项目可行，利润可观。

　　吴晴岚听了很是兴奋，毕竟心血没有白费，大家的努力转化成效益，谁听了都会激动不已。"看昨天的股东会多了一个女孩，是你招的？"吴晴岚尽量让语气显得漫不经心。

　　"是我招的，要不是她，咱们根本不知道这个项目！"接着苏把周晓丹的事前前后后说了一遍，最后说："这个女孩悟性极好，有些事没等你说，她就先做上了，超前意识特强，是块好材料！"

　　见苏宏玮这样说，吴晴岚也就不再说什么了。但女人的心是敏感的，凭那女孩的脸蛋和身材，就会让男人想入非非，苏宏玮不是圣人，看到这样的女人也难免不会心动。看来，她的情场又多了一个对手，她得小心防范、严阵以待，丝毫不得马虎。否则，一招不慎，满盘皆输。

美女的诱惑

这些日子一直不露声色的肖元凯自那封匿名信发出之后，就再也没与苏宏玮联系。期间，他也想与苏接触，避免引起他的怀疑，怎奈最近交了桃花运，有了新女人，两人如影随形且难以割舍，已没有多余的时间与他人周旋。

2008年新春伊始，他的财运就来了，接连卖了九套房子，不仅摆脱了去年惶惶不可终日的凄惨，而且腰包也鼓了起来。有了钱，心情也不一般了。饱暖生闲事，他店里新招了一批员工，其中有个名叫裴晶的女孩引起了他的注意。裴晶是贵州毕节人，在家乡读了个大学专科，最终不顾家人的反对，只身一人来到南厦发展。由于人生地不熟，加之钱带得也不多，看见肖元凯的公司招聘员工，待遇还可以，便毛遂自荐做了房屋经纪人。裴晶一开始并没有打算干这行，但招聘广告上的宣传还是让人颇为动心的：每月保底工资一千两百元，每单业务提成百分之三十五。裴晶算了一笔账，如果做得好，每月接一个五十万的单子，加保底工资不少。对于她一个刚毕业的学生来说，已是相当可观了。于是她没再考虑，当即就投了份简历到肖元凯的中介公司，谁知第二天就被通知来公司面试。她来到公司时，肖元凯正翻阅每个应聘人的简介。裴晶的简历上写的是无工作经历，按他的标准肯定是免谈，但贴在简历上的那张照片却引起肖元凯的注意。清秀的瓜子脸上镶嵌着一双明亮而纯洁的大眼睛，鼻子微隆，嘴角微翘，整体五官协调周正，活脱脱是个美人胚子，再看身高一米六四，也是可观的身材。肖元凯决定面试后再定，就这样连裘晶一共选了三男一女共四人。面试三个男的后，裘晶是他最后面试的一位。当她出现在肖元凯面前时，不知什么原因，肖元凯总觉得有似曾相识之感。而这种感觉来自什么地方，他也说不清楚。总之，冥冥之中他似乎得到了某种启示，这个女人注定要跟他有一场风花雪月的故事，而他也只能是随遇而安，听天由命了。

就这样，裘晶随另外三个男同事一起进了肖元凯的中介公司，当起了房屋经纪人。

人算不如天算，裘晶来公司快两个月，不仅一单都没做成，而且保底工资也被扣去大半。原因是在公司上网及发布信息要收费的，裘晶第一个月连押金就扣掉五百元，报纸所登的房源广告又扣去三百元，加上服装费两百元，裘晶一个月算下来仅到手两百元。她给自己算了一笔账：每月租公寓房最差也要三百五十元，手机话费得一百五十元，吃快餐每天三顿至少得二十元，一个月得六百元，即使其他一分都不花，那也得一千一百元。况且女人的特殊时期和有个头疼脑热都需要钱来打点，这样算下来，没有一千五百元的入账，简直寸步难行。裘晶有些绝望了，按眼下的趋势，她即使再干一个月，也保不齐颗粒无收，而且她已身无分文，连房租也迫在眉睫，真的一筹莫展！她在思考要不要离开公司，按规定，三个月的试用期没到，她现在离开，起码这个月一分钱都拿不走。而且离开公司之后去哪儿？她也不知道。裘晶很茫然，她知道自己如今是进退维谷。她决定去找老板，如果他能给条活路，她将感激涕零，然后再干下去；如果啥也不管，她就只好抬脚走人。她这样想着，脚不自觉迈进了老板的办公室。

其实肖元凯一直关注裘晶的动态。他知道，三个月的试用期会把一个初来乍到的生手折磨得痛不欲生，这个涅槃期会让很多人落荒而逃，甚至永不回头。但行业就是如此残酷，竞争决定了适者生存。能坚持三个月的，说明有这种心理承受能力，反之，逃之夭夭他也毫不足惜。见裘晶来找，他就知道来意。但他仍装作毫不知情，微笑着点头说："感觉怎么样？再有一个多月你就出徒了！"裘晶看他此时那样的宁静、平和，并以带有欣赏的表情看着她。裘晶很意外，她的外在表情已完全表明了她的目的，但老板似乎并不接招，反而像武功大师一样跟她玩起了太极。裘晶很困惑，别人水深火热，他怎么却谈笑风生？她虽有满腔怒火，但并不想因此得罪眼前这位主宰她命运的人。

"老板，我现在已山穷水尽，走投无路，求求您放我走了吧？"裘晶知道自己已用了近乎哀求的口吻在跟老板对话，她已经彻底降低了自己的人格。人在屋檐下，她只能做无奈的选择。此时对一个男人低头并不意味向所有的男人低头。她这样想着又开口了："老板，您行行好，放我走吧，在这儿我做不出成绩，留下来只会给您添堵！"裘晶说完，仍用乞求的眼光盯着肖元凯。看着老板由微笑转而严肃后又恢复到微笑，裘晶的心也跟着七上八下地翻腾着。她不明白老板在想什么，为什么一会阳光灿烂，一会又黑云压城？就在她费力猜测老板的心思时，肖元凯说话了："你让我再考虑考虑。这样，今天晚上我请你吃饭，如果你能把我说服就放你走，反之，你还得在这修炼，直到成仙为止。"

裘晶听完仍是一头雾水。老板请她吃饭，谁听了都匪夷所思。在公司里，还没听说老板请谁吃过饭，可这样的怪事偏偏让她遇上了。裘晶说不上是喜还是忧。平时看老板是一脸严肃，不露半点温情。她怎么想都想不出老板请她吃饭的用意。难不成是老板看上她啦？但这个想法只一闪念就消失得无影无踪。老板已有家室，玩弄风月尽可到夜总会随心所欲，总不会跟不解风情的小地方女子唱"泪眼问花花不语"吧？直到晚上裘晶坐进肖元凯的车子里，也没猜透老板请她吃饭的用意。车在繁华的大街上行驶着，看着两边光怪陆离的霓虹灯闪着耀眼的光芒，裘晶的心里感慨万千。她从没坐过轿车，还是她考上大学，舅舅特意找单位的吉普车把她送到贵阳，算是有生以来坐了一次小型汽车。肖老板的轿车比她舅舅的吉普车要高级多了，人在车上，像在大船上一样平稳，毫无颠簸之感。裘晶第一次体验到了有钱人的感受。就在她正体会着两种人的差别时，轿车驶上了滨海大道，而车上的音响也随之响起来。裘晶听过，那是理查德·克莱德曼的钢琴曲《献给爱丽丝》，曲调悠扬、抒情、婉转、极富感染力。曲子完了，音响里又播放了另一首曲子。裘晶也听过，她不禁脱口而出："这首曲子的名字叫《蓝色的爱》。"

"为什么叫'蓝色的爱'？"肖元凯边开车边随意地问了一句。

"人们把蓝色归纳为忧郁的色调，因而这种爱也被赋予了忧郁、悲伤的内涵，整首曲子里充满了淡淡的哀愁和无限的伤感。跟刚才那首《献给爱丽丝》相比，远没有那种热烈、奔放，而是轻快、深情的曲调。它更多是感伤岁月的流逝和绵绵无尽的哀婉。"裘晶讲述了自己对两首曲子的不同理解。

"看不出来你对音乐还有相当的理解。"肖元凯很惊讶裘晶的见解。

"其实我对音乐一窍不通，只不过是联想自己的际遇有感而发，纯是胡诌，千万别当真！"见老板给自己点赞，裘晶有些承受不住，连忙表白。

两人正聊着，车已来到珍珠滩的观海楼。这是一处位于海边的酒楼会所，整体装修是中式风格，简洁、明快、古朴、典雅。因靠海的缘故，清风徐来，古琴叮咚，令人心旷神怡，烦恼皆忘。裘晶虽置身其中，但仍觉得恍如梦幻一般。她从未来过这种地方，光室内的豪华程度，就让她望而却步，自觉矮人三分。忐忑不安的她，望着络绎不绝、来来往往的红男绿女，心里萌生无限感慨。同样是人，她却好像是来自另一世界的劣等民族，跟这里的环境格格不入，她想不出人为何要异化，为何要分高低贵贱？肖元凯看出了她的踌躇，随即拉起她的手，进了餐厅。一切来得是那么自然、流畅，裘晶本能地退缩了一下，但被肖元凯的手紧紧抓住，不容她有任何的挣扎，两人已来到餐桌前。观海楼的确名不虚传，坐在餐桌前，宽敞的落地窗把外面的大海一览无余地推到眼前。涛声伴着卷起的浪花，让人不禁想起苏轼"卷起千堆雪"的名句。

"吃什么？尽管点。来到海边不吃海鲜，枉来一回人间！"肖元凯进了酒楼便换了脸谱，转而变得大度亲和、潇洒豪放起来。

裘晶还没有从刚才的窘境中走出来，见老板尸换了面孔，一副时下大款的派头，心里暗暗称奇。刚才还是盛气凌人，转眼变成高高在上的豪客。裘晶想不出老板究竟有多少脸谱未呈现出来。正当她还回味老板的神态时，菜单已进入了她的视线。

"看什么好，点就对了！"肖元凯的话鼓动着她的耳膜。裘晶的心没在吃上，经老板一催，立刻慌乱起来。她根本没看菜单，随口说："您点吧，我随便！"

"男人不能说不行，女人不能说随便。怎么能说随便呢？"肖元凯不看裘晶，眼睛盯着菜谱说。

裘晶开始还没玩味出肖元凯的话中话，待她幡然醒悟时，脸腾地一下红起来。

"龙虾一只，螃蟹两只，清蒸鲈鱼一条，鲍鱼排骨汤两盅，佛跳墙两份，一盘炒米粉，长城干白一瓶。"菜点完了，肖元凯挥了挥手，服务员走了。

"我点的菜行吗，不知合不合你的口味？"肖元凯说。

裘晶没回答。菜单中大部分，不要说吃，就连菜名她都没听说过，她只能一脸茫然地看着肖元凯。

"其实人在世上无非三万多天，人活一世、草木一秋。你要活得精彩，那就得抓住时机。俗话说得好，机不可失，失不再来。如果你抓不到机会，那就有可能穷困一世、抱憾终生。"肖元凯似乎在对裘晶说，也好像自言自语。

裘晶仍一脸的茫然，她不知所措地看着肖元凯

酒、菜上来了，肖元凯给裘晶的杯子里倒了一点点，而给自己倒了大半杯。

"来吧，今晚我们不谈工作，只聊人生。"肖元凯说完举起了杯子。

裘晶很少沾酒，还是大学毕业时同学们聚会喝过一次啤酒，那种口感至今记忆犹新。今天喝的是干白，她根本搞不懂干白与干红的区别。那边的肖元凯已把杯子举起来，出于礼貌她只能以礼相还。

"谢谢！老板这样款待我，无以回报，只能把这杯酒喝了，聊表我的感激之情。"说完一口喝尽了杯中的酒。

"其实你大可不必谢我。之所以请你来，主要是看你的潜质好，未来有无限的发展空间。正是你的素质让我看到你的能力。找你聊聊，无非是让你看到自己多么优秀，树立信心，发挥自己的主观能动性。"肖元凯认真且推心置腹的一番话，让濒临绝望的裘晶诚惶诚恐起来。她来公司这些日子可以说一无建树，但肖元凯却不这样看她，让她深感意外。

"我其实并没有做什么，为公司连一单都没有做成，哪有您说得这么好！"

"我看人从来不论一时一事，主要是看你对工作的态度。你每天早来晚归，把时间都用在钻研学习上，早晚会做出成绩。厚积薄发就是这个道理。"肖元凯深入浅出地肯定了裘晶的工作。

裘晶没想到老板是这样看她，说明她还有一定的价值。既然如此，那就再坚持一段时间吧。但随之而来的问题又让她沮丧得不行：她现在是山穷水尽，包里连十块钱都拿不出来，何谈坚持？她窘得不敢再看肖元凯的眼睛。

"我知道你现在的处境。这样吧，我先拿五千块钱给你，支撑你坚持到开单的那一天。怎么样？"肖元凯说完拿起杯子自斟了一杯。

那一刻，裘晶感动得眼泪差点没掉下来。看老板平时威严冷眼，让她战战兢兢，但关键时刻，却体贴入微，善解人意，裘晶真是感动死了。她想都没想就拿起酒瓶给肖元凯倒了半杯，又给自己倒了一杯，然后举起酒杯说："肖总如此体恤下属，裘晶愿为驱使，不辱使命！"

肖元凯看裘晶话都说到这份上了，心中暗喜。看来今天达到了预期的效果，起码有了良好的开端。接着他还有第二步、第三步。他相信，只要方法得当，措施合理，早晚她会就范，乖乖地投入自己的怀抱。心里想得美，行动自然表现出来："你不必给我表什么忠心，也不需要什么豪言壮语。要知道，这种面子上的虔诚并不实惠，我需要的是努力工作，在关键的时候表现出同心同德。"说完端

起杯子碰了一下，干了。

酒喝多了，肖元凯的心情也放开了。此时，裘晶在他的眼里已不像刚来时那样神秘，不可捉摸。即使在她面前放肆一点，也无伤大雅，她已经臣服，那种征服女人的优越感让他肆无忌惮起来。

"你知道女人的五大窝囊是什么？"

裘晶看肖元凯有些醉意，因而也就没把他的话放在心上，随口答了一句："不知道！"

"下班回家进厨房，吃完晚饭就上床，领了工资存银行，出门最远去商场，一生只上一张床！"肖元凯说完看着裘晶。

裘晶本来正盘算老板给她钱该用在什么地方，肖元凯却说了这么个笑话，她不说话显得木讷，说呢，又不知说什么好，正在为难。肖元凯又开口了："下班不用进厨房，自己工资银行，他人工资买时装，可以整夜不上床，爱到哪里自己想，后备情郎排成行！"裘晶这回听进去了，她想笑，但又怕周围的人关注她。忍了忍，终于没笑出声来，但表情已暴露无遗。她的忍俊不禁让肖元凯更加放肆了。

"我还没说完呢，你要再听下去，肯定会笑出声来！"

"你说吧，我肯定笑不出声！"裘晶被他逗得有些开心，为了顺应场合，她怂恿肖元凯把笑话说下去。

"那你听着。下班可以不回家，几点上床由着她，领了工资自己花，想到哪花就哪花，随心所欲披婚纱！"肖元凯说完了一本正经地看着裘晶。

裘晶开始也看着他，看着看着，忽然大声笑起来，笑得花枝乱颤，小脸红了半边，好一阵子才缓过来。

"你也太能编了，哪有你说得这样奇葩，我怎么没听说！"

肖元凯看裘晶的情绪多云转晴，不像刚进屋时愁云满面，一言不发，便说："这世界每天都上演奇葩的事，关键咱们知道得太少了！我给你讲个笑话吧。有个人去饭馆吃饭，看到菜单上有菜名叫'男人四十'，价格还不贵，心想这是道什么菜？因此前有'女人四十豆腐渣'之说，便点了这道菜。服务员上菜，那人定睛一看，上来却是一盘花心大萝卜。"

肖元凯讲完了，裘晶笑得前仰后合，边笑边说："笑得我都快岔气了！"

整整一晚上，裘晶让肖元凯给逗得笑声不断，仿佛把一年的笑意都透支了。出酒楼时，裘晶发现自己的情绪好了很多，没了往日的压抑，人也变得清爽了，走在路上，有一飞冲天的感觉。肖元凯看到裘晶的神态飘飘欲仙，一反往日郁郁寡欢的沉闷状态，心也随之欢快起来。他为自己导演的这场戏感到自豪——让裘晶改头换面是他的一大杰作。戏才开幕，还有发展、高潮，他要让每个情节都跌宕起伏，充满张力，直到把它推向高潮。电影界有"某女郎""某女郎"，他也想把裘晶打造成一个自己认定的"肖女郎"，那样他就有了非一般人的成就感。至于尾声，他还没有设计，船到桥头自然直，高潮有了，尾声自然而然就产生了，他不担心尾声会翻转前情，脱离他的控制力。

横生枝节

　　忙碌了一个礼拜的苏宏玮终于大喘了一口气，当他把各股东的资金都汇集到公司的账户时，发现只剩下自己的七十万还没到账，于是赶紧给小关打电话催他。还好，小关这几天也一直卖力主推这套房。所幸，由于地段好，加上是现房，有好几个人都盯着这套房。其实昨天买家就与小关达成了意向性协议，并当场拿出五千元意向金表示诚意。为防夜长梦多，小关并没有及时把这消息告诉苏宏玮。他和苏是几年的朋友了，稳妥起见，他一大早九点多又给买家打了电话，敲定了成交的意向，这才给苏宏玮打电话，没承想苏比他还急不可待，还没容他拿起手机，电话已打了过来。

　　小关知道这笔钱的用途，之前两人喝酒时苏就告诉他在做一项目。头脑聪明的小关马上意识到这又是一个千载难逢的大买卖。帮朋友卖房本就一举两得的事儿，现在又有巨大利益在等着他，所以主推苏宏玮这套房成了全店这个时期最重要的任务。苏宏玮并不晓得小关背后的动机，还是依旧用老腔调说："兄弟，房子卖得咋样了？都快急死我了！"

　　小关心里一阵暗笑："苏大哥，为这套房我发动了全店和全系统的加盟店，现在好不容易有了一个意向性买家，但人家认为你的要价有些偏高，说只给九十万，不知你是否愿意？"

　　苏宏玮盘算了一下，去掉银行所贷的二十三万多，他实际只能拿到六十七万上下。这样一来，他所投的两百万就差了近三万元。一文钱难倒英雄汉。苏宏玮陷入到两难之中。

说实在的，若在平时，卖就卖了。但眼下他就缺这三万块钱，已求借无门。无奈之下，他恳求小关说："兄弟，跟他再谈谈，各让一步，我实收九十三万，咱们立马签合同！"

其实小关已谈成实收九十五万，但他的目的不仅要收中介费，而且双方通吃。按他的设想，中介费两个点一万九千元稳拿，重要的是靠差价还能赚回五万元。如此，仅这一单，就有六万九千元的进项。当然也不是单单都能有这样的好运，关键得看双方的迫切度。见苏宏玮提出要各退一步，这样他只能拿两万，要在平时，小关无论如何也不会退让。他会想各种办法让双方讨价还价，最终达到他的目的。但今天他稍有迟疑，原因是苏宏玮等这笔钱急用，而且是用在交易一笔又让他能赚得盆满钵溢的买卖。斟酌再三，他还是决定放弃三万元的小利。他坚信苏成功了，他小关赚的可不仅三万了，三十万也有可能。

"苏大哥，你稍等一下，我马上跟买家联系，看他是否同意，如行，你们马上签合同。"小关说完就进了经理室。不一会，他笑容满面地给苏宏玮回电话，"买家同意了，他马上就到，你现在就过来吧，我准备合同。"他说完又进了经理室。

这边合同准备好了，恰好买卖双方也到了。有了事前的铺垫，双方都没多说什么话，合同不一会就签好了。接着去了银行还按揭，然后又去了市政交易大厅，没费什么周折，交易就算完成了，因是一次性付款，房管局受理成功后，苏宏玮也就拿到了他该得的款项。

苏宏玮算了一下，他的一千万资金现已全部到账。从筹资到现在，所用时间仅二十三天，比计划还提前了七天。真是天助，这期间随便哪个地方出个小差错，他都可能与项目失之交臂。但世界上就有这么巧的事，他苏宏玮一路坦途，竟然把一件看似不可能完成的事变成了现实。那一晚上，苏宏玮激动到快两点了愣是不能入睡。他先给周晓丹打了电话，约定明天早八点半到外贸公司去办理房产相关过户手续。周晓丹听了这消息也大喜过望，并相约完事后要请她大吃一顿。

"说好了，到时可不能赖皮！"她在电话里美美地敲了苏宏玮一竹杠。

"好啊，到时一定请你吃大餐。没有你的信息，就没有这个单子，功不可没！不请谁也得把你请上。"苏宏玮重复说了一遍。

打完电话后躺在床上睡不着的苏宏玮又坐了起来，想给吴晴岚打个电话，想跟她一起来分享喜悦，看了看表已过晚上十点了，本想不打了，但还是没忍住，终于拨了过去。那边的吴晴岚在床上看书，拿起电话看是苏宏玮打来的，接了过来。

"有什么好事让你夜不能寐？"吴晴岚调侃起苏宏玮来。

"当然是有好事了，不然我也不会给你打电话，和你分享。"苏宏玮把这几天的进展说了一遍，然后说："过了年我就感到鸿运当头，想干点事，就遇到这个项目。本来是遥不可及的难题，却让我给破解了。你说，我是不是好运来了？"苏宏玮说话时像个天真无邪的孩子。

听着电话里激动万分的苏宏玮，吴晴岚也被感染了。她就喜欢苏的这种孩子气的率真。吴见惯了那些道貌岸然、打着官腔的所谓正人君子。与苏宏玮相比较，她觉得那些人太虚伪。戴着面具活在世上，她无法想象他们累到了什么程度。而苏宏玮则不然，他表里如一，爱恨分明，有追求、有梦想，从不工于心计，一片赤诚之心。吴晴岚正是看到了苏的本质，这才对他有了好感，进而产生了非一般的感情。今晚听苏宏玮欢欣鼓舞的演讲，吴晴岚确实为他高兴。她愿自己喜欢的男人能有所作为，成就一番事业。那样足可证明她的眼光有独到性。虽然眼下他们之间还没明确什么，但她一直坚信，有情人终成眷属。他们之间还缺少一个契机，她在等那个机遇，她相信，缘分到了，一切都会水到渠成。现在需要的是耐心。

电话这边的苏宏玮眉飞色舞地叙述着自己的兴奋。他也没想更多，只想与他最熟悉的人同乐，而完全没想到夜深了别人还要不要休息。这是苏宏玮的悲哀，也是他的致命弱点所在。吴晴岚也没有在意这点，她只是为苏高兴，为他们的合作取得开门红感到由衷的兴奋。看看时间不早了，她提醒苏宏玮该休息了。被吴这么一提示，苏才意识到快半夜了，于是匆忙道了声"晚安"便挂断了电话。

早上，苏宏玮眼睛还没睁开，就听见手机在响，原来是周晓丹在喊他："小懒虫，太阳都照你屁股了，还在贪睡。你看看，都几点了！"苏宏玮瞄了手机的时间，还差七分钟就八点了。不好！想到今早上要去外贸公司，他一个鲤鱼打挺坐了起来，穿上外套，先开了门。

"要不是我喊你，还不睡到爪哇国去啊！"周晓丹一进门就调侃起苏宏玮来。

"昨晚太兴奋了，怎么都睡不着！"苏宏玮说这话时有些难为情。

"快洗脸吧，早餐我给你买好了，吃完好去外贸公司。"周晓丹说。苏宏玮心里一热：这小女孩细致入微，把什么事都想到前面，真是个好助手！不一刻，苏洗漱完毕，胡乱吃了早点，急急忙忙出门打车，与周晓丹来到外贸公司。刘总还没来，两人等了好长的时间，刘总才姗姗来迟。苏宏玮忙迎了上去："刘总，钱我已准备好了，今天来是办手续的，希望刘总按之前的约定协助我办理过户。"

见苏宏玮来了，刘总的眼里流露出羞愧的目光。他几乎不敢看苏的眼睛。等苏把话说完，他才开口："咱们签的合同泡汤了，上面说没公开招标，有暗箱操作的嫌疑，暂停办理过户，等调查后再做处理。"说完两手一摊，无奈地看着苏宏玮。

如同晴天霹雳一般，苏宏玮完全被这个突如其来的意外砸懵了。他想不出哪个环节出了问题。好长一段时间，他都没反应过来。还是周晓丹反应快："刘总，这么说咱们之前签的合同作废了，我们交的五十万定金怎么处理？"

没有回答，只有长时间的沉默。

苏宏玮这时也清醒了，面对这样的结果，他已经没愤怒了。让他不解的是好好的一份合同，说撕毁就撕毁，什么原因呢？

"签约时不已向上面汇报了吗，为什么还有这样的反悔呢？"苏宏玮问。

"这件事说来蹊跷。我是按组织程序逐级汇报，获得批准的。谁知前两天上级主管部门通知我，说市纪委收到举报，认为这是私相授受，没有进行公开竞标，不符合国有企业清理资产的相关规定，让我收回合同，重新公开招标。"刘总一脸的无奈。

"国有企业也不能言而无信，况且咱们的合同是受合同法保护的，按规定交了五十万定金，这是抹不掉的事实。上级再大也不能大过国法啊！"周晓丹句句在理，咄咄逼人，弄得刘总也招架不住了。

"这事本来就公开透明，没一点私情。我到现在连你们一根烟都没抽过，还说我暗箱操作，要不是快退休了，我肯定骂娘的！"刘总让周晓丹说得浑身如芒刺背，他的情绪也有些按捺不住了。

"这事怎么办？总不能说想撤销就撤了吧？贵公司总得给我们一个说法吧！"苏宏玮说。

"要我说就起诉他们公司，现在是法治社会，任何人也不能凌驾于法律之上，咱们有合同，不怕法院不支持！"周晓丹的话铿锵有力，让场面上的气氛一时有些凝固了。

"这样吧，我再向上级领导反映一下，看看有什么新精神，实在不行，你们就去起诉。咱们之间没有任何私情，就让一封匿名信给整得乌烟瘴气，真让人痛心！我支持你们，胜诉也还我一个清白。"刘总一番肺腑之言让苏宏玮有些感动。虽然没过户成，但他的心还是平衡的。既然人家都把话说到这份上了，他只能理解，除此之外，别无他法。周晓丹倒是一脸的懊恼，走出公司，她还一个劲儿地抱怨："这是什么世道，连国有企业都言而无信，你还能相信谁？"

苏宏玮没再说什么，看刘总倒是一副万般无奈的样子，肯定不是他从中作梗。合该自己的运气不好，再想什么都是多余，只有与股东们另行商议。回来后，下午他即刻就召集股东们开会，研究下一步的应对方案。会上，他把外贸公司的情况做了汇报，并把刘总的意见向大家做了说明。

股东们听后都感到意外。大家都各抒己见。许杰首先表示了自己的意见："我看这事不能算完。咱们得走法律途径，依法解决。"

"打官司时间太长，谁能耗得起！"老陈提出不同意见。

"要我看咱们得两条腿走路。一方面找它的主管部门，主张我们的诉求；一方面找律师帮着起草诉状，必要时还可以律师函的形式发给外贸公司，形成多种压力，逼他就范。"修玉林也说了他的建议。

"找律师的事我在行，我有很多律师朋友，这事我来做。"吴晴岚也作了表态。

"各位的意见我都赞同，对付这帮官僚，咱们还得拿出破裤子缠腿的方法，天天软磨硬泡，让他无可奈何。时间久了，他不得不就范。"汪清河深谙官场之道，虽是下策，但也在考虑之中。

会议算是开完了。剩下的该由苏来领衔执行。

苏宏玮没想到忙了近一个月的时间，最后还是一无所获。他感到万分沮丧，人都走光了，他还呆地傻坐在那里不发一言。不知什么时候，大门有了响动，原来是周晓丹又回来了。她手里提着一摞饭盒，一见面便大喊："天都快黑了，你还在那儿傻坐，想什么国家大事呢？"

苏宏玮苦笑一下，算作回应。他真想大哭一场，把他的苦闷和烦恼都发泄出来，那样他的心情或许能好一些。但有周晓丹在，他要维护一点男人的尊严，因此他无法宣泄，只有憋在心里，让自己愈发难受。

"别想了，你就是把自个儿愁死了，也于事无补。人是铁饭是钢，一顿不吃饿得慌。你用不吃饭来折磨自己，那是傻帽儿干的事。咱要吃饱饭，要睡好觉，想出主意跟他们斗，有我周晓丹在，包你心想事成，把工程拿回。"周晓丹什么时候都是乐观派，天大的事摊到她头上，也不以为然，苏宏玮很佩服这小女孩的劲头。

"来！有美人儿陪你共进晚餐，你就偷着乐吧。现在大饭店找美女陪酒，一次给一千块，还供不应求呢！"周晓丹说完把饭盒一一摊在桌上。

苏宏玮本没心吃饭，听周晓丹这样讲有意逗她一句。

"既然钱那么好挣，为何不弄些外快。跟我这整天吃盒饭，值得吗？"

苏宏玮本来是一句玩笑话，谁知周晓丹听后脸色大变。

"你说这话让我的心碎了一地！跟你干了这些年，我是什么人你总该知道。我虽没钱，但从不把钱看得太重，你以为我是为了钱跟你呀？"周晓丹说着说着眼泪噼里啪啦掉下来。

苏宏玮没想到他的一句玩笑话竟把周晓丹说伤心了，心里顿时一阵内疚，想说些挽回的话语，一时又找不到合适的言辞，想了很久才说："一句玩笑话惹你这样伤感，说明你也不懂我。本来今天的心情就很糟，想调节一下气氛，换个心情，谁知你倒认真了，真不该跟你开玩笑，经不起逗的小丫头！"苏宏玮的脸色也变了。

正伤心的周晓丹听苏说出这样的话，停止了哭泣。她困惑地看着苏宏玮，"你不知这话有多伤人？"

"你不知道我在逗你玩？只许州官放火，不许百姓点灯。平时你调侃我，什么时候我认真过？轮到你自己就不行了！"苏宏玮上前刮了一下周晓丹的鼻子。

"这种玩笑是开不得的，它关系到我的人品。"

"走得端、行得正，你还怕开个玩笑！"

"我又不是男人，自然要比你们想得多。"

"鬼精灵，将来找个男人都得被你搞晕了！"

"那样的男人我还不想要，我想要的是有头脑、有思想，就像你这样的人。"

"我是'三无'男人。一无车，二无房，三无头脑，老婆还把我一脚踹了。愿意跟我的女人，不是傻蛋就是有眼无珠。"苏宏玮自我揶揄地说。

"你老婆才是有眼无珠。放着这么好的男人不要，我看是大脑缺钙！"周晓丹的小嘴叭叭地说个没完。

"大路朝天，各走一边。她就是看我窝囊，才离我而去攀高枝去了！"苏宏玮说话间黯然下来。

"萝卜白菜，各有所爱。她把你当垃圾，我看你是极品。苏大哥，就算这世界所有人都抛弃你，我也不离不弃，把你当成宝！"周晓丹为苏宏玮鸣起不平。

苏宏玮听周晓丹这样讲，内心一阵感动，但随即就清醒的认识到，周晓丹还是小女孩，头脑发热是很正常的。自己已是四十来岁的人，千万不能跟着发昏。

"小丫头，大脑里整天装的是什么？我是你的老板，是你的哥哥，你要搞懂。别想歪了！"苏宏玮觉得有必要纠正周晓丹的想法，因为这很危险。火烧大了，不仅对自己有害无益，更重要的是对一个纯洁无辜的女孩来说，会导致她抱憾终身，给她的生命里留下一道无法磨灭的伤痕。苏宏玮清楚自己的处境，也清楚自己的年龄。跟这样的小女孩有故事，所有认识他的人都会笑他不自量力，笑他老牛吃嫩草，笑他……假如是吴晴岚，那么所有的人都会众口一词，认为是天造地设的一对，合情入理的一双，所有的人都会送上祝福，祝他们幸福美满。反过来如果是周晓丹，什么祝福也不会有，有的是讥讽和冷冷嘲背后的指指点点、说三道四。苏宏玮知道这就是中国的传统，即使再亲密的朋友，他们也会规劝你循规蹈矩，不能越雷池一步。

"听着，以后你必须叫我苏总，我是你的老板，咱俩是上下级的关系，如果你连这点都做不到，咱们就连同事都做不成了！"苏宏玮故意板着脸很严肃地说。

看着周晓丹的脸逐渐扭曲变形，到最后要哭的样子，苏宏玮有些于心不忍，为什么要这样折磨一个单纯无瑕的小女孩呢？但理智告诉他，决不能暧昧，如果现在不割断情缘，就有可能犯下不可饶恕的错误，万劫不复。他不想落得那种下场，就得提前打预防针："我这话是对你好。你还年轻，根本不懂这个社会有多么残酷。一个女人如果不能很好地把握自己，那你今后的路会异常艰难。我是过来人，相信我的话没错！"

周晓丹心里的委屈本来就没地儿宣泄，听苏宏玮的话更加气了。

"把我说成什么人啦，我到哪儿去滥用情了？跟你说了点心里话，就引来你一大套说教，你是不是把我看得太轻浮了？"

苏宏玮无语。他本想以老大哥的口吻传授自己的感悟，谁知周晓丹并不认同，反而误解了他的好意。无奈他叹了口气："何处是归程？长亭更短亭。"

"什么意思？"周晓丹有些疑惑不解。

"你还是自己悟吧，等你悟到，自然也就豁然开朗了！"苏宏玮说完意味深长地看了周晓丹一眼，便缄默不语了。

"周年庆"的期待

肖元凯自那天请裘晶吃了顿饭，回来后又把她束之高阁，不再与之接近。裘晶虽摸不透老板的意图，但也只能以静制动，寻求时机，等待自己有所建树的那一天。期间，她用肖元凯给她的五千块钱支付了房租、手机话费等一切该花销的款项，其余的留起来以备不时之需。尽人事、听天命，再坚持一个月，如仍无成效，只好拜拜了，说明她不是这块料，自己也就死心了。时间过得很快，她试用期结束前四天，店里来了一客户，要买一套二房二厅的二手房，房龄不超过十年，面积九十平方米以内。裘晶当天正好赶上值班，她带客户看了三套符合要求的房子，没想到客户看后当场就下订金定了其中的一套。裘晶很意外。"有心栽花花不开，无心插柳柳成荫"，她几乎没费什么大力气，买卖就做成了。按房价九十八万的二成，她获得了近三千元的抽成。钱并不是很多，却让裘晶有了信心，燃起了希望。正所谓好事成双，没过两天，又一幸运的大单砸在了她头上。原来是当天值班的小王家里有事，临时委托裘晶代他值一天班。结果那天来一客户看中了他们的一套一百四十多平方米的房子。裘晶了解到客户购房是刚需，是给儿子买结婚房，而卖房者也是新装不久的新房。双方讨价还价谈了大半夜，终于达成协议。卖方以实收一百五十二万的价格将房产过户到买方手里。虽然其中到房管局过户及评估和去银行做按揭贷款等一系列业务对裘晶来说都是初次，但经过这两次实战，裘晶逐渐进入了角色，她已渐渐掌握了这个行业的全部流程。业务熟悉让她的信心也得到增强。说来也怪，此后单子也一点点多起来。这期间，肖元凯一直不离左右，看到她稍有偏差，便及时纠正，给她的工作带来不小的帮助。看着裘晶逐步走向正轨，肖元凯也感到欣慰。这个由他亲手打造出来的新人，无论何时都不会离他而去，而这正是他良苦用心所在。他仍在布局，按照他的第二步、第三步走着他的棋。

好久没见到苏宏玮了。自那次苏约他联手合作洪山小区的项目之后，他就再没见到苏宏玮。他知道自己的那封信不将苏折腾半死也得让他昏倒。这样，自己就有了机会。"人为财死，鸟为食亡"，在这样的生态竞争下，适者才能生存。就算是亲兄弟也要明算账，况且他和苏宏玮仅是同学而已。他不可能因为这点而放弃发财致富的机会。虽然他是苏一手引来的，对他心无旁骛，但他的本性决定了只有钱才能带给他想要的一切。为了苏不至于怀疑他做了手脚，他得未雨绸缪。这么盘算着，他拨通了苏宏玮的电话。

苏宏玮没想到肖元凯会主动给他打电话。自从肖说考虑考虑，苏就想到肖有所顾虑。既然人家有顾虑，就不能强人所难，以致没再联系他。今天见有了回应，没等肖元凯说话，苏宏玮就把外贸公司违约的事详细地诉说了一遍，末了又提出股东们的意见。

"现在也只能走法律途径，否则，这件事就不了了之，有可能连五十万定金都拿不回来！"

肖元凯料到会有波折，但没想到会闹出这么大动静。他思忖着这事的最终结果。如果苏真要打官司，凭他看到的那张合同，外贸公司肯定败诉，还要承担违约责任。但外贸公司是破产企业，能拿出一百万吗？闹不好最后还得把两栋房子卖给他们。但与之前不同的是，这件事会闹到猴年马月，即使最后赢了，苏宏玮也会弄得心力交瘁，一蹶不振——肖元凯分析来分析去，最后得出这个结论。他有主意了。

"股东们的意见是对的。就是要坚持到底。不蒸馒头争口气，国有企业出尔反尔，那还像什么话？把官司打到底！我支持你们！"肖元凯振振有词，一副慷慨激昂的样子。

苏宏玮很感动，到底还是老同学，平时没什么，到关键的时候，还是仗义。有了肖元凯在道义上的支持，苏宏玮感到官司有必要打下去。既然所有人都认为打官司是唯一选择，那也只能如此。

肖元凯刚打完电话，就接到裴晶的电话。原来今天是裴晶的休息日。自从来到中介公司，裴晶从来都没有休息过一天。今天是她来南厦一周年的日子，她思谋了好久，决定请肖元凯吃顿饭。"来而不往非礼也"！另外，自己的"周年庆"，总得要有人陪她过才不至于孤苦冷清。裴晶来到这个城市，没有亲人和姐妹，她接触最多的就是肖元凯。肖虽是她的老板，表面上很威严，常板着面孔训人，但对她还是网开一面，这也让裴晶心存感激；加上前日请她吃饭又资助了生活费，让裴晶觉得肖元凯为人还是很善解人意的，起码不是那种唯利是图的商人。有了这样的认识，她给自己请肖元凯找了一个无法拒绝的理由。

电话打通了，肖元凯接了裴晶约他共进晚餐的邀请，心里还是激动万分的。起码他知道自己的功课没有白做，这个一向孤傲的女人竟向他主动伸出橄榄枝，让肖元凯有些兴奋，甚至有心花怒放的感觉。按约定的时间，肖元凯买了一束鲜艳的玫瑰花，兴冲冲地去赴约了。

在海天酒楼的小包厢里，裴晶焦急地等待着肖元凯的到来。时间已超过五分钟了，肖元凯还没有到来。她想再打个电话，但女人的矜持让她打消了这个念头，眼看快十分钟了，她已急得坐立不安，她不知道肖元凯是不是有什么事耽搁在路上。要知道，这是她第一次约会，第一次请男人吃饭，这种心情只有她自己体会得深刻。正当她渐生抱怨的时候，肖元凯出现了。裴晶见了肖元凯像久别重逢的亲人一样。

"干吗去了，让人在这傻等！你不知道今天是我'周年庆'吗？"

肖元凯根本不知道什么叫"周年庆"，但看裴晶满含饱含期待的眼神时，瞬间被融化了。他已年过四十，多年前谈恋爱时的感觉如今又萦绕于身，让他有些陶醉。就像人们通常所说的第二春一样。

"赶上晚高峰，两个红绿灯路口就耽误我二十来分钟。对不起了！"肖元凯献上鲜花，并一个劲儿地赔不是。

看到肖元凯那副虔诚的样子，裴晶从心底原谅了他。路上堵车不是他的错，只能说明这城市太繁华了。有了这点小插曲，裴晶第一次觉得思念和等待也是件挺浪漫的事儿。

肖元凯今天穿得很别致。一件白丝绸衬衫加一条深红领带，下面是枣红色的纯亚麻裤，配一条皮尔卡丹的腰带，脚下一双鳄鱼牌皮鞋，显得帅气潇洒。头发也油光锃亮，让人一看觉得是做了精心准备。裴晶很喜欢肖元凯的打扮。起码是尊重她、看得起她才这样隆重地推出自己。不知何时，裴晶觉得自己越来越欣赏起肖元凯来。她暗自许愿，将来一定要找个像肖元凯这样的男人做老公，既能赚钱又有面子，房、车自不必说，还有大把钞票给她花。裴晶越想越兴奋，仿佛眼前的肖元凯转瞬间变成了自己的老公，为她祝福呢。

"既然叫'周年庆'总要有个仪式，来吧，许个愿，吹蜡烛！"肖元凯把这天当她的生日来过，并为裴晶点起蜡烛，然后套着《生日歌》的曲调唱起了"《周年歌》"："祝你周年快乐……"歌声虽不动听，但裴晶却受用。她今年二十四，很少有庆祝的时候。眼前这个男人让她过了一个非同寻常的日子，她没法忘记至今，还没有哪一个男人曾陪她度过这样的良宵，她感激地看了肖元凯一眼。

"吹吧，别看我，默默诵念你的愿望。"肖元凯那略带磁性的声音感染了裴晶。她真的闭上眼睛，内心闪回刚才的想法，默诵了三遍，然后睁开眼睛，一口气吹灭眼前蜡烛。掌声响起，虽有些单调，但裴晶还是很满意。

"给你！"随着肖元凯的一声呼唤，一只精美的长盒子像变戏法似的呈现在她的眼前。

"打开看看吧，喜不喜欢？"裴晶的耳边像飘过一阵清风那么温柔。她带着疑惑打开盒子，一条闪着金光的精致项链耀眼地呈现她的眼前。裴晶长这么大都没摸过金子。穿金戴银那是贵族们的特权，她一个平民百姓的丫头，连想都不敢想。如今，她也拥有了佩戴它的资格，裴晶的眼里噙出了泪水。

"我给你戴上，看美不美？"肖元凯说完便把盒子里的项链轻轻地戴在了裴晶的脖子上，"嗯，很美！戴上项链人就更美了。"肖元凯发出了赞叹。

裴晶没想到肖元凯为她锦上添花，并在她的"周年日"献上这么珍贵的礼物。她满含热泪看着肖元凯，内心充满感激之情。一个男人能为她奉献如此珍贵的礼物，还有什么不能舍弃的呢？裴晶想到这一点，更觉得眼前这个男人的可爱。她情不自禁地想拉他的手。此时的他正切开那个精心准备的蛋糕，送到她的眼前。

"咱们坐下，为你今天的'周年日'，我特意要了瓶酒，喝两杯以示祝贺。"肖元凯说完打了一个手势，一服务员马上端出一瓶法国洋酒轩尼诗X·O。裴晶没喝过洋酒，也不知道是啥滋味儿。有肖元凯在，她也就无所谓了。反正今天晚上要随心所欲一回，尽情地宣泄一次。至于明天怎样，明天再说。及时行乐、对酒当歌是她今晚要做的事，和明天没关系。她这么想，就放弃了过去那种小心翼翼、战战兢兢的卑微心理。

"肖大哥,感谢你为我做的一切。今晚,我敬你!从此以后,我跟你风雨同舟、不离不弃。"说完,拿起酒杯,碰了一下,抬手干了。

肖元凯听裘晶的这些话觉得很熨帖,眼看裘晶把酒干了,一高兴也随之喝了一口。

"这种酒后劲大,要慢慢喝。这点,我们得学洋人,他们对酒更多的是品,而不是喝。"肖元凯慢条斯理地说。

"这恰恰是西方文化与中国文化的不同之处。我以为,在这点上咱们和他们之间还是有差异的!"裘晶表达了她的看法。

"其实,中国人与西方人的差异不仅在喝酒上,在其他方面也有天壤之别。比如说,在对待住房上,西方人成家不一定非得买房子。对他们来说,租房一样过日子。而中国人却不这样想,结婚一定得买房子。不买房,家庭就不稳定,所以社会流行一句话"'中国的房价都是老丈母娘给哄高的'。"肖元凯最后总结出这样的观点。

"其实也不尽然,房价的走高有多种因素。既有政府的土地财政政策,也有通货膨胀的因素;既有物价随行就市的原因,也有资本市场的推波助澜。总之,不是一两句能说得清的。"裘晶也开始指点江山、发表见解了。

"咱们还是喝酒,不谈国事。"肖元凯见这话题有些冲淡氛围,马上转舵,给裘晶又倒上酒,"来,咱们举杯,祝你天天快乐,越长越漂亮!"

"我现在不漂亮吗?"裘晶虽和肖碰了杯,但没有马上喝。她望着肖元凯做了个俏皮的怪模样说。

其实肖元凯早就被裘晶给迷住了。不单那飘飘长发,那火辣的身材、微翘的屁股就让肖元凯夜不能寐。有多少个夜晚,每当想起裘晶那高耸的乳房,肖元凯对床上的妻子就兴味寡然,害得他老婆时常抱怨:"不知让哪个狐狸精给勾走了,连看我都不想看一眼!"每到这时,肖元凯总是不耐烦地说:"老娘们整天想这事,害臊不害臊啊!"

今天,裘晶喝了些酒,神态飘逸、面若桃花,更愈发显得迷人。而裘晶的反问,也勾起他的欲望,让他的嘴也开始跑起火车来。

"说倾国倾城有点夸张,但说你有羞花闭月之容,沉鱼落雁之貌却不为过。你的眼神总是有勾人魂魄的光芒,让人久久不能忘怀。"肖元凯搜肠刮肚地想了一堆恭维裘晶的赞誉之词,目的就是讨她欢心、让她高兴。

裘晶见肖元凯用尽了书中的赞美之词,把她说得如一朵鲜花娇艳无比,心中不禁有些自喜。

"来，肖大哥，为你的口才咱们再干一个。"说完，一口气把酒喝干了。咂咂嘴，意犹未尽，又倒了一杯。

"肖哥！"裘晶不知什么时候管肖元凯叫起哥来，这一叫也让肖元凯飘飘然。两人你来我往，不一会儿，一瓶洋酒见底了。裘晶喝得已不知东南西北，但她的兴奋劲还在上升。

"再来一瓶，今天不醉不归！"肖元凯并没有怎样，听裘晶喊再来一瓶，就努努嘴，让服务员又拿来一瓶张裕干白打开给两人倒上。

裘晶见酒又倒上，仍举起杯子："你不是说我漂亮吗，为我的漂亮咱俩干一杯！"裘晶感到自己的意识流动得缓慢了，但她还不想罢休，她还要努力地再博一下，让她这些年的积郁随着杯中的酒一泻千里，永不复返。

肖元凯也微醉了，但他的大脑还是清醒的。看着裘晶一杯又一杯地往嘴里灌，他开始担心了。最初看她喝得很爽，心里还暗自窃喜，到后来，这种窃喜开始转变成担忧了。他真怕喝出什么毛病来，但随之又否定自己。喝酒能喝出什么问题，顶多大醉两天，醒后也就没事了。他这样想着，也就看着裘晶一杯接着一杯地喝下去。

两人直喝到酒楼打烊了，这才跟跟跄跄出了门。回到车上，安顿好裘晶，肖元凯发动了车子。他知道自己是酒驾，让警察逮住肯定没好下场。但这么晚了找人代驾也不好找，车里还有醉得不省人事的裘晶，不好处理。他就这么踟躇着把车开上大路。他知道，一般主干道警察是不会查醉驾，他们大多选次干道或其他路上去查。有了这样的判断，他就小心翼翼地向前开去。终于快到家了，肖元凯悬着的心落了下来。但随即他又闹起心来，裘晶还在车上，他总不能把她带回自己的家吧。此时的肖元凯真是闹心无比。酒喝得太多加上紧张，连车上有人都忘了。况且，裘晶现在已醉得不省人事，她住在那儿也不知道，想了半天，最后决定到附近一家酒店暂住一宿，明天醒后再说。

Chapter 13　第十三章
失身的那个晚上

　　当他费了九牛二虎之力把裘晶弄到房间时，他也累得满头大汗。把她背到床上后，就在准备离开时，他不禁又多看了她一眼。谁知这一眼，又让他迈不动步了。那是一张怎样动人心魄的脸，肖元凯让她迷得简直魂都丢了。他不想就这样离开，他想亲她一下再离开，那就没什么遗憾了。于是他又凑到她的身边。裘晶的醉态若人若仙，微眯缝的双眼如醉如痴，千娇百媚，万种风情，看得肖元凯是欲望丛生，浑身起火，扑上去就是一阵乱啃。亲完后，他的欲火非但没有熄灭，反而越烧越旺，直烧得他五脏欲焚、七魄飞散，眼前即使有刀山火海，他也会毫不迟疑纵身跳下，就算化作一缕青烟、几粒尘埃他也在所不惜、终身无憾了！

　　他像饿虎下山一样，生擒活剥，三下五除二就把她的衣服剥个精光。那是一副怎样的鲜嫩之躯啊！细腻的皮肤晶莹剔透，质感滑润，浑身散发着女人特有的清香。颀长的美腿，更是令人无限遐想。肖元凯再也控制不住自己，他脱光衣服，就在那个鲜嫩之躯上贪婪地吸吮着，肆无忌惮地宣泄着……

　　当一切都完结时，筋疲力尽的肖元凯像死狗一样滚到了床下，他像刚爬过了山峰一样，虽历经了一场肉搏战，让他身心疲惫，但神智却清醒无比。望着床单上的血渍，他知道，事情过了，人却没完。明天酒醒了裘晶跟他闹到什么程度，他不知道。或许报警，或许当着他的面痛骂他禽兽不如，抑或抬腿走人，永不相见。肖元凯想了很多，直到快天亮了，他也没想出什么万全之策。眼看天边发白，他也终于迷迷糊糊睡着了。

直到第二天的上午十点多，醉酒的裘晶才醒过来。昨天的事她已记不清什么了，但隐隐作痛的下身及身下红红的床单让她似乎知道了什么。裘晶想哭，想骂人，把最恶毒、污秽的言辞和最畅快淋漓的诅咒都发泄出来，让那个毁了她一生的人不得好死。正此时，肖元凯推门进来。裘晶不看肖元凯则已，见他前来，眼睛冒出怒火。她想狠狠地把眼前这个衣冠禽兽痛骂一顿，然后报警把他抓走，以泄心头之恨。但随后她又怀疑这种做法的最终结果。骂他一顿能怎样？把他抓进大牢又能怎样？只不过出了口恶气，而且自己也因此丢了名声。传到公司，没几个人会为她打抱不平，反而会认为她引诱了老板，想借此敲诈不成才报警抓人。裘晶感到眼前已无路可走，也就在那一刹那，她才感到了真正的孤独，委屈、无助让她悲伤痛哭起来。

肖元凯一直无言以对。他知道这时候劝解无异于火上浇油，他默默地抽烟，一根接着一根。他想等她哭够了才上前，那样效果就好多了。他明白，自己的欲望作祟，现在只有用钱来平息。有钱能使鬼推磨，他不信有钱办不成事。那边的裘晶哭得天昏地暗，两眼混沌，浑身一点力气都没有了，但还是哀号着，最后一头倒在床上，只剩下抽泣了。其实，别看肖元凯不露声色，他也是心急如焚。看着裘晶痛不欲生的样子，他也感到害怕，毕竟是自己惹下的祸，是自己的欲念把一个如花似玉的女孩一夜变成了这样，仅凭这点他就该下地狱。但有什么法子呢？万恶淫为首！肖元凯虽然也后悔自己犯下的错误，但事情既然出了，赶紧解决才是头等大事。他思忖着拿出多少钱才能摆平这事。按"行情"，十万元能消灾弥祸。但肖元凯不这么想，他一开始就带有一定的目的性。他没儿子，他老婆只给他生了个女儿，为此他常常耿耿于怀。现在有了裘晶，这让他又燃起希望。如果让裘晶这样的美人胚子给他生个儿子，不仅香火可续，而且后代的基因也会得到提升。"不孝有三，无后为大"，肖元凯的算盘打得是完美，按现在的趋势，他感到自己离那个目标越来越近了。眼下只要把她哄好，下面的问题就不是事了。他打算先给裘晶弄一套房子住。有了房子，裘晶的心就会安定下来。如果真的怀孕了，再过户一套房子给她，那样，他也就算对得起她了。他坚信，只要有他在，娘俩就饿不着；只要有他在，所有的问题都会迎刃而解。

这边的裘晶哭过后似乎进入一个混沌的迷茫期，她现在不知如何是好。自杀、跳楼、报警或一个人悄悄地逃遁，所有能想到的可能她都考虑个遍，但都不是万全之策。摊上这种事，她无法和人说，自己毕竟还年轻，也想不出什么好主意，思来想去，最后只冒出一个字"恨"。她恨肖元凯毁了她的后半生；恨她的人生刚开始就被玷污了；恨她将永远背负这个沉重的枷锁来面对所有的人，尤其是她最亲的亲人。此恨绵绵，无穷尽也！裴晶一想到这，眼泪又抑制不住地流了出来。

肖元凯不知什么时候又回来了，他看着裴晶蜷缩成一团，闭着眼，就说："起来吧，先吃点东西，然后该杀该剐随你便！"肖元凯拿出稀饭、烧饼、鸡蛋和咸菜等食物放在桌上。裴晶仍一言不发，也不睁开眼睛看肖元凯。

"我想了想，你住的条件不太好。这样吧，你搬到海湖路37号去住吧。那儿有我买的一套房，12楼，南北通透，采光也好，你去了肯定喜欢。"肖元凯也没招了，为了平息这场祸事，为了稳定裴晶的情绪，他咬咬牙把自己认为最好卖、最赚钱的这套房拿给了裴晶。他想以此换取她的心理平衡。

裴晶仍然一动不动，她的大脑里空空如也，似乎进入一个梦魇，无尘无埃、无我无物。她想不到自己要干什么。肖元凯看她仍无动于衷，一时也没了主意。想起自己这些年的坎坷奔波、挣扎拼搏也实属不易，想着想着，他的眼泪不禁流了出来，最后竟也号啕大哭，一发不可收拾。裴晶由最初的无动于衷到听见哭声大起，她的心也逐渐被震醒。看到肖元凯如此动情地大哭，她的心也一点点地被融化，进而恢复到先前的状态。

"猫哭耗子，我伤心你哭什么？"裴晶坐了起来。看着泪流满面的肖元凯。

"我就是想年轻时经历的那些苦难，想着想着，眼泪就止不住地流下来。"

"你有什么苦难？时代的天之骄子，要风得风，要雨有雨。不像我们贫苦人家的孩子，叫天不应，喊地不灵！"裴晶根本不屑于肖元凯的哭诉。

"我七岁就由母亲抚养，她含辛茹苦把我供到了大学，如今孤苦伶仃一人在家，什么时候想起，我都痛心不已……"肖元凯说到这又抹起眼泪来。

裴晶最见不得别人哭。肖元凯的哭诉把她最后的一点怨恨也都冲刷得干干净净。她走下地来，进了卫生间。很久才走了出来，脸上没了此前的泪痕，只是眼睛稍有些肿，一副忧伤的样子。肖元凯见状忙让她坐下，并把早点端到眼前。

"先吃点东西，然后我领你去看房子，如果满意，今天就搬过去。"肖元凯见事情有了转机，忙不迭地献殷勤。裴晶没回话，整了整床上的被子，然后欲出房门。

"不吃早点了？"肖元凯问了一句，见没回答，忙跟着跑了出去。二人上了车，肖元凯才开口，"咱这是看房去？"见没有回声，似乎悟到什么，一脚油门朝海湖路奔去。

裴晶刚才确实被肖元凯的哭声弄得有些心软了。一个平日里威严冷眼的大男人，如今在她的面前哭得像个孩子，这让裴晶有些于心不忍。思来想去，只有接受这个现实，此外，别无他法。裴晶是现代人，虽书中有"饿死是小、失节是大"这一类的古训，但现在是二十一世纪，那些固有的传统观念早被现代人嗤之以鼻，奉子成婚、未婚先孕已司空见惯、见怪不怪，更有试婚、新同居主义等一大堆乌七八糟的新潮流、新思想甚嚣尘上。自己为何偏执一端、执迷不悟呢！事情既然这样了，无奈已成定局，认命吧！跟肖元凯上了车，她还固执地骂自己没出息。车到了海湖路37号，下车进了肖元凯的房子，她才感到什么是奢华。阳台的落地大玻璃窗让外面的风景一览无余。远处静静的湖面上树影婆娑，一片安宁静谧；仙山琼阁般的景色如诗如画。再看屋中正厅，一幅中国山水泼墨画置于大厅的中堂。背景是流畅的装潢线条均匀地镶嵌在沙发和吊顶间的墙上，六十寸的平板彩电挂在山水画的下面。下面是清一色黑面玻璃的电视柜。背景下面是白色的真皮沙发，前面是较大型的黑面玻璃茶几。近临的餐厅厨房都是一样的色调。开放式的整体橱柜和餐厅互相连接、遥相呼应，构成了最为温馨的家庭风景线。三间卧室，一南两北，房中尽是当今最为豪华的寝具。尤其南向主卧，内中一张形似法拉利跑车的大床，床上用品的面料质感华贵，做工考究，让人平添几分舒适感。

裴晶看得目瞪口呆。她长这么大也没见过这样豪华又简洁明快的装修。室内无可挑剔，就像给她事先预备的一样。

"你是想让我住到这儿来？"裴晶开口问道。

"是啊，要不然领你到这来干什么！"肖元凯说。

"这么好的房子我可付不起房租！"裴晶又说。

"这是我刚买的房子，你只管住就行。如果愿意要，送给你也行！"肖元凯想了想，又多说了一句，随手把一串钥匙塞进裴晶的手里。

"这么好的房子凭什么送给我？"裴晶说。

"做老婆或情人都行，房子就给你。"肖元凯脱口而出，他甚至有些嬉皮笑脸的样子。

进屋后裴晶的脸色渐渐恢复了常态，听肖元凯这样说，马上又沉下来，她把钥匙往肖元凯的手里塞后，扭头就往门外走。肖元凯赶紧拦住她，左哄右劝把她拉了回来。

"我这不是开玩笑吗，干吗当真！"肖元凯极力为自己开脱，不让裘晶出门。

"告诉你，这种玩笑开不得。如果你真心想让我来住，并以此来赎罪，那我就给你个机会。如果还有其他条件，那一切免谈，我还是住我的出租房。"裘晶说完，眼睛盯着肖元凯。肖元凯被裘晶刚才的动作吓蒙了。本来无法破解的僵局被眼前的房子给缓和了，谁知又让自己的冒失差点功亏一篑。他不敢再胡说了，只想办法把她哄回房里，然后再做打算。眼前只要她搬进新居，他就算胜利，起码这事也算翻篇了。

"告诉你，我搬过来，你也不许来。如果你要是常来骚扰，我还会搬走，让你永远也见不到我！"裘晶临出门前郑重其事地跟肖元凯说。

"好，好。不来骚扰！"肖元凯一连两句肯定，才算完事。

Chapter 14　　第十四章

两个女人的风景

　　自从项目被外贸公司单方叫停后，苏宏玮终日围绕这件事东奔西走。期间，和吴晴岚为他请的律师也见了两面，并以律师函的名义书面通知了外贸公司，又经股东们一致意见，决定正式起诉。律师也准备好了全部材料，即日立案，准备诉讼。虽然律师说胜诉的概率很大，但苏宏玮还是沮丧万分。第一个项目就如此出师不利，往后这条路还怎么走？他甚至怀疑自己是不是干这行的料。周晓丹倒不以为然："谁是这块料！谁生下来就先知先觉？还不是摸着石头过河，懵懂往前走。"

　　苏宏玮苦笑。不管怎么说，是他的运气不好。为什么他摊上的事总是阴差阳错，极为不顺？他好像从一本书上看到这样一段启示："什么是名，什么是利？无名者，万物之始也！生于无名，而归于无名。不是你得的，你想去得，就是名；不该你得的，你得到了，就是利！进而延伸推广之，是命是运也，缓缓而行；为名为利乎，坐坐再走。正所谓君子不与命争，尽人事、听天命！"苏宏玮把这些话跟周晓丹说，谁知竟遭她反驳："什么'尽人事、听天命'？全是古代一些消极、宿命的唯心主义观点。现代人讲什么？'自信人生二百年，会当击水三千里'。爱拼才会赢！"周晓丹说完唱起了《爱拼才会赢》的歌儿。

　　苏宏玮摇摇头，不想与之争辩。说得比唱得要好听！她还年轻，哪里知道真正的社会生活远比口头上的豪言壮语要严酷多少倍。他们两个人或许存在代沟，实际是世界观、价值观的差异问题。

苏宏玮还围于与周晓丹的不同认识时，吴晴岚来电话了，她告诉苏宏玮，律师想见他一面，有事商量。

"好，半小时后在滨湖路的'上岛咖啡'见面。"苏宏玮放下电话，出门打车就去了。他现在是心急如焚，每天为此寝食不安，听到有消息，马上坐不住了，匆忙赶到约定地点。坐下好一阵子，先是吴晴岚进来，两人落座。

"宏玮，律师的意思最好能走调解程序，这样可节省时间成本，对我们来说是最有利的。"吴晴岚不知什么时候改口称"宏玮"了，对这个细节苏宏玮还没意识到。他关心的是律师说什么。当听说律师要走调解的路子时，他高兴了，这是他最想要的结果。

"可以呀，只要快，怎样都成。"两人正说着，丁律师进来了，二人起身迎接。

"苏总，这个案子我研究了其中的矛盾，又跟主审法官碰了个头。他们的意思也是先调解。因为最近根据上级法院的精神，他们院在搞试点，主要是改革审判形式，避免激化矛盾，最大限度推行人民陪审员制度和以调解为中心的工作方针。"丁律师讲了他的意见和想法。

"没意见，关键是看外贸公司的态度。"苏宏玮当即做了表态。

"我们股东的意见也是希望调解，这样能缩短时间，减少成本消耗。"吴晴岚也代表众股东发表了意见。

"好！既然大家都是这个态度，我就跟法院说明当事人的想法，争取早日开庭，给大家一个说法。"丁律师说完看着二位，似乎还在等着他补充什么，见没有意见，起身告辞。苏宏玮和吴晴岚也起身送别，见律师出门了才又返回坐下来。

"别回去了，在这吃个饭再回吧！"吴晴岚很自然地随口说。

"好啊，我正愁晚上到哪讨饭吃呢，想不到瞌睡有人送枕头。看来，我还真是离不开你了！"苏宏玮大大方方、自然而然地说。

吴晴岚没说什么，她喊来服务员，点了一份黑胡椒牛排和排骨靓汤饭，然后问："喝点什么？"

"来两瓶青岛啤酒，再来两盘小菜就行了！"他合上了菜单，然后看着吴晴岚。

"行啊，知道过日子了。想攒钱娶媳妇？"吴晴岚有意逗了一句。

"你知道现在买一套房得多少钱？如果靠省钱来买房，没等娶到媳妇，自己就老死了！"苏宏玮慢条斯理地说。

吴晴岚就喜欢苏的这种风趣，不论苏讲什么，都不是粗声大气地发声，很有文人的气质，而且很有磁性。吴喜欢有涵养的男人，对于简单粗暴、缺乏礼貌的人嗤之以鼻，她最受不了男人对她粗暴打骂。她的前夫是军人，长期养成的职业习惯导致回到家中仍然改不了粗暴打骂的毛病。道不同不相为谋，结果两人只好分道扬镳。有了这个切肤之痛，吴晴岚发誓不找简单粗暴型的男人，她给自己定下规矩：贫富不计较，形象无所谓，人品素质最重要。只有苏宏玮才符合她这些潜在的标准。但苏好像并不谙此道，虽然他待吴晴岚很好，在一些关键问题上也站在吴的一边，但这些还不能完全俘获她的芳心。吴还是想让苏对她格外关心。这其中不仅是在合作上的，还有私下的来往上。比如说两人要常去电影院、咖啡厅、舞厅及一些高档会所和购物场所，或者在家聊天，做些喜欢吃的来享受美味，体验时下惬意的生活。但苏宏玮并不热衷于这样的生活，他好像一只不停转动的陀螺，从没时间与她卿卿我我，而且也不谙此道。这不免让吴晴岚深感遗憾。但她并不就此甘心，她还想试图改造他，让他有些生活情趣，不枉白来人间一回。今天，她看机会很好，就擅自做主，替苏宏玮点了他平时喜欢的饭菜，想留住他共进晚餐，过一个温馨的夜晚。

苏宏玮并没有想到吴的良苦用心，他的心绪还停留在工程项目上。古人讲"三十而立"，他已年过四十，不仅事业上无所建树，就连老婆孩子都离他而去。苏宏玮何时想起这些都羞愧万分。他从不敢向人说他是离异单身，他认为被老婆炒掉是天大的耻辱。一个男人的能力，首先表现在家庭的地位。你能为妻儿遮风挡雨，让她们衣食无忧，并有好的住房条件，让孩子享有良好的教育环境，这才是个好男人；反之，你便不是个好丈夫、好爸爸。苏宏玮正是秉持着这种家庭观，离婚才让他感到处处矮人一头、事事低人一等。但他又不甘心长期处于这样的境地，于是他的艰辛努力、辗转挣扎都表现出他的不甘平庸、不屈不挠的精神和意志。对于吴晴岚的盛情，他是看得清澈如水。他很乐意享受女人的贴心，也很愿意在柔情蜜意中忘却终日的烦恼和忧患。但他始终知道，所有的一时贪欢都是过眼烟云，没有强大的经济实力做后盾，最终都将是昙花一现，变成一江春水向东流。当着吴晴岚的面，他不想说破这些。说心里话，吴晴岚还真是他喜欢的女人。与余惠文比较，起码吴没有余那么俗气，不会因一些柴米油盐的小事而大发雷霆。余惠文太注重家庭了，或者说她被家庭淹没了自我。而吴还没到那个程度。她的记者生涯让她养成了潇洒大度、不拘小节的性格，凡事能看得更开一些。把这两个女人做比较，他还是更倾向吴的为人。假如当年同时遇上这两人，苏肯定会选吴晴岚做老婆，两人也不会分道扬镳。但人生没有如果，苏宏玮相信，世间就是由无奈和遗憾组成的。相由心生，命由己造，缘起即灭，缘生已空。人生来就是孤单而残缺的。想来，自己落得今天的下场，活该是命运的捉弄，怨不得任何人。苏宏玮正拿吴晴岚与余惠文做比较时，对面的吴晴岚说话了："又在想什么？怎么看见我就心不在焉呢！"吴晴岚不温不火地冒出了一句。

"没想啥！"

"你肯定在想事，看你的神态就知道！"

"你都成我肚里的蛔虫了！"

"说实话，想什么呢？"

苏宏玮迫于无奈，一五一十把自己的比较说了出来。

"你真是这样想的？"吴晴岚既惊且喜，她想不到这些话出自苏之口。

"信不信随你，事实就是这样，说出来也不是专讨你开心的。"苏宏玮被吴问得有些难为情。

"来，为你的实话实说干杯！"吴晴岚今天特开心，因为她终于知道自己在苏宏玮心中的位置了。这是她最想掌握的。有了这点评价，她和苏的可能性就有了基础，就有了发展的动力。

而苏宏玮没有吴想得那么复杂，他只不过把自己的想法如实地告诉她，虽然带有褒扬的意思，但还没想与吴晴岚马上建立一种新的关系。他非常清楚，男人没钱，一切免谈。再爱你的女人，久了都免不了抱怨。大丈夫一日不可无钱，钱虽不是万能的，但没有钱是万万不能的。尽管苏宏玮对钱还没上升到财迷的程度，但没钱让人看不起，没钱让他妻离子散却是刻骨铭心的痛。

"谢谢你给我这么高的评价。有你这些肺腑之言就够了。明天晚上请你到我家吃饭！"吴晴岚又与苏宏玮干了一杯。

暗香浮动

峰回路转、柳暗花明。正当苏宏玮的团队全力以赴、准备走法律途径，放手一搏的时候，天天守在外贸公司的周晓丹今天一上班却异乎寻常地给苏宏玮打来电话："苏总，外贸公司同意继续履行合同，刘总说请你过去一下，如没什么意见，公司立即着手为你办理转让手续。"

听电话里周晓丹的高兴劲儿，苏宏玮知道事情有了转机，他抑制不住内心的兴奋，连忙下楼打车直奔外贸公司。在公司办公室，他见到了刘总。满脸歉意的刘总见面就握住他的手说："对不住了，让您耽误了半个月的时间，我代表公司向您正式道歉，请您谅解。"

苏宏玮能说什么呢，得饶人处且饶人，既然人家道了歉，他就不再好说什么了。"没关系，好事多磨。我这人命硬，再顺的事，只要摊上我都会出点差错！"说完苦笑了一声。

"怎么回事，不是说暂停吗？怎么又同意了呢？"周晓丹说。

"咳！不提则已，一提我就生气。前些日子，不知内部职工还是什么人，给总公司和市纪委分别投了举报信。说我受贿，拿了人家好处，把职工宿舍低价转给了你们。我听后气得是七窍生烟。你说我为党和国家工作多年，廉洁奉公，快退休了，让人扣上这顶帽子，甭提心里多烦恼了。组织上也了解我，但出了事总得让人查，查来查去也没查出个所以然。正在这时，又接到你们的律师函，提出赔偿五十万的违约金，报送总公司，又报送市纪委，研究来研究去，真打输了谁也拿不出这笔钱，最后，只得同意继续履行合同。本来职工就等这个钱来发补偿金，现在可好，又耽误了半个月的时间，你说气人不气人？"刘总一口气把事情的原委前后说了一遍，最后又说，"上面听说要打官司并赔偿五十万，谁都傻眼了，不要说五十万，就是五万也没处讨要呀！"

苏宏玮听后哭笑不得，偌大的一个国有企业，清理资产竟闹出这样的大笑话，真是让人唏嘘不已。联想自己下岗时，不也是问题百出、怨声四起吗？

"今天请你来，有两件事商量。一是赶紧撤诉；二是加快办理相关转让手续，资金尽快到账，把职工的事处理完，我也就告老还乡了。"刘总长叹了一口气，把该说的都讲了出来。他看了苏宏玮一眼，言外之意是征求他的意见。

苏宏玮还没表态，周晓丹先发言了："既然贵公司同意继续履行合同，并要求我们撤诉，那先行垫付的费用，包括律师费、诉讼费等共计三万多元，这笔钱怎么办？"

"哦！对了，刚才忘说。有关诉讼所发生的相关费用，除了退回的诉讼费不计，经研究均由我公司承担，这就是要求加快办理的原因。"说完，他歉意地看了苏宏玮一眼。

"好吧，既然贵公司如此有诚意，我也不再说什么了，现在按约把一千万打给你们，待办理手续后再由银行把剩余的资金直接打到贵公司的账户，这样总行吧？"苏宏玮干脆利落地把刘总想要听到的话一股脑地全说出来。

"好！太好了，苏总办事就是痛快。当初我就看你是个爽快人，咱们是有缘分啊！"刘总上前热情地握住苏宏玮的手。

当一千万打到外贸公司的账户时，一上午的时间已经过去了。走出公司大门，周晓丹脸上浮现出无比欢快的表情："咱们胜利喽……"看得出来，她似乎比苏宏玮还高兴，蹦着跳着，宛若孩童一般天真。苏也受感染，心情也随之豁然开朗了："今天你的功劳大，晚上我请你，表彰你反应快，为公司挽回一笔损失。"

"那刘总老谋深算，咱们要不提，他就蒙混过关了。起码一大笔律师费就得咱们出了！"周晓丹说。

"这也是你的功劳，我给你记着，早晚有回报的一天。"苏宏玮认真地说。

"我才不要什么功劳呢，况且你说的话都是指山卖磨，谁知道哪一天会兑现？还不如天天想着我，心里别忘了我就行了。"周晓丹天真无邪、口无遮拦地说出了她的心里话。

的确，在周晓丹的心中，苏宏玮是她值得尊重的哥哥。她着迷般地崇拜这位像哥哥一样的男人。他不仅睿智，业务也精通，而且为人特别善良，对公司所有的员工都一视同仁，从不因能力和资历而区别对待。她记得刚来广告公司时，没钱租房、吃饭，公司又不肯提供帮助，愁得她一个人中午在办公室掉眼泪。还是苏宏玮发现了她的窘状，将钱包里七百多元全部拿出给了她，第二天又拿两千元现金塞给她。当时她虽百般推托，但还是被他硬塞进了腰包。待她发了工资后还钱时，他又坚决不收，"啥时你发财了，连利息加倍还给我"。那次以后，周晓丹一直崇敬苏的为人，所以当苏宏玮自己开公司后，周义无反顾，既不谈工资待遇也不问干什么活，径直来到他的公司。她知道苏宏玮的人品，跟着他肯定错不了。当她知道苏宏玮离婚了，内心更急了，苏宏玮单身一人，没家没业，连吃饭和家务都成了问题，她的内心悄然发生了变化，她要成为他的管家，为他整理那个公司和宿舍合成一体的家。这些日子，没事不出去，她就在那个所谓的"家"里忙个不亦乐乎，把屋中所有的物品统统擦洗了个遍，整理得井井有条，物品、器件摆放得秩序井然。苏宏玮回来赞不绝口，连连称赞周晓丹是上得厅堂、下得厨房。"网上说，勤劳的女人看手就知道；聪明的女人看眼睛就知道；有钱的女人看脖子就知道；热情的女人看嘴就知道；完美的女人啊，看看我们晓丹就知道了！"听着苏宏玮的赞美，周晓丹心里甭提多美了，她一点都不谦虚，反而更高调了："本姑娘才高八斗、学富五车，上知天文地理，下晓人间万象。只缺一个能让我展示才能的平台！"

"要平台干什么？你看这世界，很多高学历的女人都回归家庭，做相夫教子的贤妻良母，多和谐啊！"苏宏玮感叹地说。

"啊！又多了个歧视女性的人。苏大哥，你怎么也变得狭隘了，以前没发现你是这样的人啊？"周晓丹高声尖叫着。

"这跟狭隘、大度没关系，女人回归家庭，本就是和谐的起点。我家的余惠文，要不是在外练就了强势的性格，怎么能把男人炒掉了？"苏宏玮仍然固持己见。

"那是她不懂得珍惜，或者说她还不懂你。要是我才不干这种傻事呢。"周晓丹毫不讳言。

"长期待在桂林山水中，也会熟视无睹。就如'看山不是山，看水不是水'一个道理。"苏宏玮强调说。

"你这是唯心主义，好的永远是好的，并不因为时间的长久而改变。"周晓丹说。

"我不和你争论了，相信有一天你会幡然醒悟，否定自己先前的认识。"苏宏玮不想继续这种无谓的争论。

见苏宏玮高挂免战牌，周晓丹陡然感到莫名的孤单。"强词夺理，说不过人家还表现出某种高姿态，真虚伪！"周晓丹尽情宣泄自己的不满情绪。

两人走了好一阵子，见周晓丹依然闷着不吭声，苏宏玮想逗逗她，便说："我可知道本地有一家长沙米粉最地道，香辣爽口、味道浓郁，湖南老乡慕名而至，店内顾客盈门、络绎不绝，要排队等候哦！"

"你说的地方我知道，但没去过。听人说要排好长时间的队。"周晓丹说。

"咱们今天去尝尝，看有没有人说得那么好！"苏宏玮想燃起周晓丹的兴奋，自己先表现出极大的好奇心。

"那就去吧，总想去，一直没有合适的时机，今天就遂了这个心愿。"周晓丹这才恢复了刚才的情绪，高兴地一蹦一跳，拽着苏宏玮向着车站走去。

Chapter 16　第十六章

都是女人惹的祸

接下来，事情异乎寻常地顺利，双方去房管局办理了转让手续，接着通过评估，又去银行办理了抵押贷款手续。当这一切都完成时，苏宏玮又适时召开了第三次股东会。会上，股东们就下一步工作进行了讨论。议题之一是把拿来的房子直接卖还是装修后再卖。老陈给大家算了一笔账，他说："两栋楼共五千四百多平方米。如果拿来直接卖，每平方米价格也不过七千多元，这样我们的利润算起来也就是一千两百万上下。就时间来说六个月能否卖完还是问号。如果重新装修再卖，情形就大不一样了。我算了一下，每平方米按三百五十到四百元计算，虽总成本增加了近二百二十万，但卖出的价格却能达到每平方米八千元上下，而且最重要的是销售时间可以大大缩短，预计不用半年即可售罄。资金回笼快对于我们来说是最大的愿望。"

"其实我们还可以像开发商那样，先做一两套不同户型的样板房，对外开放。客户来了可以直接看到样板房，就知道现房是啥样。一目了然，肯定会让人动心。"汪清河提出了他的建议。

"为扩大销售渠道，我建议联手多家房产中介公司，共同来主推洪山小区这两栋房源，每套另加房价百分之一的回点，这样会更加刺激经纪人的售楼积极性。"许杰就加快销售谈了他的想法。

修玉林就重新装修谈了他的建议："请装修公司主要一

点就是质量问题。不仅在合同上要着重强调，而且在施工过程中也要全面监理，防止出现偷工减料、质量不达标的现象。所有施工材料均要按合同书上验收，不合格的绝不进场。"

一直没发言的吴晴岚说出了她的担忧："不知各位注意到没有，二次装修的资金还没有着落，如果这件事不解决，一切都是纸上谈兵。"

"这事不是没考虑过，事先许总已和施工队老板协商过，他们可先行垫部分资金，楼盘开售，后继资金可陆续到账，所以不存在费用问题。"老陈就吴晴岚提出的问题做了解释。

眼看大家讨论得差不多了，苏宏玮做了总结发言："刚才各位的发言让我热血沸腾。有各位的精诚合作，共同努力，洪山小区的项目一定能超出各位的预期，取得可观的效益。就刚才各位提出的建议，咱们一一表决，然后落实到人，各负其责、各司其职，确保事事有人管，件件抓落实。"他说完，一一落实了刚才的各项建议。通过讨论，一是大家一致同意装修后再对外销售；二是关于二次装修的资金问题，原则上同意由施工队先垫部分资金，待房子售出后，陆续按装修进度再付款；三是确定了联手多家中介公司并给予一个百分点的奖励措施；四是落实了各股东的职责；由老陈和许杰负责销售，吴晴岚负责跑银行按揭款，修玉林、汪清河负责施工监理，苏宏玮掌管全局，协调解决各环节出现的问题，周晓丹则负责管理二手买卖合同、准备办理产权所需的相关资料及现金出纳等。

一切准备就绪，选了良辰吉日，在一阵噼啪的鞭炮声中，洪山小区二次装修工程正式开工了。装修进度很快，不到一个月的时间，A栋东一楼两套不同户型的样板房装修快竣工了。众股东看完一致啧啧称赞。大家想不到看着不起眼的二手房，经重新装修，简直让人刮目相看。配上各种新的装修材料，不仅焕然一新，而且精致考究。新的门窗、厨房、卫生间和灯具富丽堂皇，做工细致，完全体现了现代简约风格。许杰看后当场就断定："我敢说，按咱们预定的价格，不出三个月，保证销售一空！"

样板房出来了，销售也空前火爆。开盘当日，前来看房者络绎不绝，大家都被室内装修给吸引住了，纷纷称赞设计别致，清清爽爽，符合三口之家的刚性需求，当场就陆陆续续交了订金。当晚上歇业时，已收到七套房子的订金，三家房屋中介也以意向金的形式预订了三套房屋。当周晓丹把这个结果告诉股东们时，大家都惊呆了，随后又是一阵狂欢。谁都没想到开盘第一天就卖出七套，各股东都感到欢欣鼓舞，脸上流露出按捺不住的欣喜。

"照这样下去，我看不出六个月肯定销售一空！"老陈信心满满地说。

"肯定会提前，你说得还有点保守！"许杰胸有成竹地说。

"形势越是好，咱们的工程质量就要保证。"修玉林说出了他的担忧。

"我提议，第一天开门红。咱们庆贺一下怎么样？"汪清河率先提出了建议。

见大家热情高涨，苏宏玮说："好吧，难得大家有好心情，今天咱们就喝个庆功酒。自拿到这个项目还是头一次这样开心。走，喝他个一醉方休！"

"喝他个一醉方休！"

售楼的形势大大超出了预期，不到一星期，售楼处已售出三十一套房产，形势发展迅猛异常，完全超出所有人的预料。这不仅让苏宏玮惊讶无比，就连老陈和许杰也目瞪口呆。谁都没想到购房者的热情这么高，人们买房像买白菜一样，上来不问三七二十一，抓到手就交钱，有的甚至连房子都没去看，就怕拿不到好楼层。苏宏玮每天在样板房里转悠，内心感慨万分。如此多的人都需要住房，国家要拿出多少土地盖房才能满足人们的需要呢？看来今后一个时期内，随着城市化进程的加快，房子都将是需求的重点，他苏宏玮只有顺势而为，才能活得更好。正漫无边际地想着，身后有人拍了一下他的肩，他回头一看，原来是肖元凯来了。"兄弟，你可是火了！房子卖得差不多了吧？"肖元凯笑着说。

"捡了个狗屎运！没承想房子这么热。发点小财吧。"苏宏玮笑着说。他刚想谈前几天给肖元凯打电话被挂断的事，又思谋着不妥，于是换了口吻说："兄弟，最近忙什么呢？也不来我这看看，指导指导。"

"哪里。你现在干得风风火火，顺风顺水，我还想请你指导指导呢！"肖元凯笑着说。

"干这行你是专家，怎么谦虚起来了！"苏宏玮说。

"这年头能赚到钱的才是英雄，别的都扯淡！"肖元凯毫不掩饰自己的观点。

"我这都是工地，没法请你坐，要不到我的小公司坐坐。"苏宏玮一脸的歉意。

"主要是来看看你，如有需要，帮你卖几套房子，弥补一下没能参与的歉疚。"肖元凯道出他来的意图。

"别这么说，咱哥俩是多少年的交情。你能来帮我卖房子，我就感激不尽了，哪来的什么歉疚。不参与肯定有不参与的原因，在社会上摸爬滚打这么多年了，我理解。"苏宏玮坦诚地说。

"你找到我的时候，正赶上手头资金紧张。看去年的形势，以为今年也好不到哪里去，所以就把资金挪走了，搞了个'民间借贷'，希望你能理解。"肖元凯很委婉地把没参股的原因做了解释。

"没关系，你有苦衷我理解，咱们又不是才认识一天半天的。这次没成还有下次，来日方长嘛！"苏宏玮大度地说。

两人正聊着，周晓丹跑来说："苏总，施工队的材料款需要您签字，他们说再不付款要停工了。"

"你账面上有多少钱？"苏宏玮不假思索地说。

"有——有多少我得回去查，反正给他们的款项是绰绰有余的。"周晓丹边看肖元凯边回答说。

肖元凯正和苏宏玮聊天，没看到旁边冒出个纤纤女子，那女孩眉清目秀，高挑的身材宛若出水芙蓉，令肖元凯吃了一惊。这老苏啥时弄了个如花似玉的女孩放在身边？正想着，那女孩已拿了签字单走了。女孩一摇一摆的身躯走着猫步，微翘的臀部极为吸引人的眼球，直到没了踪影，肖元凯才回过神来。"那女孩是谁呀？"肖元凯漫不经心地说。

"啊，她是我原公司的同事，看我成立公司，就来了。"苏宏玮略做解释。

"老兄的眼力毒着呢，专采鲜花。不错，有你的！"肖元凯甩了两句不着边际的话，然后大笑不已。

苏宏玮开始还没弄明白肖元凯的意思，待明白后也大笑起来："兄弟，你想歪了。人家才二十多岁的小女孩，我都四十多了，风马牛不相及的两件事，怎能往一块扯呢！"

"老牛吃嫩草，该是啥滋味？兄弟，你就偷着乐吧，要我赶上这事，肯定不放过。这年头要及时行乐，死了都是一缕青烟！"肖元凯不以为意地说。

苏宏玮无语。这些年的商海沉浮，让肖元凯变得如此现实，再也不是当年那个挥斥方遒、指点江山，胸怀远大抱负的热血青年了。困惑中，他感到迷茫。

走出洪山小区工地，肖元凯还想着那个让他心动的小妹。婀娜多姿的身材和闭月羞花的容貌让他难以忘却，就是跟裴晶相比也是毫不逊色。"梅须逊雪三分白，雪却输梅一段香"，两人各有千秋，不尽相同，却都是肖元凯中意的女人。如何把这小女子弄到身边？肖元凯调动起他的全部智慧，开始挖空心思打起主意来。

望着肖元凯远去的身影，苏宏玮有些愧疚。作为老同学，肖元凯能主动向他表示歉意，而自己却缺少应有的大度。就这个项目来说，虽然肖元凯前后不一，但这也与自己没及时联系沟通有关，彼此失之交臂，主要责任还是自己不够大度所致。商场切忌意气用事，而自己却犯了这个大忌，不然，肖元凯也不会就此事前来道歉。这本身就说明人家还是在意的。苏宏玮越想就越觉得自己走错了一步棋，今后做事一定要冷静、周全，三思而后行，切不可赌一时之气而伤害对方，进而导致功亏一篑。苏宏玮正反思自己的过失时，周晓丹又来了，她汇报说装修款两百万已汇入装修公司的账上。"刚才那个人我在广告公司找你时见过。他是谁？找你干什么？买房还是……"周晓丹连着发问。

"那人怎么得罪你了，让你用这样的口气说话。"苏宏玮不明白周晓丹为何用这样的口吻跟他讲话。

"那人我一看就不是好人，别看他穿得人模狗样的，心里想啥你根本不知道。"周晓丹说。

苏宏玮觉得可笑："他是我的同学，我们俩相识已十五年有余，难道你比我还了解他不成！"

"我是女人，女人看男人跟男人看男人天差地别。看他那双眼睛，就知道不是好人。"周晓丹依然坚持她的看法。

苏宏玮不想再争论下去，他觉得这小姑娘也很固执，为了一件毫无意义的事，她会跟你争得天昏地暗，大有不把皇帝拉下马不罢休的架势。就在此时，吴晴岚从银行回来了。看到两人争得面红耳赤，马上板起面孔，"小周，有话不能好好说？对苏总是什么态度，他是不是你的老板，有你这样跟老板说话的吗？"吴晴岚一顿炮轰，当即把周晓丹就说得哑口无言。本来吴就看周晓丹有点放肆，平时跟苏宏玮说话像跟平辈说笑一般，毫无尊卑长幼之分，看着就有些个气，今天让她碰上了，所以趁机狠狠教训她一顿，也让她知道一些规矩，免得今后在公司里目中无人；此外，看她整天跟苏宏玮的热乎劲儿，吴晴岚就有些受不了。虽然她和苏还没有正式确定婚姻关系，但她的心里却把苏宏玮当成自家男人。她也在暗中窥测，看苏宏玮背后还有什么女人跟他来往。可时至今日，除了周晓丹跟他有些不清不楚，还真没发现有哪个女人跟他来往。这让她有些放心，苏还真不是那种朝三暮四、见花采花、见柳折柳的人。但周晓丹却像个影子一样环绕在苏的左右，虽年龄上差距较大，但小姑娘清纯可人，身材姣好，是典型的美女。有这样的女人整天不离左右，保不准苏宏玮哪天意乱情迷，酿出苦果，那她可就回天乏力了。因此她有必要捍卫自己的爱情，她要让周晓丹知道，苏宏玮不是谁都可以牵挂的人，她早已占据枝头，谁都得退避三舍，望而却步。正是有了这些因素，她才借势对周晓丹疾声厉色，让她知道厉害。

周晓丹哪里知道吴晴岚的心思，一上来就遭吴劈头盖脸地一顿批评，她强忍怒火，说了声"对不起"，就走了。让苏宏玮尴尬不已。

"你这是怎么了，发这样大的火？"苏宏玮很不理解吴的邪火来自何方。

"你一个大老板整天跟个小姑娘腻歪在一起，不怕别人说闲话呀！"吴晴岚沉下脸说。

"没有啊，我们一天都说不上三句话，哪有你说得那么夸张？"苏宏玮觉得吴晴岚说话有点夸大其词。跟周晓丹说话他还是注意场合的，就怕引起他人的猜忌，况且，他的心里根本就没把周晓丹当成自己的什么人，也不存在什么腻歪。他觉得吴是有意放大这件事，是根本不想让他与周有来往。想清楚了这件事，他还是感到困惑，吴的目的是什么，难道对自己有意吗？但随之又否定了这想法。自己现在是无房、无车、无钱的"三无"男人，像吴晴岚这样高品位的女人，能看上自己吗？是不是看他项目要做成了，"三无"的牌子要摘了，转而改变态度呢？苏宏玮觉得自己多虑了，一件小事竟让他有如此多联想，太没意义了。他狠狠骂了自己一句"无聊"。

晚上下班，他给周晓丹打了个电话，想解释一下白天的事。谁知电话刚打通，周晓丹已进门了，"吴大姐的意思我明白，她就是不想让我和你来往。她越这样做，我越反其道行之。凭什么我要靠边呢？爱是平等的，除非你选择了她。否则，我就不改变初衷，看谁笑到最后！"

"别说傻话，我既没你们说得那么好，也没那么差。你还年轻，千万别有'一叶障目，不见森林'的偏颇。我给你讲个故事，你就知道为什么了。说是一凡人有幸遇到佛祖，便问：'人为什么会贪得无厌？'佛祖说：'你去一片麦田，给我拿来那片田里最好的麦穗，并且不能走回头路，然后我再告诉你为什么。'凡人听后就去了佛祖指向的麦田。当他看到田里有些麦子确实长得好，想摘时，却又想前面可能还有比这更好的。果然，走了一阵，他看到长得比前面还好的麦穗。随后他又担心拿回的麦穗也不是最好的，于是继续向前走。当他两手空空来见佛祖时，佛祖问他为什么一无所获。他说：'后面的怎么看都没有前面的好，不甘心，只好继续朝前走，结果就空手而归。'佛祖说：'这就是你刚问题的答案，现在明白了吧？'"苏宏玮讲完故事，停了停，又说："做什么事都要中庸、适度，只有这样，自己才不会抱憾终身！"

"你讲的跟我理解的恰恰相反，要是我途中看到最好的就把它摘下来，即使后面碰到更好的也不遗憾，因为人要信命。命里只有八升，你再努力也凑不够一斗。"周晓丹说。

"什么八升一斗的，你也受过高等教育，怎么有宿命论的思想？要相信自己可以主宰命运。"苏宏玮说。

"是啊，我现在就想做自己该做的事，没人能阻拦得了，哪怕有刀山火海我也义无反顾。"周晓丹说。

"你年龄还小，要把心思用在历练上，不要过早地想着谈恋爱，那样你会一事无成，老了，你会因庸庸碌碌而懊悔终身。"苏宏玮规劝周晓丹不要浪费大好年华。

"哇！都什么年代了，你还用老八股的陈词滥调来教化二十一世纪的天之骄子。现在社会的价值取向是有钱横行天下，没钱寸步难行。"周晓丹换了一副玩世不恭且又深谙世事的口气对苏宏玮说。

苏宏玮很惊讶。他一向认为纯洁无瑕、毫无功利心态的周晓丹也变得让他不认识了。一刹那，他对周的印象如一潭清水忽然变得浑浊不堪一样，让他对她失去了好感。

"道不同不相为谋！既然你的价值观与我相差甚远，话自然是说不到一块了。况且，咱们本来就有代沟。以后除了工作之外，不要有私下来往，这样对你对我都好。"苏宏玮还想用更严厉的语言来告诫她，但想想她还是个小女孩，宽容是做人之本，给她留点面子吧，于是缄默不语了。

周晓丹没想到苏宏玮这样刻薄地数落她，一时有些接受不了。从认识到现在，苏对她都如哥哥对妹妹般的大度和包容，从来没像今天这样毫不留情地批评她。或许她已习惯了苏对她的百般谦让；或许她已把苏宏玮当成了至爱亲人。总之，苏今天的态度让她委实接受不了。当着苏宏玮的面，她的眼泪噼里啪啦地掉了下来。

苏宏玮见这阵势，也没主意了，但他还不改初衷："要哭你回家哭去，在这让人看见还以为我把你怎样了，你就是不考虑自己也总该替我考虑考虑吧！"苏宏玮的话不知触动了周晓丹哪根神经，她"哇"地一下大哭起来，推门跑了。

第一桶金

售楼处的销售形势持续火爆，还没到两个月的时间，墙上的销售图表大部分已插上小红旗，表示被卖掉了。苏宏玮算了一下，总共七十二套房，已售出五十三套，预计再有两个月时间，剩下的十九套销售胜券在握。这期间，他一方面督促吴晴岚加速办理银行按揭手续，回笼资金；另一方面，又与老陈、许杰商讨扩大销售渠道的多种措施，几乎发动了全市的中介公司来主推洪山小区的房源。肖元凯也算够意思，自那次见面后，也帮苏宏玮出售了四套房，并且还有两个意向性客户在跟踪。苏宏玮和吴晴岚核算了一下，五十三套总共回收资金3037.63万元，除预支装修款两百万，账面上还有2837.63万元。他决定找各股东商议，把银行所贷款项全部还清，这样虽需缴交部分违约金，但按正常还贷的年息算下来，还是划算的。几个股东碰头后，大家一致同意提前还款，如还有余额，可逐步清偿股东支付的股本金。碰头会后，苏宏玮就与吴晴岚商议，马上还清银行全部一千万贷款，又还清了六个股东的一千万股本金。众股东收到本金后欣欣鼓舞——不到三个月已收回全部投资，还有哪儿有这等好事啊。就是炒一套房，三个月也未必能卖掉啊！苏宏玮和吴晴岚还预算了一下，剩余的十九套房卖出后，可回收约九百万，加上现有的八百多万，除掉增值税等应缴的各项税费、人力成本和回扣等，起码净赚一千五百万有余。这个数字对于苏宏玮来说，简直是天文数字。一个普通人干上一辈子也只能望洋兴叹。

楼盘装修逐渐露出了原本设计图中的面貌。深褐色小条瓷砖贴上墙面，又镶嵌了上下两条白色装饰带作为点缀，给整栋楼带来了明快、流畅的色调。窗户也重新做了设计和装饰，突出了洋房的美感。随着装修的完工，两栋楼逐渐显现与周边楼群的反差来。色彩明快、美感突出、鹤立鸡群，已当之无愧地成为该小区的楼王。一些附近小区的居民常来驻足观看，有的还请亲戚朋友前来看房，鼓动他们卖掉老宅，搬来此处与他们为邻。

准现房推出，加上买家可实地参观自己想要的房型，销售的进度越发加快了。

"从开盘到今天，四个月的时间，只剩下三套还没售出，而且还有两家预交了订金。可以说基本售罄，超额完成了任务。"八月十二日下午，老陈当众宣布了这一振奋人心的好消息。随着工程的逐渐收尾，到八月十七号，最后一套样板房也名花有主，七十二套房产已全部各有归属。至此，销售全部结束，只剩装修的收尾阶段了。

有了眼下的成效，苏宏玮异常激动。他没想到这么一项浩大的工程，竟然在他们几个人的手中奇迹般地完成了。人多力量大！他想自己今后还是要坚持集体作战的方针，切不可单打独斗，要发挥组团作战效应，只有这样才能保持常胜，才能立于不败之地。

装修完工了，看着最后一批师父离开工地，苏宏玮感慨万千。想当初，当周晓丹告诉他这个信息时，他是那么不以为然，那么不敏感。如今工程完了，醒目地立在楼群之中，他忽然有了一种成就感。为城市建设添砖加瓦，他似乎也做到了这点。这是一种怎样的无上光荣呢！他感到了自己的伟大。但随之而来的又是另一情结困扰着他。古人云："安得广厦千万间，吾庐独破受冻死亦足！"与那些先贤相比，自己成就在哪里？说穿了只不过是为利益所驱使，应了那句"天下攘攘皆为利往"的古训而已。自己何谈为城市添砖加瓦？想到这，那些成就感顷刻烟消云散。

明天，他要通知所有七十二家业主前来验收自家的房屋，由他们和施工方共同组织交房仪式，发现不合格的地方立即维修，直到业主满意为止。至此苏宏玮才算松了一口气。从接了这项工程，他就没睡过一晚好觉，即使躺在床上，也是满脑子项目问题，直到疲惫不堪了才睡去。这半年他明显感觉自己的肚子小了，原来的皮带也缩了一个扣。苏宏玮本来就不是什么特胖的人，现在倒好，变成了一个标准身材的男人，毫无臃肿之感，难怪吴晴岚前两天逗他说："你这身材可与小青年媲美了！"苏宏玮苦笑了一声，"为伊消得人憔悴"，他现在算明白这句话的含义了。想到明天就要交房了，他忽然想起业主要签字的各种表格都由周晓丹在做，不知她完成得怎样了，于是打个电话想了解一下，免得明天误事。自那天和周晓丹说了几句气话后，除了几次工作安排上有过接触，他就再也没有见过她的影子，他也没有介意。今天他忽然意识到那天他不该发火，也不该话说太重。毕竟她还是个涉世不深的小女孩，心理承受能力没有那么强，那天肯定伤她不轻，不然也不至于身影不露。苏宏玮想到这，心里紧了一下。他要去看看她，必要时还得解释解释，消除影响。说心里话，虽然他俩没有男女朋友的那层关系，但他还是把她当成知己朋友来交往。想到这里，他拿起了电话，电话响了三声，才听见周晓丹的声音，"喂"，苏宏玮悬着心才算落下来，"你现在干什么呢？吃饭没？"

"我——我在家呢。刚整理好明天交房必备的手续，准备吃饭去。"周晓丹想了一下回答说。

"你现在就下来，我在东湖路的'食为天'等你，离你家不太远。"苏宏玮来到她家附近的一个酒家。

刚落座，周晓丹就到了。看得出来，自打那次不愉快后，她见了苏宏玮已多了些疏离感，不像过去那样毫无拘谨、随意自由了。

"你找我有事？"她小心翼翼地说。

一时间，苏宏玮感觉他们之间真的有距离了，心里有一种说不出的滋味。

"你最近还好吧？"他想套个近乎，但话一出口，他感觉实在太蹩脚了，声音微颤且毫无挥洒自如的语气。

"无所谓好也无所谓不好，凑合过吧。"周晓丹说。

苏宏玮想解释一下那天的事，但话在嘴里翻搅了好一阵子还是没说出口，末了，只好喊服务员点菜。周晓丹见状忙说："晚上我不吃那么多，你想吃什么，自己点好了。"

"你怎么了，还不趁机补补？"苏宏玮想缓和一下尴尬的气氛。他的目的就是想回到从前的样子，他觉得那才是他最惬意的时候。

"钱挣得不容易，还是省着点花！"周晓丹平静地说。

"咱们穷的时候你都没说这些话，现在有钱了你却让我节约，真是搞不懂你了！"苏宏玮愈发看不透眼前周晓丹的心思。

说话间，服务员来到眼前，苏宏玮不管三七二十一，点了一桌好吃的湘菜，又要了两瓶青岛啤酒。

"哇！明天不过了，这么挥霍？"看着菜一盘又一盘地被端上来，周晓丹不无惋惜地说。

"我就是要挥霍，就是要奢侈！为什么咱们活得这么窝囊？就是太小心翼翼了。如果这样过一辈子，你就得当一辈子房奴、车奴，永无翻身之日。"苏宏玮觉得今天特痛快，酒不醉人人自醉，酒还没喝呢，他就感到自己有些飘了。

周晓丹见苏宏玮今天有些怪异，不仅举止潇洒，而且有些放浪形骸。她不清楚苏宏玮何以如此，他的言行举止超出了平常的作风。或许是明天交完房就能卸下千斤重担，释怀了；抑或是发财了，转而觉得轻松自在了。周晓丹想了很多，唯独没想到是为了她。菜一盘盘端上桌，苏宏玮打开酒，给周晓丹满满倒了一杯。

"今天晚上咱俩在这喝酒，不为别的，只为那天我说的过头话。为了那天的失言，我敬你一杯。"说完一口气干了。

周晓丹没想到苏宏玮今天是为她而来，这让她有点猝不及防。自那天事后，虽然她至今都想不通，但也无可奈何。她曾一度打算离开公司、离开苏宏玮，但思想斗争了好久，最终也没有离开。不是她对苏心存幻想，而是工程进入尾声，工作已脱不开手，这时撂挑子，会让人认为她太浅薄，是个拿不起事的人。此外，她对苏宏玮还是有些恋恋不舍。她不认为苏是那种薄情寡义的人，总觉得他之所以说出那些话，也有不得已而为之的原因。有了这两点想法，她决定留下来观察。如果苏仍对她拒而远之，工程结束后，她也只能选择离开。每想到这样的结局，她都不敢再继续想象。晓丹是个很念旧的人，苏宏玮对她的点点滴滴，她都无法忘却，正是这些细微的体贴，让她忘不掉他，以致不能释然。今天苏宏玮的一番话，让她冰释前嫌。多少个日日夜夜她都企盼苏宏玮给她当面道歉，然后和好如初。今天在毫无心理准备的状况下，终于听到盼望已久的声音，她几乎噙着眼泪，没有更多思考，她也举起酒杯，随苏宏玮一起喝干。这边的苏宏玮见周晓丹也跟着喝了个精光，马上说："慢点喝，不急！"说着不急，但又倒满了酒。

酒对周晓丹似乎起了作用。也许是肚里空空，粒米未进的原因；也许是喝得太急肠胃还没适应的缘故，总之，这杯酒下肚后，周晓丹就感觉浑身像着火一般，心也跟着燃烧起来。但她还不想示弱，看着酒杯满了后，也举了起来，"苏总，既然把话说到这，我想说的是咱们之间不存在对错问题，如果说有错，也是错的时间说对的话而已。今后要注意时间、场合，尽量在对的时间说对的话。"说完，与苏的杯子碰了一下，咕噜咕噜一气喝干了，然后长吁一口气坐下来。

苏宏玮没想到周晓丹喝得这样猛，连忙给她夹了一块鱼："快吃点菜，别忙喝酒！"他想阻止周晓丹。连着喝会醉的。但周晓丹却没领会苏的用心，反而笑着说："好久没这样痛快了，今天就是要喝个一醉方休！"她说完又拿起酒瓶，给苏宏玮倒满后又给自己倒满了。苏宏玮这一次不举杯了，他知道，不吃东西一会就醉，他希望周晓丹多吃些菜，免得醉了。周晓丹不管不顾，她说着说着又拿起了杯子，"苏大哥，咱再喝一个，喝完就不喝了！"说完举起酒杯。苏宏玮看她有点反常——平日的周晓丹还是有一定控制力，今天怎么了？

"不能喝了，这样会醉的！"他劝着周晓丹。

周晓丹并不理会苏宏玮的劝说，一扬脖，抬手又干了。接着又给自己倒满了酒。

这边的苏宏玮也有点蒙圈，他不清楚周为何接连不停地喝。虽然自己道了个歉，但她也不至于往死里喝，个中还有什么原因，他想了半天也没想明白。

那边的周晓丹自斟自饮，眼看两瓶酒被她独自一人全喝光了。见酒没了，她又喊了起来："老板，再来两瓶！"

见她这样没命地喝酒，苏宏玮有些明白了：长时间的郁闷会把一个人的情绪挤压得畸形。或许周晓丹本身就是一个开朗的女孩，如今受到前所未有的压抑，心情可想而知。他马上阻止了拿酒的服务员，扶着周晓丹离开了酒楼。

本来就跌跌跄跄的周晓丹出来给风一吹，头就更晕了，走着走着她腿一软，一下子坐在了地上，接着又吐了起来。苏宏玮赶紧扶起她，并问她宿舍的具体位置。周晓丹含混不清地说了个地址。费了九牛二虎之力，苏终于找到了她家。推门一看，苏宏玮为之一颤。屋中狭小得只能容下一人走路，东西倒是不少，大部分都架在空中。苏宏玮扶周晓丹躺在床上，然后给她倒了杯水喝下，坐在床前问了声："好点了吗？"

躺在床上的周晓丹虽昏昏沉沉，但仍能听清苏宏玮的说话。她点了点头，但眼睛始终睁不开。苏宏玮想周只是空腹喝多了酒，躺一晚上就没事了，忽又想起她没吃东西，饿上一晚肯定不行，于是又到街上买了个面包加一袋牛奶，放在她的床前。看看她仍在熟睡，感觉长时间待在这也不是回事，就在她的耳边轻轻地说了一声："我走了。"站起身准备离去。谁知周却拉着他的衣角不肯撒手。看着她执拗的样子，苏宏玮只好坐下来。周又顺势拉住苏的手，紧紧抓住不再撒开。整整一晚上，苏就这样被周握着手，不肯松开，快天亮了，苏才迷迷糊糊地在床边睡着了。不知过了多久，苏被周晓丹叫醒，两人匆忙洗了把脸，来到洪山小区宿舍楼。等待交房的客户已来了大半，大家都在等待拿到钥匙的那一刻。九点整，交房开始了，看着客户笑逐颜开的表情，苏宏玮知道大家对房子还是相当满意的。直到晚上交房才算结束，除两户屋中有小毛病需维修外，其余的都欢天喜地领走了钥匙，交房算是顺利结束。看着陆续离开的住户们，苏宏玮的心情无比轻松。现在，他像一个背负沉重包袱，经过长途跋涉，终于来到终点的旅行者一样，完成了预设的使命。没人能想象苏宏玮是什么样的心情，只有他自己才能深切体会那种五味杂陈的滋味儿。苏宏玮想起这件事的始末，到今天他仍认为这是上苍对他的一次历练，让他意外获得了一笔精神财富，让他知道在今后的道路上如何面对困难，面对复杂纷繁的问题时该采取什么思路来应对。苏宏玮最大的收获不是赢得了人生的第一桶金，而是在于他获得了掘金的要领和相应的心理素质和方法。这点是最重要的，是多少财富都不能替代的。

庆功晚宴上，首先由吴晴岚宣读了股东分配方案。她说："咱们这次购房的投入是2047.875万元，收入是4329.6415万元。其余的支出包括税收、装修、利息、人工、回点及行政办公成本、车马费等共计413.7622万元。销售收入扣除2047.875万元投资，再扣除413.7622万元费用，最后盈余1868.0043万元，这就是咱们的利润。至于每个人所获得的红利，已在表上列出，明天即可领取。下面请苏总讲话——"她的话说完了，下面响起一阵掌声。

苏宏玮站起来，他说："首先，刚开始时，我就表明一个态度：这次的合作友谊第一、赚钱第二，通过这次合作，咱们的友谊加深了，合作的前景更广阔了，我希望保持这样的势头。其次，就这次分红我说一下我的想法：当初我就提出在此基础上再加五个百分点，现在仍然按这个提议执行，会后请吴晴岚把五个点加上。最后祝大家万事如意，多多发财！我的话讲完了。"股东们没想到苏宏玮如此仗义，于是又响起一阵掌声。

老陈感到过意不去，他开口说："苏总，五个点就不要了，这次合作很愉快，大家也不在乎那几个钱！"

"不！这是诚信问题，我苏宏玮绝不干言而无信的事。各位谨记，见利忘义不是我的为人，光明磊落、顶天立地才是我做人的准则！"苏宏玮铿锵有力的宣讲赢得了热烈的掌声。

以心相许

　　时间是磨平一切伤痛的良药。自搬到新居后，整洁舒适的环境让裘晶那颗受伤的心灵逐渐得到了抚慰。她索性给自己放了长假，每天在家除了吃喝就是看电视，努力让自己什么都不想，忘却过去，遗忘一切。经过一段时间的疗伤，她觉得自己又恢复到了先前的状态。那种寻死觅活的心情不知什么时候已渐渐隐匿得毫无踪影了。取而代之的是无限的落寞，她感觉自己就像站在无边的旷野里望着夕阳一点点下沉，直到完全看不见为止。每每此时，裘晶就大哭不止，直到哭得没力气了。长久的循环往复，让她逐渐淡化了一切，似乎一切都无所谓了。

　　肖元凯偶尔也送些食品和水果来，裘晶见他总是拉下脸来，弄得肖元凯狼狈不堪，乘兴而来、败兴而归。每看到肖悻悻离去，裘晶内心兀自升起一种快感，能让她痛恨的情绪宣泄大半，心情好上一两天。渐渐的，不知什么时候她开始百无聊赖。她想自己还是得上班去，只有那里或许能填补她的空虚。裘晶回来上班了，坐在她那熟悉的座位上，她才真正找回了自己。

　　裘晶上班了，肖元凯欣喜万分。他知道女人，尤其是年轻的女孩子，对待她们要像大禹治水一样，要讲究"疏"而不是"堵"。你放任她天马行空、为所欲为后，她最终会乖乖地回来，任凭你宰割。反之，她会愈加反抗，最终与你分道扬镳、饮恨而去。肖元凯正是深谙此道，所以送了个大馅饼，然后静观其变，等待她乖乖就范。

"来上班了，休息好了吗？要不给你再放一个月的假，工作是干不完的！"肖元凯把裴晶叫到他办公室说了这番话。

裴晶见了肖元凯，好像已恨不起来了。但她也不想跟他说什么，所以，两人就这样默默无声地僵持着。许久，肖元凯从抽屉里拿出两万块钱，推在裴晶面前："这钱拿回去，是最近的工资和提成，如果嫌少我可以再加。"

裴晶心想拿这点钱就想扯平，根本没门。她看都不看一眼说："拿回去，别想拿几个钱换取你自己心理平衡，太小看人了！"

"那你还要怎样？我礼也赔了，歉也道了，得饶人处且饶人，这点小事总不能没完了吧！"肖元凯一副无奈的表情。

"怎么是小事？你让我今后怎么嫁人！"裴晶越说越来气，声音也提高了八度。

"事情也过去了，如果有后悔药，花多少钱我都买一服。咱们能不能向前看？"肖元凯巧舌如簧，说得裴晶气消了不少。看看裴晶脸色缓了下来，肖元凯就势央求她把钱拿起来。见她没有反对，肖元凯走到裴晶的身边，把钱塞到她的包里。裴晶还想拉扯着把钱掏出来，外面却有人敲门了。不得已，她只好住手，而肖元凯也顺势回到位置上。

随着一声"进来"，一员工推门进来，看到里面有人，忙抽身回转。裴晶见是他们的店长，就说："你们谈，我走了。"说完起身给店长点个头，关门走了。

裴晶晚上刚进门，还没脱掉鞋，肖元凯的电话就来了。原来是约她晚上去吃饭。裴晶想回绝，但她又想起那两万块钱正好趁机还给他。于是就应了下来。裴晶刚换好衣服准备下楼，肖元凯的车已来到楼下。她想把钱还给他就回来，没想肖元凯已经把车门打开了，她想不上车，又看到楼下人来人往，两人拉扯让人看见不好。踌躇中，被肖元凯半推半就地拉上了车。

车发动了，不一会就进了车水马龙的闹市区。肖元凯的心情很好，音响里播放着汪峰那声嘶力竭的呐喊："我在这里活着，也在这里死去……"

"我喜欢汪峰的歌，他虽唱得声嘶力竭，但却沁入肺腑、振聋发聩。他能把你心里的苦闷、烦恼、悲怆全部用声音宣泄出来。这是一个真正的灵魂歌者。"肖元凯边开车边对音响里的声音评头论足。裴晶没想到肖元凯对汪峰的歌情有独钟，理解得也颇为深刻。她也喜汪峰的歌，喜欢那种旁若无人且惊世骇俗的呐喊，能宣泄内心压抑已久的声音。肖元凯说汪峰是灵魂歌者，这点他说得没错，这也是她的观点。遐想间，车停下了。还在被歌声打动的裘晶听到肖元凯的一声呼唤："下车吧，今天带你来听海涛，在这儿我们可以放下一切，听从内心的召唤，保你下回还想来！"肖元凯说完关上车门，拉上裘晶，径直走向海滩。

这是一排海边大排档，跟那些豪华的高档大酒楼相比，更显出它的自由、豪放、不拘一格。在这里人们可以大声喧哗，释放内心被都市压抑已久的情绪。在一桌桌高声的酒令和无拘无束的喊叫声中，你会看到人的本真。跟这些鲜活的生命相匹配的是茫茫的大海，在黑黢黢的夜色陪衬下，更显苍茫、神秘、深不可测。有节奏的涛声，随着海水的一次次的起伏，似乎在高唱自然的伟力。

"你觉得这地方怎样？跟那些豪华的酒店相比，它是不是更具野性的张力，符合那些追求洪荒远古而排斥现代文明的人的渴望？"肖元凯边走边与裘晶说。

"与现代人的伪善和虚荣相比较，我还是愿意来这样的地方，它可以让我看到真实的你，看到那些华丽包装里面究竟是些什么货色！"裘晶毫不客气地嘲讽道。她想起了那天肖元凯领她去豪华酒楼后所发生的事。

"好！今天就让你看到一个真实的我，看到不同于在公司里的肖元凯。"他说完坐在一排档边，开始点菜。

菜上得很快，还没一会儿，桌上就摆了清蒸鱼、白灼虾、香辣螃蟹和一大盘海蛎等。

"来！带你体验另一种不同的人生，让你看看生活的另一面。"肖元凯说完举起了杯子。

裘晶觉得今天的肖元凯好像换了个人，一不做作，二不盛气，语言质朴，平和大度，让她感觉很是舒服，因此言谈中免了少许敌意，转而开朗起来。"和你接触这么长时间，今天好像变了个人。究竟哪个是真实的你，能告诉我吗？"裘晶直言不讳地说。

"你今天看到的肖元凯就是一个实实在在的、货真价实的人，无论他的表现有多差，但都是一个真实的自我。"肖元凯边说边拿起酒杯。

裘晶也喝了杯中的酒。她想了解肖元凯对她的态度。经过这一场变故，裘晶也渐渐转变了人生态度。在这个物欲横流的社会，个人的奋斗如果不与外界有机契合，那你想出人头地，可能性就微乎其微。现在社会上流行的是"干得好不如嫁得好"，这一点裘晶比谁都清楚。在经过这一痛苦的磨砺后，所有的青春梦想都在这一巨变中更现实了。她要嫁人，与其说找一个年龄相仿的人共同奋斗，不如找一个成功的男人，那样她至少可以少奋斗二十年。前些日子没上班在家看电视时，看到一大学女教授讲的理论，她直白地讲："二十岁的女孩可以找一个四十岁的男人结婚，这样你就可少奋斗二十年；而二十岁的男人，你可奋斗二十年再找一个比你小二十岁的女人结婚。"裘晶目瞪口呆地听老教授的观点，这种惊世骇俗的理论让她开阔了视野。社会发生如此翻天覆地的变化，她为什么要抱残守缺呢？思想解放了，随后一切问题都迎刃而解。她打算试探一下肖元凯，如果他愿意与她结婚，她就下定决心嫁给他，如果他仅仅是玩玩，那她就此远离他，从此形同陌路，永不相见。拿定了主意，她的问话也就顺理成章了："你打算怎么处理咱们的关系？"

肖元凯还不确定如何处理他和裘晶的关系，现在她公然发问，他反倒不知所措。他思忖着说："你愿意怎么发展？"

裘晶本来想听肖元凯的心里话，但肖元凯却反将她的军，这让她心有不快："既然你不想说那就算了，现在这样也挺好的！"

听裘晶这样说，肖元凯有些明白了：这是向他摊牌，暗示他有向前发展的机会。肖元凯是那种一点就通的聪明人，他马上就转变了话锋："你不提我当然不敢说，我愿意咱俩成为夫妻，你看行么？"

裘晶听后，心里不是滋味儿，她要从今以后跟着这个男人厮守到老，总有那么一点不甘心。但除此以外还有比他更合适的人选吗？很难！裘晶知道多数女孩最初的憧憬与最后的现实大都大相径庭，况且她已失身于人，还有更好的选择吗？明白了这一点，她也只好认命了。想到这，她抓起眼前的酒杯一扬脖就喝光了。

"你想让我成为你的家人，那你的老婆怎么办？我可不想成小三！"裘晶说这话时立刻严厉起来。

"不会的。我们俩早就没感情了，只不过有个孩子，没办法。如果你同意，我们马上办手续。"肖元凯越说越来了精神，仿佛离婚就像说笑一般。

裘晶虽然知道现实不会像肖元凯说得那样简单，但她也无奈，只能顺着他说："既然这样说了，那就照你说的办了。但没结婚之前，你不能到我这来，咱俩最好少联系，这样对你对我都好。"裘晶强调。

肖元凯想了想说："好吧，就按你说的办，君子一言，驷马难追。肯定给你个惊喜！"

裘晶见肖元凯答应得很干脆，也就不再疑神疑鬼了。她举起杯子说："愿你一诺千金，也愿我梦想成真！"说完与肖元凯碰杯后一饮而尽。

爱在心头口难开

　　房产正式移交，一连三天，周晓丹都在没验收合格的房屋里检查，直到第四天维修结束，她才回到了公司。晚上，苏宏玮特意邀请她共进晚餐。周晓丹不以为然，直到真的喊她出去吃饭时还不忘幽默："哇！苏老板发财了，今天请我吃什么呀？"

　　苏宏玮也不做声，出门打了一辆的士直奔滨海大道。周晓丹也不说话，她知道跟着苏宏玮准保让她有惊喜。果然，汽车开了很长时间，来到一个叫维多利亚酒楼的地方停下来。茫茫的夜色里，大放异彩的霓虹灯下，宛若琼楼玉宇般的酒楼就立在不远的海岸边。周晓丹来海边的时候并不多，今天见苏宏玮把她领到这来，心情还是格外激动的。进了酒楼，豪华的大厅让人一看便知这是那种高大上的地方。两人选了一个能看海的小包间坐了下来。周晓丹一进包间就坐不住了，盯着大海看个不停。苍茫的海面上，几艘亮着灯光的商船，宛如一栋栋高楼大厦在夜间熠熠生辉，给本来就不平静的海面更添了几分喧闹。周晓丹始终像鸟儿一般，叽叽喳喳说个不停。直到菜点完了，她还没有停下来。开始上菜了，直到酒也倒上了她才坐下来。

　　"知道为什么请你到这来？"苏宏玮举着酒杯说。

　　"不知道！"周晓丹并没有多想，随口说道。

　　"今天这顿饭是专门为感谢你特设的。来，咱们干一个！"苏宏玮说完，与周晓丹干杯。当两人把酒都喝完后，苏宏玮随手拿出一张银行卡，放在了周晓丹面前。"这卡里有五十万，是奖励给你的，请收好！"苏宏玮又向前推了一下卡。

周晓丹很意外，别人都是出资参股，而自己没有入股分文，怎么能凭空分到五十万呢？

"我不要！我没出一分钱，怎能白拿这钱呢？"周晓丹把卡又推回到苏宏玮眼前。

"这是你该得的。没有你的信息、你前期的努力就没有这个项目，咱们也不可能有今天。所以，作为奖励，这钱是你该得的，拿去吧！"苏宏玮重申他的态度。

"无功受禄，寝食不安。我还是觉得不该拿这钱！"周晓丹反复摇头，她不想接受这笔巨额财富。

"拿着吧，给你家盖新房，给你哥哥娶媳妇，或给你自己准备嫁妆都需要钱的。"苏宏玮说。

"我家房子盖完了，我哥媳妇也娶了。至于我嘛，真有嫁人的那一天也不带嫁妆，一个人去就行了！"周晓丹想了想，爽快地回应。

见周晓丹说什么也不要，苏宏玮不知如何是好。沉默了好一会，他才说："既然这钱对你没什么用，我提个建议，你先把钱收下，等再有项目时拿出来投资，这样，你就也成了合伙人，可以参与分红了。怎么样？"

见苏宏玮执意要把这五十万给她，而且是诚心实意，再推辞下去反而难为了苏，不如干脆收下，等以后有机会再还给他，岂不更好？想到这？她便答应下来："好吧，那就先放在你那儿，如果有投资项目，随时投进去，放在我这不方便，你拿着就好了。"

见周晓丹终于同意收下了，苏宏玮这才放下心来。他刚才还忧心她不收怎么办。这是他的一点私情，跟别人说不出口，但不给她一点奖励，无论从哪方面想，他都于心不忍——毕竟是她给带来的项目，滴水之恩当涌泉相报。即使换作别人，他也会大方地给出这笔钱。在信息就是财富的年代，谁都无法漠视这一点，只不过她还是初出茅庐的小丫头，没那么多的功利想法而已。想到这，他又举起了杯，"为你的奉献精神，咱们干了它！"说完碰了一下，干了。

周晓丹知道苏宏玮是真心实意给她钱。两人交往这么长时间，他始终像哥哥一样在护佑着自己。这种感情已超越了一般的工作关系。在长久的交往中，她逐渐看清了苏宏玮的为人和品质。不知从哪一天起，她感觉苏是一个可以托付终生的人。而这种奇妙的想法一旦在大脑生成后，她又感觉到莫名的惶惑。连她自己都不知怎么回事，心却跟苏宏玮贴得更近了。虽然前些日子苏当面拒绝了她的表白，但她知道苏的内心不那么绝情的，起码心里还是有她的。坚信着这一点，她还是充满期待，她期待苏有一天向她求爱。但她等来的却是五十万的奖金。虽与她的期望有所落差，但她还是耐心地等待有一天会有奇迹发生。此时，她也端起了酒杯："我知道你是照顾我，我心领了，感谢你的关心，咱们再喝一个，之后随意。"说完示意了一下，干了。

苏宏玮见周今天的状态很好，便不再提议喝酒，只是象征性地喝了一点，然后开始吃菜。苏宏玮本来有很多话要说，但他始终犹豫着，又不知该不该说。他想鼓励周晓丹到外面的世界闯一闯，增长知识、锻炼才能。他非常清楚，如果长期跟着他混，只会耽搁她的前途。因为他现在是匹马单枪，没什么大事可做，只是一个炒房客而已。虽然他心里有百般不舍，但也清楚周晓丹是一个可塑之才，跟着他只会浪费才能。他不希望周晓丹无所作为，他还是衷心希望她有所建树，能在某个领域大展宏图，体现个人价值。继续让她留下来是出于私心，或有见不得光的东西，算不上是犯罪，但起码也是误人子弟。他和周晓丹的合作纯是机缘，是洪山小区的工程项目让两人又走到一起。现在项目结束了，他和她也到该说再见的时候了。就在他左右为难、欲言又止时，周晓丹说话了："你给我的五十万要不买套房吧，这样你就不用在办公室住了，我的主意怎么样？"

苏宏玮大吃一惊：看来周晓丹非但没有想离开他的意思，反而想从买房把两人拴在一起，这让他感到事态严重。一个还没结婚的黄花大姑娘竟然不顾舆论的压力，敢跟一个大男人同住，无论如何从哪一方面都是极不合适的。

"你要和我同居！你想过这事的后果吗？"苏宏玮瞪大了眼睛看着周晓丹。

"你想哪儿去了，谁要和你同居？是在一套房里住。现在男女同租一套房的多的是。"周晓丹很难为情地笑起来。

"你想过这样做的后果吗？"苏宏玮变得严肃起来。

"有什么后果？人家只不过想照顾照顾你。看你整天忙得不可开交，饥一顿饱一顿的，衣服泡在盆里一星期了都不洗，过的是什么日子呀！"周晓丹数落苏宏玮的不堪。

苏宏玮想说，这是我的生活，跟你有关系吗？但话到嘴边，变成了："这些事都不是你该操心的，你要想的是如何找到一个好平台，发挥你的才能。"

"我在这干得挺好的，跟你学炒房，又能赚大钱，我看很好！"周晓丹很满足地说。

"不成！这行根本不是女孩子干的。你要找一个有技术含量、体面的工作。炒房这行全是坑蒙拐骗、尔虞我诈，拿不到台面上来，你永远都把不准它的脉。"苏宏玮想极力否定炒房，不想让周晓丹染指这行。

"这行有什么不好。听陈先生说，房子能值多少钱，只要他看上一眼，价格上下误差不会超过五万元，说得多神奇啊！自打他说了这话后，我就下决心做好这门学问。"周晓丹兴致勃勃地讲述她的感悟。

苏宏玮越听越闹心。他本想劝她回头是岸，别执迷不悟，但看她反而乐此不疲，一副执着的劲儿，只有把话明挑了："你知道我今天找你干什么吗？"

"请我吃饭，给我送钱，还有其他事吗？"周晓丹觉得件件是美事，全然不知这是饯行饭。

"我实话明说，这项工程完工了，咱们的合作结束了，咱俩的雇佣关系也到此为止。你该找一份合适你的工作，或者说找到你的人生坐标。继续跟我混，不仅对不起所学专业，更对不起父母培养你一回。"

"啊——闹半天今儿个是鸿门宴。怪不得讲了那么多冠冕堂皇的话，原来是想把我逐出师门，看我没用了！"周晓丹好像恍然大悟的样子。

"没那个意思，主要是为你好。跟我什么也学不到，怕耽误你的前程。"苏宏玮一片好意，现在却被曲解，他感到痛心疾首，难过地低下了头。

周晓丹却不理会，她认为苏是嫌她累赘了，所以给些钱打发了事。但转念一想，苏宏玮不是那种过河拆桥的人。天底下难道还有给50万来解决累赘的人吗？她想不通。看着苏宏玮伤心难过的样子，她困惑极了。

"你或许是为我好，但我不需要。你以为我去大公司当个白领或在机关做个公务员是体面的工作，就有价值了？可我不想要这种生活。这年代不是从前了，无论干什么，只要能挣大钱就是好职业。自由职业者也不丢人，不论黑猫白猫，抓住耗子就是好猫！"她说完，冲着苏宏玮做了个鬼脸，笑了起来。

苏宏玮惋惜一个大学生从事自由职业终究不是个事，但到了周晓丹这里，就成了无所谓。相对于现在的年轻人，苏宏玮忽然感觉自己落伍了。自己年轻还没几天，就有人跟他产生了代沟，现在的年轻人真是无法理解，他们的思维跟你的根本是南辕北辙。苏宏玮叹了口气："该说的话我已说了，如果你不愿走，那就留下吧，将来多挣些钱给你爸妈拿去，也总算对得起他们了！"

"你不撵我走了？"周晓丹感到欣喜。她看着苏宏玮的眼睛，一下子又兴奋起来。

"我本身也没有撵你的意思，只是担心怕影响你的前途，所以才提出忠告。你不听我也没办法！"苏宏玮举起酒杯后喝了一口。

看到苏宏玮态度一百八十度大转弯，周晓丹可开心了。她拿起酒杯给自己倒满，然后对苏宏玮说："感谢你的知遇之恩。从今以后我要跟你努力学习，多长见识，把握时机，发家致富。"她说完，也不管苏宏玮喝不喝，独自干了。

眼看今天要谈的事也就这样了，饭也吃得差不多了，他提议结束。谁知周晓丹百般不干。

"这么好的地方我还没待够呢，再玩一会儿，难得大老板请我上这来，喝够了再走。"周晓丹高兴了，不管苏宏玮怎么想，反正自己能任性就够了。

两人正喝着，周晓丹的手机响了。她拿起来看也没看就接了起来："喂、喂！哪位？"

打来电话的不是别人，正是肖元凯。原来他跟台湾人林成贵吃完饭刚出来。席间，他听林成贵大讲风流艳史，听得羡慕至极。回来的路上，他还一直在思谋台湾人林成贵活得真是滋润，一边大把赚钱，一边吃喝玩乐，晚上还有美女陪着。与林成贵相比，自己就寒酸了，就这么一个裘晶，还不让他碰，肖元凯心里痒痒的，就像有千条虫子在身上爬。他忽然想起那日所见的小美女周晓丹，让他过目不忘，为此他还通过手下的经纪人，利用帮着卖房的理由拿到了周晓丹的手机号码。良宵长夜，他一个人寂寞难耐。他决定给周晓丹打个电话，泡泡这个小美人。找个什么理由呢？他一直琢磨着。他不想让苏宏玮知道这事，那样就太不地道了。他苦思冥想，终于想出一个理由，于是一个电话拨了过去，当周晓丹"喂、喂"了两声后，他开始说话了："我是肖元凯，在苏宏玮的工地上见过你，你叫周晓丹，对吧？"当听到是肖元凯时，周晓丹马上联想那天的情形。她捂住手机对苏宏玮说："是肖元凯打来的电话。"

"他找你有什么事？"苏宏玮说。

"你找我有事吗？"周晓丹看着苏宏玮，对肖元凯说。

"有个好事想告诉你，今天有时间吗？"周晓丹马上想说天太晚了，改天再说。谁知苏宏玮听到了，示意小周听下去。

"你说吧，我听着。"周晓丹说。

"我帮你找了个金融机构白领的工作，电话里不方便，咱们见面谈谈。"肖元凯一副真心实意的口吻说。

苏宏玮对肖元凯给周晓丹打电话很意外——他们两个人又不怎么熟悉，偏在大晚上约人，从哪一方面都不合适。但听说是给她找工作，又是金融机构，想了想说："去和他见个面吧，看看是什么工作？如果真像他说的那样，比跟我混要体面多了！"

"他能给我找什么工作，黄鼠狼不给鸡拜年就算好事了！"周晓丹满脸鄙夷地说。

那边的肖元凯还在电话里叙说着："我让你成为白领阶层，这样的好事一般人做梦都想不到，想想你的运气有多好！你在哪，要我开车去接吗？"

其实周晓丹本不想去，她想知道苏宏玮的态度。待看到他赞同的神色，这才开口说："不用接，哪儿我都知道。"

"元山广场有个壹诺酒吧，清楚吗？"肖元凯说。

看到苏宏玮点头了，她才说："我不喝酒，那附近有个'上岛咖啡'，就那儿吧！"周晓丹说。

见周晓丹推说不喝酒，肖元凯虽有些遗憾，但无奈勉强答应了。

电话接完了，周晓丹看着苏宏玮说："我不想去。他跟我素昧平生，现在突然帮我找工作，该不是动什么邪念吧？"

"别把人都想得那么坏，如果帮你找一个体面的工作，你还不得千恩万谢人家呀！"苏宏玮这样说。

"我总感觉他没怀好意。我跟他并不熟悉，他为什么帮我找工作？"周晓丹还是有些困惑。

"你都答应人家了，怎么能出尔反尔呢？快走，我送你！"苏宏玮坚定地说。

见苏这样说了，周晓丹勉强跟着出了门。

周晓丹如约来到元山广场边的上岛咖啡，进了屋就见肖元凯起身，朝她招手。落座后，肖元凯为她点了一杯咖啡并说："有佳人光临，肖某荣幸之至。"

周晓丹见惯了苏宏玮的随性，看肖元凯在她面前如此客气，很不习惯，无形中多了先入为主的戒备。

那边的肖元凯仍不断地大献殷勤："周小姐气质不凡，随便走到哪个地方，都会吸引无数眼球的关注，真是个人才呀！"

"我怎么不知道自己还有这样的特异功能，你太会夸人了！"周晓丹说不上是讽刺抑或揶揄。

"'不识庐山真面目，只缘身在此山中'。你是女神，自然看不到自身的优势了！"肖元凯喝了一口咖啡说。

"你找我来什么事，该不会是专门恭维人的吧？"周晓丹很反感肖的奉承，她直截了当地向肖元凯泼了一盆凉水。

肖元凯没想到周晓丹并不买他的账，这让他的热情受到了挫折。他思忖着怎样才能讨周的欢心："你跟苏宏玮认识多长时间了？"

周晓丹见肖元凯跟她玩起了太极，她的内心更是厌烦，但初次见面，她也不好意思让人难堪，只好虚以委蛇："我俩早就认识了，大概有五年多了吧！"

"据我所知这个项目已经结束了，你有什么新打算？"肖元凯装作一副关心的样子。

周晓丹明知肖在套她的话，她随即表现出傻乎乎的样子："没什么打算，过一天算一天呗！"

"我帮你找个工作吧，去金融机构当个白领，你看怎样？"肖元凯见来了机会，马上推出了他的诱人计划。原来肖元凯跟林成贵合作搞民间借贷，可林成贵的贷款公司没一个是他的心腹，他是聋子的耳朵——摆设。这让肖元凯很苦恼。他想渗透林的公司，苦于没有合适的人选。见了周晓丹，他才觉得这是他要选的人。此外，周晓丹形象、气质都不输于裴晶。如能把她掌握在手，即使裴晶离他而去，他也不至于一无所获，有周晓丹这样的美人陪伴，他的生活照样有滋有味。肖元凯打的如意算盘是一石二鸟，所以才有了为周晓丹找工作的由头。

周晓丹并不知道肖的用意，她早就有了主见，苏宏玮到哪里，她就跟到哪里。为了了解肖元凯的意图，她假装认同肖的主张，她的目的就是掌握肖的动机，看看他的真正嘴脸是什么："你介绍的金融机构是哪家啊，工资待遇怎样？"

肖元凯见周晓丹一步步进了他的圈套，大喜过望，随即说："你去的那家公司每月工资五千元，如能做业务，还有千分之二的提成，待遇很高吧！"

"是哪一家单位？"周晓丹仍不露声色地说。

见周晓丹很关注，肖元凯也就坦言相告："这是一家外资金融机构，名叫'海峡金融合作南厦分公司'，有海外资金背景。"

"哦，原来是这样。"周晓丹明白了。

"怎么样，感兴趣吗？"肖元凯说。

"谢谢你了，我回去考虑考虑，然后再给你回话。"周晓丹说完站了起来。

肖元凯还想和周晓丹周旋，顺便套个近乎，争取一个好印象，那样他的目的也就完成了一半，没承想周晓丹已站了起来，马上就要走了，急得他慌忙起身："坐一会么，这么急着回去干什么？"

"天太晚了，女孩子在外不方便。"周晓丹边说边往外走。

望着周晓丹走出店门，肖元凯有说不出的懊恼。他精心设计的局，却被周晓丹三言两语就给打发了。眼下周晓丹走了，一点也没有流露出兴奋的意思，显然是在敷衍他。如果让苏宏玮知道了，还不骂他挖墙角？肖元凯越想越沮丧，无形中又体验了一次失败的感觉。

苏宏玮送周晓丹到咖啡馆后就往家里走，还没到家，手机响了，原来是吴晴岚打来的。她想跟苏宏玮聊聊买房的事。见吴晴岚要谈正事，苏宏玮答应马上来。到吴晴岚家已近八点了。吴给他泡了好茶，满屋飘香，让他一进屋就有温馨的感觉。

"我想换套房子，是那种楼中楼的，叫百卉花园。物业中介跟我说这套房子是2006年的，房东因为要出国，急等钱用，所以比一般行情便宜二十万，产权面积146.37平方米，楼层是十七跃十八，东南方向，总价一百七十六万。你说买不买？"

"买呀！这么便宜还不买，不是发傻吗？赶紧打电话，今晚就交定金，别夜长梦多！"苏宏玮当即表态。吴晴岚见苏宏玮这么说，赶紧给房产中介打电话，说明了意思。中介当然是喜出望外，急忙打电话给卖家。房东正为房子卖不掉而心急如焚，听到有人愿买此房，大喜过望，当即答应马上来公司签合同。三方都急于求成，苏宏玮跟卖方、中介坐在了一起。他利用卖方有些迫不及待的心情，在双方拉锯谈判中，砍掉了两万元，又以一次性付款为诱饵，再砍掉一万元，最终以一百七十三万的价格成交。看得出来，卖方脸上露出了极不情愿的无奈，但他还是在合同上签上了自己的大名。合同签完后，吴到ATM机前取了两万元，交与卖方，事情才算告一段落。回到家时，已过十一点了。看看天色太晚，吴晴岚提议："在我家住一晚上吧，有三个房间，随便哪一间，都让你一觉到天亮。"吴晴岚说完，看了苏宏玮一眼。苏宏玮读懂了吴的眼神。尽管他和吴的交往已到了水到渠成、瓜熟蒂落的程度，尽管两人都是孤男寡女、干柴遇烈火的年龄，但苏还不愿把自己降到毫无人格的地步。他知道自己是凡夫俗子，不是什么高尚的人。即便这样，他也不想让人小瞧他、看扁了他。有了这种想法，让他说出连他自己都感到意外的言辞："我还是回吧，咱们还没结婚，让人看见对你不好！"苏说完这话，看了看吴晴岚，然后起身迈出了房门。吴晴岚眼见苏宏玮一直消失得无影无踪，这才怅然若失地关上了房门。

购买联排别墅

　　工程完工后，苏宏玮闲下来了。他利用这段时间拉着周晓丹一起去驾校学车，再有时间不是到中介看房子，就是到车行看车子。因为无论遇到谁，都劝他买辆车、买套房。被大家说得他也动了心思，于是连学车带看房，忙得还真是不亦乐乎。一天正在驾校学车时，小关打来电话："苏哥，这有一套好房子，正好符合您的要求，有时间来看看吗？"小关自从和苏宏玮套上关系，可以说赚得是盆满钵满。尤其是洪山小区他竟然卖了六套。现在他跟苏宏玮成了铁哥们。他总想拉苏跟他再开一家房屋中介公司，怎奈苏宏玮始终没答应他。此前肖元凯也一直劝他合伙开公司，目前他还在考虑中。此时听小关介绍了让他看的房子，而且说得很诱人，便动了心，于是拉着周晓丹便离开了驾校，来到小关的公司。小关正心烦意乱，因为房东已等得不耐烦了。待三人来到位于馨园小区的别墅时，正赶上房东往外走。小关见了急忙拦下，好话说了三千六，这才同意看房。刚进小区，苏宏玮就感觉不错，小区不大也不小。周边一圈高层，当中有三栋联排别墅，房东正是其中的一家，位于后排左面第二家。进去看后他觉得很是满意，装修全是简约风格，时间不到四年，一楼小院设计别致，花草树木一应俱全，共有三层，下面设有车库和杂物间，三楼还有一个大露台，约五十平方米，方正有余，适合锻炼和晾晒衣物。各楼层间也配置合理，一楼大厅更是气派宽敞，低调奢华，却尽显富贵荣华之气。周晓丹目不暇接、惊叹不已。聊起价格，房东要价三百五十万，自称面积262.39平方米，装修费用九十多万，加上税费基本没赚钱，只因新近又买了套独栋别墅，急等用钱，所以想卖。苏宏玮给小关递了个眼神后，苏还是先发话了："看房东也有诚意，这么着，我出三百二十万，如成交一次性付款，你看怎么样？"

"太少了！一下就砍我三十万，亏本让我卖，不成。"房东斩钉截铁地说。

"那你要多少钱？总不是一口价的买卖吧！"苏宏玮说。

"看你也比较有诚意，这样吧，我再降十五万，如果你同意，咱们成交。我也不差这几个钱，主要是心理不平衡！"房东说。

看看再谈也谈不下去了，苏宏玮随后说："这样吧，咱们回去都考虑考虑，我也别一口价，你呢，也再比较比较，然后再谈，好吗？"苏宏玮知道这么一大笔生意不可能一次搞定，他觉得应该放一放，让房东着急。他等钱用，势必降价；如不想卖，则另当别论。现在比的是耐心，谁有耐心谁就是赢家。看好了这点，他准备打道回府了。

出了小区，苏宏玮对小关说："晚上你再跟房东联系，听听他的口气。你说买家就给三百二十万，多了他不要，看看他的态度，不行咱们再谈，好吧！"苏宏玮说完，带着周晓丹走了。

路上，周晓丹忍不住开口说："真是服了，买卖这样做，这跟战场有什么区别，你来我往的交锋我都看不下去了！"

"商场如战场，做生意比的就是智慧和耐力，有时差的只是毫厘，谁能高过对手一点点，最后的赢家就是谁。"苏宏玮深入浅出地给周晓丹讲个中原委。

晚上九点多，小关又打来电话："苏总，房东说了，他看你实心想买，再降五万，你看怎么样？"

"明天再谈，买房子也是个缘分，是你的跑不了，反之，你机关算尽最后也是徒劳一场。"苏宏玮说。

第二天下午，房东和苏宏玮在小关的公司又见面了。苏宏玮谈笑风生，一脸的潇洒轻松："考虑得怎么样？你看我的诚意有多大，嘴上说不来，还是让关经理给哄来了。兄弟，干啥都要讲个缘分，差不多就行了！"

对方开口说："我的诚意已够大的了，从见面到现在，前后我已降了二十万，要不是急等用钱，我不可能降这么多！"

看看再谈下去有可能谈崩，听语气对方心理承受力已达到极限。苏宏玮很大度地说："看你也有诚意，我又真看上了这房子，算咱哥俩有缘，这么着，我再加五万，同意咱们成交，不同意，你再继续卖，怎么样？"

对方一脸为难，看得出价格已超出了他的底线，他在考虑是否出手。小关也是久经沙场的老手，到了这火候，该是他出场的时候了："现在二位就差这五万元，我作为中间人说句话，大家都各让一步，一个多出二万五，一个少收二万五，三百二十七万五千元成交，完事，我请二位喝一杯，怎么样？"

看看再耗下去也毫无意义，苏宏玮先行表态："看在关经理的面上，我同意三百二十七万五千元成交。"

看着两人都作了表态，房东也随即表态同意成交，这场相持了一天的拉锯战终于告一段落。事后，小关还不忘卖乖说："苏总，这回你可赚大了！他开始的要价是三百七十万，被我反复游说才同意下降二十万。现在你又杀了二十二万多，我敢说不出一个月三百五十万会给你卖掉。卖不掉，我赔五万元，卖多了，多余部分归我，你看可行？"苏宏玮笑了笑，"我也得有房住啊！再说娶老婆也得有房，总不能带着老婆四处打游击吧？"

见苏宏玮这样说，小关也随声附和："谁给苏总当老婆，那她可是烧高香了。哥，想要找个什么样的？我帮你！"

"行啊，是女的就行！"苏宏玮丢下这话走了。

回来的路上，周晓丹还啧啧称赞说："房子太好了，一辈子能住上一天也死而无憾了！"

"那就先让你住进去，省得说这话。"苏宏玮随口甩出了这句。

"你真让我住进去？"周晓丹喜出望外地说。

"老板什么时候说假话，你住就是了！"买了房，苏宏玮就有了新的盘算。房子要有人住，经常通风注意保养，才不易破损。更主要的是小周住的地方实在太寒酸了，只有让她住进买的房子里，他才感到心安。主意打定了，他领周晓丹又来到房中，交代完了，这才把钥匙放在她的手上。

"我下午就搬家，以后收拾屋子、做饭、洗衣就全交给我了！"周晓丹欢天喜地地笑着说，"二楼的主卧归你，我睡三楼，咱们互相不影响，太好了！"

"我还是住办公室，你一个人住就行。"苏宏玮却说。

"你不来住？"周晓丹愣住了，刚才欢天喜地的神情瞬间全无了，取而代之的是失望、悲伤的表情，"我在这住算怎么回事，你不住我也不来！"周晓丹脱口而出。

"我买这个房子就是给你换个环境，你不来住，岂不白费我一片苦心！"苏宏玮有点着急了。

"为了我，也不必买这么一大套房啊！"周晓丹喊了起来。

"傻丫头，房价涨了，我可以卖呀！这是一举两得，何乐而不为呢！"苏宏玮有意避重就轻。

"那我也不来住，你还是自己留着吧！"周晓丹执拗劲儿又上来了。

看着周晓丹坚决不搬来住，苏宏玮只好无奈地说："好！我也来住，这下你满意了吧？"

周晓丹还是没有表态，也没了刚才手舞足蹈的样子。

"怎么了，我回来住你也不高兴，那你到底是让我回去还是不让回呀？"苏宏玮故意绕着说。

"才不是呢！你就是处处躲着我，好像我是瘟疫一样。我真那么让你讨厌吗？"周晓丹带着哭腔说。

看着周晓丹的样子，苏宏玮哭笑不得：到底还是年轻啊，她哪里知道社会的凶险和人心的叵测。苏宏玮心里感叹，一边替她担忧起来。

"走吧，我帮你去搬东西，然后再搬我的，这回总行了吧？"见周晓丹还是一动不动，苏宏玮只好哄她先搬家。听苏宏玮把话说到这份上了，周晓丹才勉强同意："不行，先搬你的！"

看着再僵持也没意义，苏宏玮连声答应："好——好，先搬我的！"见苏宏玮答应了，周晓丹这才多云转晴，脸上有了笑容，搬家的劲头也更足了。

忙了大半天，终于到晚上才把所有的物品都搬进屋里。但苏宏玮还是在办公室留了一套床上用品，他说赶上加班，备用是必须的。周晓丹虽嘴上没说什么，但心里还是有所忌惮，怕他嘴上说一套，实际做一套，那样她就闹心了。

一直忙到了晚上，两人都没吃饭。苏宏玮提议出去吃饭，周晓丹却说："别去了，饿一顿没事的，就当减肥了。住这么好的地方，饿上三天也高兴。"苏宏玮总觉得有事没放下，捱到快九点了，终于忍不住起身往外走。周晓丹一看紧忙拦住了他，"干什么去，是不是想把我一人扔在这？"她似乎声音中有了哭腔，让苏宏玮有些震动。

"我去买些吃的来，不吃饭我睡不着觉的！"苏宏玮有些感动，解释了自己的行为。

"我跟你一块去，你不在家我不放心！"周晓丹执拗地说。

"哎呀！我去买点食品就回来，你怕什么？"苏宏玮见她不依不饶，很是无奈，"我马上回来还不行吗？"

"不行，我要跟你去！"周晓丹抓着苏的手、跳着脚不同意。

看着没办法了，苏宏玮只好点头同意，两人一同出了小区，直到买回来吃完才算完事。苏宏玮后来每每想起这件事都记忆犹新，周晓丹像孩童一般的执拗，掂着脚、抓住手的模样，永远地雕刻在他的记忆里。

Chapter 21　第二十一章

风花雪月的女人

　　苏宏玮总算又有了家。与一年前这个时候相比，简直就是鸟枪换炮。连他自己都没搞清是怎么回事，他就住进了别墅，有了新车，有了自己的公司，有了可以做投资的第一桶金。苏宏玮有时觉得如做梦一般。来南厦有十多年了，此前每天步履匆匆，早出晚归，在单位也是兢兢业业，恪尽职守，结果仍是朝不保夕、妻离子散。自离开余惠文，他却否极泰来，不仅开了公司，接了项目，而且买了别墅，开上了新车。有时，苏宏玮觉得人的成功并不完全取决于自身努力，运气或选择也很重要。他之所以能改变现状完全是偶然，是小周——一个过去的同事给他的信息形成的结果。如果没这条信息，他或许还在苦苦挣扎而不得要领。但生活就是这么怪，一次偶然，乌鸡变成了凤凰，他就可以开着车出入任何一个小区。这之前要进哪个小区，不拿身份证登记，你甭想进去。这就是钱带给他的便利。

　　苏宏玮正在感叹时，手机响了。原来是吴晴岚打来的，她约苏宏玮晚上去她家吃饭。自从吴晴岚搬进新家后，他还没去拜访过。原因很简单，他觉得两人的差距越来越大。他最怕别人说他靠女人发家。有了这点顾虑，他跟吴晴岚来往得不是太勤。说心里话，对吴晴岚这个女人，他还是有好感的，能娶到这样的女人他也会心满意足，但愈是这样，愈增加他的顾虑。吴是有孩子的女人，虽然归了前夫，但哪一天孩子来认妈，他们平静的生活就要被打破。苏宏玮虽然喜欢男孩，但对别人家的孩子他还是有所顾忌。基于这样的心理，他跟吴晴岚是若即若离，左右摇摆。如今吴晴岚请他吃饭，他清楚恐怕摊牌的时候到了。他必须做好准备，如何应付吴提出的问题，既不伤了她的心又能圆满处理两人的关系。

到吴晴岚家，推门进屋，果然豪华大气，宽敞的客厅，背景是一幅豪放洒脱的书法。细看是辛弃疾的《永遇乐·京口北固亭怀古》，写得流畅自然、不拘一格、章法有序、浑然一体。

"好东西，有金石味！"

"这是当今名家聂成龙的真迹。"吴晴岚说："那是早年我们搞书法大赛时先生给我写的。"

看完一楼又来到二楼，也是装修精致，尽显奢华。苏宏玮连声赞叹好房子。下楼后，吴又泡上龙井茶，顷刻间满屋飘香。"你在这坐坐，我去厨房，一会就好！"说完飘然而去，把苏宏玮丢在了客厅。闲着无聊，他随手拿出了书橱中的一本书，是托尔斯泰的《复活》。这是他早年读过的一本书，只是依稀记得是贵族聂赫留朵夫为了忏悔，为使自己灵魂得到救赎而复活的故事。当时他还不大懂，直到读大学时，通过老师的讲解，才知道了这部小说的深刻内涵。翻了几页，总感到与现实生活太远，浮躁的心无法沉静下来。又随手拿出一本《官太太》看了起来。他看过故事梗概，知道这部小说讲的是某局长夫人为了保住丈夫的乌纱帽，不惜联手"小三"一道为丈夫掩盖罪行，情节曲折、引人入胜。苏宏玮随手翻了起来。不知过了多久，听见叫了一声，这才回到现实中。餐桌上已摆满了碗盘，满屋的香味勾起人的食欲。"让你这么辛劳，真不好意思！"苏宏玮合上书转过头来说。

"都是家常菜，你不来我也得吃饭啊！"吴晴岚说话间打开了一瓶干红，倒上两杯。

"来！为你的这次成功干一杯。"吴晴岚率先举起了杯。

苏宏玮见吴先端起酒杯，也只好仓促应对，"谢谢！"并随吴一起喝了一口。

"这次完了还有什么打算？"吴晴岚放下酒杯说。

"眼下还没什么考虑，只能随机看情况，有什么投资项目再说。"苏宏玮说。

"吃菜，待一会儿就凉了！"见苏宏玮没什么打算，吴晴岚赶紧转移话题，以掩饰尴尬。

苏宏玮这才认真看起桌上的菜肴。一个大拼盘、一盘酱肘花、一盘松蘑炒肉、一盘蒜毫炒肉、一盘苦瓜炒蛋、一盆酸菜氽白肉，都是地道的东北菜。苏宏玮来南厦十多年了，虽然也多次吃过东北菜，但他总感到经过改良已失去了原有的味道，总有遗憾。今天见满桌都是东北菜，知道吴良苦用心。有道是"要想抓住男人的心，首先抓住男人的胃"。看来吴是煞费苦心。

"吃菜，看看有没有咱家乡的味道。"吴晴岚一边给苏宏玮夹菜一边说。

苏宏玮尝了一口，味道适中，不咸不淡，很有东北味儿。他随即表扬："菜做得真好，让人想起家乡的山山水水。"

"那就多吃点，在我这儿回味一下故乡的味道。"吴晴岚想勾起苏宏玮更多的家乡情怀，那样他们之间就架起了沟通的渠道，两人就有了水到渠成的默契，那样一切就都有可能了。"再喝一杯吧，酒能使人兴奋，它会让你体验到飘飘欲仙感！"吴晴岚变得愈发妩媚动人，完全与平时判若两人，让苏宏玮不得不另眼相看。如果说平时的吴晴岚是以淑女形象出现，那么今天晚上，尤其是喝了点酒，她就变得放浪形骸、超凡脱俗，完全摒弃了以往那个举止端庄、说话文雅的形象了。这让苏宏玮十分意外，他只知她是一个让人尊重的女性。在她面前，你纵有万千欲望都会自惭形秽，不敢擅动凡心。但今天的吴晴岚，却开放了自己，处处表现出一个反叛传统、不合时宜的女子形象。苏宏玮正纳闷吴的怪诞，吴却开口了。她说的话让苏大吃一惊。

"我知道你对我今晚的表现感到意外，现在的人不都这样吗？白天在公司、单位就一个字'装'。说话虚假，行为伪善，一切都符合道德规范，没人看出你的毛病。但你不知这其间扼杀了多少人的本性啊！"吴晴岚坐在苏宏玮对面说。

"其实整个环境都这样。大家都司空见惯，心照不宣，人人如法炮制。"苏宏玮认为这种风气颓落已无药可救。关心这些社会问题的应该是那些文人学者，平民百姓只关心衣食住行，腰包里有多少钱。他想不明白吴晴岚怎么把话题引到这方面来了。

"我在单位里每天饱受这种风气之苦，难免有'不平则鸣'的时候，所以上下左右均不讨好。你说，我该怎么办？"吴晴岚似乎向苏宏玮讨教。

"神仙也没办法。要想离开那种环境，除非你辞职，否则别无他法。"苏宏玮想劝她别干了，但想了想还是没有说出口。

空气这一刻变得凝固了，原本谈情说爱、卿卿我我的氛围变了味儿，苏宏玮很高兴。他很怕吴晴岚提出他不好回答的问题，那样双方都尴尬，以后就不好相处下去了。对吴晴岚的问题，说老实话，他还没有心理准备。虽然他知道这个女人可以伴随终生，但他自己却没有信心。离婚刚一年，匆匆与另一女人结婚，他觉得是对自己不负责任的表现；反过来也是对余惠文的伤害。他希望余惠文先他结婚，那样他就心无旁骛，再无牵挂了。但这个时机还没有到来，他就心存顾虑，不想匆匆结束单身生活。

吴晴岚虽然她看中了苏宏玮，但她不想把自己表现得太主动。今天她有意请他来吃饭，就是想试探一下他的意思。快吃完饭了，她也没看出苏的意思来，既没有亲近的话题，也没有求婚的只言片语。吴晴岚搞不清苏在想什么：难道他的心变了，或者说腰包里有钱看不上她了？但她随即又否定了这些猜测，因为苏宏玮还是一如既往，没什么变化，也没因为钱多了就趾高气扬。吴晴岚坚信自己没看错人，认为他之所以没有向她示爱，或许是男人性格使然，抑或是怕遭拒丢了面子。总之，吴晴岚想了很多，唯独没想到是他的前妻的原因。

看饭吃完了，吴晴岚开始收拾碗筷，瞟了一眼苏宏玮，看他木木地坐在那里，便说："是不是累了，要不到房间里休息一下？"这一说不打紧，苏宏玮马上精神起来："太晚了，我准备回去了。谢谢你的这顿东北菜，让我有回家的感觉。"

"什么时候想吃再来，下回包饺子，酸菜馅的。"吴晴岚见苏要走，眼里立即流露出失望的眼神。眼见没什么结果，虽然有些遗憾，但她想得很开。苏与她早晚是一家人，心急吃不了热豆腐，对男人要有耐心。她不相信自己撒了这么大的一张爱情网，罩不住这个木讷的人。

离开了吴晴岚的家，苏宏玮感到一下子轻松了许多。说实话，到吴家吃饭，他是越来越惧怕，东西虽好吃，但如坐针毡的感觉确实太难受了。苏宏玮下定决心再也不去她家吃饭了。快到家时，周晓丹来电话了，"在哪儿呢，我在家饿得前胸贴后背的，你也不回来！"

这话说得苏宏玮自觉脸上发烧。刚才若是她先去个电话就没什么事了，可自己偏偏忘了这事，太不应该了。自离婚后，苏宏玮都是一人吃饱，全家不饿。现在家里多住了个人，自然多了份牵挂，不由得感到歉意。"马上就到家了！"说罢，加快速度往家奔。

进屋后，只见餐桌上摆了四盘大菜。最显眼的是剁椒鱼头，而后是辣子鸡，还有香辣茄条和一盘青菜。苏宏玮看着有些犯傻，他不知周晓丹何时学会了这些菜的做法，而且做得有模有样。

"行啊！当厨师合格了。"苏宏玮想缓和一下气氛。

"你知不知道我忙了一下午，就是不见你回来，我以为你又到哪喝去了！"

周晓丹虽嘴上数落着，但脸上已变换了表情。

"吃饭！不能辜负了这些好菜和做菜的好人。"苏宏玮想，今晚就是撑死，也得再吃一顿，否则，他就对不起周晓丹这番苦心，对不起忙碌了一下午的人。而现在对不起的只能是自己的胃了。又是一顿饱餐，苏宏玮感觉自己的肚子都快撑破了，但他仍表现出狼吞虎咽的样子。他不能让周晓丹看出任何破绽，他得让周心满意足。当他打着饱嗝离开了餐桌时，还故意让周晓丹看出他的贪婪和饥渴。他的目的达到了，周晓丹满脸的笑容，她甚至在厨房里手舞足蹈起来。

晚饭吃完，闲暇无事，苏宏玮看电视，内容多是些综艺节目，一连换了几个台都没什么吸引人的内容。苏宏玮正要关电视时，周晓丹过来了，她最喜欢看明星脸的。她甚至能说出明星没出名前的一堆窘事，对于哪个明星属什么星座、多大年龄、有没有对象她都能说得一清二楚。见苏宏玮要走，忙开口说："自打搬进来，你就很少在家，把我一个人扔在这。你成了客人，我倒成了主人。搞清楚没有，这是你的家，我才是真正的客人！"周晓丹叫了起来。

苏宏玮第一次见周晓丹变脸，他一时竟呆住了。也许是看苏愣住了，也许是知道自己的行为有些过火，周晓丹也停止了激动。紧接着，眼泪像止不住的流水一样，哗啦哗啦地涌了出来。看见周晓丹哭起来，而且是大有哭得昏天暗地的意思，苏宏玮先是意外，后是惊讶。他搞不清自己做了什么让她如此悲伤，慌忙上来劝解："你怎么了，是因为我常不在家吗？"

周晓丹不语，还是哭。

苏宏玮有点懵，他不知道周晓丹在哭什么。

"是我有哪些做得不好的地方吗？你说出来我今后改。"

周晓丹还是一劲地哭，不过声音倒是小了。

苏宏玮有些急了，挪到周的跟前："我到底哪做得不好了，让你这样难过？"

"哪都不好！"她一下子扑到苏宏玮的怀里又哭起来。

苏宏玮与周晓丹已相识五年多了，两人从来都没有这样拥抱过。苏虽然有时想抱一下她，但那只是瞬间的冲动，事实上他根本做不出自贬人格的事，尤其对周晓丹这样纯洁无瑕的女孩。等周哭声减弱了，苏宏玮拍了拍周晓丹的肩，两人坐下来。

"到底怎么回事，不跟别人说还不能跟我说吗？"苏宏玮急切地想知道原委。他递了几张餐巾纸给周晓丹。

　　待了好一会儿，擦干了眼泪的周才把事情的经过说了出来。

　　"去年公司倒闭回家探亲，县城的一青年不知在哪儿看见了我，经多方打听找到了我家，主动托人到我家说媒。我爸看那人是县城供销公司的副经理，年龄相仿，爸妈都是县里公务员，就答应了，并且收了聘礼。年前爸爸还撮合我们两人正式见了一面。我对这事根本就不在意，加上那人一见面就大谈特谈如何赚钱，如何吃喝玩乐。所以没谈五分钟，我们就散了。男方家特别满意，于是就商量结婚事宜。我虽极力反对，无奈全家人都赞同这门婚事，我怕木已成舟，就跑了出来，做了家政才见到了你。今天，我哥哥打电话来告诉说，那家人坚决不退婚，扬言哪天找到人哪天结婚！"周晓丹才把事情的前前后后全都告诉了苏宏玮，然后看着他。

　　对于苏宏玮来说，虽然眼下还舍不得她离开，但她既已订婚，那就该成婚才是："听你说这个小伙子还不错，既然已订婚，那人又如此执着，就该结了秦晋之好啊！"

　　"怎么你也说这话！我一直没告诉你，就怕你这样想。我为什么哭？就是这世界上没一个懂我的人。"周晓丹说着说着眼圈又红了。

　　对于这样的事，苏宏玮听得太多了，他说不上是同情还是惋惜。但有一点他是明白的：周晓丹毕竟是他的同事，是他熟悉的人，无论如何，他也要站在她的角度上考虑问题，为她排忧解难、出谋划策，帮她渡过这个难关。

　　"那你现在打算怎么办？"苏宏玮问。

　　"人家等了你一天也不回来，就是想听听你的意见嘛！"周晓丹止住了抽泣，话语也变得轻柔了。

　　"你自己是怎么想的？"

　　"人家当然是不愿意了，否则还问你干吗？"

　　"那就直接说明好了，不愿意就是不愿意！"

　　"说得简单，犟牛遇到倔驴了，谁都不让步！"

　　苏宏玮觉得那男人还真有股执着劲。他很赞赏那个人，"要说这个男人还挺值得佩服的，非你不娶，单凭这股劲就得给他点赞！"

　　"你不站在我这边，还给他喝彩，你是哪一伙的？"周晓丹委屈地叫起来。

　　"遇到这样的男人你该高兴才是，上哪儿找这样对你好的人，应该嫁他！"苏宏玮重复了他的观点。

　　场面沉默了，不知过了多久，周晓丹从酒柜里拿出一瓶XO洋酒，打开后独自喝了起来。又不知过了多久，苏宏玮见瓶子里的酒已下去大半，急忙上前劝止："别喝了，这种酒会醉人的！"

周晓丹不知哪来的气，"别劝我！要么一起喝，要么走你的！"她出奇的镇静让苏宏玮一时无言以答。

稍顷，苏宏玮上来夺下酒瓶，给自己也倒了一杯酒："来！我陪你一起喝，看喝到什么时候罢休。"说完咕噜咕噜一口气喝干了，然后又倒上了一杯。

"哇！这才像个男人，有点男子汉的气概。"周晓丹破涕为笑，与苏碰了杯后抿了一口。

两杯酒下肚后，苏宏玮感觉自己的胃里像着了火一样，被烧得晕乎乎的，连走路都像腾云驾雾一般。但他的大脑还是清醒的，他知道自己把酒全喝了，她就多少能减轻醉意。否则，明天她什么时候能醒过来，都是未知数。

"喝呀！人家把你当个主心骨，可你说的全是怂话。"周晓丹喝光了杯里的酒又开始往里倒。

苏宏玮从来没有被女人说得如此不堪，听了周晓丹的话，血直往头上涌，也不顾斯文了，夺过周手中的酒，全都倒在自己的杯里。

"喝！你今天说什么我都当酒话，等你清醒了咱们再说。"苏宏玮感觉自己的脑子也快麻木了，他连吐字都有些不清了。

而周晓丹却依然不以为意，她甚至高声唱到："我本将心向明月，奈何明月照沟渠！"

苏宏玮虽然知道周说的是什么意思，但他还是没有和自己联系起来："什么明月、沟渠的，把话说明白！"

"都到今天了，你还不明白？也忒能装了！"周晓丹一脸无奈。

苏宏玮虽然不知道其中确切的涵义，但也明白了几分："你是说咱们俩之间？"

"你为什么给我那么多钱，还让我住这么好的房子，对我这般好，是为什么呀？"周晓丹一连问了两个为什么。

到现在苏宏玮才明白，他所做的一切都让她误会了："我所做的这一切都是老板应该做的，绝没想要你回报什么，你误解了！"

"我倒也不是因为这些。从第一天认识你，我就预感咱俩有故事要发生。"周晓丹很平静地说。

已经昏昏欲睡的苏宏玮听了这话还是一惊，他怎么也想不到四十多岁的老男人还能得到如花似玉美女的垂青。他还是有些骄傲。看来这辈子没白活，起码财富、美女他是都感知到了。喝干了杯子里的最后一滴酒，他跟跟跄跄地朝二楼走去。

周晓丹看苏宏玮醉得走路都不稳，虽然自己也昏昏沉沉的，但还是努力扶着苏宏玮上了二楼。接下来，连她自己都不知干了些什么，总之，那晚她再没离开二楼的房间……

苏宏玮被手机铃声惊醒过来，但眼前的景象让他大吃一惊。原来周晓丹也赤身裸体地睡在他的身边，让他魂飞魄散的是她的身下一滩鲜红的血渍。他依稀记得昨晚仿佛进入太虚幻境那般模糊，没什么真实的体验，有的只是梦幻一般的畅快淋漓和郁积已久后宣泄的快感。其余的什么也不记得了。

电话仍在响着，惊魂未定的苏宏玮拿起了手机，原来是老修打来的，他告诉苏宏玮："兄弟，今晚咱们聚会。好长时间没见面，有件事想谈谈。"

"好！晚上六点见。"苏宏玮急忙撂下电话。因为两人的谈话已惊醒了周晓丹，她正睁着眼睛平和地看着苏宏玮。

苏让她看得难堪极了。除了余惠文，他还没在哪个女人面前精光光地裸露着，他赶紧找内衣穿上，然后下了床。周晓丹始终没说话，既不激动也不惊讶，看苏宏玮下床了才开始穿衣，把那染了血的床单取下，然后又整理了床上的被子，这才进了卫生间。

苏宏玮洗漱完毕后，走出了家门。他什么都不想干，来到办公室，一直睡到下午快六点了，这才起床去会修玉林。

Chapter 22　第二十二章

实体老板转行

　　修玉林约的是一品鲜酒楼。苏宏玮费了半天劲才找到车位。停了车，刚进大厅就见老修向他招手，两人进了包厢，才见还有一客人端坐其中。老修忙介绍："这是我的朋友邢万全——邢厂长。这是南厦房地产界的精英——苏总。"

　　苏宏玮与邢厂长握手并互致问候。寒暄了一下，三人落座。老修点菜，苏宏玮与邢厂长聊了起来。

　　"邢厂长是做哪行的？"苏宏玮说。

　　"别提了！做服装的，干这行快二十年了。"邢厂长一提他的服装厂满脸愁容，一副不堪重负的样子。

　　苏宏玮有些意外，在他的印象中服装行业这些年一直是蒸蒸日上，很多人趋之若鹜。

　　"有个朋友前些年还拉我投资入股呢，我因当时缺少资金而无缘介入，没想到几年的样子就成了夕阳产业！"

　　"如今实体经济都不好过，受大环境影响，无论长三角，还是珠三角，个个都入不敷出、难以为继。"邢厂长大倒苦水，一副受苦受难的样子。

　　点完菜的老修这才插话进来："邢厂长是我多年的老朋友，现在有些不堪重负，他打算转行把厂子卖了，然后干点其他的。"

　　苏宏玮一惊，实体经济走到今天的样子，是他没料到的。他过去常羡慕那些企业家，指挥千军万马，运筹帷幄，决胜千里之外，叱咤风云，不可一世没想到还不到几年的光

136

136

景，就流水落花、风光不再。这也让他深感商海沉浮的无常。苏宏玮正在万般感慨，那边的老修给二人已倒满了酒："苏总、邢厂长咱们哥三个先干一杯，我敬二位，干了！"说完一饮而尽。

"西北人就是豪爽，我也敬二位一杯！"邢万全说完也一气喝了杯中酒。

苏宏玮看二人都喝了，他也不好怠慢，举杯与两个老大哥碰了一下，干了。

"吃菜，这家的菜是名家掌勺，的确不一般，前日我带家人品尝了一次，都赞不绝口！"老修说完，自己率先夹菜。

"听说苏总最近做了一个项目，赚了一大笔。不妨传授点经验，让我们也跟着学，以后朝这方面发展。"邢厂长满口恭维的语气举起杯子说。

苏宏玮知道一定是老修跟他说了什么，虽有不快，但还是不置可否："房地产行业也不是传说的那样玄乎，但大起大落、风卷残云的事也是时有发生。"

"苏总说的是特殊情况，总的来说房地产比服装业要好多了！"修玉林倒是直爽，他把自己的观察毫无保留地倒出来，"邢厂长跟我是多年的老朋友。十年前他办的还是个小厂，只有二百多人，现在有八百多职工。这几年生意越来越不好做，多半是来料加工，走套牌的路子，难以为继。现在服装业整体呈下滑趋势，订单越来越少，出口受汇率限制，也是朝不保夕。他打算改行做房地产买卖，你看能否帮他参谋参谋？"修玉林把今晚请客的目的一口气说了出来。

苏宏玮想，这几年实体经济竟然每况愈下，看来没有哪一个行业能长盛不衰，关键是要在对的时间做对的事。做房地产是对的事，但对的时间却非常不好掌握，因为每到两三年，房地产的势头猛了，政府的干预力度也就随之加大了，你的活动空间也就两三年。当他把自己体会告诉邢厂长后，邢一度也沉默了。

"船小好掉头。你这么大的一个企业想要转产，还是困难重重的！"苏宏玮说。

"其实这点我已早有了打算。工厂现在采取的是分片包干、独立核算、责任到人的办法。总厂只是在流动资金上加以调控和逐步收缩。剩下的就是承包人各显神通了。不瞒你说，我现在基本已腾出人来，工厂已不需要我再做什么。"邢万全把自己的计划一股脑全抛了出来。

苏宏玮没说什么，倒是老修伸出大拇指："兄弟，你是高——实在是高啊！"

"这么说你是打算彻底从服装业跳出来？"苏宏玮问。

"目前还不能说是彻底，还有一部分资金占用，至少明年下半年才能完全抽出来。"邢万全肯定地说。

"那你现在有多少资金？"苏宏玮说。

"大概有七百多万，只能凑到这些了！"邢万全想了一下说。

自打洪山小区的工程完工后，苏宏玮一直没有消停，前日周晓丹就曾报告说，长虹路靠浩屿码头左侧的万达广场已开工建设，预计还有两年半就可交工。听到这个消息，苏宏玮已到工地去过三次，每次看后心里都痒痒的。没钱时，了无牵挂；现在有大笔资金躺在银行里，也让他夜不能寐。眼看通货膨胀，人民币一天天在贬值，苏宏玮心急如焚。洪山小区完工第二天，他就给周晓丹下令，寻找下一个投资方向。周也确实有这方面的天赋，网上浏览加实地考察，没过几天就拿出了万达地产和靠近南塘水库的潇湘楼盘。经过反复比较，苏宏玮选中万达广场作为投资目标。他这次给自己定位的是商业店铺。过去一直炒住房，这次他想赌一把店面，看看能不能赌准。今天恰巧老修也在，他索性把自己这些天的谋划摊了出来："项目完工后我就在寻找新的投资点，我发现适合投资的只有万达广场。它虽靠近浩屿码头，但交通便利，学校诸多，高、中、小一概俱全，周边楼群林立，有繁华商业的前景，目前的价格还处于全市洼地，所以这时候出手，我相信会有较大前景。"苏宏玮把自己的想法告诉了修、邢二位。

"那咱们去看看呗，然后再定。"修玉林说。

"明天吧！今晚太晚了。"苏宏玮说。

"明天——就明天吧。"邢万全也兴奋起来。

"明天早上九点半在修总的公司见面，怎么样？"

三人说定了，又喝了一会儿，各自散了。

苏宏玮回到家，见楼上漆黑一片，只有一楼开着照明灯，知道周晓丹也睡下了，不便打扰，也睡去了。

第二天早上，仍不见周晓丹起来，苏宏玮只好独自下楼去吃了早点，又顺便带回一份，还是不见人影，遂下楼开车，去老修处了。

不到九点半，邢万全也来了，他开的是一辆"蓝鸟"，车也稍显老旧，于是二人就都乘苏宏玮的奥迪Q5。拥挤的马路上，车走走停停，让人不免心焦。

"这奥迪就是好，舒适、平稳，感觉就像坐船一样，以后发财换车也换Q5！"老邢为了缓解大家的情绪，有意夸起了苏宏玮的汽车。终于到了万达工地，三人下了车观察起来。果然跟苏宏玮描述得差不多，周边楼群密布，距万达广场不过千米之遥，设立的公交车站也近在咫尺。可以预见，万达广场建成后，肯定又是一个城市中心。三人看完后，直奔售楼中心。

广场的售楼处也是豪华无比，处处彰显大气和尊贵。一售楼员见有客人光顾，马上迎了上来，"先生，要看房吗？"

苏宏玮说："我们想看看你的店面，能给介绍一下吗？"

"好的，请稍等！"她说完便悄然而去。不一刻，引见了另一位年龄稍长的售楼员来到面前："你好！是要看店面的吗？"

"把你的店铺情况介绍一下。"苏宏玮说。

当售楼员把情况介绍了一遍后，首先按捺不住的是老邢。他喜形于色地说："老修，听介绍潜力还是很大的，我认为可投资，而且交付使用时利润又翻一倍，很难得了！"

老修不置可否，目光转向了苏宏玮，那意思是看苏的态度如何。而苏宏玮想的却不是这个问题。店铺是可以投资的，目前的价位才两万三千多元，全市成熟店铺的均价已超四万五千元。但他想的是这里的店面，合适长期经营还是短期投资？按通常的经营策略，投资店铺是长期经营，靠租金来获取利润，这是一种稳健的投资方略。但这几年的发展却告诉他另一种倾向。投资房产的多是短期行为，买到手即卖，虽然也赚，但赶不上涨的速度，只能是小赚；反之，留到手里出租的既赚了租金也赚了差价。而投资店铺的，却只赚到了租金，多数没尝到差价的甜头，除非把它卖了，才能小赚。如此比较，苏宏玮发现了一个重要规律：即投资房产的要做长线准备，反之，做投资店铺的要做短线准备，遇到合适的心理价位，要毫不犹豫地抛掉。考虑到这些，他才开口说："这里的店面可以投，但我们只能做短线投资。目前互联网电商正虎视眈眈盯着零售这块大蛋糕，店铺靠稳拿租金来获取利润的日子在不久的将来就如江河日下，势头谁也阻挡不了；此外，城市建设日新月异，也将提供更多的店铺，如果人口不能相应地跟上，投资店铺的价值就会大打折扣。考虑以上因素，我建议投资店铺应以短期为宜，见好就收。"

老邢却不以为然："我认为好店面能赚一辈子！我们买个十间八间的，长期租下去，回家躺着就可以数钱了，所以我愿作长期投资。"

一直没吭声的老修发言了："我认为还是小苏说得对，咱们做什么事都要有前瞻性，与时俱进，必须把十年甚至二十年的趋势都能看得清。你要没这个头脑，就无法在商海里搏击，也不可能赚到大钱！"

场面一时有些冷下来。

"这样吧，既然老邢愿意做长线投资，可单独根据自有资金操作，咱俩可以按资金投入比例来购买，对外我们仍是一个整体，这样折扣会比个体要划算得多。"

"好！就这样。"老修很干脆。

苏宏玮又把售楼小姐叫来，经过一番讨价还价后，又把经理叫来，又是一番议价。"我们买的是一千二百平方米，你的折扣太少了。任何一个楼盘都比你的折扣高！"三个人几乎异口同声地说。

眼看谈不下去了，苏宏玮灵机一动说："把你的老板叫出来，我跟他谈，如果实在不行就算了！"

楼盘经理也觉得他的权限已用到极限，但他又舍不得放弃这个大单，于是拿出了手机。听不清他说了些什么，不一会儿，就见一个身着不俗、落落大方的中年女性来到三人面前。经理上前又把情况讲了一番，末了才说："我已把售楼底价都告诉了他们，可这三人还认为有折扣，我只好把您请出来了！"

老总很干脆，也不多说话，她直接就把折扣打到九七折，"公司这是破例，也只有你们三人享受了这个待遇，以前没有，以后也没有！"说完她便走了。

三人共计买了一千二百平方米，每平方米打折后按两万零二百五十元计算，合计共两千四百三十万元，需要自掏腰包一千二百一十五万元。因老邢主动拿了五百平方米共十间店铺，需自付五百零六点二五万元，余下的由苏和修共担，计七百平方米十四间店铺，两人共计需自掏腰包七百万元有余，每个人需付一般。做好了银行贷款，已近下午，三人出了售楼处，径直奔向餐馆。

误入民间借贷

　　肖元凯这几天很忙，除了应付裴晶，还要打理公司的业务。店里最近来了个朋友，是他三年前帮忙买房的老林。林成贵是台湾高雄人，没什么正经工作，早年来南厦时当地炒房生意很火，仗着自己腰包里有两个钱，就炒起了房，这些年赚了些钱。但2007年他折戟沉沙，赔了一大把。这让他明白炒房也不是只赚不赔的生意。今年，他看民间借贷生意如火如荼，就又拓展了这项业务，生意做得还不错。饱暖生闲事！最近他在夜总会泡了一女孩，为了长期包养，显示自己有钱，一时高兴，竟答应给女孩买房过日子。这两天他一直在看房，前天在一中介公司看中了一套房，谁知女孩嫌小，而且楼层又是十四楼，于是就泡汤了。今天，他来到肖元凯的公司，想看看是否有合适的房子。肖元凯是他生意上的伙伴，两人一直来往不断，经常吃吃喝喝。恰巧裴晶手里有一套一百零四平方米的小三房，位置也是黄金楼层十六楼，方位西南。老林思忖女孩肯定能看中，虽然位置稍偏了些，但其他条件都符合要求，就随裴晶看了这套房。建筑年代是1999年的，但装修还算可以，可拎包入住。看着看着老林动了心。其实，他买房不仅是让女孩满意，他还有更重要的目的。他与肖元凯不止一次谈过私借这项业务，肖元凯也被他的花言巧语说动了心，答应必要时与他合作。此外，他第一次来到肖元凯的店里时，就被裴晶的美貌迷住了，后来知道是肖元凯的情人，这才打消了念头。如今看是裴晶的房源，更是暗喜，趁机讨好裴晶，让她传递借贷之事岂不是锦上添花吗？这般想来，他更觉得买这房的必要了。他把女孩领来看了一遍，然后又花说柳说夸耀了一番，说得女孩心动了。那女孩毕竟年轻，看到楼层好，屋内装修又不错，就点头答应了。因给女孩买房讲的条件是一次性付款，所以最终谈成的价格是七十六万元。老林虽然有些心痛，但为了能抱得美人归，也就咬牙同意了。因为办理过户手续要一个多月，而女孩又急着住进去，于是双方谈妥，除定金给卖方外，其余房款均由中介方代为保管，待房产证出来后再交与卖方。这单生意在毫无阻力的情况下顺利完成交易。裴晶也因此拿到近一万元的抽成。最大的赢家当然是肖元凯，他不仅赚了中介费，而且与老林谈成了合作经营民间借贷这项业务，签订了一项五年期的合作协议，规定了利润分配和资金来源、抽成的具体额度，明确了肖元凯负责资金的筹措、林成贵负责借贷的基本模式。合同签订后，两人还为此去了马可波罗大酒店庆祝了一番。

肖元凯回来后就盘算资金从哪里来。按理说他自己就有一定的资金，应付一般的借款已绰绰有余。但他想玩一项类似空手套白狼的更高层次业务。他要把别人的钱拿来做借贷，仅凭中间差他就可赚得盆满钵满。这样既保存了自己的实力，又可借助他人的钱财为自己掘金。主意想好了，他开始搜索熟悉的人。苏宏玮是他第一个猎取的目标。苏最近发了一笔大财，让他出点血还是合情入理的。肖元凯早想好了，让苏宏玮拿个三五百万还是不成问题。帮他赚钱想必也没什么问题。跟他说月息两个百分点，自己既可从中抽取两个百分点，又可与林成贵平分该得的利益。此外，还有老陈、许杰、修玉林、吴晴岚都是他的目标，有这些个财大气粗的人做后盾，他肖元凯就等着数钱吧。当他把整个思路理清后，就打出了第一个电话。

苏宏玮正在回家的路上，他想跟周晓丹把昨天晚上的事说清楚。虽然对不起她，犯了弥天大罪，但绝对不是有意的，要怎么惩罚都行。事情既然已做了，该承担的责任就承担。他还想跟周晓丹说出自己的悔恨，向她道歉，请她原谅自己的畜生行为，并想当着她的面狠抽自己的耳光。苏宏玮把该想的一切都想到了，但心里还是不踏实。他不知道这事该怎么解决才能平息。他特别恨自己。怎么就把持不住自己了？这辈子正人君子的形象全毁了，跟那些猪狗不如的东西还有什么区别？苏宏玮甚至用最恶毒的语言诅咒自己。他宁愿下十八层地狱，上刀山、下火海、滚油锅，也不愿受这份屈辱。就在他对自己毫不留情地虐心时，手机响了。苏宏玮不想接任何人的电话，但手机的铃声却不依不饶地响着，他一恼火，随手就掐断了。然而，只停了三秒钟，手机又响了，苏宏玮无奈地瞟了一眼，见是肖元凯打来的，只好接通。

"怎么了，连接电话的兴趣都没了？"电话中肖元凯诧异地问。

"啊——我在开车，技术太差，路上不敢接电话。"苏宏玮忙掩饰自己的行为。

"兄弟，好久没见了，喝杯茶吧，我在'钱道'茶馆等你。"说完电话挂断了。

苏宏玮最恼火的就是这种电话，话还没说完就挂了，这也是不尊重人的表现。但气归气，肖元凯毕竟是他的同学，跟一般人还是要区别对待。想了想，又掉转车头往"钱道"的方向开去。苏宏玮到了茶馆后，肖元凯已在大厅等候，见了苏宏玮亲切地上前问候了一声"老同学"，拉着手进了包间，点了一壶上好的大红袍，两人品起了茶。

"茶这东西很怪，有严格的地域之分，正所谓'橘生淮南则为橘，生于淮北则为枳'，我在大学时不以为意，直到去了淮南、淮北才知土壤、水分、气候等自然环境都对茶的生长有着至关重要的作用。此外，一方水土养一方人。比如这大红袍，只有用武夷山里的矿泉水泡出的茶才是地道纯正的味儿。正是这天地精气孕育了此地的钟灵毓秀，由此也成就了茶的精华，并为四海传递了它的芳名。"肖元凯旁征博引道出他对茶道的理解，这让苏宏玮云里雾里地摸不着头脑。他愣愣地看着肖元凯。

"怎么，你不解我意？"肖元凯说。

"我听不懂，不知你在说什么。"苏宏玮实话实讲。他不知道肖元凯在跟他绕什么。

"大红袍为什么能博得四海的名气，关键是它汲取武夷山的无极之真和雨露甘霖。咱们要想活得更好，就得像茶叶一样汲取周边的精华，让自己芬芳。"肖元凯给苏宏玮沏了一杯茶，说了这些。

苏宏玮还是有些纳闷，心想要说什么就直说好了，兜圈子累不累呀！"元凯，你有什么事就明说吧，我还有事没处理完，最好简明扼要。"

肖元凯对苏宏玮的态度有些错愕，因为他历来都很随意，今天不知是咋了？心里虽有些不快，但他知道是自己主动找人合作，高姿态还是必须要的。"我找你来就是有件事告诉你，咱哥俩有好事不能吃独食。我有个朋友想借一笔款子，大约一千万，月息是百分之二，有几套房子作抵押。我这只有两百多万，你最近不是发了财吗，拿出来赚它一笔，怎么样？"

"我最近买了套房子，又投资了近五百平方米的店铺，手里没多少钱了，抱歉，以后有机会再合作吧！"苏宏玮一口回绝了肖元凯提出的要求。

肖元凯没想到这么短的时间里，苏宏玮既买房又买店铺。这让他心里不是滋味，羡慕、嫉妒、恨一起涌上心头。这世界谁都能发财，唯独他苏宏玮不能发财，否则在同学面前，他肖元凯还有什么面子？不想在他人面前无地自容，肖元凯就得使出浑身解数，让苏宏玮无所作为，甚至倾家荡产。去年听闻苏宏玮弄得妻离子散，他虽暗自窃喜，但自己也是应接不暇，所以没法做什么。现在苏买房又买店铺，这让他感到浑身不自在。唯一能做的是自己要有更多的钱来压倒他，那样也就心安理得了。眼下借钱的事他想了个明白：即使出了问题，有苏宏玮替他挡灾，也能搪塞敷衍，起码自己不至于站在第一线，面临枪林弹雨，有充分的回旋余地。肖元凯想好了，内心不免得意起来，觉得自己聪明绝顶。自己赚钱，出了问题又有人代过，这买卖实在太划算了！

"这项生意赚钱很快，一百万一年就有二十四万的收入，到哪儿去找这种生意？也就是我肖元凯才能帮你找到这等好事，考虑考虑吧！"肖元凯喋喋不休地夸耀自己的能力，力图引起苏宏玮的兴趣。

面对肖元凯的夸夸其谈，苏宏玮虽有些反感，但还是情面难却。人家既然说了，无论从哪方面讲，都得给个面子，于是说："这样吧，我回去考虑考虑，看看手里有多少钱，然后再决定投资额度，这总可以吧！"

肖元凯听后才算罢休。他知道，只要苏宏玮答应投资，这事就有谱，多少总得给个面子，该不会一毛不拔吧！

"那你能不能把老徐、许杰还有老修他们也通知一下，让他们也赚点快钱，机会可是不等人哦！"肖元凯又开口了。

苏宏玮本来就对借贷项目没什么兴趣，见他又拉老陈他们入伙，内心并不是很赞同，但当着肖元凯的面又不好反对，只好敷衍着说："有时间我问问他们，然后再告诉你。"

肖元凯见苏宏玮并不十分情愿，送走他后，思谋苏宏玮不会马上去和老陈、许杰他们沟通，可自己又迫切需要这笔钱。但想了想，决定还是由苏宏玮来联系。如果自己来联系，将来要吃不了兜着走；由苏宏玮出面，情况就不同了，到时自己的责任起码会减轻一部分。这样想着，他又打电话给了苏宏玮："兄弟，马上和老徐和许杰也联系一下吧，有福同享嘛！"

苏宏玮正在车上，听了肖元凯的话，内心十分反感，但情面难却，想了想只好给老陈打去了电话："兄弟，肖元凯正在做民间借贷的生意，他让我跟你说一声，看看你们有没有兴趣？我的意思是慎重考虑，咱们不懂这行，水有多深也不知道，能做就做，不能做就算了！"苏宏玮表达了自己的意见后，又给肖元凯回去了电话，告知他已打了电话，让他等消息。

肖元凯此时有些迫不及待。他不愿老陈他们考虑成熟后再通知他，那样情况就不一定按他的预想往下走。他要趁着他们还没考虑成熟就匆忙出手，那样他的胜算才会大。这样想着，手机号码又开始拨了起来。

此时，老陈正和许杰在夜总会和小姐们唱歌，接了肖元凯的电话也听不清楚，没办法，又跑出包厢，这才重新续话，得知肖元凯找他谈事才实话实说："兄弟，刚才宏玮讲了大概，我和许杰都在'一代佳人'，要么来我这儿谈吧，还可以玩一会。"陈发全说。

肖元凯从手机里就听到震耳欲聋的响声，知道是在歌舞厅里。既然老陈已开口让他去，也没有拒绝的理由，况且是自己有求于人，想了想，就开车来到"一代佳人"。

肖元凯推门进包厢后，就听见震耳欲聋的响声。老陈和许杰见他来到后也都站了起来。大家互致问候后又重新坐下来。许杰给肖元凯倒了一杯酒，又拿来果盘放到他面前。两位陪唱的小姐知道他们有事要谈，忙不迭地起身要走，老陈则拿出钱来塞给二人打发了事。

包厢瞬间静了下来。"你是谈民间借贷的事？"老陈坐下说。

肖元凯于是把跟苏宏玮说的话又重复了一遍，末了说："事情大概就这样，两位如果有钱的话，投个千八百万的，准保你们赚得盆满钵满的！"

"这事早就听说了，但都比你的利息高。有四分的、六分的、八分的，还有一毛的。"老陈说。

"还有更厉害的，万元日息人民币三百元！"许杰插嘴说。

肖元凯顷刻就明白了，两人都是土生土长的本地人，市场行情比他还要快，自己这点伎俩肯定是关公面前耍大刀，让人见笑了。但他不想认输，只有另辟蹊径，说出令人信服的东西来："现在的年代是利益大风险就大，反之，利益小风险就小。这并不奇怪，关键是我们要找一条风险小、利益大的贷款的方式。"

"你有什么风险小、利益大的途径？"兄弟俩不约而同地问起。

"我们做的虽然利息少了些，但有担保的形式，如出现逃债或者到期不能返本金得问题，由担保人出面还款；如担保人无力偿还时，可通过人民法院诉讼求得法律的保障。"肖元凯振振有词地讲出他的保险方法。

"这种形式还不错，但不知利息是多少？"许杰说。

"利息是借款的两个百分点。如果资金超过两百万以上，可适当提0.5个百分点。如果超过五百万，利息可超过三个百分点 。"肖元凯把与台湾人合作的条款全都端了出来。他知道，这两人不比苏宏玮，他们是老油条，根本不讲人情世故，看重的是行业规则，只要有利图，他们就敢干。吃透了这一点，肖元凯拿出他们喜欢的方式，他相信所有的问题都会迎刃而解。

"这样很好，我们和苏宏玮再商量商量，回头给你答复，好吧？"老陈代许杰作了表态。

事情进展到这般程度，肖元凯明知苏宏玮知道后会有想法，但他一点也不顾忌。他并不在乎苏有什么情绪，而是考虑红彤彤的票子不久会哗哗地流到他的腰包来，这才是他的最高目标。

老陈和许杰回去商量了一下，觉得拿出五百万还是可行的，每月能拿回十五万，全年可回收一百八十万，不到三年又可赚回五百万，思来想去觉得是个挺不错的生意。两人计划每人出两百万。当最后敲定时，老陈想了想说："咱们还是跟苏宏玮通个气吧，肖元凯和他是好朋友，我觉得咱们还是一起合作好，这样既是有事也是大家担，比我们哥俩单独冒这个风险好。"

陈发全的一番话提醒了许杰，"对，还是问问小苏好，有福同享、有难同担。人家有好事想着咱，这回也听听他的意见，总比咱俩扛着强！"

老陈随手操起电话，给苏宏玮打了过去。

苏宏玮还没有睡。他到家时已十点多了，周晓丹已睡下了，屋内寂静无声，苏宏玮又错过了向周晓丹道歉的时机。他正在懊恼中，陈发全的电话就来了。得知了他们与肖元凯合作借贷的事，苏宏玮不感到意外，但听到五百万是三个百分点，而且有担保时，苏觉得有些不快了。他不知道肖元凯为什么说话前后不一。他本身是肖的朋友加同学，然而得到的条件却大相径庭，这让他想不明白。思忖再三开口说："这事元凯与我沟通过，但没有说得这样详细。咱们明天选个时间见面再聊，好吗？"

"那就明天下午吧，到我公司来，有好茶招待你！"老陈说完把电话挂了。

苏宏玮躺在床上仍睡不着。他不知明天早上该跟周晓丹说什么。说对不起，他该死，天打五雷轰，请她原谅？他觉得这些话都太肤浅，根本打动不了人心。那该说什么呢？苏宏玮被这事折磨得痛苦了一晚上，快天亮了，才迷迷糊糊睡着了。

苏宏玮醒来的时候，已近九点了。洗漱完毕后，来到一楼。周晓丹正准备早餐，见苏宏玮下楼来，说了一句："真是大忙人，两天都见不到个人影。是真有事还是不想见我？"

苏宏玮从她的眼神里看到的是期许、幽怨，是一种从未有过的柔情。他本想说出自己的悔恨和痛苦，求她原谅，但又觉得唐突。语言环境还没给他忏悔的机会，让他找不到合适的方式来表述。"这两天太忙了，好几件事都赶到一块，所以没时间回家与你沟通，请你谅解。"他又把与修玉林合伙买店铺和肖元凯搞借贷的事原原本本地复述了一遍，末了又说，"买店铺时考虑你的五十万应该没什么用，就自作主张多买了二十平方米，如果你不想要就算我的，没关系！"说完看了周晓丹一眼。

屋中寂静下来，连墙上钟表的嘀嗒声都听得清清楚楚。苏宏玮不知道再该说什么，张了张口，终于没吐出半个字，就这样看着周晓丹。

"知道你想说什么，那就说吧，我听着。"周晓丹平静地说。

"前天晚上是我喝多了，做了对不起你的事，我该死！你要怎么惩罚都行，只要你能原谅我！"苏宏玮想用千言万语道出自己的悔恨和谴责，但那一刻又觉得话太多了，一时不知从何说起，他张了张嘴停下来，然后看着周晓丹。

"我就知道你会说这些话。但说这些有用吗？现在唯一的办法就是把我娶了，这样就什么事都没了！"周晓丹平静而郑重地说。

苏宏玮想尽了天下能平息这场意外的招数，唯独没想到把她娶为己有这招。苏宏玮恨自己脑袋太笨，连这样的思路都想不出，真是太笨了。但转念一想，用这种卑劣的手段达成的婚姻太不道德了，两人能幸福吗？苏宏玮的大脑又开始斗争了。

"你在想什么？是不是不愿娶我？还是觉得我是贪图你的钱财呀！"周晓丹见苏宏玮心神不定的样子，问了一句。

"你都没说对，我是说配不上你，这婚姻能幸福吗？"苏宏玮老老实实地回答说。

一席话说得周晓丹笑了："幸福是两个人的事，你待我好点不就幸福了，你说是不是？"

看到周晓丹笑了，苏宏玮感觉这两天的心理负担好像全消失了，他感到如释重负，心情也轻松无比。把这么一个如花似玉的女人娶到手，这是哪辈子修来的福气？他原来没敢有这个想法，觉得自己年龄大又有婚史，跟周晓丹这样年轻貌美的女孩是不会有未来的，现在木已成舟，活该自己命好，老天给他送来一件无价之宝，让他在今后的日子里和谐幸福、美满团圆。

　　这边的周晓丹也是历经了一场痛苦的抉择。对苏的年龄和婚史她并没有过多地在意，她只是喜欢苏宏玮这个人。从见面起，她就愿意和他在一起。苏为人大气、包容，涵养好，像哥哥一样，对她给予了很多关照，让周晓丹领略了除父母以外的亲情。这份亲情让她念念不忘，难以割舍。第二次邂逅苏宏玮，她便不想再离开他，尤其是得知他已离婚并净身出户时，她的内心是轻松甚至是狂喜的。因为她与他的交往再不用小心翼翼，像做贼一样战战兢兢。她遂了心愿，并且住进了他的别墅。但那天晚上的酒醉及顺理成章的贪欢，又让两人的关系发生了质的变化。坦率地讲，这件事她是负主要责任的。要不是她为苏宽衣解带，后面的事就不会发生。但她并没有后悔，事后还有某种快意，因为这个男人终于被她锁定。但随着这事的解决，她意识到自己还无法主宰整个事件的进程。因为她哥哥就曾打电话告诉她，父亲给她定的婚约到现在还没有废止，那个男孩还坚持要与她成婚。父亲为此大伤脑筋，经常嚷着要把她叫回来了却大人的心愿。周晓丹在家时原本是个孝顺的孩子，现在却背上了不孝、忤逆的名声，想想也是挺闹心的事。但无论如何，嫁给苏宏玮的心还是坚如磐石，无论发生什么，这个初衷不能改。周晓丹给自己下定了决心后转而轻松了。今天早上见了苏宏玮，看见他还在纠结前天晚上的事，不禁暗自好笑；听他说的那些忏悔的言辞好像万劫不复一样，更是又好笑又可气。他就不会像善解人意的男人那样，用一堆花言巧语把女孩子哄得晕头转向，然后说两声"我爱你"，最后再来一句"嫁给我吧"，这样就什么都万事大吉了。可苏宏玮却不解风情，只想着道歉，求得原谅，把自己搞得狼狈不堪。最后还不是自己一句话让一切化为乌有，让他感觉"轻舟已过万重山"？周晓丹看着苏宏玮当时的情态，傻傻的且混沌未开的模样，真是好笑。

后院起火

　　台湾人林成贵自从跟肖元凯商定了融资合作项目后，就一直在忙于寻找客户，没几天就有了七个意向性客户。但肖元凯那边钱还没有到位，他有些急，就打了电话去催。肖元凯正起草贷款协议，接了电话就约林成贵到公司来。老林来到后，肖元凯把起草的协议给他看了一遍说："融资有点难度，没人担保谁也不肯把钱拿出来，咋办？"

　　"咱们往外借最高也就是六到八个点，融资成本就四个点，咱俩的利益有多少？如果这么高的成本还融不来资金的话，这行就别干了！"林成贵双手一摊，表示无奈。

　　肖元凯见老林是这个态度，只好说："我再考虑考虑，实在不行由我来担保。"

　　"你权衡一下吧，做担保与否你自己定，咱俩分工明确，你的事我不参与。"林成贵说完走了。留下肖元凯茫然地望着林成贵的背影。思考了好一阵子，肖元凯决定给老陈打个电话，探听他俩的想法。没承想苏宏玮正和他们在一起。肖元凯心里一惊：要是苏宏玮也知道担保的事，说不定会咋想呢。但眼下也没办法了，爱咋想就咋想吧！智者千虑，终有一失，肖元凯不愿再想了。

　　那边的老陈说："我们几个碰了个头，意见还是昨晚上的。我们出五百万，你做担保。按月息三个百分点，付款当天扣除月息十五万。如果没意见，明天签约，当日计息付款。"

肖元凯想了一下，说实话他不愿担保，但又没其他途径，胆小不得将军做，舍不得孩子套不住狼。咬咬牙，只有这样了。

翌日，陈发全、许杰、苏宏玮一齐来到肖元凯的公司。按双方谈的条款，合同很快签完了。苏宏玮本来就犹豫不决，但老陈非说有福同享、有难同当。此外，肖元凯的面子也不能不给，思忖再三，苏宏玮勉强拿出九十七万元，而老陈和许杰各出一百九十四万元，三人按约将共计四百八十五万元到银行转至肖元凯的手中。事情结束了，望着三人离去的背影，肖元凯内心无限感慨。想当年他和苏宏玮、陈发全、许杰在一起炒房时心无旁骛，整天吃吃喝喝，相互传授炒房经验，根本毫无戒备。现在却不同了，物是人非，各揣心事，已不是真正的朋友了！

肖元凯还没到家，他老婆刘芸的电话就打到这边来。原来不知谁把裘晶与他有染的事抖露出来，刘芸现在就在公司里与裘晶吵闹。肖元凯一听气恼无比，不知哪个长舌妇搬弄是非，让他知道了非狠狠地治她一顿。话说回来，自他把裘晶弄到新房里后，两人的接触就很少了，应该没什么人知道。想必还是以前的事。肖元凯分析来分析去，底气足了——看来传闻都是捕风捉影，并没有什么确凿的证据。回到店里，仍见刘芸在那里大闹，嘴里还不干不净地骂着："小骚狐狸，也不打听打听，敢在老娘头上撒尿，我让你吃不了兜着……"她正骂得起劲，见肖元凯推门进来，气势小了一半，"把小骚狐狸马上给我开掉，不然我没完！"刘芸哭着要肖元凯把裘晶弄走。肖元凯见刘芸不闹了，怒火也不像刚才那样旺了，"你到店里大哭大闹像什么样子！这是公司不是家里，你这样无理取闹，让我今后怎么管理企业？"肖元凯不想激怒刘芸，以免事情闹得不可开交，毕竟是自己有错在先。是自己无所顾忌，才造成今天的局面。

见老公没有凶神恶煞地骂自己，刘芸也消停了。但她还不想乖乖就范，"你把她开掉，我就不来了，否则……"她话讲到这里，觉得再说下去肖元凯会发火，就咽下去了。

肖元凯见她不说了，也就息事宁人让她赶紧走人。

刘芸原是一家公司行政工作人员，经人介绍认识了肖元凯。肖那时还是信托投资公司的职工，人长得风度翩翩，又有大学文凭，谈吐不俗，刘芸一下子就看中了。两人很快就结了婚。不料遭遇下岗，夫妻双双丢了工作，生活条件大变。好在后来肖元凯开始炒房，并把自家的经济适用房卖了，又换了一套大三房，日子这才一天天好起来。之后肖元凯开了自己的房产中介公司，急缺人手，刘芸又从就职的企业辞职，与肖元凯开起了夫妻店。这两年条件转好，加之孩子需要照料，刘芸便做起了专职家庭主妇。事物的发展规律不是孤立、静止的，刘芸回家养尊处优，直接导致了肖元凯的情变。

此时肖元凯心急如焚，不知裴晶现在怎样了。看看快到中午了，他开车来到裴晶的住所。按了很长时间的门铃，才见裴晶来开门，眼睛哭得红肿。"你来干什么，把我害得还不够惨呐！"裴晶哭着说。

肖元凯知道裴晶肯定哭了一上午，不然眼睛也不会肿起来，只能用好话安慰了。"事到如今，你也别在意了。我老婆是听风就是雨的人，其实她也没抓到什么把柄！"肖元凯不说则已，一说这话，裴晶闹得更凶了："你还要她抓住什么把柄？她在公司里骂得有多难听你知道吗？反正我是不能上班了！"

肖元凯听后很纳闷，一个嚷着要开除，一个坚决不去了，结果却殊途同归：裴晶必须离开公司。这让肖元凯很为难，"别理她！家里的事我处理，你该上班去上班。有我在，她翻不了天。"

"你把我当成什么了？你不在乎我还难受呢！我不想受这种气，大不了离开这，到哪儿都有一碗饭吃。"裴晶说完开始收拾行李，眼泪流下来。

肖元凯见状忙拦住裴晶。说实话他不想让她离开，裴晶对他来说是生命的第二春，无论如何都不愿割舍。"这样吧，你就别去上班了，等我找到合适的店面再开一间。这期间你就在家，想去哪玩就去哪玩，我养你！"情急之下，肖元凯想了这个主意。他不想放走裴晶，她真走了，那就意味永远见不到她了。

"说什么话呢！你养我？"裴晶感到意外，她用诧异的眼光看着肖元凯。

"是，我养你！"肖元凯坚定地说。

"你以为光住房子就行了？要不要吃饭、穿衣？要不要生活用品、化妆品？"裴晶把眼睛睁得大大的看着肖元凯。

"我每月给你五千元生活费，够花了吧？"肖元凯想起了台湾人林成贵，他每月给小情人五千元花销，还不包括她在夜总会挣的钱。

"你是想把我白养起来？图啥？"裴晶想不通。

"让你做我老婆，给我生个儿子。"到这个时候，肖元凯也不再遮遮掩掩了，索性把自己的真实想法全都告诉了裴晶。

裴晶到这个时候才明白了肖元凯的用心。按说她从未想与肖元凯有什么故事——尽管肖元凯有钱，且一表人才。但她现在已失身于人，身处这样的环境，还有什么更好的方案呢？嫁给肖元凯，虽不是理想之举，但还有比这更好的结果吗？困顿中的裘晶反复权衡比较，也没想出不嫁给肖元凯的理由。以她现在的处境，离开公司和肖元凯，那就得从头开始，从零起步。虽然她不惧这点，但无奈囊中羞涩，包里的钱凑够三个月房租就所剩无几了。况且心中的创伤得多久才能愈合？这些都是未知数。若真嫁给肖元凯，这些问题都迎刃而解了，似乎再没了什么难事。思考虑到最后，裘晶还是认同了肖元凯给她指的这条路，只有这样她才能无忧无虑、成家立业、相夫教子。

"你娶我，家里那位怎么处理？总不能一夫二妻吧？"裘晶说。

看到裘晶心动了，肖元凯一阵欣喜。他要的就是这句话。只要裘晶同意嫁给他，他就有本事让家里那婆娘离开他。有钱能使鬼推磨，他不信多拿些钱她不动心。

"你同意我就做她的工作，有我你就别管了！"肖元凯说完从包里拿出五千元钱交给了裘晶，"包里就这么多，过两天我再拿给你。"说完吻了裘晶一下，推门走了。

裘晶的脸有些发烧。望着肖元凯推门而走的身影，她不由得开始理解肖元凯了。她想，一个有能力的男人想找一个与之相匹配的女人，也是社会发展到今天的必然趋势，物竞天择、适者生存是自然的规律，同样适用人类社会，她裘晶为什么不能选一个优秀的男人作为伴侣呢！虽然他已有家室，但无爱的夫妻在一起生活义有什么意思呢？离异是社会的进步、人类社会的发展，尽管有许许多多的清规戒律束缚人的行为，但终究挡不住向往自由的脚步。裘晶相信这一点，尽管她知道这样的想法是大逆不道，有悖社会常理，但她坚信急遽变革的时代，一切今天看似是常理的观念，保不齐明天就会被人嗤之以鼻，扔进历史的垃圾堆。

肖元凯回到公司，一直思索与刘芸离婚的事。到了今天，好不容易让裘晶同意与自己在一起了，他要趁热打铁，一鼓作气把喜事促成。但他知道刘芸的性格，认准的事九头牛也拉不回来。结婚十多年了，她的性格也有了一百八十度转弯，由过去的腼腆、羞涩转而变得泼辣、无所谓，粗声大气，根本不考虑个人形象。所以，近年肖元凯也很少与她聊天，夫妻来往也是例行公事，除此之外两人很少交流、沟通。如今要和她谈离婚的事，肖元凯不知如何开口，更不知一旦开口，刘芸会炸锅到什么程度。

"你到公司大吵大闹，无所顾忌，让我怎么工作？既然你不考虑我的面子，咱们离婚吧。大家好聚好散，房子归你，银行存款都归你，公司归我，汽车归我。孩子你要我出生活费，不要就归我。你看怎么样？"肖元凯一口气把离婚的条件都讲了出来，然后看着刘芸的表情。

"啊，有小狐狸精就想蹬掉我了，没门！告诉你，老娘绝对不跟你离婚，除非我死了。"刘芸说着说着哭起来。

肖元凯知道刘芸肯定不会轻易答应离婚，但他得试试，实在不行，再考虑其他的办法。眼见刘芸寻死觅活的，肖元凯只能暂时放弃，慢慢再找机会，等待时机。但怎么应付裘晶？肖元凯想了一晚上，终于想出了对策，虽然不甚理想，却也是应急之举。只有慢慢等待，事缓则圆，他相信事情早晚有解决的一天。

裘晶自认同了肖元凯为她提出的解决方案后，就打消了走的念头。但她的心却一直在焦虑着，担心会横生枝节，再起波澜，所以待在家里也是备受煎熬、度日如年。她常常祈祷肖元凯能来看看她，让她这颗悬着的心有着落。但肖元凯愣是头影不露，她越是期盼肖元凯越是杳无音讯。现在的裘晶已改变了过去担心肖元凯来骚扰她的心理，转而期盼肖元凯能经常环绕她的身边，让她忘却那些无端的烦恼和恐惧。

门终于被敲响了，裘晶那颗紧绷着的心随着有节奏的敲门声而加速了，心跳得连自己都感觉到了心房的颤动。门打开了，她想都没想就扑了过去，待近身时才发现，门口站着的不是肖元凯，而是快递小哥。"这是您的物品，请收好！"快递小哥一脸的惊诧，然后将一个精美的盒子交到她手中转身走了。

裘晶羞得连看小哥一眼都没敢看，望着小哥走了，她还在发愣。回到屋中打开一看，原来是一个精致的生日蛋糕，上面用红粉色的果酱写着"裘晶，祝你生日快乐"的字样。裘晶自离开学校就没了过生日的概念，如今蛋糕上的祝福提醒了她，今天正是她的生日。裘晶百感交集，在这一无亲人、二无朋友的陌生城市里，还有人记着她的生日，让她感动万分。她努力搜索大脑硬盘里储存的数据，最终找到了他——是那日喝酒时她无意把自己的生日告诉了肖元凯，这才有了今天的祝福。裘晶很感激肖元凯送来的祝福，在茫茫的人海中能有个人关注你的存在，对于孤独的外乡人来说，该是怎样的安慰呀！这一刻裘晶感到一股暖流涌上心头。尽管这个人曾伤害过她，尽管她曾对他恨之入骨，但这些都随着忘事翻篇而变得模糊不清了，取而代之的是无限的期待和信赖，是依依不舍的情怀。此时的裘晶满心都是肖元凯的音容笑貌，被伤害的那个晚上，她都认为是她个人命运的转折点。

门又敲响了，裘晶不敢揣想是肖元凯来了，只是怀着忐忑不安的心情打开了门。是肖元凯！是她期盼已久的人——肖元凯终于出现了。她的大脑里什么都没想，一下子就扑到他的怀里，紧紧地抱住他不肯撒手。

肖元凯被裘晶猛地抱住，刚开始还有些吃惊，但随后就适应了。他甚至暗喜，裘晶终于投入他的怀抱里。他甚至感谢刘芸——要是没她的一闹，裘晶还不至于这么快把心交给他。

"好了，我这还拿着东西呢！"被肖元凯这么一唤，裘晶才放开手，挺难为情地看着肖元凯。

"宝贝！看我给你带什么好东西来了。"肖元凯一改称呼，弄得裘晶脸"腾"地一下子红了。接过肖元凯手里的包裹，原来是一大堆她喜欢吃的东西，还有一瓶红酒。

"买这些食品，就是给你过个生日，让你体验有人祝福的快乐！"肖元凯说完，开始忙碌起来。随着一包包食物装盘，餐桌上顿时摆满了五颜六色好吃的食物。蛋糕被摆在中央，由肖元凯点燃了蜡烛。

"许个愿吧！祝你心想事成，万事顺意。"肖元凯说完唱起了生日歌，"祝你生日快乐……"

此时的裘晶激动无比，她的心溢满了幸福，感谢肖元凯让她有了生日的祝福，让她的命运有了转机，看到了生活的希望。她闭上眼睛，虔诚合手，默默祈祷，愿她从此否极泰来，好运连连。愿许完了，接着又一口气吹灭了蜡烛，这才睁开眼睛。

当她睁开眼睛时，一只精美无比的钻戒盒亮在眼前。里面是一枚亮闪闪的钻戒，耀眼夺目。裘晶呆住了，她没想到在生日之际肖元凯竟送她如此大礼。望着钻戒，她一时不知说什么好了，任凭肖元凯把钻戒戴在手上，眼泪却无法抑制地流了下来。

"谢谢你！让我在这个特殊的日子里感受你的温暖。"裘晶哽咽着倒进了肖元凯的怀抱。

面对与此前截然不同的裘晶，肖元凯也似乎感动了。看来人都是感情的动物，即使再冷血的人，也有触景生情的时候。裘晶此前视他如敌人一般，现在竟然主动倒在他的怀里，可见世上没有永远的敌人，只有永远的温情和利益。肖元凯感叹自己明白得太晚，否则还有一些事情可能做得更好。

蛋糕切开了，肖元凯给今晚的寿星先送上一块，然后自己也拿起一块吃起来。

酒也倒上了，两人举杯，又是在"祝你生日快乐"的祝福中，一同干了。裘晶觉得这是她来南厦最开心的一天。自到了这个陌生的城市，她所感受的就是冷漠、孤独，没有什么人情味，随之而来的是生存的挤压和活着的困顿。裘晶无时不刻在感受穷困的威胁，吃饭、租房成了她一段时期内每天为之奋斗的目标。自有肖元凯在身边后，现在这些感受就无影无踪了。

"来，再干一杯！"裘晶举起杯对着肖元凯说。

肖元凯今天领略了一个女人对男人的膜拜，他尽情地享受着征服者的快感。面对裘晶的热泪，他的喜悦程度远大于卖出一套房子获利的成就感。而这种感觉又平添了精神层面的缕缕温情，是钱所弥补不了的精神需求。肖元凯就是在这种被膜拜和依赖的环境里干了一杯又一杯，到最后连他自己都记不得喝了多少酒。但他的头脑还是清醒的，他提醒自己该走了，于是站了起来："天太晚了，我该回了。"

裘晶见他要走，第一反应是舍不得他走。她太孤独了，有这样的一个男人陪她，是她不想丢弃的慰藉。另外，她已接纳了这个男人，就没有任何理由将他拒之门外，他是自己的男人，难道还让他回那个家吗？裘晶想到这些后，就觉得该把他留下来，让自己的枕边多些温存，免去长夜漫漫的孤寂。想到这些，她就把肖元凯扶到自己的床上，为他宽衣解带，送他入梦乡。

望着渐入梦境的肖元凯，裘晶忽然觉得自己多了件宝贝。有了这件宝贝，她再也没了贫穷，没了孤寂，没了恐惧和忧郁。她要牢牢地抓住他，永不放弃。脱了外衣，她毫不犹豫地钻进了被窝……

Chapter 25　第二十五章
一掷千金

　　时光荏苒，日月如梭，转眼2010年来了。台湾商人林成贵的借贷生意规模越做越大，三千多万的资金在他手里循环，每天的利润就高达四五万。形势如此之好，让他有些飘飘然。他在台湾好多年也没机会赚到钱，没承想来到大陆竟然赚了这么多。每当有台湾人贬低大陆经济或者轻蔑大陆人时，林成贵总是挺身而出，并义正词严地为大陆辩解。"你不要拿三十年前的眼光看今天的大陆，现在城市高楼林立，交通四通八达，人民群众的腰包里钱可都是鼓鼓的。你过去看看就知道了！"林成贵说的并不是瞎话，看看这几年人们的购买力，就知道是什么情况。看着钱如流水一般进入自己的口袋，林成贵又有了新的想法。被包养的小姚每天从夜总会出来、进去时满不在乎的表情，把林成贵的心深深地刺痛了。按理说当初他本该不让小姚再去夜总会，彼时但囊中羞涩，给她买了房后再无力资助生活费和其他费用。如今腰包有钱了，他再也不想放飞小姚，任她到夜总会被人搂搂抱抱了。他曾多次去夜总会看小姚陪他人喝酒，见客人动手动脚把她浑身上下摸个够，每当看到这样的情景林成贵就发誓，等有钱了一定将她留在家中，让她不再去夜总会那鬼地方，免得与其他男人喝酒、搂抱，也免得整日担忧，怕有人乘虚而入，给他戴绿帽子。

　　这天晚上，见小姚拿起包又要上班，林成贵终于忍不住了，"你整天晚出早归，喝得醉醺醺的，成什么样子！"

本来小姚拿起包走到门口了，听林成贵这样说就停下来："你以为我想去呀，熬夜到天明，喝得胃出血！你买了房子不假，但我得吃喝，这些钱谁出？如果你能把这些管上，谁愿意去啊！"说完不等林成贵讲话，推门走了。林成贵眼看小姚打车走了，气得怒从心头起。眼见屋中空空无也，他也待不住了，于是出门拦了一辆的士追了上去。等他到夜总会时，小姚早进了包间，与客人喝上了。老林只好在大厅的T型台看演出。也许今晚的心情不好，老林对演出也无心观赏，心里逐渐积郁了一肚子的怒气。活该他今晚不顺，看了一会，他忽然发现小姚和那伙人也出来观看模特演出，并且在台下的茶桌又喝了起来。老林在旁边亲眼目睹客人在小姚身上摸来摸去，不仅如此，还搂着小姚的脖子，像女朋友那样肆无忌惮地调情，他气得七窍生烟。他本来就窝了一肚子火，见自己的女友被人吃豆腐，更是火上浇油。他坐在那里，发誓从此以后绝不让她再踏进娱乐场所半步。正当他在角落里起誓发愿的怄气时，那边又出情况了。原来那客人要带小姚到另一场所去玩，小姚不去，于是客人翻脸了："大爷看上你了，那是你的福气。你不就是要钱么！一万元，怎么样？"说完就拉小姚往外走。

"这位先生，人家女孩不愿跟你去，那就算了，何必强求呢！"林成贵觉得他该出面解围了，否则小姚就无法脱身，客人也就不能罢手。

"嘿！平地不长草，冒出棵葱来。你想英雄救美？"

还没等老林再出口，对方一拳过来，林成贵只觉得鼻子一热，血立刻从鼻孔里涌了出来。

"打人了！"场面开始混乱起来。保安见状赶紧打了报警电话。没一刻的功夫，警察出现在了现场。老林、小姚和三个客人一同被带上了警车。

在派出所里，老林把事情经过讲了一遍，三个客人和小姚也都分别做了笔录。询问完毕后，警察找了打人者问话，并严厉批评了他的行为："对你造成的后果，我们完全可以按照《中华人民共和国治安条例》之规定对你刑事拘留七天。看你认罪态度好，免于刑事处分，要主动向人赔礼道歉，给予适当医药费报销赔偿，保证今后不再犯此类错误。"警察讲完了，打人者连连点头称是，案子结束了。

回家的路上，小姚一句话不说，不看林成贵，只顾往前走。老林心里很不悦：他为她挨了打，她却跟他掉脸子，他是何苦？

进了家门仍不见小姚发上一言，老林火上来了："我让人打了，你就一句话都没有？"

　　"你让我说什么？不好好在家待着，偏要去那种场合看着我，怪我吗！"小姚气呼呼地说。

　　"帮你解围我还错了？你不安慰我，还这个态度，有没有点良心呀？"林成贵很气愤。

　　"你以为我愿意去吗！你要什么都管上，我就在家待着，哪儿都不去，还给你洗衣、做饭。"小姚说。

　　"好！今后你就在家待着，一个月拿五千块给你用，怎么样？"

　　小姚嘴轻轻一撇："我还是去上班吧，你的五千块太多了！"

　　"怎么，你嫌少！那多少钱才够用？"林成贵看小姚用嘲弄的口吻挖苦他，心里一惊。

　　"我给你算个账就知道每个月的花销了。我每个月的化妆品就得二千五，上街买个衣服、鞋、内衣裤什么的就得一千多，和朋友吃顿饭、看个电影最少得五百块，还有打车费、手机话费也得三四百元。家里吃喝拉撒、买米买菜加上水电费、物业费就得五千元，遇上头疼脑热还要一笔钱。你说，咱俩一月得多少钱？"小姚这一算，倒吓了老林一大跳。原来过日子要这么多钱，怪不得小姚轻视他，看来是自己有问题。老林在台湾时就不过问家里的柴米油盐，到了南厦他更是不知道这些费用，听小姚这么讲才如梦初醒。"好吧，既然你这样说，我出一万块，这下满意了吧！"林成贵一咬牙又抛出了个新数字。

　　许久也没见姚小姐有反应，老林有些沉不住气，他又追问了一句："怎么还不满意？"

　　"太小气了！你的一万元只够咱俩过日子的，我给你做饭、洗衣、收拾屋子你还不给个保姆费啊？"林成贵到这时才知道做小姐的认钱不认人。没办法，为了自己的心愿他只有按着小姚的要求又加了五千元，"这回满意了吧？"

　　"凑合吧，遇到你这样的铁公鸡，也只能认了！"小姚无奈地叹了口气。

　　看小姚的态度，林成贵也是一肚子无奈。自己给人买了套房子，每月还得拿一万五千元生活费养她，还让她十分不情愿，从做生意来讲，是极不合理的交易。但愿者上钩，小姚不仅身材火辣、面容姣好，最能吸引他念念不忘的是那对高高耸起的乳峰，在胸前骄傲地挺起，让人过目不忘。林成贵正是被这点所诱惑，所以花再多的钱，他也认为物有所值，在所不惜。

　　老林正与小姚探讨生活费的问题，肖元凯来电话了，他约林成贵明天晚上到一品鲜酒楼吃饭，并有要事相谈。老林本想明天哪也不去，专门在家陪陪小姚。

自小姚搬进这套房子，老林很少在白天看见她。昼伏夜出是小姚的规律，她白天在家就是睡大觉，醒了，梳洗打扮一番，又没影了。老林有时恨恨的，但也是无奈。今天好不容易谈妥，以后她再不去娱乐场所了，谁知又来了这么个电话。但细想是约在明天晚上，也就同意了。一白天在家陪小姚，什么事都做完了，根本不耽误晚上的会谈。

第二天晚上，林成贵按约来到一品鲜酒楼。肖元凯早已等候多时，见老林到来，马上打开瓶酒，两人喝了起来。酒喝了一阵，菜也吃了几盘，两人开始谈起正事。

"我最近在老城区看了一套老别墅，二百六十多平方米，共三层，要价六百五十万。咱们投它一百万翻修，卖它八九百万还是绰绰有余的。房东是新加坡人，急着拿钱走人，所以才低于行情价出手。要知道，老城区的别墅还是很值钱的！"肖元凯向老林介绍了大致情况。

"你有把握吗？五六百万可不是小数字！"林成贵不无担忧地说。

"要说把握还是有的，但这年头政策经常在变，谁敢说百分百的赚钱啊！"肖元凯一杯酒下肚说。

"要么咱们先看看，然后再定？"老林说。

"可以，但得尽快做决定，晚了别人就拿走了！"肖元凯说。

"明天下午去，怎样？"林成贵想明天要与小情人睡个回笼觉，早上肯定起不来。

"不成！明天上午必须定下来，否则就有可能被人拿走。"肖元凯知道有人在与房东砍价。

"要么今晚就看看去？免得明早再看！"林成贵实在不愿坏了明早的好梦。

"可以，就是晚上光线看得不是太好，会影响你的判断，所以一般晚上不看房。"肖元凯说。

"你不是看过了吗？你了解就行了，我知道大概就成！"老林说。

两人吃过饭，去了房东的住所，房东正在家。看得出来他是做好了走的准备，屋中的物品所剩无几，各个房间空空荡荡，清清楚楚地展示了全部格局和结构。了解了基本情况，两人退了出来。林成贵的感觉还不错。"这套房翻修一下就是新房子，我敢说卖个千八百万的没问题。毕竟是独门独户独栋啊！交通便利，学校、医院环绕周边，投资这样的房子，肯定会大赚一把。"老林历数房子的价值，信心满满地想再搏一把。

"怎么样，感觉如何？"一直没说话的肖元凯不失时机地问了一句。

"买呀！这房子不买还买什么？"林成贵想都没想脱口而出。

"想好了？咱就下手！"肖元凯说。

"咱们回去跟房东谈谈，看价格能不能有谈的空间。"老林说。

两人折回了房东处。卖家见了有些诧异，他看两人刚才都没有什么态度，以为没戏了，没想到两人又折了回来。

"先生，这房子我们看上了，你看价格能不能再让些？"肖元凯说。

"这房子从六百八十万一直谈到六百五十万，要不是急着卖，七百万我也能卖出去。你们准备出什么价？"房东问到了实质。

"六百二十万成交！"肖元凯报了一个数字。

"你们没诚意，今天下午还有个买家出了六百三十五万，我都没答应。"

"那你准备要多少钱？"肖元凯不露声色地问。

"我出个价，六百四十万，你不要明天早上那个买家也会要的。"房东说。

看看房东说的像是实话，两人互相对视了一眼。肖元凯张口了："既然这个价，再谈下去就显得我们没诚意，六百四十万，咱们成交！"

房东没想到两人这么爽快就答应了，他也很高兴。

"我马上到银行的ATM机上取两万块钱给你，好吧？"肖元凯说。

"看你这么有诚意，没关系，明天来我也是这个价！"房东说。

两人出来直奔柜员机。路上，林成贵说："看样子咱们明天来他也不会变卦！"

"夜长梦多，你不知道明天早上会发生什么，定金一定要交给他，心才踏实！"肖元凯说。

两人找了好一阵子才找到路边的一个柜员机，也不管是哪家银行的，麻利取出两万块，折回房东处。卖家看两人拿来定金也很高兴，他苦苦等的就是这个结果，现在终于见到曙光，沉重的心情也一下子变得轻松了。他也麻利地拿出一张纸，把交易的房屋、地址、门牌号、价格及两万定金全都写下来，然后签上大名。因家里没有印泥，肖元凯说他车上有，于是回到车上拿来印泥，摁上手印，这才完事。双方约定一周之后到房管局过户，并交首付款，然后由银行办理按揭款交与卖方。

两人回来后，已过子夜。

第二天上班后没一会儿，房东来到肖元凯公司，两人又签了正式的房屋买卖协议，这桩房屋买卖才算尘埃落定。临走时，房东接到另一买家电话，说六百五十万他同意成交。房东说他已卖了，电话才挂断。肖元凯在一旁听得清清楚楚。待房东走后，他对老林说："生意有时稍纵即逝，你不抓住它，机会就可能被别人抢走。要不是咱们昨晚先下手，今天还说不定是谁的呢！"

"这方面还得向你学习。以后买房你唱主角，民间借贷我为主，咱哥俩联手，不愁不发大财！"林成贵乐不可支地说。

落花有意，水流无情

　　年也过了，吴晴岚一直盼着苏宏玮的电话。但苏就像人间蒸发了一样，电话不来，面也不见，吴晴岚很是伤感。苏宏玮从来没有像恋人般给她温暖，让她期待。于汪清河相比，两人是截然不同性格的人。汪是那种细腻的男人，无论是吃饭、坐车，甚至进电梯都谦让有加，而苏却对这些不以为意，马马虎虎。在吴晴岚的心里，苏宏玮不是一个"暖男"，更不符合做丈夫的角色。但说来也怪，吴晴岚就喜欢这样的人。她给自己的解释是这样的男人可靠，他不会拈花惹草，让你整天提心吊胆。吴晴岚在这种矛盾中过了一天又一天。这天，她实在忍不住了，就以买土特产为由去了老修的店里。谁知不去不清楚，这一去，她不仅知道苏宏玮买了房，而且买了店铺。吴晴岚心里很火，苏宏玮干什么都不和她商量，连买房买铺这样的大事都不通知她，看来苏宏玮并没有把她放在心里。不想则已，细想便气得不行。但转念一想，人家又没有与她确立关系，凭什么向她通报？即使确立了关系，按苏宏玮的为人，也不一定事事向她汇报。这样一想，心里又平衡了。她觉得苏宏玮是欠调教的人，怪不得余惠文跟他离婚，可怜之人必有可恨之处。她觉得苏宏玮要是跟她结了婚，真得好好调教一番，玉不琢不成器，看来要想把苏宏玮变成居家好男人，还真得下一番工夫，否则随其放任自由，怎生了得？

　　"你去过他家吗？"吴晴岚好像漫不经心地说。

"没去过，只是大概知道方位，不知道确切的门牌号。"修玉林老老实实地回答。

"咱们去看看他的家怎么样？"吴晴岚的兴致好像越来越高了。

老修看吴晴岚热情高涨，以为他俩正谈恋爱，也就没多想，随口说了一句："那就看看去吧！"

两人坐上老修新买的凯美瑞，向着苏宏玮所说的方向驶去。快到了，老修拨通了苏宏玮的电话，原来苏正在办公室里睡觉，得知修玉林要看看他买的房子，也没多想，马上告诉了他详细地址，自己也开车往回赶。苏宏玮到家时，两人已在小区的花园里等候。苏宏玮见吴晴岚也来了，颇感意外，他不知吴为何光顾此地。苏宏玮并没有告诉她买房，因为周晓丹住在里面，他怕吴晴岚误会，那样他就得不偿失了。如今周晓丹住在里面，她看了会怎么想呢？但反过来思考，他和周晓丹本来就不清白了，只是晓丹被人误解太不应该。事到如今，怎么都无所谓了，随她想去吧！

"买了新房也不告诉我们一声，知道了也好给你道个喜呀！"吴晴岚故意这么说。

"道什么喜呀，今天买了明天卖。我一年买二十套房你还道不过来喜了呢！"苏宏玮有意淡化买房这件事。三人边说边看周边的环境。

"这小区真不错！小苏你的眼光很好。以后再有这样的房子，给我也买一套，搬来就不动了！"老修边走边感叹着。

"既然看着好，这套原价让给你，怎么样？"苏宏玮说。

"能有这份心就够了。你还要结婚呢，我怎么能要你的房子。能帮我买一套这样的房子，老哥我就感激不尽了！"修玉林说。

"好！只要老哥想买房，我就是搜遍全城，也要帮你买到如意的房子。"苏宏玮当着吴晴岚的面打了包票。

三人说话间来到了苏宏玮买的房子前，苏想喊一声，但见房门是锁着的，就拿出钥匙开了门。周晓丹果然没在家，苏宏玮悬着的心才落下来。三人观看了一楼、二楼、三楼和露天阳台。老修啧啧称赞，而吴晴岚则心中暗想，这房子不能卖，要卖也是把她的楼中楼卖掉，两人结婚搬到这来住，日子过得才有滋有味。她这样想着，准备有时间跟苏宏玮说明白，想跟她吴晴岚结婚就不能卖这套房，除非他不想结，否则就不能动这房子。

三人正准备离开时，周晓丹回来了。不出吴晴岚意外，就连修玉林也错愕不已。而周晓丹也满脸尴尬，谁都没想到会在这遇上。

"你怎么有这儿的钥匙？"吴晴岚的眼睛圆了，她怎么也没想到周晓丹会在苏宏玮家出现。

"是这样的，房子买了没人看着，考虑小周又没地方住，我就让她搬进来了。"苏宏玮见状只好实话实说。

"你这是什么意思？把一个小女孩放在家里，让我情何以堪！"吴晴岚说着说着脸色变得愈发难看了。

苏宏玮也没想到吴晴岚会这样敏感。按理说他并没有对吴承诺什么，也没有商量过婚嫁的事宜，虽然两人有那么点默契，或者说同是天涯沦落人，但总不至于如此失控吧！苏宏玮想她怎么都不该这样。

周晓丹刚开始还不以为然，热情地招呼两人，并沏茶倒水，忙得不亦乐乎；见吴晴岚掉下脸子并且数落起苏宏玮来，心里就有些不悦。当听说她住这儿让吴晴岚情何以堪时，心里就愈发忍不住了："吴大姐，我在这住碍您的事了吗？苏总在办公室住，他让我给看家，有不妥吗？"

吴晴岚被周晓丹问得哑口无言。的确，苏宏玮和她是什么关系？连她自己都说不清，现在让周晓丹这么绵里藏针地讽刺了一顿，心里委实受不了。当着修玉林的面，她是进退维谷，站也不是，走也不是，难堪极了。

周晓丹更是得理不饶人："吴大姐，坐下喝杯茶吧，降降火，免得肝火淤滞，还得吃药打针住院去。"周晓丹平时就觉得吴晴岚对她像对天敌一样，视她为眼中钉、肉中刺，在工地时就横挑鼻子竖挑眼地看她不顺眼，今天又无端发邪火，她有点忍无可忍了，所以回敬了她几句。吴晴岚本来就进退维谷，听周晓丹这样含沙射影地诅咒她，心里更受不了，抬脚推门走了。老修一看，摆摆手随着吴晴岚去了。

屋里只剩下周晓丹和苏宏玮。二人相对无言，说什么都不合适，苏宏玮站了一会上楼了。在他正思谋如何化解双方的矛盾时，周晓丹上楼来了，坐在他面前，欲言又止。

"怎么？你把人羞辱了一顿，还不解气呀！"苏宏玮分明不大满意周晓丹的所为，他甚至认为周说得有点过了。

"我没说什么呀！你看哪句话说得不对了？"周晓丹一副无辜的样子。

"好了，既然你是这样子，我就不说话了，你回去自己掂量吧！"苏宏玮说完要回办公室。周晓丹一见他要走，马上从后面抱住了他，"不准走！天天把我一个人扔在这，算怎么回事呀？"

苏宏玮内心涌过一股暖流，那种被人爱的滋味融化了身心，让他心里洋溢着满满的幸福。但这只是瞬间的感受，第六感觉告诉他还有看不见的潜在危机隐藏在左右，让他心神不定。苏宏玮想想自己的人生观有时挺好笑，为什么找了一个小他十几岁的女孩就为社会所不容呢？难道非得与吴晴岚结婚就顺理成章、天经地义了？苏宏玮想不通，却又囿于此不能释然。

"我买了好多菜，就是想给你做一顿可口的饭菜，不准走！"周晓丹在苏宏玮的耳边吹了几缕暖风，撒开手进了厨房。

吴晴岚回到家后越想越委屈，被一个小女孩说得窝囊成这个样子，想想就愤懑不平。她是谁？敢对老娘如此无礼！说了半天，要不是苏宏玮给她撑腰，她敢这么放肆？说来说去都是苏宏玮的错！吴晴岚越想越无法释怀，她恨苏宏玮，不仅让她在小丫头片子面前败下阵来，而且伤了她的心，让他们的感情支离破碎。吴晴岚正伤心欲绝的时候，偏巧汪清河打来电话："今晚有没有时间，东渡路上新开了一家鄂菜馆，很火！咱们去品尝一番？"

要在平时，吴晴岚会一口拒绝，但今天她在气头上，又没人与她聊天泄气，见有人邀请她，忙擦了擦眼睛，答应了。电话放下后，她又后悔了。她不喜欢汪清河，原因是汪行为举止有些做作，跟苏宏玮的自然、潇洒之态相比，吴觉得跟他在一起太累。但已经答应了，出尔反尔不太好，想了一下，还是梳洗打扮一番，出门去了。

吴到鄂菜馆时，汪清河早已到了。见吴晴岚来了，汪赶忙迎上前去："难得赏光，鄙人荣幸之至。来，里边请！"

吴晴岚今天特意换了一身行头，深色暗格的西装配了与之相呼应的长筒裙，一双咖啡色的半高筒靴，这更衬托了吴晴岚的身材，乌亮的齐肩发衬托出她高雅、尊贵的气质。汪清河被吴的出众装束所惊，每次看吴晴岚都觉得与众不同，可见内心的感觉对人的影响也是很大的。汪清河看自己也穿着不俗，或与吴晴岚相匹配，但就是得不到吴的芳心，这难免有深深的遗憾。汪清河知道吴晴岚青睐的是苏宏玮。可自己和苏宏玮相比较，哪样不比他强？论身高、形象、地位，他都远在苏之上，可吴晴岚却视而不见。他感到非常失落。他不明白，女人看男人的角度是什么，有的男人什么都好，可在女人那里，她们却视而不见，反而有些在男人眼里一无是处的男人，她们却奉为神明，倍加青睐。汪清河每想到这，都是万般无奈，心情黯然。但他又心有不甘，他不想这么简单地输了，于是他给吴晴岚打电话，想试探一下，如她还是和以前一个样子，他就准备放弃。与其无望坚守，不如改弦易辙。而这个电话来得恰是时候，恰到好处。吴晴岚正在痛苦的煎熬中，听汪清河邀请她吃饭，好似瞌睡遇到枕头，于是她便爽快答应了。为了梳理一下心情，她又刻意打扮一番，这才出门。

两人进了包厢，汪清河说："菜已点好，这家店的招牌菜是干锅鸭，一会儿来了你尝尝，味道的确很好！"

吴晴岚出来主要是换个心情，至于吃什么，她根本不关心，也不愿多讲话。她只想听，听别人说什么。吴的这一举止让汪清河疑惑不已，他以为吴故作深沉，不待见他，于是，激情也逐渐消退。这样一来，场面冷了不少。吴晴岚本是来听汪清河演说的，现在汪不说话了，她感到意外，"怎么不说了，我是来听你的演说来，你不讲话，场面多没趣啊！"

"什么事都得讲个互动啊，你在这一言不发，让我说单口相声，场面能热闹起来吗？"汪清河不无遗憾地说。

吴晴岚到现在才明白，原来是她的情绪影响了汪，破坏了两人见面的氛围。"你别见怪，我今天的心情有点不太好，请你原谅！"吴晴岚向汪清河真诚地道歉。

"怎么啦？有什么大事能难住您啊！"汪清河故意吹捧吴晴岚。

"也没什么大事，唉！不说了。"吴晴岚欲言又止。

"你不把我当朋友。什么事让你吞吞吐吐？说出来，或许我能为你排忧解难。"汪清河来了精神，他认为自己大显身手的机会来了。

"我——"吴晴岚终于把她在苏家的遭遇向汪清河叙述了一遍，末了又说，"我一心一意待他好，可他却这样对我。屋里还住了个小女孩！你说，他这是什么意思呀？"

汪清河本来以为献殷勤的时机到了，没承想是这等事。他说不上是酸还是苦，总之，五味杂陈，什么味儿他自己也说不清。他正踌躇着说什么合适时，菜上来了。他只能因势利导，"慢慢说，不急，先吃菜！"

吴晴岚把这股怨气吐出来了，心情也好了许多。见汪清河劝她吃菜，也就以礼相还："谢谢！跟你在一起心情好多了！"说完夹了一块干锅鸭。

"这菜做得确实地道，外焦里嫩，味道醇厚，不愧是这家的招牌菜！"汪清河一边评价菜的品味，一边飞速思考如何回答吴的问题。

"这菜真好吃！以后还要来。"吴晴岚赞不绝口地夸赞着。

"好吃吧？我说的地方准没错，以后你想来随时打招呼！"汪清河随声附和。

两人吃得差不多了，汪清河先开口了："其实刚才的事你大可不必想不开，他要是心里有你，他无论有什么女人都坐怀不乱；反之，就是没有女孩子在他家，他也会拈花惹草的。"

"他是什么人，我还是知道的，主要是心里有些过不去。我吴晴岚哪儿差了？现在反而低三下四讨好他，真让人受不了！"吴晴岚说着说着眼睛有点潮湿了。

汪清河见吴有些伤心，自己心里也是五味杂陈。他原想趁此机会与吴晴岚交流沟通，加深感情，没承想人家想的是苏宏玮，跟他没半毛钱关系。看着她一个劲地伤心落泪，汪清河明白了，他只不过一个看客，抑或是一个值得倾诉的对象而已。按现在时髦的说法，他是"情感垃圾桶"。想想自己沦落到如此境地，汪清河心有不甘，但又能如何呢？这世界本就是由无奈构成的，所有人都无法回避的就是无奈，它从生到死一直和你不离不弃，让你无处躲藏。汪清河想到这，不免长叹了一口气。

见汪清河在那兀自兴叹，吴晴岚不禁诧异："我这伤心落泪，你怎么也触景生情？"

"我是羡慕苏宏玮，尽管无情无义，还是有人为他伤心落泪。而我想找个伤心的机会都没有。人比人，得气死人。你说，像我这样的人是不是该消失？"汪清河大发感慨，他想倒出郁积已久的心声，让吴晴岚知道他的心有多热。

吴晴岚多少有些意外。汪清河对她好，她并不是没感觉，而是心思全然在苏宏玮身上，而忽略了汪的一往情深。吴想起这事，一瞬间竟有了心跳的感觉。"你的条件这么好，肯定有一堆女人在后面追呀。哪像我都徐娘半老，没人要了！"吴晴岚故意自我揶揄。

"你若没人要，那这世界的女人都该守寡了！"汪清河趁机奉承了吴晴岚一句。

"我可没你说的那么好！像我这样的只能吊在苏宏玮这棵老榆树上，除了他谁还要我啊？"吴晴岚显然是想看看汪清河是什么想法。

"不会的！你现在是一叶障目，不见森林。有苏宏玮在，什么好男人你都视而不见。"汪清河说。

汪的这番话引起了吴的反思。的确，这几年她的眼睛里只有苏宏玮。不仅是他帮她落户南厦，而且对她个人也格外关心，这让吴的感激之情日渐变成了亲情，尤其在苏离婚后，这种亲情就变得更炽热了。她认定苏宏玮就是她的亲人，在这个冰冷、陌生的世界，只有苏宏玮才是她无话不说的人。但这个人到现在还是对她有所保留，不仅隐瞒了房子，而且还隐瞒了女人。吴晴岚最怕苏对她不忠，现在她不知道的情况越来越多，这让自己感到恐惧。与其跟了这么个不放心的人，还不如选个真心爱自己的人，起码他对自己百依百顺，让自己当家做主。吴晴岚想到这，不禁打量了一下眼前的这个人。

汪清河从吴的眼光里看到她在思考什么。他虽不确定吴具体在想什么，但从眼光里知道她的思想有了变化。"你看我做什么？是不是在拿我与苏宏玮相比？"汪清河试探说了一句。

谁知这话正中吴晴岚的心事。看来汪清河的智商要比苏宏玮不知高出多少倍，连她想什么都能猜个八九不离十。跟这样的人在一起，起码会比较懂她。"你这么聪明，帮我预测一下，我和苏宏玮有没有未来？"吴晴岚今晚上也不知中什么邪了，她明知肯定不准，但她偏要赌一把，借此试试汪清河的态度。

"这事我可说不好，我又不是占卜师，也不懂生辰八字，你还是找别人去问吧！"汪清河知道自己不能乱说，万一吴有意测试他，那不完蛋了？况且他也真不懂这方面。

见汪清河不胡说，吴有了好感，起码不在她面前贬低苏宏玮，仅凭这点，她就认为这人可交。"你是不愿说还是不想说？"吴晴岚问了一句。

到这时汪清河逐渐明白了吴的心思。多亏没胡诌，要不然自己那点好印象还不全都给毁了？他越想越后怕，说话也愈来愈小心："我这人喜欢实事求是，对于你俩的事，我不想多说，还是那句话，鞋合不合脚只有自己知道。"

"那你看看我这人怎样，是不是符合当代男人择偶的标准？"吴晴岚终于放下那层虚荣的面纱，转而露出她真实的面孔。

"当然是无可挑剔了。论形象、论学识都是女神级的，只有你挑人，哪有人挑你啊！"汪清河极尽奉承之词。

吴晴岚的心情变得很愉快。倒不是汪清河说了多少奉承话，而是通过交流，她的思想开阔了，想问题也不再是单一的定势思维。她觉得自己好像变了，不是钻牛角尖的人了。"今天很愉快，跟你学到了不少。希望以后常联系，增进友谊。"临出门时，吴晴岚主动握了汪清河的手，两人相互道别。

机关算尽

　　自从裘晶接纳了肖元凯，两人的关系升温很快，肖元凯来的次数也多了。到后来，有时晚上干脆就不走了。裘晶一开始还不同意，认为影响不好，久了也没发现有什么问题，就默许了。肖元凯见裘晶态度转变了，更加放肆。除了裘晶特殊几天外，他几乎就在那长住。以前肖元凯在晚上是待不住的人，自从有了裘晶，他哪儿也不去了，就跟在裘晶身边转来转去。裘晶一开始还不适应，后来久了也就慢慢适应了，觉得有个男人环绕身边也是不错的。两人就这样过起了夫妻的正常生活。可是没多久，一天裘晶忽然跟肖元凯说："我是不是有了？已经一个月没来例假了。"肖元凯乍听裘晶说"有了"，心里还是一惊，但随后就坦然了。自己一直不是想要儿子吗！现在孩子来了，没有不生的道理。他拿定主意，无论如何也要跟刘芸离婚，哪怕给她一半财产，也要把这个婚离掉，只有这样后面的事情才好办。他苦苦思考怎么才能达到这个目的。肖元凯拿着《婚姻法》反复看了好多遍，始终找不到有破绽的地方。他知道跟刘芸谈离婚是瞎子点灯白费蜡，刘芸肯定不会离的。一方有外遇，肖元凯不想把这些屎盆子扣到自己头上；说感情不和，他又拿不出有力的证据，还是离不成。肖元凯曾从小说中看到，有人为达离婚目的，设计栽赃自己的老婆偷情，肖元凯觉得太卑劣，他不想这样做，但眼下又拿不出什么离婚的办法。肖元凯觉得自己都快疯了。每次回来裘晶都问他离婚的进展，他也只能支支吾吾说不出个所以然。后来，裘晶索性不问了。但有一天中午，裘晶突然告诉他："我到医院去咨询了，孩子再大就不好做了，所以跟你商量一下，我准备做人流。"

肖元凯心里一惊，马上说："事情有进展了，你再等两天。"

看肖元凯这样说，裘晶也就不说话了。她只看了肖元凯一眼，就进屋了。肖元凯知道，裘晶的眼色别有用意，他知道她的意思。

肖元凯第三天晚上见裘晶时，拿出一个本子在她面前突然晃了一下，裘晶知道有好事，抢着要看，拿到手里才看清是一本离婚证。

"这回你该放心了吧！你知道我费了多大劲吗？"肖元凯说。

当看到离婚证时，裘晶总算心里一块石头落了地。自打知道自己怀孕了，她就忧心忡忡。打掉了太可惜，不打掉生下来的孩子连个名分都没有，私生子、野种这类名声会让孩子一生都背负沉重的包袱。想到了这些，裘晶决定如果肖云凯离不成婚，她就坚决把孩子拿掉，绝不能抱憾终身。现在肖元凯离婚了，她的想法自然改变了，无论如何她都要保住这个孩子，让他堂堂正正地活在人世间。裘晶想到这里，心情开朗了不少。

见裘晶心情好转，肖元凯那颗悬着的心总算有了着落。这些天，每当看见她用疑虑的眼光看着他的时候，肖元凯总有些心虚，现在她关心的证件拿回来了，起码她会打消做人流的念头。孩子能保住，肖元凯就谢天谢地了。虽然做假证件只能瞒得一时，但后面的事，只能是走一步看一步了！

离不了婚的肖元凯整天像热锅上蚂蚁一样，眼看孩子一天比一天大，他比谁都着急。每次回家与刘芸探离婚的口风，刘都恼恨无比："老提离婚是什么意思，是不是外面有人了？"到后来，她索性发了毒誓："除非我死了，否则到阴间做鬼咱们也是夫妻。但如果你在外面有人，让我发现了，那你的死期也就到了！"

肖元凯自知这条路走不通了，只好另谋他策。

苦思冥想，他终于想出一条妙计，虽然在实施过程中还有许多困难，但还是要比束手无策好多了。第一步，他要把裘晶的户口先弄过来。肖元凯知道南厦的落户政策，必须购买一百五十平方米以上的房子才能符合落户的条件。为达到这一目的，他反复查询了全市的现房楼盘，最后查到一个楼盘，名曰"鸿昌地景"，而且符合落户要求的只剩一套二楼一百五十七平方米的和一套三楼一百七十三平方米的房子。他知道买这种尾盘一两年之内肯定无钱可赚，但为了给裘晶落户，他只能做这种亏本的买卖。实在卖不掉，他就和裘晶搬去住，也不失为一条下策。二楼的那套房子终于买下了，肖元凯前前后后共花了近两百五十万，裴晶户口也随之落下。

紧接着，他又开始实施第二步。他联系了许多未结婚或者离异的年轻人，并以重金诱惑他和裴晶完成一次假结婚。计倒是很好，但涉及具体的人，未结婚的纷纷不干，其中有一个人公然提出二十万元，让肖元凯退避三舍。没办法，肖元凯又把眼睛盯在那些离过婚的男人身上，最后找了李姓男子谈妥。双方约定五万元帮助完成结婚和离婚，时间为一个月。领取结婚证当天付四万元，领取离婚证当天付一万元。

一切都谋划好了，肖元凯才坦白告诉裴晶离婚证是假的，而且他也离不成婚。"我和你说吧，婚是离不成了，那本离婚证是假的。为了能给孩子上户口，我找了人和你假结婚，一个月后再离婚。这样孩子生下来有正当理由，也不愁落上不了户口。"

尽管肖元凯说得很委婉，裴晶听后却泪如雨下。她想自己的命运为何这般苦？还没结婚，就弄出这些龌龊事。而且自己根本把握不了自己的命运，任人左右。这时裴晶感到特别无助，她觉得自己就像水上的浮萍，一阵风吹来就不知飘向何处了。

见裴晶哭个没完，肖元凯心里也烦躁起来："我为这事花了很大代价！你非但不领情，反而哭个没完，你要我怎么办？"

裴晶本来就心烦意乱，肖元凯的话更是火上浇油，她恨恨地说："我的一生全让你给毁了，活着还有什么意思，不如死了好！"说完推开窗户就要往楼下跳。

肖元凯死命抓住她，不让裴晶往下跳。她的这个举动真把他吓坏了，要真跳下去……他不敢想象结果是什么。惊恐万分的肖元凯抱着裴晶不敢撒手，直到她没了气力，挣扎不动了，肖元凯才把她扶到床上，不离左右。

裴晶已没了力气，只剩下哭了。她想自己还是花季的年龄，正是一般女孩憧憬未来的时候。穿名牌、追时尚、鲜花、掌声、帅哥环绕左右，而她却什么也没有，即使拥有也不在阳光之下。裴晶想到这些，泪水就止不住下淌。"你就是个恶魔，为什么让我碰上你？"裴晶边哭边说。

肖元凯被裴晶骂得体无完肤，但他还得忍受她的恶毒诅咒。他也不知怎么好了，腿一软，"噗通"跪在了裴晶面前。"我知道错了！但事到如今你得给我悔改的机会呀。我太喜欢你了，从第一眼看见你，我就知道咱们有事要发生。你不知道我有多爱你呀！"肖元凯说着说着也哭了起来。

裘晶虽然悲愤无比，但看肖元凯跪在她面前，而且也哭得泪如雨下，心也就软下来。她虽然恨肖元凯，但毕竟一起生活了一段时间，他还是给了她许多令人感动的回忆。给她过生日，买戒指，办户口，又拿出二百多万买房子。这些事情看似应该，但也凝聚了他的一片苦心。想到这些，裘晶还是从心里原谅了他。她认为是命，是缘分，也是注定逃不掉的孽缘。其实，当初裘晶拿到离婚证后，见他迟迟不去和她办结婚手续就知道有问题。她之所以没有拼命催他，主要是设身处地考虑他的难处。她不想给他过多的压力，这也正是她善解人意的一面。买房办户口，是她最欣喜的一件事，为此她还特意犒劳了肖元凯一顿，她努力想把自己塑造成贤妻良母，那样她在肖元凯心目中的地位就更高了。但她怎么也没想到肖元凯让她与一个素不相识的人结婚，然后再离婚。裘晶不听则已，一听头都大了，所以就有了寻死的念头。然而看到肖元凯下跪、痛哭，裘晶的心又软了，细想肖元凯还真是用心良苦，把事能办成这样也算圆满。

看着裘晶的气渐渐消了，肖元凯也松了一口气。不过裘晶跳楼的举动也让肖元凯提高了警惕。看来这女人性子挺烈，以后要多加注意，不能刺激她，否则出现什么恶果都是有可能的。肖元凯正想着如何说服她去办结婚证时，裘晶倒先开口了："什么时候去办啊，还要准备哪些手续？"

肖元凯怀疑是自己的耳朵出了问题，他不敢相信这话出自裘晶之口，"就看你了！你说啥时去就啥时去。"

"那咱明天去吧，这事宜快不宜慢！"裘晶说。

"好！那就明天去。"肖元凯总算放下心来。望着裘晶渐渐平息了激动情绪，肖元凯忽然觉得自己太累了，男人为什么活得这么累呀？

第二十八章

违抗父命的下场

心灵感应对周晓丹来说，似乎有着异乎寻常的意义。这几天她心里一直隐约地有些不安，总感觉有事要发生。她这感觉还真没错，今天一大早上她的哥哥就打电话来，告诉她说："晓丹，咱妈病了，我们都在县医院呐！"

"什么病啊？"周晓丹预感情况不妙。

"说是胃溃疡，可能要手术。"哥哥说。

周晓丹一听要手术心就一紧了。她知道这些年母亲的胃一直不好，这次母亲要住院无论如何她都要回去看看，况且她已两年多没见到家人。

"告诉爸妈，我马上回去。"周晓丹放下电话就收拾东西。苏宏玮还在公司那边，她打去电话："宏玮，母亲病了，我得回家一趟，这些日子你得自己照顾自己了！"

"你等着，我马上来！"苏宏玮下楼开车赶往家中，路上又取了两万元给周晓丹备用。他知道周晓丹把五十万投在商铺里，手中已没大钱，给她带两万做急用，以防万一。当苏宏玮到家时，周晓丹一切都收拾完毕了。

"这两万元拿着，如果不够再来电话。"苏宏玮拿出钱递给周晓丹说。

"我还有钱，够用了！"周晓丹说。

"拿着吧，跟我还分得那么清！"苏宏玮说。

见苏宏玮一副不容置疑的神态，周晓丹只好收下。二人开车直奔火车站。此前，晓丹已从网上订购了一张开往长沙的票，发车的时间是九点十五分。二人来到车站已快九点了。取票后，苏宏玮随周晓丹提包来到进站口，就在快进门离别的一瞬间，在匆匆人流中周晓丹突然抱住苏宏玮脖子亲了一口，然后头也不回地进了候车大厅。苏宏玮再细看时，早已不见他熟悉的身影，只有拥挤的人流滚滚向前。

周晓丹转车来到县城医院时，已接近傍晚了，焦急的心情让她见到母亲时忍不住大哭起来。母亲刚做完手术，看着女儿的到来感到一丝欣慰。"晓丹瘦了！在那儿过得好不好？"母亲抚摸着女儿的手说。

还沉浸在伤感中的周晓丹听母亲这样讲，马上接话说："妈！我很好，现在城里人都流行减肥，我减肥呐。"

"这么瘦了还减肥？身体还不搞垮了！"母亲爱怜地说。

娘俩正聊着，哥哥回来了，他是陪着母亲来看病的。手术完了，大夫说要加强营养，他出去买了些营养品给母亲，见妹妹回来了，还是有些欢喜："你可回来了，咱妈要是不得病，怕你是永远也不回来！"

"别这么说你妹妹，在外工作挺忙的，要理解她。"母亲说。

"你这么想，咱爸可不这么想。晓丹回来了，他还不得催婚呀！"哥哥说。

周晓丹这才得知爸爸对她的婚事还不动手，这次回来她一定当着爸妈的面说清楚，她坚决不与那个男人结婚，她肯定要回南厦的。

周晓丹在母亲手术拆线的当天就回到了家里。父亲见女儿回来了很高兴，话虽不多，但从脸色上看还是很开心的。晚饭后，父亲把周晓丹单独叫到房间。"你这次回来就别走了，程家那小伙子我看不错，你们结婚吧。一个姑娘家老在外面，疯疯癫癫的，总不是个事！"周父说。

"爸！我的事您就不要管了，现在都讲婚姻自由，您怎么还是包办那一套啊！"周晓丹有些急了。

"什么包办不包办的，我是你爹。过去有父母之命、媒妁之言。怎么？父母关心你的婚事不对了？"父亲又说。

"我没说不对，但您不能强迫我，让我和一个不熟悉的人结婚。"周晓丹开始犟嘴了。

"怎么不熟悉了？都是一个县城的，他父亲在农业局早年就认识我了。"周父的语气有些变化了。

"那是您认识，我们这一辈没联系。"周晓丹顶嘴。

"说什么混账话，跟你爹就这样讲话吗？"周父动怒道。

"你不讲道理还发火，我不跟你说了。"周晓丹说完抬脚往外走。

"回来！明天男方来正式认门，过些天选个吉日就结婚，这事没商量。"周父威严地说。

周晓丹一句话也没说，扭头出了房门，回到自己的房间哭起来。

妈妈来了。她听到哭声，来看看女儿。

"晓丹，妈知道你不愿意，但那程家还是不错的。小青年我也见过，很体面，嫁过去也不会受苦的。"母亲搂着女儿的头说。

"我不想嫁！"

"傻孩子！哪有女人不嫁人的。"

"我就不想嫁！"

"你爸能答应吗？再说亲都定了，彩礼也收了，不结婚算怎么回事？"母亲把实情都告诉了女儿。

周晓丹这才知道事情已经不是她想象得那般简单了。她想打电话告诉苏宏玮，但转念一想，即便苏宏玮知道了又能怎样？想想只能是三十六计，走为上策。拿定主意的周晓丹偷偷收拾好衣物，又给母亲留下五千块钱，半夜趁着月色，溜出家门，只身一人打车到火车站，也不管要转几次车，登上往南厦方向的火车就走了。

疲惫困顿的周晓丹转了两次车，于次日晚上回到了南厦。她怕苏宏玮不在家，下车就打了电话。其实她也有钥匙开门，但此时她迫切想见到他。恰巧苏宏玮在办公室研究全市的楼盘陈列图，接到周晓丹的电话，立即下楼开车直奔火车站。

两人相见像久别重逢的亲人，特别是周晓丹见了苏宏玮，拥抱着不肯撒手，全然不顾四周投来的眼光。回到家中，她先洗了个热水澡，然后回到客厅。苏宏玮正为她熬粥，见她下来，忙端出粥并拿出香肠、咸鸭蛋、咸菜和面包等，摆上餐桌。

熟悉的环境，熟悉的人。周晓丹坐在餐桌前，一时有些哽咽。苏宏玮见她有些异样，便说："先吃饭，等吃完了再细说"。

周晓丹吃完后，收拾完毕又坐下来。

"怎么样，妈妈的病好些了吗？"苏宏玮说。

"做了手术，已出院了。"周晓丹说。

"看你的情绪不大好，有什么事吗？"

一直默不做声的周晓丹忽然泪流满面。苏宏玮有些意外，他知道周晓丹肯定有事，但又不好说，所以此时泪腺才打开。"有什么事说出来，不管解决与否，总比闷在心里要好。"苏宏玮开导着。

还是没有反响，回应他的是持续的沉默。

"我不喜欢你这样子！你给我的印象是开朗、活泼、聪明伶俐的，好像没什么事能难倒你，今天是怎么了？"

渐渐止住眼泪的周晓丹断断续续地讲了她的家庭，还讲了那个小青年苦苦追她的故事。

苏宏玮听后许久没有做声，周晓丹的每一句话都像无声的鞭子，抽打他卑劣的灵魂。要不是那个晚上，何至于有今天的结局。他忽然想起托尔斯泰的《复活》，男主人公就是做了这样的事，一生为之懊悔。现在他该怎样做呢？没见到周晓丹时，他还天真地想象着和她结婚，尽管人们会拿世俗的眼光看他，但又何妨？"人生得意须尽欢"，百年过后一缕青烟，谁又管得了他人的风花雪月呢！可见了周晓丹，看到那双清澈无瑕的眼睛，他又觉得这想法是极端的利己主义。她是一个情窦初开的小女子，而自己已是人到中年饱经风霜的男人，和这样的人结婚，他觉得是一种亵渎，自己根本不配再谈"爱情"这两个字。

"你自己是怎么打算的？"苏宏玮觉得还是有必要再问一句。

"我不想和他结婚，只想和你在一起。"周晓丹旗帜鲜明地亮出了自己的观点。

"咱俩结婚，你的家庭首先就过不了关。"

"我不管，反正我不回去。"

"我也不知给你出什么主意好，你的家庭通不过，咱们就很难在一起。"苏宏玮说完这话，准备要走了。

"你要干什么去？"周晓丹见苏要走，马上站起来。

"我要回了，你自己再考虑考虑，好吗？"苏宏玮说完，迈开了脚步。

"我不让你走，今晚就在这住！"周晓丹一把拉住苏宏玮的袖子。

面对晓丹的执意挽留，苏宏玮也在犹豫，一个女人的柔情似水足以融化任何男人的心。单身几年，苏宏玮早是一堆干透的柴，他也渴望有水的滋润。但今天他却断然遏制了这种欲念。他已错过一回，绝不能重蹈覆辙，如再犯一次，他就万劫不复了。想到这里，苏宏玮硬起心肠，抬脚出门了。留下周晓丹痛苦的呼唤。

一连几天，苏宏玮都没有回家。他怕见到周晓丹，怕那双满是期待的眼睛，怕自己受不了，最后动摇意志，毁了已筑成的堤坝。他终日忙碌，帮老修看房子的事也在等他，但他不能安下心来。他自己也说不上来是发哪门子邪劲，总之，他就是不想去见周晓丹。直到有一天，一个陌生的电话打来，"我是海天路派出所警察，希望你尽快回来一趟，有事处理！"他这才如梦初醒，开着车风驰电掣地往家奔。

苏宏玮到家时，门外已有五六个人站在院中。两位警察中的一位走上前来问："你叫苏宏玮？这几个人是从湖南衡源县过来的，其中有位叫周晓明的说是找他的妹妹周晓丹，你认识吗？"

"认识，她是我公司员工！"

"她的丈夫程毅和她的哥哥前来劝她回家，她就是坚决不回，跟踪到这，才发现这个住所，怎么唤她也不出来，这才报警。"警察向苏宏玮说明了情况，然后看着他。

苏宏玮没想到竟然发生这么大的事情，怎么办？只有打开门问个明白，才能知道怎么处理。当苏宏玮打开门，周晓丹就站在门口。见苏宏玮回来了，眼神立刻流露出期盼、无助的眼神。

"你叫周晓丹？说说你为什么离家出走，一个人跑到这来？"警察见周晓丹问道。

"我没有离家出走，我在这工作三年多了，根本不是你说的情况。"周晓丹说。

警察不再与周晓丹问话，而是把她的哥哥和程毅叫到她的面前说："这个是不是你哥哥？"周晓丹回答："是。"

"这个是不是你的丈夫，程毅？"警察又问。

"我不认识他，根本不知道他叫什么！"周晓丹说。

见周晓丹回答得很干脆，警察也不再问了，他转而对程毅说："你把结婚证拿出来，看她还说什么！"

鲜红烫金大字的结婚证亮在众人面前，不仅苏宏玮看傻了，就连周晓丹也大惑不解。

"这结婚证是假的，我从来也没跟他登过记，怎么会有结婚证呢？"周晓丹还想极力辩解。

"年轻人，不管你说什么，但这结婚证是真的。刚才我们已打电话核实，希望你还是要面对事实。"警察说。

"这年头是怎么了，假的东西竟然在警察面前都能通过，真是没治了！"周晓丹无奈地诉说着。

"你的意见呢？"警察转而问程毅。

"当然是带她回家了，新婚之夜她就跑了，让我家丢尽了面子。"程毅回答说。

"好！那你们就回吧。"警察说。

"妹妹，咱们走吧，有什么事回家再商量，爹妈在家都急死了！"一直没说话的哥哥这时发话了。

"我不回！这是绑架，是犯法的。"周晓丹还想做最后的挣扎。

"这就是你的不对了，你丈夫千里迢迢来找你，你反倒说是绑架，连我们警察都不支持你。"一警察说。

"走吧，哥哥求你了！"哥哥上前拉着周晓丹的手说。

此时的周晓丹陷入了喊天天不应、呼地地不灵的绝望境地，看看四周，除了苏宏玮一脸的疑惑，其余的人都是一脸的冷漠，他们都希望这事尽快了结。

"好！我跟你们走，黑的白不了，假的真不了。我不相信哪儿都这么浑沌。"周晓丹脑子一转开口说。

"这就对了！你不回家终不是长久之计，有什么疙瘩，小两口回家商量商量就好了。"警察说。

苏宏玮看着周晓丹要被带走，才如梦初醒："不行！这么简单就把人带走了，起码得核实一下身份。那结婚证是怎么回事？"

"你来之前就核实过了，这点我们还是懂的。"一名警察说。

"那结婚证是假的！我根本就没与他去登记，怎么冒出个这个东西来。"周晓丹见苏宏玮开口，也大声响应。

两个警察听后愣了一下，随后一位年纪稍大的警察说："结婚证肯定是真的，但你说的情况也不是没有可能。假的真不了，真的假不了。你跟他们回去看看，不就真相大白了！"

见警察说得在理，苏宏玮的怒气消了许多，他把眼睛投向了周晓丹。

周晓丹明知这些都是他父亲一手造成的，出于保护家庭隐私，她不想把这些事公之于众，只好敷衍众人。面对苏宏玮，她怕引起他的担心，只能表现出豁达和潇洒："别管我了，放心，过两天我就回来了！"周晓丹说完，看了苏宏玮一眼，在众人的簇拥下走远了，上了一辆越野车，不见了踪影，只剩下苏宏玮呆呆站在院中，不知如何是好。

Chapter 29　第二十九章

扫盘

　　被忧伤萦绕的苏宏玮一连几天都没有出门。周晓丹被人带走这件事对他的打击太大，他恨自己没保护好她，还眼睁睁看着心爱的人无奈地离开。他想不明白那个叫程毅的怎么会和周晓丹有结婚证？为什么此前他毫不知晓？他恨自己这些天一直躲着她，直到事情发生了还一无所知。苏宏玮想得头疼，也想不出个办法来。长久的思考让他进入失眠状态，醒时整天昏昏沉沉，坐着犯困，而真正躺下睡觉时，又睡不着了。接连几天，苏宏玮一直陷在困顿中无法自拔，直到一个电话打来，才把他从这种状态中拉了出来。那是早晨的九点多，苏宏玮还在昏睡，电话响了。原来是好友小关打来的："苏总，你让找的房子我帮你找到了，是一叠加别墅，两百一十四平方米，赠送五十多平方米，上下三层，豪华装修，拎包入住。好房子不等人，我敢说三天不到，肯定有人接盘！"小关说完，静候苏宏玮答话。

　　"老是说得那么悬乎！价格这么高，谁能买得起？"苏宏玮最烦小关总是夸张地谈形势、论房价。

　　"地产大王任志强说房价每打压一次，市场就疯狂地报复一次；现在不买房，将来房价会更高！"小关每见一次面，都把任志强的经典语录拿来念一遍，弄得苏宏玮嘲弄他：你都快成任志强的信徒了。

　　"苏哥，你要不要没关系，三天后你再来问，看还能不能留得住？如果房还在，以后你买房我不收中介费！"小关郑重地说。

"好啦，别说了，我马上过去，你等我！"苏宏玮说完，下床洗漱，然后开车出了大门。在路上，苏又给好友修玉林去了电话，让他在店里等着。车到了老修的门店，赶紧招呼他上车，两人直奔小关的公司。

小关正在店铺里等着，见苏宏玮的车到了，急忙冲出店外，上了苏宏玮的车。

"房东在那儿等着呢，再不来他可能就走了！"小关上车了还在小声嘀咕着。

车沿着东湖路走了一段路，拐出大路，进入一条小路。两边椰树林立，芳草萋萋，转眼进入一豪华别墅区，停下车，三人进入小区内。

"怎么样？小区不小，紧靠路边。周边繁华，闹中取静，学校、商场、医院近在咫尺，是绝对的好房子。2008年交房，到现在仅三年多的时间。"小关介绍着。

三人说着话，来到卖家的房子边。

"要走到二楼上去，叠加别墅就是这个特点。"小关说。

许是早就约好了，房东也大概听到了动静，还没等他们上到二楼，门已经开了。开门是一长者，年龄七十开外。三人进了屋中，房子果然宽敞大气。进门是一玄关，对着门的是一幅凡·高的油画《向日葵》的复制品，左面是一保姆房，并配有相应的卫生间；往右是一长条餐桌连着长方形的开放式的厨房。再下面是一方方正正的大厅，约有五十多平方米；沙发背景墙和电视背景遥相呼应，现代的简约制作，简洁、明快，线条流畅，一扫奢华、庸俗之风。二楼是沉稳、凝重的格调，主卧室放一豪华羊皮大床，紧邻的是主人书房，一幅梅花长卷图横挂屋中，彰显了主人品位；北面是一次卧室，简洁、典雅，配一卫生间，方便简洁。三楼南北各一间卧房，通畅、明亮、视野无敌；走进露台更是心旷神怡、眼观八方，地面全是由防腐木铺就，踏上去舒适无比，中间一茶桌，配四张精编藤条椅，品茶论酒，为纳暑乘凉的好场所。

房主领三位参观完毕后，下得楼来小叙，自言年岁大了，上下楼极不方便，眼见一年不如一年，便萌生换房的意愿。经子女商议，在市南区海边选一套小面积的房子颐养天年。

三人听后，小关先开口说："房子我们大概看了，您的最低价是多少？"

"委托时已说明，包全套家具家电，共计五百八十万。"老人说。

三人互相看了一眼。

"还能谈吗？"苏宏玮说。

"不能谈了，要谈得找我儿子去！"老人说。

"好吧，我们回去商量商量，然后再给您信儿。"苏宏玮说。

三人聊完出了房门。

"你看呢，怎么样？"苏宏玮向一直没说话的修玉林问。

"我看挺好，正适合我这四口人居住。"修玉林讲了自己的意见。

"你再跟他磨磨，最好五百五十万成交，怎样？"苏宏玮对小关说。

"我去谈谈吧，能谈成最好，谈不成也没办法！"小关有些信心不足。

第二天下午，小关的电话打来了："苏哥，谈妥了，房东实收五百六十万，这是最底价了。要，马上来签合同，不要，我另找买家。"

"你等着，我马上过去。"苏宏玮放下电话，随手又拨通了老修的电话。二人一同驱车来到小关的公司。原来昨天老修就看中了这套房子，他虽然是商人，但有时缘分也是很奇怪的。有时买房子讲缘分和风水，它能带给你很多意想不到的东西。因此他当时就暗下决心，即使不降价，他也决定买下它。他没多少空闲时间，因此他想买一套带装修的房子，那样他就可以拎包入住，不费时间。

二人前后脚到了小关的公司，不一会，老人和他的儿子也来了。由于事先已协调商量好了，所以，没费多大工夫，房屋买卖协议书就签署完毕。老修按约当场交了十万元定金，双方约定一周后去房管局办理过户手续。受理后，当天交付一半房款，过户后交房当天付清余款全部。

老修买了这套房特别高兴，他终于从一次次的置换过程中，买到了他这辈子自认为最满意、可以住到老的房子。正式搬家的那天，他在家中大摆筵席，不仅请了苏宏玮和小关，还请了吴晴岚、肖元凯和邢厂长。大家相见都感慨万分——不到五年的光景，沧海桑田，家家巨变。特别是老邢，更是羡慕得不得了，"我说老修，你这不吭不哈地就迈进了小康，让我颜面扫地！"

"这得归功小苏，房子是他帮我换的。"老修敬酒时说。

"苏总，咱们也算老朋友了，生意上也是合作伙伴，你也帮我换套好房子吧。咱们这些年只知道做实业，以为这是路子，殊不知干什么都不如炒房来钱快，我干了快二十年，加一起也没赚一千万。别人还以为我是服装界的大老板，想想真是选错行了！"老邢主动敬了苏宏玮一杯酒。

看着这么多人都在捧苏宏玮，肖元凯心里像打翻了五味瓶。他这个专业的炒房行家没人理睬，而大家却奉苏宏玮为神明，想想实在是惭愧，然而他注重的是"利"字，而苏看重的是"情"字，两相比较，自然是苏有人缘了。想到这，他也主动敬了苏宏玮一杯，"做得不错呀，买了房又买了商铺，恭喜发财！"

苏宏玮明显感觉肖元凯不由衷。他发现这几年他越来越不认识肖元凯了，无论是做人还是做事，他们之间差距好像越来越大。他想找个时间聊聊，他们毕竟是一起来南厦的，他觉得无论做什么都不能唯利是图，还是要讲点做人的本分。

苏宏玮与肖元凯碰杯后，发现吴晴岚坐在那不发一言，似乎有些冷清，于是端起杯主动敬了她一杯。自从那天走后，她就没给他打过一个电话，两人似乎误解很深。苏宏玮又是个很倔的人，他认为这世界谁都可以不理解他，偏偏吴晴岚不懂他。况且他又没做错什么事，为何就容不下一个小女孩了呢？因此，苏宏玮也就没主动给她去电话。今天赶上老修乔迁之喜，择日不如撞日，趁此机会修好，岂不美哉！想到这，苏宏玮上前说："这些天实在很忙，待有空时，还得去吃你包的酸菜馅饺子。"说完，一杯酒下肚了。

见苏宏玮有了态度，吴晴岚也把杯中的酒干了，"改天有时间帮我看套房子，通货膨胀，放在银行里贬值，不如拿出来买房。"

"好！改天凑到一起，专门研究一下，看哪儿的房子可炒，大家集中财力，一举拿下多套，然后等着增值，再卖掉！"苏宏玮说。

"苏哥，将来真成立炒房团算我一个，你们买，我来卖，咱们组成销售一条龙，大家发财！"小关不失时机地插嘴，他前次卖洪山小区的房子就尝到了甜头，见成立"炒房团"自然不甘落后。

肖元凯见同行抢在了他的前头，也不甘服输："我公司专门有会议室，可供大家探讨、研究，此外，我们还可提供相应的数据支持，让各位充分掌握全市的情况，然后做出科学的决策。"肖元凯的话让大家的兴致更高了，纷纷举杯表示要从现在开始加入"炒房大军"。

小关见大家都跟着响应肖元凯的提议，也就没再说话，但他心里却憋了一股劲：他把苏总抓住，不信没人来。

苏宏玮心里很高兴，大家对房产的热衷程度让他看到这个行业的势头，自己想在这方面发展，看来是选对路了。

从老修家出来，老邢一再叮咛，明天务必见个面，聊聊合作事宜。见老邢如此谦恭，苏宏玮只好答应了，并嘱咐小关要选两套小户型，租售相宜的房源准备着，以供老邢挑选。接到任务的小关自然是乐不可支，这几年他跟苏宏玮这个大客户可没少赚钱，接到任务后他回到店里，立刻指示全公司员工在全市搜索符合要求的房源。功夫不负有心人，在市场并不被看好的2011年，挑选几套类似的房源还是绰绰有余的。

第二天，老邢与苏宏玮见面后不到二十分钟，小关的电话就来了。于是两人又赶到小关的公司，由小关和他的员工带领跑了一整天，看了六套四五十平方米的小户型房源，基本都是一室一厅或带厨卫的大开间。一般都是精装修，功能齐全，可拎包入住。老邢看哪套都赞不绝口。晚饭后，大家报出各套房价时，才发现价位差别很大。权衡了一阵，还是苏宏玮拍板定夺，选定了其中两套再去谈。

忙碌了一天的苏宏玮刚到家，还没喘口气，吴晴岚主动来电话了："忙什么呢？"

"啊！今天帮老邢买房子呢，跑了一整天，刚进屋。"苏宏玮说。

"帮我买的房子咋样了？"吴晴岚问。

"你也没说要买什么类型的房子，所以无从下手。"苏宏玮说。

"你说买什么样的我就买什么样的，赚钱就行！"吴晴岚既蛮横又强词夺理。

苏宏玮一听，没辙了："好！明天咱们见个面，这两天都在看房子，你也加入这行列，有看中的就定下来。"

"这还像个话，明天我在哪儿等你？"吴晴岚说。

"明早在家等我，听到车喇叭声就出来，可以吧？"苏宏玮说。

"这还像个样子。你不管我，谁管我！"吴晴岚这回说话的语气变了，不再是那个端庄稳重、拒人千里之外的架势，苏宏玮颇感意外。

第二天，苏宏玮陪吴晴岚看了一天的房子，但吴都不是很满意。苏宏玮忍不住说："你要换个角度去思考虑问题，你买房又不是去住，要考虑好卖好租，这才是根本。有的人买房并不一定是考虑住的条件有多好，而是周边的学校、交通和其他因素等等。"

见苏说得有道理，吴晴岚点点头："你帮我买好了，只要好卖、多赚钱就行！"

一连三天，苏宏玮领着吴晴岚和邢万全跑了大小十多个楼盘，就在苏宏玮想定下其中三套时，老陈却打来一个电话："兄弟，到我这儿来看看，元山房地产公司盖的房子才开盘，赶紧来！"

苏宏玮知道，元山那个楼盘地处市中心繁华地段，学校、交通、购物、医院环绕左右，只是这两年受政策影响形势一直不太好，所以还在捂盘销售。如今忽然开盘，苏宏玮颇感意外："他们不是说卖现房吗，怎么现在开盘了？"

"你来吧！咱们见面再说。"老陈说。

苏宏玮不再犹豫，带着众人一齐奔向老陈的房产中介公司。

老陈的公司位于主干道临街大楼后面的步行街里面，来往人群密集，是得天独厚的好位置，也就是借助了这样的条件，老陈的生意做得是风生水起，钞票赚得盆满钵溢。虽说是个纯粹的商人，但他对苏宏玮还是念念不忘，感谢当年起步时苏宏玮对他的帮助，所以至今把苏当成好友，经常相邀喝酒聚会。最近，他就听说元山要开盘，所以一直留心，直到今天到开盘现场，订购了五套小户型的房子。他知道这个楼盘是本市实验第二小学的划片区，无论租售都是前途无量。办理完手续后，他想起了苏宏玮。有福同享，他一个电话打给了苏宏玮，结果苏组团前来，令他颇感意外。

"好家伙！带这么多人来，都要买房吗？"老陈说。

"这两天在全城看房，就要下定金了，你一个电话，就扑到这来了。"苏宏玮如实讲了经过。

"好吧，那咱们就先到售楼处，看看大家想要什么样房子。这个楼盘叫元山现代城，前栋公寓均价为一万两千八百元，后面的一栋是纯住宅，价格为一万三千五百元，到了实地大家自己定吧！"老陈简单介绍了概况，大家就在他的引领下来到售楼处。

售楼处就在即将完工的一楼大厅，虽不大张扬，却也豪华气派。大厅里人头攒动，选房的、签约的、听讲解的、看图纸的忙得不亦乐乎。苏宏玮很感慨，虽说此时是房地产的寒冬时节，但却仍有前仆后继的大批民众前来抢购，真是搞不懂人的心态为何如此疯狂？老陈凑上前来说："没钱就买两套五十来平方米的小户型，有钱就买个五六套。我敢说不出三年，房价就能翻一番！"

"有那么夸张吗？"苏宏玮觉得做房产中介的人都爱煽风点火、推波助澜。

"这地方有个实验二小，是学区房，早晚房价会疯涨。不信，你看着！"老陈胸有成竹地说。

见老陈这样说，苏宏玮决定买三套五十多平方米的小户型公寓。他又建议吴晴岚也买两套，谁知吴看中了后排的纯住宅，商议之后，最后选定十楼一套八十六平方米的住宅和前栋二十一楼一套五十一平方米的公寓。邢万全见众人如此踊跃，最后在苏宏玮的建议下，一口气买下了二十四楼三套小户型公寓。受整个环境的影响，连帮忙买房的小关也按捺不住购买的欲望，最后出手买了一套四十九点三平方米的小公寓。苏宏玮见众人如此踊跃，马上给修玉林打了电话，约他前来看房。老修来了，在苏宏玮的建议下，也挑了三套小户型的公寓，与开发商签了买卖合同，并当场与银行也签了贷款合同。

快到晚上七点了，大厅里仍是人头攒动，前来看房的人络绎不绝。等老邢办完手续，时间也快八点了，老陈提议请大家去吃客家菜，各位于是欣然前往。吃完饭，苏宏玮抢先付了款。老陈见状也就免去了客气："各位想卖房时，找我老陈，不收中介费，还帮你卖高价。到时别忘请我喝酒就行。"说完，各自相互告别，散了。

吴晴岚没车，只好坐苏宏玮的车回家。到家了，她也没邀请苏宏玮上去坐坐。因为此前汪清河已两次打给她电话，约她见面，她不想让苏宏玮知道她和汪清河的关系，所以下了车，只道了声"拜拜"就进了小区。苏宏玮眼见吴晴岚进了小区，不见了踪影，只好纳闷地往回开。他本想借这个机会向吴晴岚解释清楚，免得她加深误会，没想到吴并没有给他这个机会，这让他不免有些遗憾，惆怅中，他把车开回了家里。

第三十章
冤家路窄

　　道高一尺，魔高一丈。肖元凯的机关可谓算得绝佳，可他没想到遇到了一个无赖加流氓。一个月期限很快就到了，按协议，裘晶该办理"离婚"手续了，不料那人就是不照面，后来打电话也不接了。肖元凯很是气恼，他自认为是玩鹰的人，不料却让鹰叼了一口，这让他心里无论如何不能接受。但不甘心也罢，无奈也好，总之人家就是不理不睬，弄得他毫无办法。没辙了，他只好找先前的介绍人帮他打听。介绍人也大吃一惊，连忙打电话询问，得知对方的情况，才对肖元凯说："他妈的，这个人太不地道！现在反悔了，说至少得再拿十万元才办手续，否则就拖着。"

　　肖元凯无论如何也没想到会出现这个情况，他知道如果发现女方已怀孕，民政部门一般是不准予以离婚的，那样问题就复杂了。他恨得牙根痒痒，但也无可奈何。最后说："你和他谈谈，我再加五万元，能行咱们就成交。"肖元凯不想在这些事情上纠缠，只想快刀斩乱麻，尽快了断。

　　电话打过去了，得到的回应是："考虑考虑！"

　　肖元凯毫无办法，只好耐心等待。谁知过了两天，还是没有消息。肖元凯急得都快疯了，只好催促介绍人再问问，电话回答的结果是"没考虑好。"

　　事情已不容再拖下去了。肖元凯只好对介绍人说："我同意给他十万块，请他来办手续。"

　　电话很快打回来了，对方要求他先把十万元打过来才能去办手续。鬼怕恶人，肖元凯从没遇到这样的人，没办法，只好乖乖地把钱打过去，事情才得以顺利办成，但两人也结下了梁子。肖元凯思忖日后有一天，他一定狠狠教训那个小子，让他明白做人的规矩。

事情总算办下来了，望着那张离婚证，肖元凯真想大哭一场。做人难，做男人更难。偌大世界，他想要个儿子就这样难！

裘晶并不知道这中间还有这么多七七八八、曲里拐弯的事，她是完全按肖元凯的指示履行手续。事情办完了，她才知道肖元凯的良苦用心。她现在是真佩服他了，许多她不理解的事情，到最后都证明是肖元凯说得正确。之前她还对肖元凯的所作所为有排斥、反感的倾向，现在全部认同了。她反复告诉自己什么也不要多想，把孩子生下来才是当前最重要的事，以后的事只能以后再说。

肖元凯回来了，看得出来很疲惫。裘晶赶紧为他倒了一杯茶，然后准备做饭。裘晶近日厨艺大增，连肖元凯吃了都称赞有加。受了表扬的裘晶更兴奋，她常按照电视或书上的指导要领来反复尝试，天长日久，不仅兴趣愈浓，而且厨艺也越来越高。看到肖元凯情绪不振，她想做几个好菜犒劳犒劳他，以缓解他的疲惫和烦恼。就在她起身想去厨房时，肖元凯叫住了她："别忙了，叫外卖，随便吃点就行，我有事和你说。"

裘晶听说有事，心跳由不得开始加速起来。

原来，肖元凯与台湾商人林成贵合作的"民间借贷"经过一年多的运行已呈每况愈下的态势，虽然表面上还能维持，利息仍然照付，但窟窿越来越大，已快到了入不敷出的状态，两人为此吵了多次。后来，林成贵已不愿再见肖元凯，每次有事商量，也是在电话里，稍有纠纷，林成贵就把电话撂了，两人的沟通渠道断了，问题积压得越来越多。最近部分借款利息停付，其中就包括老陈、许杰和苏宏玮的五百万。老陈和许杰是生意人，对这种事异常敏感，他们分别打电话给肖元凯，并说如不能按时付款，就根据合同约定收回本金，没有本金可按现有房产折现还本。肖元凯预感事情不妙：这样一来，他所拥有的三套房产将全部被拍卖用于还款。为转移资产，他先想到裘晶住的这套房。趁现在还没进入查封拍卖的阶段，他打算把这套房子过户给裘晶，那样他就没了后顾之忧。两套房子都过户到裘晶名下，即是最后他山穷水尽的时候，也仍然有东山再起的资本。打定主意，这才来告知裘晶。裘晶不知其中的原委，听肖元凯要把这套房子过户给她，自然不胜欢喜。想到自己终于成为这套房子的主人，出生的孩子有个落脚之地，这是她梦寐以求的大事。其实裘晶并不是没这么想过，只是每见到肖元凯疲惫不堪或愁眉不展的神态，就把话给咽回去了。现在不用她提了，肖元凯主动提出，让她大喜过望。

"我考虑许久了，况且你也在这住惯了，孩子生下来也好照顾，就把这套房子过户给你吧，明天带上身份证，到房管局办理手续。"肖元凯平静地说。

裴晶也没有表现出狂喜，只是说了声："谢谢了，算你还有良心！"

第二天，两人顺利办完了过户手续。肖元凯买这套房时交的是全款，因此他仅到市公证处办理了一套全权公证委托书，就把这套房的权属抓到手了。此外，为防止悔约和原房主暗中造假将其卖掉，他当时又与其在房管局做了产权抵押，明确了抵押关系，确保了他的权益。这次没办理过户前，他早已到房管局办理了撤销抵押手续，因此，过户办理得异常顺利。

办完过户后，他又对裴晶说："明天咱还得去一趟公证处，把那套为你办户口的房子做个全权委托手续，以免需要处理时你不方便出门。"

裴晶明白，肖元凯担心她肚子越来越大，或孩子出生后不方便，于是未雨绸缪，先行办理。理解了他的意图，于是满口答应了。第二天，两人又去了市公证处，填了相应的表格，签署了自己的大名，等了不一会，三本公证书就拿到手了。

走出公证处，肖元凯的心情不错，他提议去元山美食城吃点小吃，裴晶原本不想去，但看肖元凯心情很好，就遂了他的心愿。于是两人来到了美食城。该地儿不愧是美食城，整整一个三千平方米的大厅，四周全是中国各地的特色小吃。不仅有四川担担面、上海城隍庙小笼包、朝鲜冷面、开封灌汤包、河南烩面、山西刀削面、陕西羊肉泡馍、东北李连贵熏肉大饼、老边饺子、沙县小吃、广东烧鹅、北京烤鸭，还有各色海鲜等。两人看得眼花缭乱，每样都令人垂涎欲滴。肖元凯点了一碗朝鲜冷面，又点了一盘烤鸭，而裴晶则点了一碗担担面、一碟小菜。两人落座，裴晶刚刚把包放下，还没说话，就见一女子冲到桌前："好啊，怪不得天天不回家，原来是有女人缠住了！"裴晶定眼一看，原来是肖元凯的老婆刘芸。裴晶见过刘芸，也知道刘芸的厉害。但在这么多的人面前，她还是有些心虚，她不想引起人们的注意，只好起身招呼一声"嫂子"。她的话音还没落，刘芸的手早就上来了，只听"啪"的一声，裴晶的脸立马红了一片。刘芸还想伸手打人，胳膊早被肖元凯抓住。

"干什么，没完了？"肖元凯恶狠狠地说。

"我就是没完了！让这个女人把我逼疯了，今天我就是要弄个明白，有我没她，有她没我！"刘芸不顾一切，大哭大闹，她似乎要把这一年多的委屈全部宣泄出来。裘晶没明白过来是怎么回事，脸上早挨了一巴掌。她早从电视或网络上得知，遇上这种事，三十六计，走为上计。趁着两人在一起撕扯时，她快步抽身走了。两人发现裘晶走了，争吵的劲头也没先前激烈了。

"喊呐！把你那泼妇劲头都喊出来，看谁在这丢人现眼。"肖元凯凶神恶煞地说。

"我不怕！我没找野男人，我怕什么？"刘芸仍旧高声说。

"就你这种女人，到哪儿都不受待见。你闹吧，看你有什么好下场！"肖元凯说完在众目睽睽之下冲出重围走了，只剩下刘芸在那大哭大叫。

惊魂未定的裘晶回到家，越想越难过。自她长大以来，还没受到过这样的羞辱。过去看电视剧里面有两个女人为男人打起来的情节，内心还对被丈夫抛弃的女人深表同情，现在轮到自己头上了，她却只感到特别委屈——自己怎么沦落到这个地步？越想越难过，越难过越想哭，就这样，哭个没完。

肖元凯回来了，见裘晶哭得天昏地暗，上前安慰说："别哭了，这样会哭坏身体的。再说，这样哭下去对胎儿发育也不好的。"

听肖元凯这样说，裘晶的哭声小了，但还是不停地抽泣着："你赶紧离婚吧，这样的日子，我一天都不想过了！"说完又哭开了。

说得肖元凯心里热乎乎的。从排斥他到接受他，裘晶历经了巨大的情感波折，现在终于能和他站在一起，这是多么不易的事啊！肖元凯感到责任重大，他暗暗告诫自己，一定要对得起裘晶，让她觉得这世界上只有肖元凯才是她唯一可以信得过的男人。为了这个信念，他可以上刀山、下火海，为她做任何事。他决定回家一次，跟刘芸商谈离婚事宜。

刘芸见肖元凯破天荒地回家了，感到意外。其实，对于自己的婚姻她早已不抱幻想。她的闺蜜就曾多次劝她说："姐姐，干吗在一棵树上吊死，你的形象也不差，咱也找一个小白脸，气气他！"刘芸不想那样做，她觉得那样做会为社会所不容，毕竟自己还有个女儿。女儿一天天长大，她不想让她也活在这个漩涡里。对于离婚，她也做好了准备，虽然好好的家破碎了，但她也是无奈。如今有太多的家庭承受着这样的破裂，自己又何必想不开呢！她想明白了，有的男女相遇后，一生患难与共、不离不弃，那是缘分，需要千年的修为；有的三五年就散，都是孽缘。但她又有所不解：这些年她对这个家可谓是兢兢业业、一心一意，连生孩子这样的大事，她都尽量自己照顾自己，从不让肖元凯分心，她自觉得对得起这个家，对得起肖元凯。刘芸思来想去，觉得都是钱闹的。没钱的时候，家里很平静，肖元凯早晨上班，晚上回家。自从炒房后，腰包里有了钱，肖元凯就变坏了。男人有钱就变坏。刘芸想到这，愈发恨起炒房这个行当。要不是炒房这个行业兴旺起来，她的丈夫也不至于被带进去，不至于闹得家庭分崩离析。现在，每有调控政策出台，她都欢欣鼓舞，恨不得政府出台最严厉的措施，将炒房客一网打尽，断了他们的财源，也会挽救很多家庭。

看见肖元凯回来了，刘芸回到了现实。她用眼瞟了他一眼，心里想着他又来打什么鬼主意。果然，肖元凯说话了："闹到这份上，咱们离婚吧，财产都归你，我净身出户，你看怎么样？"

"你怎么这么好啊！把财产都归我，谁知道你外面还有多少？"刘芸冷笑一声。

"要怎样你才相信？"肖元凯说。

"我也没时间查，你真想离婚的话，就拿一千万来，否则免谈。"刘芸很干脆，没有半点废话。

"咱家啥时有过一千万？说话要讲良心！"肖元凯觉得刘芸要得离谱。

"没一千万也行，把那小狐狸精的账户和房产查一查，有的全给我吐出来！"刘芸说。

肖元凯心里一惊，这刘芸也变得聪明起来了。他只能百般抵赖不认账，才能蒙混过关，"她有什么钱和房产！况且，我也不可能把钱放在她那儿。"

"既然你不同意，那就算了，我本来也没想离婚！"刘芸轻松地说。

"这么耗着有意思吗？咱俩肯定也不能过了，非得闹到法庭去吗！"肖元凯有些急了。

"法庭就法庭，就是告到高院去，也得让你这个喜新厌旧的伪君子露出嘴脸！"刘芸也有点激动了。

"好聚好散，干吗非得弄成冤家？还有孩子呢！"肖元凯还是想缓和两人的关系。

"你还想着孩子？但凡有点做父亲的样，也不会走到今天。肖元凯，我今生最大的错误就是嫁给了你！"刘芸越说越激动，越说越失控。

"越说越不可理喻！既然这样，咱们只好到法院去，让他们公断好了。"肖元凯见刘芸无论如何也说不通，抛下这句话走了。

没有仪式的婚礼

　　被哥哥和程毅带走的周晓丹，和他们一路上马不停蹄在高速路上急驶，直到第二天的中午才回到家。进了屋才知道全家都在忙着她的婚事。又急又烦的周晓丹见到妈妈就问："妈，我啥时同意嫁了，这婚我不结！"

　　母亲很为难。她一辈子都屈从于丈夫的意志，从没有个人的主见，见女儿这样问她，就说："那程家在农业局给你哥找了个工作，是合同制的，全家人都觉得好，就同意了！"

　　"你们同意就把我卖了？"周晓丹非常愤怒，她大声地喊起来。

　　父亲出现了。他原本是不想出面的，但女儿的大喊大叫让他感到不出面不行了。"婚期就定在大后天，一切都准备好了。如果你不想结婚，就把你爸的老命拿走，我丢不起这人！"周父说。

　　周晓丹听了非常气恼："我说不嫁就不嫁，把我逼急了，就死给你看！"

　　周父听了更生气："我养你这么大，就是听你犟嘴的？要死，改天到程家去死！"

　　"好！你说的，到时可别后悔。"周晓丹狠狠地说。

　　母亲见女儿两眼泪水，也一阵心酸。当年要不是她坚持让周晓丹去读大学，也就没有让她在外面疯几年的机会，也不会有今天。如今看女儿不满意这门婚事，内心也十分不安。她不知道怎么劝女儿，又担心老伴的责骂，所以也是在煎熬中。"孩子，那程家在本地还是不错的人家，嫁过去也是衣食无忧，妈看着很好！"

"现在的社会还有谁担心缺吃少穿？妈，你那是老眼光了！"周晓丹说完忽然想起了苏宏玮，她想该给他打个电话，告诉他已到家了。但她没有看到手机。翻了半天也没有找到。"妈，我的手机呢？"她问母亲。

"没看见，你再找找。"母亲说。

"明明放在包里，怎么会没呢？"她翻遍了整个随身带来的包裹也没有找到手机，她知道了，肯定是哥哥给拿走了。她找到哥哥："把手机还给我！"

哥哥倒是很坦白，他说："是爸爸让拿走的，他就是怕你跟外界联系。"

周晓丹无语了，摊上这样的父亲，谁都无可奈何。她跑到邻居家的小妹那儿，借了部手机给苏宏玮发了个短信，又装作若无其事地回到家里。不承想父亲让她第二天到姑姑家一趟，没办法，她只得遵命又去姑姑家走了一遭，回来时，时间已经近中午了，她想看看苏宏玮来了没有，果然在街上看到了一辆奥迪Q5。她认得那是苏宏玮的车，心中一阵狂喜，回家向父亲禀报了去姑姑家的情况，然后就收拾行囊准备出逃。一想到这次离家不知何年何月才能回来，周晓丹潸然泪下。想到再也不能见到母亲了，周晓丹忍不住哭起来。

……

当她和苏宏玮在收费站被警察拦下，回到县公安局又被父亲和哥哥带回家时，父亲这回没有骂人，他只用手比划了两下就进屋了，此后再也没有露面。周晓丹回屋后也是坐立不安，在房间里来回地转圈，那颗想飞出牢笼的心一刻也没有停下来。她决定晚上再逃出去，那样就比较容易。想到这，她又重新躺在了床上，只等午夜过后，她便逃之夭夭。

子夜已过，快到两点了，周晓丹蹑手蹑脚来到门前。她推开房门，却见门外站了两个人。原来是哥哥和另外一个人。

"回去吧，爸爸早安排好了，今晚上是不会让你走的！"哥哥是个孝子，他永远不敢违背父亲的旨意。周晓丹没招，只好回到屋中。此时，她恨自己没有翅膀，飞不出这牢笼，她恨自己不是超人，无法越墙而走。上天无路，入地无门。周晓丹在愁肠百结的暗夜里，一直眼望着天蒙蒙亮，困意这才袭来，她迷迷糊糊地睡过去了。

待她醒来时，已过早上八点了，看到屋里屋外来来往往的人，她知道这些都是为她出嫁而忙碌的人。母亲敲门进来，头一句话就是："孩子，这是你的人生大事，可不能由着性子来啊！"看到母亲眼神的一刹那，周晓丹的心一下子变得柔软了。那是一种担忧、焦虑，更是一种期盼。周晓丹读懂了妈妈的心思。她决定不让家人为难，哪怕自己千难万难，上刀山、下火海，也由自己一人豁出去，不牵扯家人。

外面的喇叭响了，这是迎亲的队伍来到了。随着一阵噼噼啪啪的鞭炮声，人们看到周晓丹走出屋来，随着迎亲的人坐进了汽车。

周晓丹本来是想对程毅说清楚，她不爱他，是家里人逼她。为了不给家人造成更大的压力，她只好单独出面，和程家谈谈，尽管她知道今天是结婚的日子，双方已没时间坐下来正式交谈。所以在车里她就坚持不举行仪式，程毅无奈，只好答应下来。来到程毅家里，周晓丹把自己在南厦有男朋友的事讲了出来。可无论她怎样说，程毅就是不相信，他以为她是不愿和他结婚而编故事蒙骗他。"我知道你是不想和我结婚，因为咱们不熟悉。但我保证对你好，咱们先结婚后恋爱。我会让你幸福一辈子！"程毅信誓旦旦地说。

婚礼现场的人都回来了，程毅的妹妹敲门说："哥哥、嫂子，妈让你们过去呢！"

程毅听见了说："妈让咱过去，你就见一面吧！"说完就去拉周晓丹的手。到了此时此地，周晓丹尽管一百个不情愿，进入了这规定的情境，也万般无奈，只好随程毅来见公婆。

"你们小两口是怎么回事，话也不说一句就回来，让我和你父亲在那儿多尴尬啊！"母亲张口就数落起两人来。

"妈，是我们做得不对，您就原谅小辈们吧！"儿子上前来打圆场。

"现在的年轻人真搞不懂，任性到把那么多人撂在婚礼现场就不管了，这算什么事啊？"妈妈气得数落起来。

周晓丹站在那一声不吭，她知道这些话都是冲她来的，但她好像插不上嘴，只能由着大人数落。

父亲则坐在正中，一言不发。虽然他比较知道内情，但儿子愿意接受这门亲事，事到如今，他也只好顺势而为，除此之外，他也是无可奈何。

过堂总算结束了。两人又回到了屋中。周晓丹还天真地想说服程毅放弃这门婚姻。但程毅无论如何，就是不舍得她离开。

"咱俩没缘分，我的心不在你这儿，你还是放我走吧！"周晓丹说。

"婚也结了，结婚证也领了，你还想离开我，太无情了！"程毅有些伤心地说。

程毅提到结婚证，让周晓丹想起在南厦遇到警察的事，遂问："我也没跟你去办理结婚登记，你的结婚证是怎么办出来的？"

"那还不是小事一桩，我的同学就在民政局工作，把你哥哥给的几张照片拿到照相馆经PS技术处理，两人的结婚照就出来了。再拿照片给我同学，没两天结婚证就办出来了。"程毅得意忘形地讲述证件的由来。

周晓丹沉默了，连结婚这样的事都能造假，还有什么不可以呀！但她还想说服程毅放她走："咱俩没感情，我跟你并不熟悉，就是勉强凑在一起，会有幸福吗？"

"你想得太远了！咱们着眼现实，活在当下才是最重要的。"程毅并不像周晓丹有那么多的顾虑。

见程毅横竖不为所动，周晓丹只好拿出最后的杀手锏说："我跟男朋友睡过觉，你还要我吗？"

谁知此话一出，程毅不仅没说二话，反而哭着说："自从我认定了你，各种可能出现的事我都想好了，只要你以后跟我好好过日子，以前的事我一概不管。"

周晓丹没想到程毅竟是这样一个宽宏大量的人，不仅不计较她的过往，而且还善解人意。一时间，她对这个小伙子重新有了认识。

"别哭了，让人看见多不好。"周晓丹开始同情他了，到现在她才看清他，白净的一张脸，虽眼眉有点往上翘，但一双眼睛还是真诚的，微高的鼻梁镶嵌在一张薄薄的嘴唇上面，两只招风耳适中地插在左右，总体给人坦诚的感觉，很能招一般女人的喜欢。看着他仍在那一动不动，周晓丹上前扶起他，"有话好好说，干吗这样子！"

他被扶起后，半晌又呜呜地哭起来，而且哭得很是伤心的样子。周晓丹本来心乱如麻，见程毅这么一哭，更是没了主意，"一个大男人，有话你就说，干吗哭哭啼啼呀！"

"我喜欢你，从见第一面，就想你想得睡不着觉。现在好不容易结婚了，你对我却是这样子，我难过！"程毅断断续续地吐露自己的心声。

周晓丹的心有些乱。她本来希望程毅听到她和别的男人睡过觉会反感或离她而去，那样她就可以从容面对了。谁知他听后不但不恼，反而哭得悲戚，这大大超出了她的意料之外。而且，程的哭声再次震撼了她的心灵，她头一次有了进退两难的心情。难得遇到这样的好男人，如果没有苏宏玮的先入为主，能嫁这样的男人也不失为是一辈子修来的福。

身边的男人仍啼哭不止，到后来竟然扑在周晓丹的怀里不肯放手，周晓丹心里清楚无论如何，她要守住自己的底线，不能让程毅碰她的身子，那样她就对不起苏宏玮了，而且如果真的发生了那样的事，她和苏宏玮就再没有走到一起的可能了。想了想，她毅然推开了程毅，并说："大男人都是顶天立地的，干吗哭哭啼啼的，让人看见还以为我欺负你了，传到你妈那儿，还不得气死！"

程毅听周晓丹这样说才停止哭泣，坐了起来，待了一会说："你还没吃东西吧，你等着，我给你拿去。"说完出门走了。等了好长一阵子，他才回到屋中，提了几个饭盒摆在屋中的桌子上："我到街上买了两笼包子，又买了粉丝汤和卤肉，还热着呢，吃点吧！"

周晓丹抬头看了程毅一眼，心想这个男人还挺细心，跟了她算倒霉。如果没有苏宏玮，遇上这样的男人，真嫁了也不遗憾，可眼下她不能嫁给他，她还想着怎么退掉这门婚事，远走高飞去找苏宏玮。

夜幕降临，小城安静了下来。程家因白天婚事的折腾，此时也停止了所有的活动，屋中一时平静下来。程毅见周晓丹不吃也不喝，那颗悬着的心一直放不下来。看着她根本不朝桌上看一眼，无奈只好又坐下来。屋中只有他和周晓丹，新婚之夜他不知该怎么办好，无意中看了周晓丹一眼，谁知此时周也正看着他，四目相对，让他有些心慌意乱。踌躇了好一阵子，终于硬着头皮说了一句："天已晚了，咱们该睡觉了！"说完脱了外衣上床凑到周晓丹身旁。周晓丹见程毅脱了外衣上了床，马上紧张起来："要睡你自己睡，可不许碰我，否则我跟你玩命！"她说完，随手从裤兜里拿出一把弹簧刀在程毅面前晃了晃，意思是，他要非礼，她就用这把刀和他拼命。程毅没想到周晓丹这样刚烈，他很生气："你既然成了我的老婆，有话不能好好说嘛！"

"我不是你老婆，你要耍流氓，我只能自卫！"周晓丹说。

"你不愿意就明说好了，干吗拿凶器来威胁人，咱们不能好好商量吗？"程毅还是气愤难平。

"跟你有什么商量的，你娶我不就是为那点事嘛！"周晓丹满脸鄙夷的样子。

"别把人都看扁了，我虽然喜欢你，但你不愿意做的事我也不会强迫你。我要的是你心甘情愿，你不愿意那就算了！"程毅说。

"你真的这样想？"周晓丹有些意外，没想到程毅竟然这般大度。

见周晓丹露出异样的神色，程毅说出了他的心里话："爱很多时候是奉献，不是索取；我因为爱你，所以会尊重你，放心好了。"

周晓丹确实吃惊于这几句话，她原本以为洞房花烛夜，没有哪个男人不想圆房的，除非他有病。可眼前的这个男人却声称为了爱尊重她的意愿，她不由得重新打量他。

程毅同所有正常的男人一样，新婚之夜，他何尝不想与喜欢的女人共度良宵，体验缠绵和温存，享受酣畅淋漓的肉体快感。可眼下的这个女人却极力表现出排斥和反感。程毅也知道那个苏宏玮，正是那个男子成了他和周晓丹中间的一道藩篱，让他无法逾越。要想征服这个女人，只有慢慢来，切忌心急，心急吃不了热豆腐，如果急于求成，搞不好会适得其反；关系一旦弄僵，再想修复就难了。程毅想到这，暂且遏制住泛滥的欲望，恢复了理性，转头呼呼大睡起来。

周晓丹见程毅平静下来，不一会意发出轻微的鼾声，紧张的心情才一点点放松下来。她担心程毅是假装熟睡，坐在床上一动不动地盯着他，直到看他真的睡着了，这才放下心来。她又担心他半夜醒来骚扰她，于是干脆把裤带系成了死结，把刀放在身边，这才放心睡下。周晓丹醒来后发现天已大亮，身边的程毅早已不知去向，她一惊，赶紧坐了起来。她不知程毅什么时候出去的，也不知他去了哪里。怀着忐忑不安的心情，她飞身下地，出了房门。程家的人都已上班去了，屋中空空如也。周晓丹忽然觉得自己也该走了，这个家跟她毫无关系，她在这也没有什么意义，倒不如一走了之，落得个干净。正思谋该离家出走时，程毅回来了，不但买了早点，而且又买了一堆肉菜，见周晓丹在那彷徨，就说："先吃了早点，中午我做饭，让你尝尝我的手艺。"说完拿出馒头、稀饭、面包、牛奶和鸡蛋等摆在了桌上，然后示意周坐下吃饭。看着程毅真挚的目光，周晓丹感动了，没有其他人，她坐了下来。从昨天到现在，她连一口水都没喝，早已饥肠辘辘，望着眼前的食物，她的饥饿感顿时强烈起来，但她还是强忍着不想就范。程毅早就看出了她的状态，见她仍不想吃，就说："你没必要和谁较劲，连顿饭都不敢吃，只能说明你心虚！"

见程毅这样说，周晓丹坐下来："吃就吃，我有什么心虚的。不想和你结婚不代表我有什么错！"说完拿起面包就吃起来。许是太急了，面包在喉咙里噎住了，面露难色，程毅见状，忙把牛奶递了上来，又上前替她捶背，周晓丹喝了两口牛奶，这才把噎着的面包吞了下去。接下来她便狼吞虎咽地把桌上的食物如风扫残云般吃了精光，这才恢复了正常的神情。

"中午我还给你做好吃的，吃多了，一会儿就吃不下去了！"程毅边说边收拾着。

新婚第一天就这样过去了。程家父母见两人很正常，也就放下心来。到了晚上，周晓丹依旧全副武装，和衣睡下。程毅见状说："我说不碰你就不碰，大丈夫一言既出，驷马难追。你这样穿着睡不舒服！"

周晓丹并不回话，闭着眼睛，想着心事，考虑如何能将眼下的难事化险为夷，逃离虎口。一连三天就这样过去了，到第四天回娘家，周晓丹的防范心理才逐渐放下来，而程毅也老老实实地不敢越雷池一步，直到周晓丹发现自己有了妊娠反应，呕吐不止的时候，才知道自己怀了苏宏玮的孩子。

"我怀了别人的孩子，传出去对你也不好，这回总该放我走了吧？"周晓丹对程毅说。

说心里话，当他第一时间得知周晓丹怀了苏宏玮的孩子后，宛如晴天霹雳，不知所措。他恨透了苏宏玮，他想找个没人的地方大哭一场，哭诉自己的不幸。但哭过之后，临到下决心放她走的时候，那颗心又动摇了。他实在舍不得离开周晓丹，他觉得周晓丹是他的魂，但不离开就得接纳这个孩子。他曾劝周晓丹拿掉这个孩子，但得到的回答是："做掉你也不能做掉孩子！"

没办法，他想了一晚上，终于想开了："我当这个孩子爸也可以，但以后你得跟我真心过日子，不能再思谋离开我。"

周晓丹又没想到眼下这个男人的宽宏大量已超出了一般男人，她没看出程毅竟然有海一般的胸怀，不仅容忍了她的任性，而且还接纳了她的孩子，这让她深深地感动了，于是当即答应："你要能接受这个孩子，我可以考虑跟你过日子。"

程毅虽然怀疑这是周晓丹的权宜之计，但这仅仅是主观臆断而已。既然周晓丹松口以后跟他过日子，权且相信她一回，让她把心收笼到他这边，也不失为一个选择。

"如果我同意接纳这个孩子，你会真心跟我过日子吗？"

"人心都是肉长的，你对我百般相依，我岂能辜负你的一片情意？"周晓丹说。

"好吧，既然这样说了，我就相信你一回！"程毅终于放下心来。

Chapter 32　第三十二章

软硬兼施

　　福无双至，祸不单行；一波未平，一波又起。肖元凯后院的火势刚刚得到控制，前面的麻烦又找上门来。老陈和许杰两人轮番打电话找他，原因是借款已超两个多月未付利息了。"合同规定超三个月未付利息就可收回本金，已经快到期了，你看怎么办？"老陈见面就跟肖元凯这么说。

　　"就是，你看这么长时间，我们都不好意思找你，眼看到规定的期限了，你总得给我们个说法吧！"许杰接着说。

　　肖元凯对此事心如明镜。林成贵也为此事与他闹得不可开交，两人大有断交的可能。肖元凯在林成贵手里有一千一百万的借款，而林仅用了他的两套房做抵押，实际价值也仅有三百多万。肖元凯很后悔与林合作，如果林还不起，这一千一百万就得由他来承担，恐怕就得破产了。不仅如此，他要想再咸鱼翻身，就不知是多少年后的事了！

　　"你们二位再给我点时间，我找老林商量商量，过两天给你们回话，可以吧？"肖元凯只能用缓兵之计来对付眼前的两个人。

　　"能说个准确的日子吗？还有九天就三个月了！"老陈说。

　　"月底吧，反正月底我给你们个说法。"肖元凯敷衍说。

　　"好！月底就月底，我俩相信你。"老陈说。

　　望着两人的背影，肖元凯陷入沉思。九天之内拿回五百万简直是天方夜谭，他也知道不可能，但只有往后拖，除此之外他也是一筹莫展。但紧要的是，他必须找到林成贵。他知道林是台湾人，万一他跑路了，那一切责任将全部由他肖元凯负责。肖元凯越看到这一步，就越后悔跟林成贵合作了。平时觉得自己挺聪明，现在看来还不如呆若木鸡的苏宏玮，起码他不会傻到跟林成贵合作。如果林成贵真的跑路了，他就倒大霉了。肖元凯越想越后怕，他思谋着怎样找着林，并且随时掌握他的行踪，必要时还得把他控制起来，才不至于让自己倒霉。

他想了个办法，和经常跟林成贵在一起玩的人通了电话，终于套出林现在所在的娱乐场所，接着领了一帮人直奔林的场地。林成贵见肖元凯带着一帮人来找他，心里有些慌。两人毕竟在电话里吵了几次了，虽然他知道肖有一千一百万在他手里，但钱放出去了，他也要不回来。商场上的事，盈亏都很正常，他的房子也给人做了抵押，拿不回来他也没办法。而肖元凯则不干，他认为林要说话算数。两人理念不同，于是经常吵得不欢而散。如今见肖元凯带一帮人前来，他知道来者不善，他的大脑开始高速运转。他希望肖元凯在这闹起来，那样警察来了，趁乱他可以脱身。但肖元凯并不想这么做，他想把林成贵带走，那样他就有主宰权了。两人各怀心事，各想各招。

"小妹！拿酒，我的朋友来了，好好喝两杯。"林成贵大声喊着。看着酒都倒上了，他举杯与肖元凯碰了一下，然后干了。

"咱们明天再谈，好吗？"林成贵尽量压低声音说。

"用不了多长时间，晚上谈不是更好吗！"肖元凯假装平和地说。

林成贵听后哈哈大笑起来，似乎彰显着非一般的大度。肖元凯也笑了，不过他的笑声似乎没林成贵的声音大。

又喝了一阵子，林成贵推说要上卫生间，起身就往外走，肖元凯见状，一递眼色，就有三个人跟了出来。林成贵一看说："我去趟卫生间就回，何必呢！"

肖元凯说："其实本不应该，但你的所为让我失去了对你的信任，咱们打开天窗说亮话，你要有诚意，咱们找个地方，到你公司或者到你家，咱们谈谈当下的问题怎么处理。"

林成贵见是躲不过去了，只好随声说："行！好吧。"

两个人随林成贵上了车，另外两人仍随肖元凯坐车紧跟其后。林成贵心里清楚，肖元凯这次要跟他动真格了，带来这么多人就是明显要跟他闹翻。所以他坚持回自己公司，在自己的地盘上他的心里总还是踏实的。而后面的肖元凯也有他的盘算：如果两人闹翻了，他可以就地将林制服，然后逼迫他拿出钱来，即使将他囚禁二十四小时或用点手段，日后警察来了，在他自己的公司里，总不至于定他绑架罪吧！车不一会儿就到了林成贵的公司。几人随林进了他的办公室，林毕竟是在外闯荡江湖多年，进了门还给大家沏茶，礼貌得像个正人君子。

"咱们谈事吧，那些事让小弟去做。"肖元凯说。

"好！谈什么，你说。"林成贵一副无所谓的神态。

"咱们与老陈、许杰等三人的五百万已到期了，按约要么付利息，要么就得返还本金，你说怎么办？"肖元凯说。

"跟他们解释一下嘛！让他们再等一段时间，等钱到了马上就还给他们。"林成贵显然有些不耐烦。

"已经解释多少回了，关键是合同期限到了，什么解释都没用！"肖元凯说。

"那你要怎么样？"林成贵声音有些变了。

"按咱们之前的协议，拿你的房产做抵押变卖。"肖元凯说。

"老肖，你当真要跟我闹翻？"林成贵眼睛瞪圆了。

"不是我要跟你怎么样，而是债主催得急，我也没办法！"肖元凯说。

"你的意思是非要走这条路喽？"林成贵说。

"没办法！要么你和他们去谈？"肖元凯说。

见谈不下去了，林成贵说："咱俩合伙买的别墅我也投了两百万，装修好了怎么也能卖个一千多万，我怎么也能赚个两百万。"林成贵说。

"能卖多少钱只能等房子卖了才知道，现在行情不好，很难说。"肖元凯有些烦。

"这样吧，把我那套南山北路的房子卖掉，加上投资别墅的钱，算算也差不多了！"林成贵无奈地说。

"那套南山北路的房子一百三十二多平方米，算算也卖不了两百万，加上你投资别墅的两百万，再加利润一百万共计五百万，还差六百万加三个月利息七十二万，你说，这些钱你让我上哪里去找？"肖元凯说。

"再多我也没地去找了，钱借出去的要不回来，我也没办法！"林成贵双手一摊，表示自己也无能为力。

肖元凯看眼下再闹也没啥劲头了，说："把你的房转给我，明天去做个全权公证委托代理。今晚你把产权证交我保管，咱们做个协议，证明你已返还本金两百万，这可以了吧？"肖元凯把详细的方案说了出来。

眼见无计可施，林成贵一脸的无奈，"好吧，就按你说的，咱们签个协议。"

协议不一会儿就写好了，双方签完字后，要拿产权证时，林成贵忽然说："产权证可能在家里，时间太晚了，明天拿着一起去办公证吧？"

肖元凯说："没关系，我和你一起去，今晚就要拿到产权证。"

看肖元凯的态度很坚决，两人只好上车往林成贵的住处开去。林成贵很后悔，自己想玩个帽子戏法蒙混过关，没承想肖元凯也是行家里手，根本不为所动，害得自己丢脸不说，还把家这个隐蔽的场所也暴露了，今后再要躲避债务时，这里也不保险了！林成贵带肖元凯回到家，胡乱翻了一通，根本没有，末了，又假装想起来了说："大概在公司吧？"又拍了拍脑袋说："对！我想起来了，在公司。"说完，带着众人又返回公司。

自始至终肖元凯都没说一句话。他想看看林成贵玩些什么花样，这种小儿科的伎俩也只有林成贵这样的人会玩。通过这件事，他更看清了此人，和谁做生意也不能和这样的人合作，仅此一次，永不来往。

林成贵回公司后即从抽屉里拿出房产证交与肖元凯。他知道如果不拿出点东西来，肖元凯是不会善罢甘休的，只有拿出点甜头，才能平息他的愤懑。其实他也没有损失得多严重，但谁让你是羔羊、笨蛋呢？这个社会就是物竞天择、适者生存。你没有本事生存，那就怪不得别人吃你了。林成贵送走肖元凯，望着汽车一股烟地走了，这样想着。

肖元凯从林成贵那里拿了房产证第二天就去了公证处，两人办完了公证走出门来，肖元凯邀林成贵去吃饭。林成贵想了一下，还是谢绝了，他觉得肖元凯和他毕竟不是一路人，道不同不相为谋，还是远离好。肖元凯还想从林成贵那里套出些东西来，见他推说有事，也只能作罢。望着远去的林成贵，肖元凯不无遗憾地摇了摇头。

回来后，肖元凯就把林成贵在南山北路的房子挂出外卖，要价两百三十五万。他坚信虽然行情不太好，但卖个两百一十五万还是有把握的。期间老陈和许杰轮番打电话催讨，肖元凯还是推脱，实在不行了，他就往苏宏玮身上推赖，言之凿凿说是苏宏玮主动找他，愿意借款并把他俩套了进来。老陈知道是肖元凯故意把水搅浑，但也只好把苏叫到公司，当面对质。这几天苏正为周晓丹的事大伤脑筋，听说肖元凯这边出事，更是大为恼火。三人见面，很快就水落石出。老陈说："我就知道这是肖元凯耍赖，故意把水搅浑，让咱三兄弟闹翻，然后再各个击破，达到他不还钱或少还钱的目的。"

"这小子太不地道，没钱就说没钱，还挑拨离间，人品有问题！"许杰说。

面对二人的抱怨，苏宏玮深感内疚。肖元凯的借贷行为是因他而起，如果当初他不把两人介绍给肖元凯，也许就不会发生此事，但肖元凯把问题推到他身上显然是为了逃避责任。他从未找过肖元凯，也不知道他在搞民间借贷，哪儿来他主动找肖元凯一说？他很不满意肖元凯的所为，为了钱竟然连朋友都出卖，他觉得越来越不认识肖元凯了。但这些话他只能留在肚子里，面对这两位朋友，他还不能贬低肖元凯，毕竟他们是同学、老乡，内外有别，他不想让人骂他里外不分。

"咱们去找肖元凯一趟吧，他这样扯皮，是想赖掉不成？"许杰说。

"该不会吧，那样做可太不地道了！"老陈摇摇头说。

"不会的，肖元凯不是那种人。当初借钱时说得明白，还不上拿房子做抵押，这话可不是闹着玩的。"苏宏玮极力为肖元凯辩解。

"你说你们俩，一个极力为己开脱，把责任推到别人身上，一个极力为他人辩解，把此人说成是正人君子。真不可思议啊！"老陈感叹地说。

"咱们还是到肖元凯那去一趟吧，正好有小苏在，把事弄清楚，省得老扯皮。"许杰说。

"好！找肖元凯去，今天把事说明白，不解决不回来。"老陈说。

三人各开一辆车，浩浩荡荡向肖元凯的公司开来。公司的员工从未见过这样的排场，大家都出来驻足观看。

"你们的老板在吗？"老陈进屋说。

"老板不在！"一员工回答。

"赶紧给他打电话，就说老陈、许杰和苏宏玮来了。"老陈又说。

肖元凯正在安慰裘晶，接到公司打来的电话，知道苏等三人都来了，心里一惊。他猜测可能是苏兴师问罪来了，那样他肖元凯不仅在全公司员工面前丢尽颜面，而且会让老陈和许杰把他看扁。他思谋如何能分而治之，保留自己一点颜面。很快他就有了主意，回电话给员工如此这般地讲了一通，然后挂断了电话。

"我们老板说了，晚上六点在'一品鲜'请客，希望各位按时光临。"打电话的员工说。

"他什么意思啊！咱们找他谈事，他倒好，请咱们吃饭，摆鸿门宴啊？"许杰说。

正在此时，苏宏玮的手机响了一声，他低头看时，短信显示："请多包涵，如有得罪的地方，看在咱们同学的份上原谅我。务必把二人留下，咱们酒桌上谈。"苏宏玮知道是肖元凯发来的。他很意外，肖元凯历来都是高高在上，从不跟人低声下气，今天竟如此恳求他，这让他看出肖元凯的变化。看来，钱真能改变人的性格，它可以让你有钱时趾高气扬，没钱时低声下气。苏宏玮忽然为肖元凯感到悲哀。仅仅十多年的光景，肖元凯的变化就如此之大，看来社会改造人的能力太大了，多数人都得对它俯首称臣、唯唯诺诺。自己虽然眼下还没到这份上，但将来呢……

面对肖元凯的请求，苏宏玮从内心是拒绝的，他认为肖元凯是在耍赖，明明有合同在，借钱时说得天花乱坠，现在到期了却想尽办法拖延，弄得大家都没面子。让苏宏玮悲哀的是因为自己，害得两个朋友受到牵连，现在他夹在其中，上烤下煮、左蒸右煎，十分难受。也对于肖元凯本人，即使有九十九个理由拒绝，他也是无法回避四年的同学情的。想了想，只好做出违心的抉择，虽然他知道自己有九十七万也在其中。

"咱们还是去吧，听听他说什么，怎么还钱！"苏宏玮第一次违背了自己的本意说。

"去吧，看他怎么说！"许杰很快就有了态度。

三人驱车很快来到一品鲜酒楼。

肖元凯果然在此等候，见三人进来，忙挤出笑脸："欢迎三位兄弟！"说完领众人进了一包间。

菜点完毕后，肖元凯首先开口："各位兄弟，实在对不住。这几天我一直在找老林，好不容易找到他，他也没钱。这不，他把自己的一套房子交给我，说好卖了还钱。"说完，肖元凯把产权证和公证书拿出来交给老陈。

众人翻看了一阵，肖元凯说得不假，名字和公证书都一致，看来是想还钱。

大家正议论着，菜就上来了，肖元凯要打开酒瓶，老陈说话了："大家都开车，酒就免了吧！"

见众人也都随声附和，肖元凯只好罢手。"来！大家吃菜，这家的菜很地道。"他招呼着大家。

很快就吃完了饭。看着大家都不做声，肖元凯知道都在等他说话："我刚才说了，情况就是这样子，现在拿不出钱，等卖了房再还大家一部分，余下的只能再等等。"

"这套房子能卖三百万吗？"老陈说。

"差不多！现在行情差一些，如果好的话，肯定会超出这个价。"肖元凯说。

"就按三百万算，我们借的是五百万，而且三个月的借期已过，又有四十五万的利息，这些钱怎么算？"老陈说。

"现在实在没有办法，只能是等等看了。"肖元凯说。

"那怎么行呢！借钱时你可不是这样说的。"老陈声调变了。

"肖元凯，咱们兄弟可不是一天两天了，说话要讲良心。我刚才听你讲了这么多，就拿一套房子给我们看，其余的是不想还了？"许杰开口了。

"你听他的意思就是这样，以后的事谁说得清！"老陈又说。

苏宏玮觉得该是自己说话的时候了："大家别这么说，元凯也不是这意思，我们还是听听他怎么说。和为贵！大家不要为此伤了和气。"

场面一时沉寂了。

许久，还是老陈发话了："这样吧，如果你有诚意的话，这套房子的手续交由我们来卖，价格就按三百万计算，利息不要了。余下的两百万你打个借条，保证半年还清，不计利息。你看可以吗？"

肖元凯并不情愿，他知道这样处理的结果是他们全身而退了，可那另外借的四百万，还有他投资的两百万哪里去讨？肖元凯越想头越大。

这边的许杰觉得利息拿不到了，还是有点遗憾："这样一来，咱们再也拿不到利息了！"

"还想拿利息？本钱还不知能否拿回来呢！"老陈苦笑说。

"他敢？不还钱老子要他命！"许杰站起来。

肖元凯还犹豫着是否按老陈的意见来。如果这样做，自己的风险就大了。虽然他和老林合伙买的别墅有老林的两百万，所赚的利润有两百万，但实际还是要承担一百万的风险；加上他一年多所赚的两百多万，实际不赔不赚。肖元凯里里外外权衡了一遍，他决定接受老陈的建议。

"好吧，我同意陈总提出的要求，但把余下两百万的还款时间延长至一年，这样我就有回旋的空间了。"肖元凯提出了新的要求。

苏宏玮见老陈和许杰都没有表态，想了一下说："看在咱们都是多年朋友的份上，宽限他一年。但到时仍不能还款的话，可从借款时起按银行四倍利息支付，大家看怎么样？"

"行吧！到底还是老同学，这时看出谁远谁近了。"老陈说。

第二天，几人到肖元凯的公司做了一份借款协议，肖元凯将林成贵的全权委托公证书和房产证一并交给了老陈，然后又到林的房产现场看了一遍，交了钥匙，这才算结束。

肖元凯望着远去的老陈等人，总算长吁了一口气。要是没苏宏玮，那两人可不会这样好说话。虽了却了一桩事。但他又隐约地感到不安：另外四百万的两个债主，不知哪天又讨上门来？一想到这，他的心情又沉重起来。

第三十三章

无孔不入的私家侦探

　　最近，裘晶总算安定下来，房子解决了，户口也落上了，假结婚也离了。眼下没什么烦心事。可是她始终担心孩子生下来没有名正言顺的父亲。虽然在这种移民城市较少有人议论伦理道德问题，但裘晶还是顾虑重重。一方面她与肖元凯的关系没有理顺，另一方面肖元凯的妻子刘芸始终是她的心头大患。她怕刘芸有一天会大闹起来，甚至闹到法庭上去，那样她就名声扫地了。虽然她并不太看重这些，但毕竟是未婚的女孩，这样的阴影还是让她有所顾虑的。晚上，肖元凯回来了，她说："孩子一天天大了，怎么办？"

　　肖元凯听后随口冒出一句："催命的来了！"

　　听肖元凯这样说，裘晶顿时心生了无限的委屈："别人有了宝宝都欣喜若狂，摊上你这样的爸爸就完了。不但不快乐，反而忧心忡忡。你说，孩子遇上咱这样的父母，算不算他倒霉！"

　　肖元凯明知裘晶对他有怨气，但也无奈。他现在是内忧外患，疲于应付。外面的事仅仅是钱的问题，还相对简单，而家里的事，那才是一个头两个大。他最怕刘芸知道他和裘晶的事，尤其有了孩子更会让她抓住了把柄，那样，后果将不堪设想。他很后悔让裘晶过早"离婚"，虽然剪断了麻烦，但给以后留下了祸根。肖元凯熟读过《婚姻法》，他知道一方有过错，另一方可以大做文章，不仅可以让过错方损失财产，而且甚至会让他锒铛入狱。以刘芸现在情绪状态，恨不得随时把他送进监狱才解心头之恨。有了这样的意识，他甚至每次开车来裘晶处，都小心万分，生怕遭到跟踪、盯梢。

而裘晶也是坐卧不安，心神不定。看着肖元凯每天回来都闷闷不乐，很少笑容满面或喜气洋洋，她也忧心忡忡。她不知道明天会发生什么事，尤其怀了宝宝，她的心情变得更沉重了。她怕外力破坏了眼前的平静，更怕飞来横祸。她怎么也没有想到自己会变成这样的人。看着镜中的自己，她不禁感慨万千，造物主太会捉弄人，跟这男人待了半年多，就变成这般模样，真是神奇啊！但同时她又安慰自己，再有八个月，她就要做母亲了，这是多么值得骄傲的事。每想到自己不久就要做母亲了，她就有了期盼，盼望那一天到来，让他们母子能平安地享受生活赋予他们的幸福。望着一天天凸起的肚子，裘晶每天都在为孩子祈祷，希望神明保佑她顺利生下这个孩子。

其实，裘晶这些忧患并非瞎想。她被肖元凯看中，就注定了她要遭遇劫数；肖元凯夜不归宿，放弃了做丈夫的责任，就已为他的自掘坟墓埋下了伏笔。他根本不考虑刘芸被冷落、被抛弃的处境。多少个夜晚，刘芸在暗自流泪，痛哭自己的不幸，痛恨小三的插足。刚结婚时，他们夫妻感情还是很好的。虽然那时并不富裕，但家庭里不乏笑声，肖元凯会把很多外面有趣的故事搬到家里来，引得大人、小孩笑声不断。自从加入炒房大军，肖元凯就变了。家里日子虽然好了起来，换了新房子，但肖元凯的影子却很难觅到，经常是整宿不归，即使回家也是酩酊大醉，夫妻间的床笫之欢更是少之又少。望着空空的床铺，刘芸的眼泪不知流了多少。考虑到维持家的完整、孩子的成长，刘芸都忍了这些事。直至后来肖元凯经常性地不回家过夜，两人才开始爆发了战争。一开始，肖元凯还不敢太放肆，时常回家过夜。到后来，肖元凯索性就不回来了。没人知道他住哪，也不知道什么人跟他住在一起。刚开始时，有人向她报告裘晶跟肖元凯关系不太正常，后来裘晶离职走了，她便无从抓起，从此失去了线索。肖元凯每见到她也是横眉冷对，仿佛乌眼鸡一般，非打即骂，根本没一句好听的。刘芸也是犟脾气，肖元凯的无情更激起了她的怒火，让她的性情进入了歇斯底里的疯狂状态。女人一旦进入这种状态，接下来便什么事情都可能发生了。刘芸先是委托私人侦探找到肖元凯的行踪，接着又偷拍了肖元凯与裘晶两人的大量照片，最后拿着这些图片找到肖元凯，跟他摊牌。

"说吧，打算怎么办？"刘芸把一沓照片摔在了肖元凯的眼前。

当这些重磅炸弹摊在肖元凯的面前时，肖大吃一惊。他不知道刘芸手上怎么有了这些东西，他一向谨小慎微，开车、进门都是小心翼翼，生怕有人跟踪、盯梢。尽管这样，还是被人盯了个正着。肖元凯很懊恼，不知哪个细节疏忽了，露出了马脚，连两个人的住所都被人拍得一清二楚。现在，他曾经自以为很隐蔽的家也暴露了，他思忖该如何换一个新家，以确保裘晶不受到惊吓。

"这回你还有什么可说的，你不是想离婚吗！说说吧，怎么个离法？"刘芸很得意地站在肖办公桌前。

"你想怎么离？"肖元凯渐渐平静下来。

"你净身出户，所有的财产都归我，咱们两清！"刘芸说。

"你这是赶尽杀绝！总得让我活啊！"肖元凯的语气有些变了。

"好啊，看在咱们夫妻一场，车归你，你手里的现金都归你，眼下的四套房归我。"刘芸很干脆。

"哪有四套房！就咱们住的这套房，可以归你，还哪来的房子？"肖元凯一副诚实的样子。

"我不调查清楚能来找你？你手里在卖的别墅，还有裘晶住的房子，还有公证处全权委托的一套滨河路的房子，这些都在你的名下，你敢说这些房子都不是你的吗？"刘芸振振有词地说。

"在卖的别墅是林成贵和我合作购买的，裘晶住的房子是她自己买的，跟我毫无瓜葛，现在还欠人家四百万，滨河路的房子抵债款都不够。"肖元凯说。

"说来说去你现在是一无所有啊！好，咱们到法院说理去，看那些房子是谁的？"刘芸的火气渐渐被挑起了。

"这样好不好，别墅卖了去掉林成贵的一半，另一半归你，这样总行了吧！"肖元凯此近似哀求的口吻跟刘芸商量着。

"那裘晶的房子呢？"刘芸仍不依不饶地追问着。

"那是她自己的房子，人家有房产证，跟我毫无关系。"肖元凯说。

"她有什么钱，还不是你给的？"刘芸不无讽刺地说。

"咱俩这样吵下去，有意思吗？"肖元凯的语气一直往下走。

"你不把裘晶的房子给我，咱们就没完，打到法院去我也要拿回来。是你私相授受，没经过我的同意把房子馈赠给他人。"刘芸说。

"不是我的房子，怎么叫私相授受？"肖元凯一副无奈的样子。

"夫妻存续期间，你给她买房子，为法律所不容。你不拿回来，咱们只能法庭见！"刘芸仍然不依不饶地叫嚣。

肖元凯怎么说刘芸也不让步，尤其听到"法庭见"就开始恼火了，"拿法院吓唬谁呀，你去法院告，我等着！"

"好！你这么叫嚣我不去也对不起你呀，别后悔就行！"刘芸狠狠地说。她没想到肖元凯竟然到这时候还是气势汹汹，没有半点告饶的意思。

望着刘芸走出公司大门，肖元凯的火气也慢慢地平息下来。平心而论，按法律的规定，夫妻共有财产，其中一方是不能私自转让的。但肖元凯却认为那全是自己打拼挣来的，总该有一定的权力处置。遗憾的是刘芸已处于绝望状态，任何能改变她的意见她都会视而不见，她心中唯一的念头就是复仇，她要把肖元凯弄得声名狼藉、臭名昭著，谁提到他都嗤之以鼻、万人唾骂，那样才解她的一腔怒气。

肖元凯看到刘芸已癫狂至极，丝毫没有挽回的余地，只好回头变卖裴晶的这套房产。当他回来跟裴晶说要卖掉这套房子时，裴晶一听就哭起来："你俩吵架干吗要卖我的房子，跟你我图了什么？孩子马上就要生了，你让我们娘俩住街头去！"

肖元凯赶紧说："眼下不是僵持到这儿了吗，我也没办法呀！"

裴晶听罢哭得更凶了，"我跟你一天好日子都没过上，孩子就要生了，你还让我过颠沛流离的日子。肖元凯，我的一生算让你给毁了！"

肖元凯被裴晶骂得哑口无言。的确，裴晶从未向他献媚取宠或暗送秋波，是他居心叵测灌醉了裴晶，而后又占有了她。现在，又把她的肚子弄大，孩子也快出生了。裴晶也后悔，谁让自己一时鬼迷心窍，做出了有违人伦、伤风败俗的事来。但肖元凯又实在是太喜欢裴晶了，打从见她第一眼起，他就喜欢得不行。修长的身材勾勒出腰和臀之间一道优美的弧线，一下子就将女人特有的迷人神韵全部呈现出来。瘦脸、长腿、翘臀是肖元凯喜欢的的女人特征，而裴晶又恰恰符合他的审美标准，难怪肖元凯每天想的就是把她揽在怀里，尽情地享受一个雄性对于雌性的爱抚和占有。肖元凯明知他的所为是不被社会和传统观念所认同，但他还是执迷不悟。"和尚动得，我为何动不得？"如今的社会风气和二十世纪六七十年代相比，简直是翻天覆地。仅他眼前的林成贵，不仅包二奶，而且还寻花问柳、玩风弄月，好不快活。两人在一起时他还经常调侃肖元凯太过本分了，没个男人样。"兄弟，你我若干年后，都是一缕青烟，活着就要对酒当歌、及时行乐！"林成贵擎着酒杯对他说。有了参照，肖元凯觉得自己还不算出格。他既不去夜场也不泡酒吧，更不去夜总会玩风弄月，只是每天回家欣赏自己心爱的女人，这又有多大错呢！肖元凯偏激地觉得自己没多大错，与周围的人想比，简直就是小巫见大巫，跟那些贪官比起来，更是没法比了，他们有权、有钱，还有女人投怀送抱，那才叫一个滋润。人比人气死人，他肖元凯跟那些人比起来，九牛一毛都不算！

裘晶还在那儿哭个没完，肖元凯只得俯身安慰说："别哭了，卖了这套房子，咱再买一套比这还好的，保证让你满意，这总行了吧！"

啼哭的裘晶听了这话，才止住了哭声："你真这样想？"

其实自打刘芸把照片摔到肖元凯眼前后，他就知道这套房子住不成了。他暗中查询全市的房源，通过在网上查找，终于看到了一套一百四十多平方米的楼中楼，而且在市区的金源山庄，闹市区近在咫尺，靠山面海，虽然价格高了一点，但小区环境极其优美，是一处休闲养老、居家过日子的好去处。为了表示自己的心意，肖元凯带裘晶看了一趟，直到裘晶露出了满意的笑容，这才当着她的面把房子定下来。那套房位于二十一至二十二层，放眼望去，水天一色、浩浩渺渺、风光无限，后面是青山苍翠，花红柳绿。从裘晶的眼神就能看出她更喜欢这里。虽然要多花一百来万，但为了能让自己喜欢的女人高兴，花多少钱他也在所不惜。他有时也觉得很奇怪，假如换另一个女人，他未必会不顾一切，但裘晶却让他变了个人，让他变得慷慨大方、一掷千金，成了一个顶天立地的大丈夫。

房子很快就完成交易了，前后共计付出三百二十三万多元。产权仍归裘晶，肖元凯选择一次性付款，他怕裘晶担心资金周转不灵而焦虑，这样可免去她的后顾之忧，专心把孩子养好。现在肖元凯腰包里所剩无几，如果不马上把裘晶的原住宅卖掉，他就难以为继了。但眼下的形势并不好，要想按他的意愿卖到两百三十万还真不容易。尽管他使出浑身解数，仍是无人问津，无奈他只好降价销售，好不容易遇到一个买主，一口价两百一十五万，肖元凯怎么谈卖家都不松口，谈到两百二十万，对方仍在摇头，看着实在没办法了，肖元凯咬咬牙同意成交，这桩买卖才算谈成，并当场签订了房屋买卖协议。一周后，根据协议规定，肖元凯和裘晶到房管局交易大厅过户，好不容易挨到预约号，将所有必备材料递交上去时，竟被告知："该房产已被滨河区人民法院查封，停止交易！"

不仅肖元凯傻了，前来办理过户的买家也有些蒙圈："怎么回事？如不能正常过户，你可要赔偿损失啊！"

肖元凯没想到刘芸对他真下手了。不仅是房子，不知是不是对他的银行账户也进行了查封？但这仅仅是一瞬间的慌乱，随即他就镇定了。还好房子刚买下，否则，这笔款被冻结了，那他可真的完蛋了。孩子怎么生？裘晶去哪儿住？这一系列问题会让他发疯的。现在好了，不幸中的万幸，娘俩有房住，让他踏实了许多。不知道刘芸还对他做了什么手脚？惶恐中，对眼下的卖家他只能表示歉意，等把房子解封了再做交易。卖家见此情景也毫无办法，最后说："房子卖不成了，你得把定金还给我。"

肖元凯见买家不想要了，就说："你想好了，不想交易，咱们的合同就算终止，我退定金，咱们算两清，你看可好？"

买家也无可奈何，他说："交易不成是你的责任，你总该按约赔偿吧！"

肖元凯见买家这样讲便说："你想要赔偿只能到法院打官司喽！定金也不可能马上退给你，判决完再说吧。"

买家想了想，打官司的成本太大，考虑到律师费、诉讼费，还有所需时间等，就说："算了吧，你把订金给我，我认倒霉！"

肖元凯见对方爽快，很高兴，就说："合同终止可不能后悔。你把房屋买卖协议书拿出来，待会到银行把钱给你，你把合同还给我，可以吧？"

"一言为定，绝不反悔！"买家回答得很干脆。

忐忑不安的肖元凯来到银行柜台取了五万元人民币。还好，法院没有查封他的银行账号，他取了钱交给了买家，拿回了合同。现在的肖元凯真切地意识到自己已进入危机四伏的境地，他必须采取果断措施防止突发事件的发生，以免自己措手不及。

自房屋交易未成，裘晶就预感不妙，她开始忧虑起来。肖元凯说得越轻松，裘晶就越担心，虽然她也不知道自己担心什么，但她总预感要发生什么。从房子被查封那一刻起，她就知道有难当头了。她对肖元凯从最初的反感到现在的关心，是一步步共同历经了诸多事情切身感受到的。起初，肖元凯并不是她所喜欢的那类男人，他虽然身材很好，体态不臃肿，身高一米七五，白净的脸上透着深沉的表情，一看就是个成熟、稳重的男人，但裘晶不喜欢他的那双眼睛。他看人总是透出冷峻、严厉的光芒，而这种眼光之中又找没有平和、温暖甚至博爱。裘晶每每见到他，心都不由自主地紧了起来，由此，她的心里便愈发排斥起肖元凯来。但肖元凯却与她的心态大相径庭。他第一次见她就被她浑身洋溢的青春气息迷住了。裘晶不仅有一张中国古典美的脸，而且有魔鬼式的火辣身材，长腿、翘臀加上瓜子脸，铸就了一个天生尤物，耀眼地站在了他的眼前。肖元凯眼前顿时一亮，他决定留住她，无论如何也要发生些故事，哪怕没什么结果，他也愿意。

但裘晶并没有从内心接纳他，即使失身后她也没有丝毫动摇，反而激起更大的愤恨。而肖元凯却对她好起来，不仅关怀备至，而且以她的名义买了一套她喜欢的房子。"精诚所至，金石为开"，这样的举动，终于感动了她。从那以后，她开始逐渐接纳了他，成了他的女人，并为他怀孕生子。虽不是她所愿，但她终究被他的一片真情所打动，虽是万般无奈，但遇到了一个真爱她的男人，也让她无法拒绝。"当你找不到你所爱的人，不妨找一个爱你的人。"裘晶就是这般复杂地与肖元凯走在了一起。今天肖元凯的这个举动，让她开始担心肖元凯的安危来。覆巢之下，安有完卵？只有肖元凯好，她才真的好；肖元凯完了，她裘晶岂有好日子过！但现实已明摆在眼前，裘晶的心里是十五个吊桶打水——七上八下，不知如何是好。她只能被动地等待那个她最不愿看到的后果出现。

欠债不还遭绑架

　　台湾商人林成贵这些日子很难过。自从做了民间借贷这项业务，没风光几天，倒霉的事就来了。前后共放出三千两百多万，刚开始钞票每天源源不断地流进腰包里，有时一天二三十万。林成贵简直都懵了，大陆的钱怎么这么好赚？简直比捡钱还容易。他很后悔自己来大陆太晚了，要是早十年来，恐怕千万、亿万都有了！然而，风光的日子很快就过去了，他借出的款十有七八都不能按期回笼，这就使他的资金链出现问题。很快，他的财务就开始拆东墙补西墙，支撑着运转。收回来的钱还没产生新的效益，就被拿去应付到期利息了，如此循环，到后来运行不下去了。林成贵每天在公司里大喊大叫，谁贷出去的款谁负责要回来。这样一来员工日渐流失，到后来只有两个财务和一名前台没走，其余的都作鸟兽散，整个大厅空空荡荡，一扫昔日的热闹。林成贵没想到市场经济竟然这样捉弄人，不到半年多的时间，他的贷款公司就忽喇喇似大厦倾，昏惨惨似灯将尽。他有说不出的苦楚。他没想到所遇之人借钱时好话说尽，还钱时百般推诿，甚至跑路走人。林成贵费尽九牛二虎之力，最终也是一无所获。有的答应还钱，可就是拿不出来；有的做了房产公证，可查到最后，公证的不止一家，甚至有五六家；还有甚者，用租的房子做假产权证骗贷，然后逃之夭夭。林成贵见了真是叫苦不迭，看似来钱的康庄大道，实则走起来难于上青天！无奈，他只好采取以邪制邪的手段，雇了些江西帮的人，选了几个重点的欠债大户，开始了他的讨债生涯。然他的讨债还没进行五天，就有一欠债三百万的大户，被林的手下人捆住手脚，因极度恐惧和缺水，昏厥了过去，众人又慌忙将其送至医院。此时，家属早已报警，于是林成贵等人被警察带进了派出所。因林成贵是台湾人，加之认罪态度很好，并作了保证，今后不再使用类似手段讨债，仅被刑拘七天。"念你是初犯，又没给被害人造成什么实质伤害，故免于更大的处罚。希望引以为戒，好好做人。欠债可通过正当渠道进行民事诉讼，万不可采取极端行为，违反国家法律。"七天到了，警察又说教了一通，这才把林成贵放了。回到家的林成贵眼见大势已去，回天乏力，遂生逃回台湾的念头。如今这副烂摊子已无任何利益，快刀斩乱麻，只有尽快脱身才能幸免于难，让肖元凯去处理吧，虽然有些对不起兄弟，但自身难保，大难当头各自飞。人类社会也是物竞天择，他不下地狱谁下？林成贵把这些想明白了，当晚把一切问题处理干净，第二天就登船回台湾了。

当债主得知林成贵逃之夭夭，纷纷掉头向肖元凯兴师问罪——众人都知他俩是合伙人，一个跑路，只能抓住另一个绝不放松。他们找到肖元凯，逼问林成贵的下落："你们俩是合伙人，他跑了不找你找谁！"

肖元凯百口难辩。事情到了今天，他是追悔莫及，与林成贵合作一回，他是啥也没捞到，反而惹了一堆的麻烦。更严重的是借他三百万的朋友郑万和，几次讨债不成，竟然领了几个兄弟，在一家酒馆里当场就把他带走了，弄到了一个不知名的住处，逼他还钱。肖元凯虽说有些胆量，但见几个人都是凶神恶煞，毫不客气，心也开始打起鼓来。

"兄弟，钱不拿来，就别怪我不客气了！"郑一声令下，几个人上前把肖元凯捆绑起来。

肖元凯第一次遭受如此污辱，有些不甘，开口说："咱们是朋友，有话好好说，干吗如此大动干戈！"

郑万和冷笑着说："我找你也不止一次了，好话说了三千六，你还是无动于衷。时间过了四个多月，本金不还、利息不付，别人找我要，我也被逼无奈呀！"

"你采取这办法我也弄不到三百万啊！"肖元凯说。

"这我不管，你不拿钱来我是肯定不放你的，完事我宁愿蹲监狱！"郑万和说。

时间过了整整一天，肖元凯实在有些挺不住了，他告饶说："兄弟，我账面还有四十多万，都拿给你，放了我吧，其余的钱咱们好商量。"

郑万和冷笑一声说："哄小孩子呢，你今天不还给我全款，一切免谈，我花了这么大的代价，不把钱要回来绝不罢休！"

肖元凯这回是喊天不应，呼地不灵了。挨到晚上，他已饿得有气无力，声音也变得虚弱了；到了深夜，他觉得自己快死了，求生的欲望让他不得不求饶："打这个电话，让她来送钱。"他说了一个号码。郑万和接过号码拨了过去，接电话的不是别人，正是他的妻子刘芸。"听着，你丈夫欠债三百万外加利息二十四万，你赶紧准备钱来赎人，记住，不得报警，否则撕票！"电话说完挂断了。

刘芸听后，又气又急，她气的是肖元凯在外面胡作非为，现在报应终于来了，可痛恨之余还有些快意；急的是肖元凯肯定是被人绑架了，下场凶吉未卜，否则也不会由他人传话。虽说肖元凯是个天杀的，十恶不赦，但毕竟是她的丈夫、女儿的父亲，而且关键时候他还能想到妻子，仅凭这一点，她就不能坐视不管。但要筹这么一大笔钱也不是一朝一夕就能办到的。就在她急得团团转的时候，手机又响了，"钱筹得怎样了？"

刘芸毕竟没见过这阵势，她慌不择言："这么晚了到哪去筹钱，怎么也得明天呀！"

"让你丈夫跟你说话。"郑万和说完了将手机对着肖元凯的嘴边。

"刘芸，快来救救我，我快死了！"肖元凯用十分微弱的声音说着。

"你在哪，怎么能找到你？"刘芸此时什么都不顾了，她一心想的是能看到自己的丈夫。

"告诉你，明天拿不来钱就撕票！"电话里一个人恶狠狠地说。

刚才还慌乱的刘芸听到这句话，反而逐渐平静下来，她想了想说："要钱总得让我看看我丈夫，否则我是不会拿钱的！"

"好吧，我们一会开车到你家，但你不能报警，否则你的丈夫就没命了！"电话打完了，刘芸出门来在自家的小区门前开始了漫长的等待。不知过了多久，一辆越野车慢悠悠开到她的面前，车门打开，见里面有人招手，上了车，这才风驰电掣地向前开去。刘芸也不知车开到了什么地方，坐了好一阵子才停下来。一行人进了一个破旧的胡同，七拐八拐，才在一间屋里看到了肖元凯。此时的肖元凯已被折磨得奄奄一息了，见了刘芸，眼里露出企盼和无助的神情。刘芸从来没见过肖元凯如此狼狈过，她的眼里溢出了泪水，伏在肖元凯身上竟哭了起来。

"钱拿来了吗？"一个声音打断了刘芸的哭泣。

"把家里的十一万都拿来了，还有房子的产权证，今天晚上只有这些了。"

刘芸和着泪水说。

看着实在也榨不出油来了，郑万和只好下令放人。但他要求肖元凯当着他的面写一份还款协议书，内容包括以房子抵押借款，不足部分拿现金补充，协议写完了，又让刘芸也签上大名，按上了手印，然后将二人送回了家。

第二天，肖元凯主动将他为裘晶办理户口的那套房子过户给了郑万和，按折扣价尚欠二十万，肖元凯又从银行取出二十万一并交给了郑万和，至此两人的借款纠纷才算告一段落。

肖元凯历经了这次磨难，锐气自然消减了不少，无论对外人还是对刘芸，他都硬气不起来了。尤其是刘芸，关键时候还是她挺身而出救自己于危难之中，看来以后再不敢胡作非为，抛妻弃子了。

兄弟翻脸，情人反目

　　就在资金的困扰迫使肖元凯在盘算他该卖掉现有的那套房产时，又有人来报："老板，林成贵正委托万佳房产卖他的房子，不知您是否知道这个情况？"

　　对于林成贵要跑路的消息，肖元凯早有耳闻。林从台湾回来后，就有人把消息透露给了肖元凯，肖听说林又回来了，马上派下面的人盯着林成贵，观察他有什么行动。他知道林成贵跟万佳房产的老总有一面之交，卖房肯定会找他们帮忙。果不其然，林成贵开始撤退了，而他跑路的最先举动就是把自己的资产处理掉。肖元凯太了解林成贵的为人，这家伙狡兔三窟，不知还藏匿了哪些财产。他认为只要把这套房子扣住，他那损失的六百万也就能找回来一些。他准备先给林打个电话，敲打敲打他，实在不行再用其他办法。先礼而后兵，这是他的做人底线。

　　电话通了，林成贵说他已回台湾了。肖元凯不相信，就问："什么时候回来？"

　　"过些日子吧！"林成贵回答说。

　　肖元凯不再问话了，他明知道林成贵在撒谎，但也只能任其骗人，暗中布控，监视他的家。他很庆幸上次讨债去了他的老巢，否则还真不知道他藏在哪里。现在他只需守株待兔，等待林成贵自投罗网，抓个正着。

　　林成贵果然露面了。那是晚上十一点多钟，林成贵打车回来，身边还带一小妹。

"行啊！日子过得还挺滋润。"肖元凯说不上讽刺抑或是嘲弄。

林成贵见一帮人围上来，还真吓一跳。待看清是肖元凯时，虽有些尴尬，但终究是熟人，"是你？把我吓坏了，以为遇到强盗了！"

"这是刚从台湾回来？"肖元凯故意问。

林成贵无以回答，愣愣地戳在那一声不响。跟来的小妹一见这阵势，怕了，拔脚就跑了。

"走吧，到你家坐坐，喝杯茶！"肖元凯说。

林成贵此时已完全乱了方寸，乖乖地引肖元凯等人进了家门。

"说吧，怎么还钱？"肖元凯说。

林成贵一时不知说什么好，只是呆呆地看着肖元凯无话可说。

"你不说我替你说，你的房产都在卖，是不是准备卖完拿钱走人啊？"肖元凯一针见血说出了林成贵的心事。

"不是，我想卖了再炒房。"林成贵言不由衷地。

"老林，咱们都不是小孩子，干吗拿这种掩耳盗铃的手段来蒙我？现在是房产销售的低谷期，你这时还炒房，岂不是滑天下之大稽嘛！"肖元凯毫不留情地奚落着林成贵。

林成贵再次哑口无言，如坐针毡，虽说已进入秋季，脸上的汗却落个不停。

"事到今天了，咱们谁都别揣着明白装糊涂。你欠我本金六百万加六个月的利息两百四十万，合计八百四十万。你现在卖的那套房不足三百万，看在咱们兄弟一场的情谊，就拿这套房子抵债，剩下的以后再说，你看怎么样？"肖元凯把他酝酿已久的方案端了出来。

"我还欠别人一千多万怎么办？"林成贵哭丧着脸说。

"别人的事跟我说不着，咱俩只谈咱俩的事。"肖元凯说。

"给我留下这套吧，我实在是走投无路了！"林成贵哀求着说。

"你还欠我近五百多万，你求我，我求谁去！我那九百万的债主，他们能饶了我吗？"肖元凯毫不客气地说。

林成贵让肖元凯说得哑口无言，沉默了许久，忽然哭了起来，而且哭得很悲痛、很真挚，像个无助的孩子。

肖元凯见他哭得差不多了，这才把一张协议书推到他的眼前："看看吧，如没什么意见，签上你的名字，把房产证拿给我，咱们明天再到公证处一趟，做个全权委托就行了。"肖元凯说。

"我这回是彻底趴下了！没钱没房没车。"签完协议书后，林成贵苦笑着说。

"叹什么气呀？凭你老林的三寸不烂之舌和台胞的头衔，不出两年就会东山再起！"肖元凯给老林客套了几句空话。

"唉！这回我彻底完了。"林成贵颓唐不振。

肖元凯第二天就把林成贵的那套房子挂上牌开始对外销售。他相信房子卖个三百多万还是没问题的。他还清所拖欠的六百多万有了眉目。回想这一年多拿出一千一百万和林成贵合作，肖元凯觉得自己是天字一号的傻瓜，哪有人手捧钱财让别人去玩的。肖元凯越想越后悔，他自以为聪明绝顶，哪承想让一个空手套白狼的骗子骗走了一千一百万。多亏自己醒悟得早，又采取了非常规手段，否则这一千一百万就打水漂了。自己现有的全部财产也不值一千一百万，肖元凯越想越后怕，今后绝不再染指民间借贷这行当。

他正反思自己这一年多的所作所为时，陈发全和许杰推门进来。原来他们得知肖元凯买了一栋别墅，现已装修好，正对外销售。二人听后很生气：肖元凯有这么多的财产却隐瞒不说，还要延期还债，太不够意思了！两人商量后，给苏宏玮打去电话，相约到肖元凯的公司讨个说法。

肖元凯一见陈、许二人来到店里，知道没好事，赶紧引到楼上经理办公室。"二位兄弟，怎么屈尊到我这小店来了？"肖元凯敷衍着。

"等小苏来了再说！"老陈说。

肖元凯看二人脸色都很严肃，知道又是欠债的事，心里一沉，忙起身泡茶，借以掩盖内心的慌乱。

苏宏玮本来十分不情愿来见肖元凯，因为是欠债的事，他更不愿来见他，或许肖认为这肯定是他在背后撺掇的。有了这个心理负担，他的表情很不自然。

肖元凯见了苏宏玮，自然是一肚子怨气。他不敢对另两人发火，但他对苏宏玮还是无所顾忌地说："生怕事不大，你也来凑热闹！"

苏宏玮本来就心事重重，听肖元凯这么一说，更是分外难堪了："这是什么话，我不该来吗？"

"你说这话就不对了，难道你欠债我们不来要就好啦？"老陈火了。

"小肖，哥们做事也太不够意思了吧，明明有钱却哭穷，还要我们等半年，太不厚道！"许杰在一旁插言道。

肖元凯的脸红一阵白一阵的，愣在那不知说什么好。

"兄弟，谁都知道钱好花，但你明明有钱却让我们延期，是不是做得太不仗义了？"老陈说。

"没钱！如果有钱我就还了，怎么能让你们在这说三道四的。"肖元凯信誓旦旦地说。

"南厦这地方不大，谁有点事大家都知道。瞒得了初一，瞒不过十五，谁都不是傻子！"许杰说。

"我真没有，如果有，不还谁也得先还兄弟们呀！"肖元凯仍不改口。

"老城区的别墅在卖，全城都知道，而且挂的就是你肖元凯的名字，你敢说不是你的房子？"老陈的脸色变了。

肖元凯顿时哑火了。苏宏玮至此才明白，原来肖元凯还藏匿了财产，故意拖欠不还，才导致老陈前来兴师问罪。事到如今，他有点看不起肖的所作所为了，为了钱他竟置信用于不顾，实在是得不偿失。肖元凯与他的思想差距越来越远，虽谈不上南辕北辙，但两人现已是分道扬镳，不是朋友了。想到这，一股悲悯的情绪涌上心头挥之不去。

"兄弟，我现在还叫你一声兄弟，钱是赚不完的，但一个人的信用是有限的。如果你把钱看得太重，那你最终也不会发大财的！"苏宏玮意味深长地说。

"别跟他说了，只问他还不还钱？"陈发全有些不耐烦了。

"要还我现在也拿不出来，能否再等等？"一直没有发话的肖元凯说话了。

"多长时间？"许杰说。

"这不好说！"肖元凯说。

"那究竟是多长时间？"许杰说。

"三个月吧，到时怎么也差不多了！"肖元凯终于给了一个时间。

"好！三个月就三个月，咱们说话算数，君子一言。"老陈最后发了个狠。

三人离开了肖元凯的公司。

"我敢说三个月肖元凯也未必能还钱。"到老陈的公司落座后许杰说。

"不至于吧，肖元凯再无赖也不会到那地步上！"苏宏玮还是不想把肖想象成那种人。

"不信你看着，到时他能还钱，我就永远交他这个朋友。"许杰跟苏宏玮打起赌来。

三个月很快就过去了，肖元凯的别墅还是没卖掉。但林成贵的房子却被肖元凯卖掉了，价格是三百一十二万，算是把郑万和的窟窿堵上了。虽没有平衡肖元凯的财务支出，但起码让他少损失一部分。如果按刘芸的意见把裴晶的那套房卖掉，也能把老陈等三人的两百多万还清。但他对他们三人很恼火，尤其陈、许二人对欠债算得是清清如水，连利息都不差分毫，表面跟他称兄道弟，但在金钱面前却六亲不认。肖元凯每想起这事，都痛恨不已：什么他妈的兄弟？都管钱叫爹。所以对还钱这件事，他一直耿耿于怀，不想痛痛快快地还掉这笔钱。

陈发全等当然不知道肖的心思，他们认为三个月的期限到了，还钱是天经地义的事，于是便把电话打到了肖元凯的手机上。肖元凯正在气头上，听了老陈的催债电话，更加烦心了："房子还没卖掉，你让我到哪儿弄钱去！"

"那是你的事，你答应三个月，现在期限到了，总得有个说法！"老陈说。

"我现在没钱，说什么也没用，你看怎么办？"肖元凯反守为攻，把球踢给了老陈。

"该还钱的是你，怎么问起我来？"老陈觉得不可思议。

"只能再等等，要不然我也没办法！"肖元凯说。

"还要等多长时间？"老陈步步紧逼。

"这我也说不好，前些日子定的时间都没兑现，这回没法定时间了。"肖元凯说。

"你要是这个态度，咱们只能法庭见了！"老陈搬出了杀手锏。

肖元凯听了很生气：你拿法院吓唬我，我就怕了？"你想告就去告好了，我没钱，谁也拿我没办法！"说完就把电话挂了。

老陈见电话被挂断了，心中也升起了怒火，他对许杰说："看样子他一时半晌不想还钱，怎么办？"

"咱们把苏宏玮找来，看看他是什么意见，毕竟他是肖元凯的同学！"许杰说。

苏宏玮不一会就来了。

"什么事？"他一见面就急不可待地问。

"三个月到期了，肖元凯不但不还钱，反而口气很嚣张，让咱们去法院告他，你说怎么办？"老陈一脸的无奈。

"这家伙不但不还钱，反而口出狂言，这口气我咽不下！"许杰说。

看着二人都怒气冲冲，苏宏玮也不好说什么，只好婉转地说："要不然我去看看，听听他的意思，然后再定怎么办？"看两人没什么意见，苏宏玮开车来到肖元凯的公司。

肖元凯见苏宏玮来了，有些得意，心想肯定弄僵了，没法对话，这才派苏宏玮前来协调。

"你来干什么，是他们派你来的？"肖元凯没好气地说。

"也不是谁派来的，这里也有我的钱。大家闹僵了并不是明智之举，最好坐下来谈谈。"苏宏玮说。

"我跟他们没什么好谈的，不是要去法院告吗，那就去告好了，我等着！"肖元凯气呼呼地说。

"你也别赌气，欠钱不还，首先是你理亏，真要到那一天，对谁都不好，要三思而后行。"苏宏玮规劝说。

"我等着他。要是到了法院，没个三两个月，根本开不了庭。即使开庭了，没三五个月也是判不下来的。真到了执行局，没个一年两年的也执行不下去。这就是中国的法律！"肖元凯侃侃而谈，一副满不在乎的样子。

"别把法院说得那么差！非得要弄到那一天吗？为什么不坐下协商呢！"苏宏玮被肖说得有些激动了。

"这些土包子他们听得进去吗？得理不饶人，总以为世界随他们转。我这回就让他们看看，马王爷头上有没有三只眼！"肖元凯发狠地说。

"你要这样说我就爱莫能助了，人家起诉你，大家就真的闹掰了，以后还怎么合作？"苏宏玮真的有些火了。

"你去告诉他，我等着他起诉，看谁耗得起！"肖元凯说。

看着肖元凯不怕事大的样子，苏宏玮大为生气。当初若不是他对自己苦苦相求，自己能连累那俩兄弟加入吗！现在他说这话，摆明着是把自己往阴沟里推，真不够意思。

"你不能这样讲，当初是为了帮你，现在你却翻脸不认人，这不是过河拆桥吗？咱们是兄弟，因为钱而闹得兄弟反目，实在是得不偿失。你要考虑好。"苏宏玮开始严肃了。

"没钱怎么办？他们这样逼我，你让我怎么办！"肖元凯气急败坏地说。

"没钱好好说嘛，你这样做，让我夹在中间如何做人？况且对簿公堂，你认为值得吗？"苏宏玮的口气越来越严肃了。

对于这笔借款，他真是后悔死了。要不是他从中斡旋，那哥俩肯定不会拿出钱来，现在钱要不回来，他夹在中间最难受。一边是他的兄弟，一边是他的好朋友，而且他的利益也在其中，这让他心急如焚。

两兄弟见苏宏玮回来了，看神色就知道没谈好，不用苏开口就说："没戏吧？那小子铁了心想要赖，不用跟他废话，直接请律师起诉他就结了。"许杰先开口说。

"他真是这样想！还说了些什么？"老陈说。

"他也没说什么，只是强调眼下没钱，让咱们再等等看。"苏宏玮不想实话实说，火上浇油，那样事情更不好收拾。

"陈哥，起诉吧，不走这条路，我看钱是要不回来！"许杰说。

"咱们再去找他一趟，如果他仍执迷不悟的话，再启动法律程序也不迟。"苏宏玮建议说。

"不行！咱们再去，他会以为咱们去求他了，那样会适得其反。"老陈说。

"别去了，咱再去，他会看不起咱们的，以后要钱会更难！"许杰也不赞同。

看着二位都不同意他的做法，苏宏玮也就不好再坚持了："那就按你们的意见办吧。但这样一来，多年的交情就断了！"

"这种唯利是图的人，还是不交为好！"老陈说。

"我看也是，交这种朋友没什么好处。"许杰永远跟着老陈背后亦步亦趋。

肖借款不还的事很快被法院立案了，随后传票也送到肖元凯的手里。肖元凯接到传票后心里有点慌，因为他实在拿不出钱来还债，如果没钱还给老陈他们，他现在住的房子就得拿去拍卖。刘芸得知此事坚决不答应："告诉你啊，别在我的房子上打主意，你肖元凯还是个人，就自己想办法。你帮裘晶买的新房子为什么还不要回来？都到这个时候了，你还想着小情人，干脆把我们娘俩弄死算了！"刘芸说着说着又大哭起来。

肖元凯心里烦得要命，他实在不想动裘晶这套房子。如果要回来，他和裘晶的关系肯定完了；但不要回来，他又没有办法还清所欠债务。肖元凯思考了一整天，权衡了上下左右，考虑了方方面面，最后决定讨回房子，度过眼前的债务危机。至于裘晶，他只能舍弃了。虽然他有千般的不愿万般的不舍，但也只能忍痛割爱。如果为了一个女人而让自己万劫不复，就太不值得了。"女人是衣服，脱了这件换那件"，他不记得是哪个朋友说过这句话，但核心的意思是为了女人牺牲自己不值得。思前想后，他决定利用刘芸讨回房子。

当肖元凯把自己的盘算和刘芸说了后，刘芸毫不犹豫就答应了。为了能出口恶气，让裘晶一无所有，她按照肖元凯的授意一纸诉状将肖元凯和裘晶告上了法庭，理由是肖元凯未经她同意，私相授受，将位于本市金源山庄17号1206室的房子赠予裘晶，并随后出具了一系列由肖元凯账户转账和购买房产的相应证据及房屋买卖合同等，请求法院将该房产判到刘芸名下。

法院受理后，随即向肖元凯和裘晶送达了传票，并指定了开庭的日子。接到传票的裘晶大惑不解，请教律师，才得知了真相，没办法，只好请律师代为辩护。由于事实清楚、证据确凿，而且一系列的证据形成了完整的证据链，法院据此判决被告裘晶限一个月内将所占房产过户到刘芸、肖元凯名下。

接到判决书，裘晶无奈接受了这个事实。她刚搬进去不久，现在又要开始漂泊了。一想到自己今后的处境，裘晶就哭了起来。如今，肖元凯是头脸不露，根本不管她的死活。往日那些卿卿我我、甜言蜜语早已烟消云散，只留下不堪回首的记忆。裘晶怎么也没想到肖元凯转眼无情，翻脸无义，她像被丢弃的破衣服一样，然后又把房子夺走。这回裘晶算看清了肖元凯的真面目，她非常后悔自己当初怎么进了这家公司，让肖元凯这个反复无常的小人给算计和利用了，落得今天这个下场。裘晶哭得天昏地暗、撕心裂肺。整整的一个下午，她都沉浸在悲伤和悔恨之中。第二天早上，她就到医院毅然决然地做了人工引产，打掉了孩子，然后拿着行李搬出了这套让她一辈子都刻骨铭心的房子。她发誓要用自己的能力在南厦站稳脚跟，永不依靠男人来改变自己的命运。

房子讨回来了，此时的肖元凯并没有丝毫的兴奋，刘芸倒觉得大快人心。这两年来她一直备受折磨，如今心中这块石头搬去了，她感到了一阵轻松。心头之患除去了，让她恢复了平静。肖元凯也回到家中，她的目的达到了。想想，还真得感谢郑万和，没有他绑架肖元凯，就不可能让她有机会出面，也就不可能有她救肖元凯的那一幕，更没有讨回房产的结局，裘晶的离去也就无从说起了。这一切看似偶然，实则是肖元凯回归的必然。在这场角逐中，她刘芸是最大的赢家。既保住了家庭的完整，又要回了房子，确保财产不落外人之手，而且最重要的是在关键时刻她救了肖元凯，彻底征服了肖元凯的心，让他一辈子都得服服帖帖地守在她身边。刘芸每每想到这儿，都感谢老天赐给了她最好的机遇，让她后半生能平安、幸福地生活。

肖元凯自被绑架后似乎元气大伤，觉得自己的精神头一下子差了许多，再也没有过去那种血气方刚、无所畏惧、天不怕地不怕的豪情，每遇到事情都开始瞻前顾后、左右摇摆，考虑很久还拿不定主意。他更是无法面对裘晶。她不仅净身出户，而且身无分文，无家可归，更让他不放心的是裴晶还怀有身孕。一想到这，肖元凯就觉得自己做得太绝了。虽然迫于无奈，但他过不了自己那道坎。如今这年代有钱就有一切，当时若不是刘芸的报复心理作祟和老陈他们讨债逼得太紧，情形也许不会如此。然一切都是天意，假如他不跟林成贵搞民间借贷，不借那么多钱，也许不会有今天的劫难，也不会使他在裴晶面前永远抬不起头来。他对裴晶一腔的爱却反过来伤害了她，这是他不想看到的。但生活就是如此残酷，上帝给你开了一扇门，必定关上一扇窗。肖元凯越想越悲伤，越想越觉得自己太卑劣，害己不说，更重要的是害了裴晶，让她又回到了两年前的状态。

肖元凯正在家里伤心难过时，区法院打来电话，让他接受法院的最后调解，如调解不成，可另行判决。接到电话后肖元凯第二天来到区法院民事庭，并见到了苏宏玮等三人。主审法官首先作了开场白，接着开始了面对面的调解。

面对确凿的事实，肖元凯无法辩驳，但对高出国家规定的那部分利息，他还是提出了异议。法官采纳了他的意见。经调解，双方达成了调解协议：被告肖元凯同意半月内付清全部欠款两百万另加八个月四倍银行利息计三十二万元。

诉讼结束了，陈发全和许杰总算出了一口恶气。他俩邀苏宏玮去喝了一杯，以示庆祝。而苏宏玮却开始忧虑和肖元凯今后如何相处，如何还像当年那样患难与共、风雨同舟。他还幻想两人不忘初心，可肖元凯能和他一样吗？苏宏玮苦苦地纠结着。

洪水冲破堤坝

　　又一年过去，春节到了。吴晴岚还盼望苏宏玮可能出其不意地来敲她的门。可是到了大年初五，吴晴岚仍没听见苏的敲门声。她有些绝望，苏宏玮不会来了，注定他俩没缘分！自从在苏宏玮的家里意外发现周晓丹住着，两个人就闹得不愉快了。后来证明苏宏玮实际没有在家住，吴晴岚的气渐渐消了。苏宏玮虽然没说什么，可从那以后两人的联系明显少了。加之有一次在餐馆遇见了她和汪清河在一起用餐，更加剧了两人的疏离。她还清楚地记得，那天是汪清河请她吃饭。汪非要她到"一品鲜"品尝那里新推出的招牌菜香酥鸡。情面难却，又架不住汪甜言蜜语的催促，她便答应下来。谁知刚进餐厅，恰好苏宏玮从卫生间出来，两人相见本来是很正常的事，谁知汪清河却从旁插话进来："啊——苏总，你好！我请小吴吃顿饭，要不你也一起来？"

　　苏宏玮正与老陈、许杰在一起喝酒，见此情况忙开口说："你们用，我和老陈他们在一起，不打扰了！"说完走了。

　　吴晴岚没想到她一年到头也很少出门与人吃饭，尤其与年龄相仿的男人单独在一起，偶尔一次却偏巧撞上了苏宏玮。她感到事情有点不妙。虽说她和苏宏玮还没有正式公开关系，但两人都是心照不宣，只等水到渠成的那一天。现在有了这件事，会不会影响两人的关系？吴晴岚开始忧虑起来。坐在对面的汪清河倒是不以此为意，他甚至希望苏脸色大变，拂袖而去，那样才断了吴的痴心。望着吴晴岚怅然若失的神情，他反而徒生一丝快意，"别想了，咱们点菜吧！"

"你吃吧，我走了！"吴晴岚起身就往门外走。

"别走呀，香酥鸡不吃了？"汪清河也随着追出了门。

一段时间，吴都没有从这件事中走出来。后来在元山买房子时，两人的关系好像又恢复到了从前，但吴晴岚还是觉得彼此有了隔阂，不像以前那样心心相印了。

过了大年初五，吴晴岚觉得该出去走走，但到哪里去呢？同事和领导早就在电话里拜了年，像她这样年龄的人，去谁家都多有不便。她正踌躇着到哪儿去时，手机响了，一声"新年好"传到她的耳朵里。原来是汪清河向她问候。

经过几次的交往，吴晴岚对汪的印象还不错。他虽然没有苏宏玮的沉稳、睿智，但也有讨女人喜欢的情调，虽不及苏的大度、平和，但却有着会揣摩女人心思的小聪明。搁在以前，吴会嗤之以鼻，根本不屑一顾。现在不同了，随着年龄的一天天增加，她的高傲也一日日递减。她知道自己的风华也就这几年，人过四十也就半老徐娘，没人青睐了！她要趁这两年再把自己给嫁出去。否则，晚景凄凉她是能料到的。

汪接下来的言行是吴所没有料到的，他和吴晴岚说："我新近买了一套房子，想领你去看看，不知怎么样？"

吴晴岚以为汪见她又是男欢女爱、卿卿我我那一套，谁知去看房，她很意外，同时也很乐意。受苏宏玮的影响，看房也成了她的一大爱好。听汪清河邀她看房去，她自然是欣然应允。"在哪儿见面？"她说。

"你在家等着吧，我去接你！"约定当日，当吴晴岚还在盯着路上的士时，一辆崭新的日产"蓝鸟"嘎吱一声开到了她的眼前。汪清河从车里走了出来。

汪清河自跟苏宏玮合作项目后，也买了一辆日产"蓝鸟"，虽说赶不上高端、大气、上档次，但比起一般的经济型轿车还是绰绰有余的。

吴晴岚很意外，她不知汪什么时候学的车，什么时候买的车，她惊奇地看着汪清河。因为她也在学车，她想学会后自己也买一辆车代步，现在的公司白领很少有挤公交车的了。

汪很绅士地为吴开了副驾驶的车门，然后扶着吴坐进车后，回过身开车加入了滚滚的车流。

"真行啊！士别三日当刮目相看。"车上的吴晴岚夸起了汪清河。

"我这也是赶时尚，其实单位每天也是有车接送上下班的！"汪清河老老实实地说。

"其实人活得是个品质，吃饱穿暖是人活着的初级阶段，只有你想要的东西都能随心所欲地得到时，那才是人活着的高级阶段。"吴晴岚又开始了她的说教。

"咱这是起步阶段，往后好日子在后头呢！"汪清河对未来好像充满了信心。

"人就应该对未来有信心，这才是男人。男人就该撑起一片天，否则要男人还有什么用！"吴晴岚说。

"说得对！男人就该为女人遮风挡雨，这才是真正的男人。"汪清河一直顺着吴晴岚说。

吴晴岚觉得今天的汪清河特别让她舒心。他弹的协奏曲不仅与她十分默契，而且拨动了她的心弦，让她产生了共鸣。窗外的车水马龙引不起吴晴岚的注意，她的心一直停留在汪清河的话语里。不知开了多久，好不容易车才停下了。"下来吧，到了！"汪清河说。

吴晴岚抬起眼睛看了看，车不知什么时候开进了小区的地下室。随着汪清河进电梯直接来到二十八楼，到了2804，汪清河打开了门锁。天上的白云，海里的碧波，一齐涌进了视野。吴晴岚眼睛都直了，她从未上过这么高的楼层俯瞰。远处的大海，水天一色，浩浩渺渺，时有船只穿梭往来，星星点点，又给海面平添了几分点缀。近看楼下的小区完全被包围在了郁郁葱葱的绿色海洋之中；亭台楼榭、曲径通幽、小桥流水、碧波荡漾，一派精致、典雅的图景。吴晴岚也算看过大大小小的花园式小区，但都没有今天的这个小区建造得好。她不由得赞不绝口，连连感叹："真是天上人间啊！这样的小区正如人间仙境，真是难得呀。"

看吴晴岚如此忘情，汪清河也很得意。买了一套这样的好房子，连吴晴岚都看中了，说明买对了。看来自己今后也要把炒房当成第二职业，除了工作也要研究炒房规律，地段、学区、购物、交通、楼层、朝向、采光、通风等，掌握了这些，也就基本掌握了炒房规律。将来赚大了就辞掉现有工作，成为一名专业的炒家，那样他就可以纵横四海、驰骋房市，做一个叱咤风云的人物了，出人头地也指日可待了。汪清河正飘飘然向往着以后的日子，耳边响起了吴晴岚的声音："想什么呢，那么专注？"

"啊——没想什么，我在想这装修是否符合你的要求？"汪清河讨好地说。

"我觉得你这个简约式装修风格明快大气，简洁流畅，给人以舒适感。"吴晴岚说。

"好！听你这样说我就有底了。只要你满意，我就满意。"汪清河故意说给吴晴岚听。

吴晴岚的脸"腾"地红了起来，她不知怎么面对，只觉得脸发烧、手发烫，一时乱了方寸。

这边的汪清河见吴春心萌动，心里乐开了花。他上前拉住了吴晴岚的手说："这房子就是为你买的，你想怎么样就怎么样，全听你的！"

被抓住手的吴晴岚很不适应汪清河过于亲热的举动，她的内心极力排斥这种行为，但表面又无法拒绝汪的热情。而她的这种反应又误导了汪的想法，误解为放任他的肆意妄为，于是手开始伸向了身上的部位。吴晴岚更慌乱了，自离婚十多年了，还没有哪个男人离她这么近，她甚至能感到对方脉搏的跳动。虽然肢体的排斥反应很剧烈，但心里总还有那么一点点期许，期待对方能给她一些女人所需要的温热。

汪清河并不懂吴晴岚的这些微妙心理，他只是被吴的魅力激发了雄性的荷尔蒙，臆想着在她身上宣泄自己长久的思念，一如洄游的马哈鱼完成至高的目标后死而无憾。

吴感觉自己经年所铸的堤坝一点点地崩溃，她甚至听到坍塌的轰鸣声。她已挡不住肆意泛滥的洪水，只觉得已葬身水中，无能为力，一任水的冲击和飘零。她似乎在灭顶之灾到来前的一刹那，看到了苏宏玮那双深邃的目光，但随即就被滔滔的洪水淹没了。"救命！"她的喊声只是在嘴唇上动了动，没有发出任何的声响。

汪清河在闻到女人身上所焕发出的芳香后，周身的荷尔蒙汹涌澎湃，他已管不了那么多了，只想着朝着那个终极目标一往无前。

在汪清河的猛烈攻势下，吴晴岚已无一点招架之力，她只感觉自己如一只空空的皮囊在悬崖边往下坠、往下坠。得手的汪清河像狮子捕获猎物一般，开始慢条斯理地品尝属于自己的美味。他先吻了吴晴岚的脸蛋，然后又吻了她的眼睛、额头，最后开始一层层地剥开了她全身的衣物，然后又开始吻起吴的胴体。当一切程序都完成了，按捺不住欲火的他终于向着最高目标攀爬而去……

当一切激情和烈火都归于平静时，两人都安妥下来。汪清河沉湎在刚才宣泄的满足感中，而吴晴岚却陷入另一感情漩涡之中。其实她一直爱的是苏宏玮，只不过两人阴差阳错，没有合适的机会。不是苏宏玮不爱她，也不是她不爱苏宏玮，吴晴岚总觉得冥冥之中有一种力量把他们隔开了，让他们一如隔河相望的牵牛织女，只能相望而不能近身。吴晴岚也不明白为什么很多缘分都失之交臂，为什么两个相爱的人却走不到一起，冥冥中她曾听到有人说："相由心生，世间万物皆是化相。心不动，万物皆不动；心不变，万物皆不变。"看来她与苏宏玮是缘起即灭、缘生已空。不是苏宏玮有了什么心结，而是自己的心动荡了；不是苏宏玮变心了，而是自己有了见异思迁的想法。失去苏宏玮也是必然，何必还惆怅万千、恋恋不舍呢！话虽如此，吴晴岚还是转不过弯来，她一生追求的心有灵犀、执子之手、与子偕老的目的看来是难以实现了。起码眼前的这个人就不懂她的心，只知献媚取宠、博取芳心，根本不知女人究竟要什么。吴晴岚想到将来要跟这么个人生活在一起，无论如何也兴奋不起来。他一不解风情，二不懂我心，不像苏宏玮，除了赚钱还有风花雪月、诗词歌赋的情调。吴晴岚希望她的伴侣要跟她有精神上的共鸣，衣食足而知礼节，无论做夫妻还是教育下一代，都需要有精神境界的追求。如果只是整天算计钱的多少，就成了唯利是图的功利分子，吴晴岚是看不起的。她不希望自己的丈夫、孩子的父亲是这样的俗人，如果一个人眼中只有利而无其他，那他的格局一定很小，眼界更不会太大。眼下的汪清河偏偏是视野和格局都很小的人，跟她的境界相差甚远，从严格的意义上说，不符合她的择偶标准。但不跟他，还能跟谁呢？苏宏玮是不可能了，即使苏没什么想法，她也觉得是自己亵渎了自己这份感情，无颜再去续写这份姻缘。一念之差，自己已把一张白纸给玷污了，怪谁呢？只怪自己定力不够，一失足成千古恨！现在想挽回都来不及了。吴晴岚越想委屈，越委屈就越难过，到最后竟然痛哭起来。

睡得正美的汪清河被吴的哭声给弄醒了。他不知所措，起身问道："怎么了？这有什么呀！"他并不理解吴晴岚为什么这般伤心。

吴晴岚并不说话，她只狠狠地踹了他一脚，见他翻身落地，她起身穿上衣服头也不回地走了。

汪清河只听外门"咚"一声，此外便没了声响，知道事情不妙，急忙穿衣出门追了上去。

Chapter 37　第三十七章

千里救湘女

　　为情所困扰的苏宏玮自周晓丹被家人带走后就心神不定。多少天来她都杳无音讯，他的心始终平静不下来。他不知道周晓丹怎么突然冒出个丈夫来。这些情况对他来说都是谜。按理说这样的情形事先该有个征兆，但发生得突然，谁也没个心理准备。苏宏玮眼睁睁地看着周晓丹的家人当着警察的面带走了她。苏宏玮无论如何也想不出周晓丹与程毅怎么领的结婚证，而且还是真实、合法的证件。他有些困惑：是不是周晓丹瞒着他领了证？既然如此又何必骗他呢？他想不通，他甚至想遍了周晓丹前前后后的情况，也想不出原因何在。就在他一筹莫展的时候，一个陌生的手机号发来了这样一条短信："来救我！地址是湖南省衡阳市衡阳县白云街北辰道七号五组杂货铺边。"苏宏玮看了又惊又喜，惊的是周晓丹突然有了音讯，喜的是知道了她的下落，起码了解了她的一点讯息。对于前去救她，他反复思考是否合适。按理说他去解救师出无名，他既不是丈夫也不是亲人，让人碰见无话可说，于情于理都说不过去；可不去吧，又不能让他安心。周晓丹毕竟和他好了一回，也算他的女朋友。即使两个人什么都没发生，看在同事一场的份上，也不可能无动于衷。苏宏玮前后思后想了一遍，决定去看看，必要时定会助她一臂之力，帮她逃出虎口。

　　苏宏玮当日准备完毕，第二天早上他就上路了。奥迪Q5的车况极好，上了高速公路更是风驰电掣，指针指向120迈，苏宏玮仍觉得不过瘾。他索性打开音响，听着刀郎的《西海情歌》，内心充满了无限期待。靠着导航的引导，苏宏玮下午就赶到了短信里说的地方。

县城不大，路边多是二十世纪五六十年代的建筑，没有高楼大厦，几条年久失修的马路，两旁点缀着参差不齐的店铺，各色物品倒是齐全。县城的边缘有一条无名的河流蜿蜒西下，给小城平添了几分活力。苏宏玮下车询问了几次路人，终于找到了晓丹指定的地点，看见了杂货铺边的北辰道。苏宏玮在不远的旅馆住了下来，车停进了院子，然后在街上闲逛起来。小县城的街面终究不像大城市那样令人目不暇接，很快，苏宏玮就觉得索然无味了。他慢腾腾地踱着步，眼睛不时地盯着杂货铺边上的胡同。整整一下午，他也没见周晓丹出现。到了晚上，他又转了半个晚上，也没见她出现，只好悻悻回去睡觉。想着心事自然睡不着，他明天想把车放在街道上，周晓丹出来肯定会看到；但想想又觉不妥：这样一辆车放在醒目的位置上，肯定会招来众人的注目，闹不好让人盯上，会得不偿失，但不这样做又找不到周晓丹，苏宏玮左右为难，不知该如何是好。不知什么时候，他听见了鸡叫，知道新的一天又来了。苏宏玮有很多年没听到鸡叫了，仿佛回到了童年时代，想着自己一晃已人到中年，至今仍毫无建树，真是一江春水向东流，没有欢喜只有愁！天亮了，苏宏玮决定把车停在路边，等两小时，因为周晓丹也会猜想他已经来了，这样她会想到旁边的旅馆，两人见面的概率就大了。逛了一上午，仍未见到周晓丹的影子。中午，苏宏玮就把车停到了大街边。他准备停到晚上，这样周晓丹怎么也会看见车了，那样他们就能见面，而之前的所有疑团也就能解开了。苏宏玮期盼能见着周晓丹，而这边的周晓丹也是心急如焚，恨不得能插上翅膀，飞到苏宏玮的身边。当她得知父亲已将她许给程毅并且领了结婚证时，就预感不妙。她既无法退掉这门亲事，又没法违背父亲的意愿，只能选择逃婚。为了能让自己的目的实现，她想了一晚上，决定等苏宏玮来搭救她。为此，她表面上对家里人不置可否，任凭父母操持，暗地里却开始做起出逃前的各项准备，给苏宏玮发去了短信，也准备好了行囊，只等苏宏玮到来，她便可远走高飞，再也不回来了。她估计苏宏玮收到短信第二天就会出发，第三天便可到达，而她的婚期就在第四天。就在她焦急盼望苏宏玮到来时，父亲发话了："趁着你还没出嫁，到姑姑家走一趟，没你姑姑支持，当年连大学都读不起，还不去谢谢人家！"

无奈的周晓丹十分不情愿地走了姑姑家一趟。谁知这一去，让她错失了最佳逃离时间。第二天中午，坐班车回来的周晓丹进家前就发现了苏宏玮停在马路边的车。发现车里没人，她焦急地四处寻找，看到苏从旅馆里出来，这才上前示意。苏宏玮明白周晓丹的用意，于是把车开回了旅馆，静候周晓丹的出现。

回到家的周晓丹向父母汇报去姑姑家的经过，然后便回自己的房间了。她从柜中拿出自己事先准备好的行囊，准备离家出走。从周晓丹的房间到院中必须得经过客厅，而此时父亲就坐在厅堂前与母亲商量明天嫁女儿的事宜。周晓丹几次出门都见父母端坐堂中，无奈只得返回，急得她在屋中团团转，只恨没有翅膀飞出牢笼。她曾想从后窗户跳出，但很快就否定了这念头，因为窗户外是高高的院墙，即使能翻出窗外，也必须经中堂然后才能出得院门。周晓丹在屋中简直是度日如年，她比任何时候都迫切地想离开这个家。好不容易挨到快中午一点多了，看着父母离开厅堂的时刻，她拿着行囊飞一般冲出了门外。真是天公不作美，就在她来到旅馆门外，闪进大门时，正好被刚刚下班的哥哥看到。他马上回到家把这个情况告诉了父母，二老一听急了，马上命令儿子赶紧把人拦住，随后通知了程家人。

周晓丹来到旅馆见了焦急不安的苏宏玮，两人二话没说，拿着行囊直奔车里。就在苏宏玮刚开车到门口时，周晓丹的哥哥已挡在了大门前。

"哥哥！你就忍心看着我一辈子葬送在程家吗？你明知我不喜欢程毅，却偏要助纣为虐，你还是我的亲哥哥吗？"周晓丹走出车门近似哭诉地说着。

哥哥被周晓丹说得有些语塞。他虽不大赞同这个婚事，但一切由父亲做主，况且自己又被程家安排了工作，从哪一方面讲，他都不该违背大人的意愿。但他就这一个妹妹，自小她就比他聪明三分，对这个妹妹，他是习惯了服的。今天见妹妹含泪向他哭诉，那种多年形成的恻隐之心再次焕发出来，"走吧，走了就别回来！"哥哥手一挥，终于放行了。周晓丹含泪向哥哥鞠了一躬，上车走了。

车很快就出了城，两人都轻松地长吁了一口气。一直没说话的苏宏玮看了周晓丹一眼，那意思是说："祝贺你，终于如愿以偿，逃出来了。"周晓丹也看了苏宏玮一眼："感谢你，让我从今以后像鸟儿一样翱翔天空，像鱼儿一样畅游大海。"

"其实，我估计你昨天就到了，可爸爸让我去姑姑家，所以耽搁了。你肯定等急了吧？"周晓丹解释说。

"我也考虑到你肯定有什么事，否则不会不出来见我。如果昨晚启程，可能连你哥都不能发现！"苏宏玮难抑兴奋。

"这不也挺好吗！这回出来我再也不回来了，告别小山村，挺进大城市！"

周晓丹兴奋起来。

两人说话间，不觉来到广长高速公路的入口处。还没到近前，就见一警车响着警笛尾随而至。车上下来三名警察，其中一位示意苏宏玮靠边停车。停车期间又来了一辆轿车，开门下来一人，正是程毅。

"请出示你的驾照！"一警察上前说。

苏宏玮见过程毅。他见程毅下车来就知道是怎么回事了。

"程毅来了，看来咱们有麻烦了！"他对周晓丹说。

其实程毅一下车，周晓丹也预感情况不妙，家人肯定把她出逃的消息告诉了程家，这才导致程家报警，他亲自前来了。

"我不怕，反正我没和他登记，他管不了我！"周晓丹毫无惧意。这边的苏宏玮拿出驾照递给了警察。

"你涉嫌拐卖人口，请跟我们回局里一趟。"警察看完驾照后，对苏宏玮说。

"什么是拐卖人口？你们调查了吗，随便就给人扣帽子！"周晓丹说。

"是不是拐卖回局里说，你总得让我们把情况搞清了再说吧！"其中一位警察说。

"这位是不是你的丈夫？"另一位警察指着程毅说。

"不是，我不认识他！"周晓丹没好气地说。

"走吧，到局里一切都明白了！"一位年纪稍大的警察说。

"对不起，我不能跟你走，警察执法得有法可依，你们什么根据都没有，凭什么把人随便带走？你这是侵犯公民权利！"苏宏玮怒不可遏。

见苏宏玮是这种态度，两个警察嘀咕了几句，其中一位对苏宏玮说："好吧，你可以走了，但她得跟我们回去。"说完看着周晓丹。

周晓丹见状马上说："凭什么要我跟你们回去？我犯了哪家的王法！"她的话让正想上车的警察又回转身来。

"你的丈夫举报你跟陌生男人有私情，请跟我们回去接受调查。"警察说。

"他们的婚姻不是双方自愿的，连结婚证都是假的，你凭什么说是非法私奔？"苏宏玮愤怒得大声喊起来。

那个警察眨了眨眼，想了想说："既然你们这样说，那咱们回到局里把问题调查清楚不就结了。"他似乎很满意自己的回答，脸上浮现出一丝笑意。

"我没有犯法，凭什么跟你回去。宏玮，咱们走！"说完拉着苏宏玮欲回到车上去。三位警察一看急了，忙上前拦住了两人。苏宏玮根本不管有人上前阻拦，仍旧拉着周晓丹往车前冲。一警察上前拦住，苏宏玮就与他撕扯起来，另两个警察眼看自己的同伴要吃亏，一个冲上来抓住苏宏玮的手，另一个顺势抱住了苏宏玮的腰。

"你们要干什么？现在是法治社会，弄虚作假的你们不管，反倒干扰正常人民群众的生活秩序。告诉你，如今是法治社会，不怕个别人假公济私、违法乱纪，我要告你们！"周晓丹大声说。

三个警察听了面面相觑，一时不知如何是好，他们放开了苏宏玮。其中一个拿出手机拨了个电话。三人嘀咕了一阵，不一会儿其中一位走到苏宏玮和周晓丹面前说："我们领导讲了，有什么事情回局里再说，你总得让我们把情况调查清楚了，这样僵持着不太好吧？"

眼看是走不成了，两人只好随三位警察来到县公安局。

随后的时间里，再也没人前来询问苏宏玮，直到天快黑了，一警察才进来通知说："事情调查清楚了，周晓丹的家人已将她领回，你可以走了。"

苏宏玮愤怒地说："你们说我拐卖人口就把我抓来，现在说没事了就让我出去，还有没有一点说法？"

"你要什么说法？把你放了就是最好的说法！"警察说。

"你们无缘无故把我扣留，耽误了我的时间，影响了我的工作，现在什么也不说，就将我推出门外，还讲点道理吗？"苏宏玮气愤难平。

"看你年龄也不小了，赶紧走吧。你向公安局要说法？有人报警说你拐卖人口，局里出警是例行公事，这说法还不够吗！"警察的语气有些严厉了。

眼看再说下去也毫无意义，苏宏玮只好开车离开县公安局。当他把车开到大街上时，无论如何都心有不甘。于是他又把车开回了那家旅馆，订了房间，又住了下来。他依然坚信，周晓丹指不定什么时候会找上门来，那样他就又可以重新带她逃出这封闭的山城，融进那滚滚洪流的都市里。

等了一夜，苏宏玮也没听见任何动静，快到天亮了，他才模模糊糊地睡着了。直到天已大亮，门外一阵震耳欲聋的鞭炮声才把他震醒，推门一看，原来迎亲的车辆已停满周家的巷子里，四处都是熙熙攘攘的人群，大人、小孩的笑声、叫声、玩耍声混成一片。直到迎亲的车队缓缓地开走了，人群才逐渐散去。

苏宏玮亲眼目睹了这一切，心如刀绞，望着远去的车队，心如坠入了万丈深渊，飘浮着无落地之感，又如冰川坍塌，让他周身寒彻，一切思维都凝固了一般。他也不知自己在想什么，只听见远处传来阵阵锣鼓声和鞭炮声响成一片。

苏宏玮真想找个没人的地方大哭一场，他想哭诉自己这几个月对周晓丹的思念；他想哭诉没有周晓丹的日子里那些孤独和寂寞的心情；他不知道今后没周晓丹的日子他该怎么过。四周已万籁无声，苏宏玮失魂落魄地在院中转圈。他不知该去哪里，觉得自己的魂都丢在了这里，再也转不出去了……

伤心的苏宏玮开着伤心的车，行驶在伤心的路上，听着刀郎伤心的《西海情歌》，内心涌现出无限的惆怅，念着周晓丹的名字，失魂落魄地回到了南厦。

Chapter 37　第三十八章

心病

极其疲惫的苏宏玮回到家，整整睡了两天两夜。第三天醒来忽然觉得左胸有点痛。他开始并没有在意，直到疼得连呼吸都困难了，大汗淋漓，这才觉得不妙，赶紧给120打了电话，被接到医院。经过一系列的检查、化验，苏宏玮被送进了心脏治疗中心，开始了他人生第一次住院治疗。

一系列的检验开始了，苏宏玮的心里装填了无限的孤独，没一个人在身旁照顾，更没人为他端汤取药，他的内心不由得又想起了周晓丹。如果她在，他的心情绝不会像现在这么坏，也不会像一个孤苦伶仃的孩子一样无人问津。至此，苏宏玮才真切地体验到一个人的孤独和痛苦。他是多么希望有人前来问候和看望他一眼啊！然而没一人前来，连个电话都没人打来。苏宏玮忽然意识到，这个世界缺了谁都照样转动，江河不会停滞、大海不会凝固。苏宏玮的心境渐渐地空旷了……

今天是他该做核磁共振检查的时间，随着被推进一个像隧道般的设备里，苏宏玮觉得自己就像一只微小的蝼蚁一样，在天体的照射下，自己的五脏六腑都被暴露在光天化日之下。检查结束了，苏宏玮回到了病房。望着每个病床都有人陪护，苏宏玮感觉自己太凄凉了，不仅没人陪护，连个说话的人都没有。邻床患者的女儿的笑声，让他想起自己的女儿多多。自离婚后，前妻余惠文就不让多多见他。苏宏玮知道她是怕女儿受到影响，而苏宏玮也自觉他这个父亲没有给

237

女儿任何炫耀的资本，只能是自我屏蔽了。女儿也不知长多高了，大概也上初二了吧？苏宏玮躺在病床上浮想联翩，用回忆来治疗内心的伤痛。

两天来一直悄无声息的手机突然响了。苏宏玮拿起一看，原来是老修打来的。

"好多天没联系了，咱们聚一聚，老邢说他很想见见你。"老修说。

"大家都好吧？我现在市医院住院呢，出院了再聚。"苏宏玮说。

"什么病，啥时候的事？"修玉林深感意外，语气中也不免有些担忧的成分。

"前两天，胸前有些痛，严重时大汗淋漓，怀疑是心脏有问题。"苏宏玮如实讲述了他的症状。

"好！你等着，我马上过去。"修玉林放下电话出了店门，买了些水果，上车后又觉着不妥，又给邢万全打了个电话，这才驱车直奔市医院。老修刚把车停好，老邢也到了，两人一起来到住院部。登记、通报，直到苏宏玮做检查出来，才允许他俩进去探望。

"看样挺严重，不然也不会住院！"老邢关切地说。

"其实也没那么严重，现在一切向钱看，医院也注重经济效益，都不来住院，它挣谁的钱去？"苏宏玮轻松地调侃着。

"嗯！还是要注意点，小心准没错。"老修说。

"检查得怎么样！查出什么问题没有？"老邢又说。

"眼下只差脑血流图一项，据说患者要把这个仪器戴上二十四小时才能测出常规血流状况，等这项检查结束了，也就知道个大概了。"苏宏玮说。

"这几天就你一个人，没人来陪护？"修玉林说。

"我一人挺好，不需要人来陪护！"苏宏玮说。

"这怎么能行呢！有点什么事都没法应付。"修玉林自言自语着，停了一会他又问，"小吴呢，她没来看你？"

"没有，我没给她打电话，她不知道。"苏宏玮说。

"我给她打电话，这时候她不来谁来！"修玉林气呼呼地操起了手机，"喂！小苏病了，在市医院，你知道吗？"

"不知道呀！他也没来个电话，什么病啊？"电话中的吴晴岚很意外。

"你来看看他吧，你们女同志会照顾人，他这时候只能由你来陪护了！"修玉林强调说。

苏宏玮原本没想让吴晴岚来陪护。自打在他家闹了一场，他就没再给吴晴岚打过电话。无论谁对谁错，他都想冷却一段时间，让未来给出答案。

"好！我过来。"吴晴岚答应了。

许久，苏宏玮见修玉林情绪有些低落，且不时叹气，不免诧异："怎么了，有什么烦心的事？"

"家家有本难念的经！我哥和嫂子最近闹离婚，说来说去都是房子惹的祸。"修玉林又叹了口气说。

"怎么回事，房子怎么了？"苏宏玮有些疑问。

"你知道，他们前几年来这看我，一下子就相中了这地方，在嫂子的强烈要求下，举家搬迁到南厦。当时也没什么钱，在嫂子的主张下，全家凑了十来万，又从我这拿走五万，这才买了一套六十多平方米的小两房，不仅办了全家的户口，而且住了进去。我哥哥因为是工程预算师，所以又找了一份对口的工作继续上班，而嫂子因孩子上初三了，功课紧张，只好在家做起了相夫教子的家庭主妇。嫂子办了病退，每月退休金不到两千元，哥哥也有病退工资两千多元，加上现有工资近四千元，每月共有八千多元的收入，凭着这八千多元的工资，不仅供儿子上了大学，而且又买了一套一百二十多平方米的房子。哥哥当时是不同意买房的，原因是如此一来每月要还银行按揭贷款四千多元。嫂子根本没理哥哥，擅自做主就把房子买了。快八年了，夫妻每天为还银行贷款吵个不停，最后吵得要离婚了，嫂子找到我家来，让我给评理，说我哥哥一年三百六十天上班，每月四千元，一年四万八，八年才不到四十万。而她主张买的两套房现在已达四百万的价值，丈夫还为此喋喋不休，她气得要离婚，找了我多次，我能说什么？就我哥哥那样的人，僵化刻板得要命，还自以为是。你说，这家人让我头疼不？"修玉林讲了他家的故事，然后等苏宏玮评理。

"要我是他弟弟就让他们离婚，真离婚那天算账就傻了。你哥哥就刚来时带来的十万加上八年工资不到四十万，不吃不喝才不到五十万。真离婚了给他五十万问他能买什么房子？世界上怎么还有你哥这样的人，真是奇葩！"苏宏玮摇头说。

"现代社会里，由于计划经济的思维定势，还就有那么一部分人只盯着付出，不看收入。比如我们厂的股份制改造，再比如农民工每年回家，非得把社医保、公积金取走，都是鼠目寸光，不看长远的思想作祟。"老邢插嘴说。

三人正聊着，吴晴岚来了。老修见人来了，起身让座，并且和苏宏玮道别后走了："改天再来，祝早日康复！"

239

老邢则说："兄弟，一直想和你聊聊，等你康复后，咱们聚聚！"

苏宏玮送走了两人，回头见吴晴岚还没坐下，不禁笑了："这种病不会传染，放心坐吧！"

吴晴岚笑笑，坐下了，"检查得怎么样？发现什么问题了吗？"

这次来看苏宏玮，吴晴岚的内心是极其矛盾的。一方面她想知道苏宏玮怎么了，有无大碍，毕竟两人这么多年有着牢不可破的友谊，作为朋友她必须前来看望；作为同事她也该休戚与共、嘘寒问暖。但另一方面，吴晴岚有个心结，她对苏宏玮的耿耿于怀和摇摆不定，导致汪清河的乘虚而入，而这样的结果又把她直接推到了汪清河的那边去。不得不承认，事实上吴晴岚已站在了汪的一边。虽然汪不是她心中的理想良人，不能给予她精神层面的食粮，但她实在是等不得了，这些年她就一直在"路漫漫其修远兮"中上下求索。直到今天她也没有找到令她十分满意的伴侣。虽然苏宏玮令她为之心动，但苏飘忽不定的心态让她很难把握，苏时而亲近、时而疏远的态度更让她捉摸不定。她感觉与苏交往很累、很累。她已不是一个怀春少女，而是一个实实在在、居家过日子的女人。汪清河的介入改变了她的人生态度，与其虚无缥缈地活在梦里，不如踏踏实实地活在当下。想得清清楚楚，她就知道自己该怎么走了。

今天当修玉林告诉她苏宏玮病了的时候，她吃了一惊，心脏出问题可不是什么好事，但听苏宏玮和老修说好像没其大事，他们是患难与共的朋友，她不希望苏有什么事。她决定先找主治大夫询问。

"你在这等一会儿，我去找大夫问问，看看怎么治疗。"吴晴岚说完去了大夫办公室。

没多长时间，她回来了，脸上轻松许多："大夫说根据现有的检查，基本没发现什么问题，再做一项CT，如没毛病那就没什么问题了。"

"我也觉得不该有啥问题，还没到病找我头上来的时候！"苏宏玮说。

"快到晚饭时间了，想吃点什么？我去买。"吴晴岚说。

"不想吃东西，整天也不饿！"苏宏玮像自言自语，又像给吴晴岚说。

"那换身衣服吧，两三天了，身上都快臭了！"吴晴岚说。

经吴晴岚这样一说，苏宏玮也想起这几天被乱七八糟的东西搅得头昏脑涨的，根本忘了换衣服这件事。

"我来的时候就没想到要住院，所以什么也没带。"苏宏玮像个孩子一样摸着头说。

"那咋办？要么我去给你取？"吴晴岚说。

"也只能麻烦你一趟了！"苏宏玮看着吴晴岚，不好意思地说。

吴晴岚刚要走，苏宏玮喊住了她："还没拿钥匙怎么进门！"

吴晴岚很意外，她一直认为周晓丹住在家里。

"周晓丹没在吗？"她问。

"她已回家结婚，不会再回来了。"苏宏玮幽幽地说。

"什么，她结婚了？"吴晴岚还真是没想到有这个新情况。她一直猜测苏宏玮对她若即若离是因为有周晓丹，没想到她的主观臆断是错的。苏宏玮和周晓丹根本就是瓜田李下，是她的判断出现了问题。

吴晴岚在去往苏宏玮的家途中还在想着这个问题。她和苏宏玮之间究竟是哪儿出现了问题呢？是她吗？虽然汪清河一直追求她，但她从未给他明确的回答，在她的心里只有苏宏玮才是亲密爱人。但这种心情又随着周晓丹的介入而变得复杂起来，她对周晓丹有着天然的防范，总觉得周是她的情敌，因此，主观意识中就对周晓丹横挑鼻子竖挑眼，看她哪儿都有问题，以致在洪山小区时就初露端倪。后来苏宏玮买了房，看到周晓丹住在里面，他的火气就更大了，不顾修玉林他们在场，当众训斥起周来。也就是从那以后，她发现苏宏玮对她开始冷淡起来。而她也在汪清河的猛烈攻势下，逐渐淡化了对苏宏玮的关注。今天猛地听说周晓丹回家结婚的消息，她的内心还是起了波澜。不错，她现在是心有所属，不管汪清河如何地令她不甚满意，但木已成舟已无法改变，不管她对汪清河有多少的遗憾，但她已被拉到他的船上。尽管她很不满意这门亲事，但眼下也是无可奈何！遗憾也好，无奈也罢，总之她和苏宏玮是不可能再续前缘了。她忽然想起陆游的《钗头凤》："一怀愁绪，几年离索，错！错！错！"自己的优柔寡断和主观臆断，造成了她与苏宏玮失之交臂。怪谁呢？冥冥之中，她又仿佛听到了来自天际的声音："其实每一颗心生来就是孤单而残缺的，多数人带着这种残缺度过一生，只因与能使它圆满的另一半相遇时，不是疏忽错过就是已失去了拥有它的资格。"吴晴岚不止一次品味这些话的含义，每次她都大哭一场，痛哭自己命运的不幸，感慨人生的无常，不能和自己心爱的人执子之手，看夕阳无限。也许这就是人生，是命运之神赋予人从自由到自在的必然途径吧。

吴晴岚回到医院时，苏宏玮已睡着了。吴不忍心打扰他，放下衣服，悄悄地离开了。她不想再看见他，不想看见那双深邃清澈的眼睛，那样她心里会受不了，它会透视自己的灵魂，让自己无地自容，心房战栗。

苏宏玮被一阵电话铃声吵醒了，接了电话，原来是肖元凯打来的。原来，吴晴岚从医院出来就给肖元凯打了电话。她告诉肖元凯，苏宏玮住进了医院，患了心脏病。肖元凯觉得事情非同小可，虽然之前与苏宏玮因借款对簿公堂闹得很不愉快，但肖很快就转过弯来：明明是自己有错，干吗还耿耿于怀呢？不管怎样，苏都是他最好的朋友，所以闻讯马上来到了市医院住院部。见了苏宏玮，他眼圈还有些红了。

"怎么样，发现什么问题没？"肖元凯一见面关切地问起来。

苏宏玮很意外，自那次官司后他一直觉得有些歉疚，总想找个机会与肖元凯沟通一番，今天见他主动前来，很是感动："没什么大事，检查也只剩一项了，现在感觉好多了！"

"没事也得注意，这年头什么意外都有，小心准没错！"肖元凯说。

"你怎么样，烦心事都解决了吧？"苏宏玮说。

"我他妈的活着就是一个累！内忧外患，永不得安宁。"肖元凯有些愤懑了。

"兄弟，少拼命吧。家里的事难得糊涂，外面的事退一步海阔天空。"苏宏玮又弹起他的老调。

"我现在对外面的事得过且过，就是家里的事难缠。跟女人说不清道不明，没地儿讲理去！"谈到家里，肖元凯顿时一脸的无奈和沮丧。

"难得你还有老婆、孩子，我呢，混到现在什么都没有了，连住院了都没人来照顾，哪天死在家都没人知道，你不觉得可悲吗？"苏宏玮感触万分地说。

"嗨！想那么多干吗，生死有命，谁知道明天会怎样？"看得出来，肖元凯很悲观。

两人正聊着，苏宏玮的手机又响了，原来是老陈打来。

"谁的电话？"肖元凯说。

"是老陈来的，他说要来看看我。"苏宏玮说。

"老陈来我就走，你知道从那次官司后我们就不来往了，见了面尴尬，以后再来看你，多保重！"说完撂下保健口服液走了。肖元凯没走一刻钟，老陈和许杰也提着大包小包的来到病房，一见面激动得拥抱起来。

"哎哟！怎么啦？年轻轻的就住院，真没想到。"老陈一见面，像多年没见的老朋友一样亲热得不行。

"兄弟，你可别有什么事，我们还琢磨到北京、上海、深圳考察一番呢。现在温州炒房团名扬四海，咱们也得学习人家的经验，趁年轻对外扩张，发展我们的空间。"许杰拍了拍苏宏玮的肩膀说。

苏宏玮没想到一向话语不多的许杰竟然有如此高瞻远瞩的大思路，他有些惊讶。

"好啊，咱哥几个把手里的房子卖一卖，筹些资金，看看北、上、广、深一线城市哪里适合投资，就下它一网，看能捞多少鱼！"苏宏玮的话再次激起大家的激情。

"现在就筹备资金，时机成熟、条件具备，咱们就大干一场。"许杰信心满满地说。

"现在资金很容易贷到，有的银行存一千万可以贷出两千万。此外，目前有许多贷款方式，搞钱的路子很多。"老陈介绍了多种融资渠道。

"既然钱不是问题，那就好多了，你们兄弟回去准备吧，我出了院就归拢资金，然后咱们出去看看，选个合适的项目投一定资金，搏它一把！"苏宏玮坚定地说。

Chapter 39　第三十九章
心猿意马

　　苏宏玮一直没从失去周晓丹的阴影里走出来。这天下午他接到一个电话，原来是吴晴岚打来的。出院后的苏宏玮正在家思考他公司的前途。他觉得公司该关了，眼下没什么业务，房租也是一笔不小的开支。当初办公司是为了洪山小区的项目，现在没业务，只好停摆。他的想法是营业执照要保留，以免再有什么工程还得再申办。此外，税务执照也得保留，无非是由原会计事务所继续代为上报税务报表。当这一切都理清了，苏宏玮的困意来了，他刚躺下，电话又响了。无奈，他只好接了起来。

　　原来吴晴岚有话和他说。今天白天汪清河已正式向她求婚，吴晴岚心里很慌，一方面接纳了他，另一方面又对苏宏玮抱有幻想，她还希望苏能挽留她，那样她就可以拒绝汪清河，跟苏宏玮在一起。因此，当汪清河逼着她表态时，她略有踌躇，就回答说："给我三天时间考虑，到时回答你。"

　　吴晴岚满以为汪清河会认同，谁知汪清河却不同意："咱俩认识又不是一天两天了，你干脆给个痛快话，别让我像夸父追日一样，永远没个头！"

　　吴晴岚有些犯难，没想到汪清河这回如此坚决，思忖了一阵，最后说："明天答复你，你愿意就等，不愿意，走你的路！"

　　汪清河见吴晴岚回答得很坚决，只好同意了："好吧，明天就明天，我等就是了！"

吴晴岚说完就后悔了。哪有这样求婚的？三天的考虑时间都不给，自己还竟然答应了，想必自己也太想嫁人了，不然为什么竟然答应他这样苛刻的要求。但反过来转念一想，两人相处已好几年了，汪说这样的话也是势在必行。况且两人已有了肌肤之亲，汪早把她当成自己的亲人，两人结婚是水到渠成的事。汪说这样看似不近人情的话，其实也是在情理之中。

吴没有马上答应汪，其实是她对苏宏玮还心存千丝万缕的不舍。两人相比，她内心的天平还是倾斜于苏宏玮，只不过苏宏玮对她没有汪清河的攻势猛烈，让她一度怀疑苏对她是否有真情。所以思谋再三，她才给苏宏玮打了这个电话。她想如果苏宏玮态度明确，立场坚定，愿意和她执手偕老的话，那她会毫不犹豫地拒绝汪的求婚，等待苏的迎娶，她这辈子也就没什么憾事了。如果苏仍像先前那样，不温不火，含着槟榔吐不出水，没有明确的态度，她就只能忍痛割爱，放弃这份让她苦苦等待的爱。那种孤苦伶仃、无人问津的日子她早已过够了。她渴望有人爱，有人在她身边，至少有欢声笑语，有活人的气息，不像现在这样，像在坟墓里生活，行尸走肉一般。

苏宏玮接通了电话，才知是吴晴岚打来的。他很诧异，不知吴为何选这个时间节点给他来电话。

"今晚怎么了，想我了吗？"他想故意开个玩笑，冲淡吴晴岚打电话的目的。

吴晴岚并没有顺着他的话茬往下说，而是话锋一转："你最近怎么样，还好吧？"

"还是老样子，没什么变化。听说咱们买的房子要交房了，想卖还是有利可图的，空间还不错，每平方米有一千多元的利润，要卖我让老陈帮你。"

"这件事以后再说吧，我想告诉你的是有人向我求婚了。你是什么态度？"吴晴岚再也不像以前那样委婉、含蓄了。

苏宏玮听后吃了一惊。虽然他与吴晴岚并没有明确关系，但他始终还是认为两人这些年很默契，无论是做洪山小区项目时，还是平时的交往，两人的友谊始终如一。今天她突然向他提出这个问题，苏宏玮知道肯定是与前一段时期明显疏远了她有关。苏宏玮清楚周晓丹的出现，不管他承认与否，实际离间了他与吴晴岚的关系。没周晓丹前，苏宏玮已认定吴晴岚是他今生相依相守的终身伴侣。但周晓丹自从出现，就无形中影响了他对吴的感情。一开始他并没有把周晓丹纳入他的情感范畴，认为两人的年龄及其他都有很多不合适的地方。直到那次酒醉且有了肌肤之亲，他才把周视为自己未来的要共度余生的人。而就从那时起，他才从心里把吴晴岚屏蔽了，并且从那时起跟吴联系得少了，尤其吴晴岚在他家数落周晓丹，又让他与吴的关系降至最低点。他甚至认为他俩的关系似乎走到了转折，以后只能是普通的朋友了。没承想峰回路转，周晓丹像风一样从他的身边飘走了，他又成了孤家寡人。还没等他感受孤独凄凉的滋味儿，又住进了医院，出院后没等他有喘息之机，吴晴岚又在电话里直截了当地询问他的意见，这让他不知如何回答是好。按他们之间现在的关系，他只能放手，让吴晴岚寻觅她的幸福去。然而这样不仅他自己不满意，也会伤了吴晴岚的心。起码吴会认为他薄情寡义，枉费了两人这么多年的感情。此外，就苏宏玮的现实状态，孤身一人，抛弃了这么多年的感情，拱手让给一个素昧平生的人，总让人心有不甘。但不甘也罢，无奈也成，苏宏玮心里知道是他自己放弃了这段感情。如果说先前疏远吴是因为周晓丹的话，那么现在他又重拾旧爱，显然是丢了西瓜又想捡起芝麻。他对自己的行为感到不齿。虽然吴晴岚并不知道他和周晓丹交往有多深，但他过不了自己这道坎。苏宏玮自认为是个正人君子，对爱情应该忠贞不贰，如今弄到这般田地，再亵渎这份纯洁的爱情，会让他一生良心不安，更对不起吴晴岚的这份挚爱。既然已经错过了，就说明不该属于他，他只能奉上一份祝愿，愿她幸福美满、一生平安。如继续掺和，搅得大家不得安宁，既对不起吴晴岚也对不起自己的心。苏宏玮还不是那种太低级趣味的人，他也不想把自己变成太浅薄的人，那样他会自己看不起自己的。想清了这一切，他才表明自己的态度："我不知怎么回答才让你满意，但既然你来问我，我只能把自己的心告诉你。你之所以如此问，说明你对我还念念不忘，但同时也说明我们的心已经开始疏远了。如果你心依旧，也不会来问我。这世界许多人走着走着就散了，许多交情也是交着交着就淡了。所以，最好的方法就是跟着心走，到什么时候你都不会懊悔。"

吴晴岚没想到苏宏玮会这样回答她的问题，他已经表明了态度，但又像什么都没说。她努力品味苏的话，似乎明确又好像不太明朗，但她大概还是明白了他的意思。听从内心的召唤，多么巧妙的回答，真是让她称奇。到现在她才算了解了苏宏玮的为人：不以物喜、不以己悲，什么时候都不会把自己的意志强加在别人的头上，让人能有更大的空间。吴晴岚一下子好像读懂了苏宏玮，她甚至认为苏的回答是最令她满意的答卷。她的内心随即开始忧郁起来："再见了，我心中的爱人；再见了，知我、懂我、爱我的人，祝你幸福、祝你平安。"

吴晴岚想到这里，眼睛里涌出了两颗晶莹的泪珠，心中默道："永别了我的真爱，永别了善良、无私的苏宏玮。"

这边的苏宏玮手捧电话还在傻傻地听着，直到很久没有任何响动才放下电话。他知道吴晴岚完全领会了他的意思，要不然也不会长久地无声无息。他也自言自语地说了一句："别了，吴晴岚，愿你一生安好！"

是夜，苏宏玮躺在床上翻来覆去睡不着。他想到初见吴时那双忧郁且透着自信的眼睛，一会又想到吴在吟诵"更能消几番风雨，匆匆春又归去"的恬淡、沉静。总之，那一夜苏宏玮一直没有睡着，快到天亮了，他才睡去。

他梦见自己成了新郎，穿一身红绸缎唐装，浑身散发着喜气。而新娘正是吴晴岚，穿一身洁白的婚纱，文静优雅，气质端庄，一派大家闺秀的风范。两人正在给众宾客敬酒……

忽然一阵铃声骤然响起，苏宏玮被惊醒，原来是南柯一梦，好不喜煞人。苏宏玮揉了揉眼睛，才确认自己做了一个梦，情不自禁地傻笑了。手机还在不依不饶地响着，苏宏玮接通了电话，原来是女儿多多打来的。苏宏玮从不跟家里联系，他怕余惠文瞧不起他，但女儿多多却跟他保持着联系。爷俩虽电话不多，但每逢有要事，通话还是必要的。特别是上了初中，两人的联系更是多了起来。

"爸爸，我们搬新家了，你要不要来看看？"电话中听得出女儿还是蛮很高兴的。

"爸就不去了，搬了新房子，更该好好学习，争取考个好成绩。"苏宏玮嘱咐说。

"妈说同意你来参观，她还说没有你，她照样能住好房子！"多多压低了声音说。

"多多，爸不去了，你妈到现在还是耿耿于怀，说明她还在记恨我，即使去了也没什么好果子吃！"苏宏玮凭女儿的话判断余惠文还是不肯原谅他。

"我看妈妈经常一个人在房子里哭，就知道她也不好过。爸爸，你来了她肯定会高兴的！"多多说。

苏宏玮还是不想去。说心里话，当初离婚是纯属无奈；现在，过了这么多年，他已经习惯了这样的生活，自由自在、无拘无束，更没人责骂他。真要回到以前那种生活中去，他还真不适应了。但女儿来电话，至少向他透露一个信息：余惠文有所改变，否则也不会让他回家看看。既然如此，何不来个高姿态，让她余惠文后悔去？复婚是不可能的，离了就像泼出的水一样，还能收回来吗！但回去看看还是有必要的。他要余惠文知道他苏宏玮没她照样活得好，而且还腰缠万贯，虽没有大贵，起码大富，说出来会吓她一跳。买套新房就想在他面前显摆，真是可笑至极。苏宏玮越想越觉得滑稽，她根本不知道他这几年摸爬滚打闯出了什么样的天地。她以为他还是先前那个循规蹈矩、只知上班下班，两点一线，让她呼来唤去的苏宏玮。他要让她看看，今非昔比，他苏宏玮鸟枪换炮，由平民布衣变成了大款倒爷，由不名一文到腰缠万贯。当年那个唯唯诺诺的苏宏玮早已翻篇，取而代之的是低调做人、高调做事，心有雄兵百万，运筹帷幄，决胜千里之外的大丈夫。苏宏玮想到这，决定去看看余惠文，他想看看余惠文这回是怎样羞辱他，又会用什么语言来刺激他。这样，他至少能看出她这些年是进步了还是原地踏步。

第二天早晨，心情很释然的苏宏玮按照女儿提供的地点来到清湖东路138号龙江御景小区门前。小区环境确实不错，院内小桥流水，亭榭楼台更是平添了小区的迷人之处，芳草萋萋、树影婆娑，也都极力点缀了优美的环境。苏宏玮敲开了女儿的家门，开门的正是多多。她见了苏宏玮自然高兴万分，马上扑了上来："爸爸，你来了！"骨血之情让苏宏玮心里一热。毕竟是自己的亲人，多久的离别都隔不断这种亲情。

"妈妈，我爸来了！"多多向屋中喊着。

房子装修得还不错，虽不奢华却也精致，客厅背景墙是一幅现代主义的魔幻拼图，让人费解却又耐人寻味。沙发背景是流畅的六条长线条，中间镶嵌一块与之协调的墨色玻璃，极富动感。中间吊顶简洁明快，一盏水晶灯光彩夺目，给整个大厅平添了几分高雅。

苏宏玮正欣赏大厅的装修时，余惠文从屋中走了出来，见了苏宏玮招呼了一声："来了，坐吧。"声音还是那般平缓，只是几年不见，脸上多了几分忧郁，没了先前的愤世嫉俗，人也似乎平和了许多。苏宏玮把给女儿多多买的苹果手提电脑和一块浪琴手表随手交给了她，然后坐下来。

"爸爸，你不看看我的卧室兼书房？"女儿说。

刚刚坐下的苏宏玮只得起身随多多进了她的房间。到底是孩子的房间，全是暖色调色彩，是那种粉色视图外带几条蓝线点缀的空间效果，甚至有梦幻般的感觉。苏宏玮连连点头："布置得好，有感觉！"

"多多，别老缠着你爸，让他出来喝杯茶。"余惠文在厅里喊起来。

"妈妈又叫了，她老是管着我！"多多噘起了小嘴，显然一副不情愿的样子。

苏宏玮回到客厅，看见余惠文为他泡了一杯茶，茶叶青绿，片片立在水中，瞬间满屋飘香，看得出来是上乘绿茶。苏宏玮呷了一口，果然清爽甜香，回味绵长。

"你怎么样，还好吧？"余惠文问了一句。

"马马虎虎！虽不能叱咤风云，却也能温饱有余。"苏宏玮说。

"现在干什么呢？"余惠文关切地说。

"没事干，整天睡大觉，无所事事。"苏宏玮有意自毁形象。

"那怎么能行，你就是不为自己着想，也得为多多想想。孩子要读高中、上大学，光我一个人是供不起的！"余惠文有些急了。

"你放心吧，多多的事以后我来管，你就不用操心了！"

苏宏玮最烦的就是余惠文的俗气、小市民的心态。整天围着柴米油盐锅台转，永远都是鼠目寸光，没有大格局。这是他最看不起余惠文的地方，也是两人无法调和的关键点。与吴晴岚相比，简直差了一大截。想到这里，他又想起了吴晴岚，不知此时她在做什么，是不是在准备出嫁事宜呢？

两人正聊着，女儿过来了："爸爸，你买的电脑太好了，功能齐全而且好用，对我的学习帮助可大了！"

"对你的学习有帮助就好，爸爸希望你能好好学习，将来做一个对社会有用的人。"

"爸爸，你放心，我肯定做一个品德高尚、有理想的人。"多多不假思索地说出了自己的理想。

苏宏玮听后感到由衷地高兴："好孩子，爸爸希望你成为一个有益于社会、有益于国家的人！"

看看时候不早了，苏宏玮起身准备离去："我走了！"

"爸爸，别走了，妈妈为你准备了好多你爱吃的菜。"身后的女儿在呼唤着父亲。

苏宏玮心里一热，他的脚步迟疑了一下，但最终还是跨出了大门。走出小区，苏宏玮才长吁了一口气。他实在不习惯余惠文家里的气氛，他感到很压抑，这种氛围是多年前所形成的一种惯性，除了余惠文这里，他在哪儿都体验不到这种感觉。他在内心祈祷永远都不要再有这种感觉，那会让他窒息，会让他有夺路而逃的念头。进了自己的车里，苏宏玮才感觉真正找回了自己。车融进了滚滚车流，苏宏玮得心应手地驾驭着自己的爱车向前流动着。

投资店铺的丰厚回报

目前苏宏玮的资金有很大部分都压了在万达广场的项目上，再加上老陈介绍买的三套房产，苏宏玮觉得该回笼资金了。其实，老修和邢万全不止一次向他提起到该出手店铺的时机了，但他始终坚信还没到出手的关键时刻。经过这一年来的观察，他认为现在时机到了，价位也达到了预期，可以出手了。于是，他给老修打了电话。老修也是心里有事，正想着找苏宏玮聊聊，接到苏宏玮打来的电话不禁喜出望外，马上约他到公司来坐坐。

苏宏玮到来时，老修早就为他泡了一壶金骏眉，满屋飘香，让人神清气爽。

"好茶！刚进屋就闻到了茶香。"苏宏玮夸赞说。

"老朋友来了，我当以礼相待。"修玉林说。

"太客气了，我们哥俩不必客气。"苏宏玮心里一热，芸芸众生，能有这样的朋友时刻想着你，真让人为之感动。

"我想找你问问，咱们的店铺啥时出手，还要等下去吗？"修玉林说。

"我也是来告诉你的，是时候了，现在可以出手！"苏宏玮很干脆地说。

老修感到意外，以往每次问苏宏玮都说等等，今天却说到时候了，他不禁问"为什么？"

苏宏玮微微一笑说："不知你最近看了《南厦日报》没有？南厦这两年人口激增一百一十五万之多，加上原有人口，已超三百万，消费群体的增加势必带来商业的繁荣，而商业的繁荣则需要实体店来支撑，虽然电商、网购甚嚣尘上，但来南厦的群体多为中老年人，所以店铺在一段时期内还是主要的营销载体，现在还是需求的火候，再过几年说不定它就会被电商所取代，现在是出手的最佳机会。"苏宏玮分析了当前形势，侃侃而谈。

老修被苏宏玮的详细分析所折服，"你是说眼下是店铺的黄金时代，再过几年就说不准了？"

"就是这个意思。所以说趁着这个好时机咱们赶紧出手，卖个好价钱。"苏宏玮点头说。

"现在能卖多少钱？"修玉林说。

"起码每平方米能卖六万五到七万，如果全部都卖掉肯定要打折。"苏宏玮胸有成竹地说。

"那咱哥俩岂不发了？七百平方米按每平方米六万算，就有四千二百万，咱哥俩都成了千万富翁了！"一向稳重平和的修玉林也抑制不住内心的狂喜，眼睛开始放光了，"卖——赶紧卖，把这些卖掉了，咱们再买别的房产。"

"那咱就开卖了。在我们的店铺里贴上'店面出售'的广告，然后留下电话号码就成了。此外，还可请老陈他们代销，速度会更快一些。"苏宏玮说。

"这事你说了算，每卖出一间，资金咱俩各一半，直到卖完为止。"修玉林不假思索地说。

"那就定了，从明天开始，你就等着收钱吧！"苏宏玮说。

"好，就这么定了。今晚我请你喝酒。没有你，我怎么能赚千万巨款！"修玉林说出了自己的心里话。

"好，咱们今天喝个一醉方休，不醉不归！"苏宏玮也觉得自己好久没有放开喝了，他打算今晚喝个酩酊大醉。好久没有释放压抑的心情，他需要醉一次来宣泄累积已久的郁闷，他觉得自己快被憋死了……

贴出广告的第三天，就有人打电话进来。苏宏玮与他聊了聊，知道他只要五十平方米左右，而且出价六万。苏宏玮并没有急着出手，他要看市场行情，试一下水温，然后再定价也不迟。他这样想着，也准备这样做下去，然而市场的叵测却颠覆了他的预期。到了第五天，竟打进来八个电话，而且有的出价竟达到七万。苏宏玮极力抑制自己狂喜的心情。这个势头让他有点措手不及，他似乎很惶恐，没想到店铺竟然这样给力，让他做大、做强的欲望一下子膨胀起来。他盘算了一下，如果平均每平方米按六万五计算，七百平方米合计收入为四千五百五十万元。去掉银行贷款七百万左右，实际净剩三千八百多万，再去掉两人投资的七百多万和利息，还剩三千万的利润，分到每个人手中也有一千五百万有余。苏宏玮被这个数字吓了一大跳，这项投资远比他做的洪山小区项目更简单、更容易，没费吹灰之力，一千五百万从天而降。要是上班打工，哪辈子才能挣这么多钱？苏宏玮想想，觉得很神奇，要是没有改革开放，没有房地产的快速发展，他这辈子也不会有这么多钱，他为自己感到幸运。要是没有下岗，没有离婚，他不可能有这样的机缘，说到底还是自己的命好，让他一夜暴富、出人头地。接下来，他按价位的高低来逐个出售，出七万的自然挑选最理想的位置。有位仁兄一下子就要了两间一百平方米的店铺。两人当即到老陈的店里签了房屋买卖协议书，此后一切手续交由老陈代为办理，苏宏玮打算每单交易给老陈二千元代办费，如此皆大欢喜。接着又有一买家要了一间，价位最终谈妥为六万八，苏宏玮也欣然交易。两天后，又有一浙江义乌客商提出六万五他要三间，苏宏玮也同意出售。没到一周，他的店铺已售出三百平方米，所投资金已悉数回笼且有余。现在，苏宏玮就坐等客户上门，数着钞票睡觉了，他每天想的都是：钱来了要干什么去？

苏宏玮又开始焦虑了，这么多钱攥在手里不能创造应有的价值，是多大的浪费啊！他再也无法沉醉在日进斗金的梦幻里，开始谋划新的投资渠道，争取利益最大化。人很奇怪，不名一文时，想的就是有钱，当你真正有了钱，除了必备的生活享受外，钱对你来说就成了一种负担、一种压力，因为你不想坐吃山空，就得让钱生钱。苏宏玮就坐在这个风口浪尖上，茶不思、饭不想，一心想着钱怎么能生钱？他为此找了老陈、许杰，还有老修，几人共同的意见就是走出去，到北、上、广、深去看看。南厦毕竟还是小了些，与其原地打转转，还不如学温州炒房团，纵横四海、攻城略地，玩一个潇洒。

苏宏玮正思考下一步的发展战略时，又一买家找上门来，自称是福清的客商，若价位合理，准备买个一百平方米左右。苏宏玮笑而不答，只给了前三个买家的电话，让他自己咨询。没一会儿，福清客商回来了，他对苏宏玮说："六万五，两间一百平方米，咱们成交！"

苏宏玮表示同意，两人达成了协议。他刚要动身，老陈来了电话，说有一商家看中了他的店铺，请他来店里协商。

苏宏玮领福清客户来到老陈的店里，刚好前面那客户还在，苏宏玮让老陈为福清客户办理手续，便与店里等他的客人攀谈起来。两人谈得很愉快，苏宏玮以最低价每平方米六万五的价格卖了五十平方米的一间。两人交易完后，目前只剩下五间共一百五十平方米左右了。苏宏玮轻松了许多，他已不像刚出手时那样紧张了。他现在只需守株待兔，过些时日，店铺一定会销售一空。

Chapter 41　第四十一章
东山再起

　　走出金源山庄的裘晶并没有离开南厦，她将自己安顿下来后，又重新找了一份经纪人的职业。她坚信凭着自己的能力，凭着这几年摸爬滚打的经验，凭着对这份职业的信心，她要让所有的人看看，她裘晶离开了男人将活得更好！

　　招聘她的老板不是别人，正是陈发全。他仔细翻看过她的简历，得知她在凯德公司干了两年多。老陈知道凯德公司是肖元凯开的。他并不熟悉裘晶，但她气质不凡，冷峻中透出一种干练和自信，和她现在的年龄极不相符，决定留下此人，以观后效。

　　裘晶没有辜负老板陈发全的赏识，进店第三天就做成了第一单，为公司贡献了一万五千元的中介费，而她自己也拿到五千元的提成。同事都对这个漂亮的女孩子感到惊奇，看她业务的熟练程度，简直是一个老到的业务员，令人佩服至极。裘晶的勤奋和突出表现愈发引起老板陈发全的关注，他想找苏宏玮核实一下，看看是否认识裘晶。他这样想着，就拨了苏的手机。苏宏玮接到电话来到老陈的公司时，不巧裘晶刚带客户去看房子，两人就在办公室闲聊起来。

　　"这女孩我总看着有些来历，不像一般人！"老陈说。

　　对于肖元凯公司的人，苏宏玮认识的也不是太多，据老陈的描述他也想不出是何人。二人就在店里边喝茶边聊着。等了好一阵子，裘晶回来了，进屋第一眼就看到坐在沙发上的苏宏玮，她立刻愣住了。苏宏玮也非常意外，他怎么也想不到在这看见了裘晶："你怎么来这了？"

裘晶见到苏宏玮仿佛见了亲人一般，情绪一时有些失控，考虑这是在公司，她勉强控制自己的情绪："苏大哥，你怎么到这来了？"

"啊——是你们的陈老板请我来的，他说公司来了一位美女，很能干，原先是凯德公司的。"

裘晶的脸上瞬间不自然起来，很难为情地说："我不行，我是来跟陈总学习的。"

苏宏玮没想到裘晶竟然离开了肖元凯，而且又干起了老本行。这其中必有很多原委，当着这么多人她肯定不会说，只有换个地方才能了解清楚。想到这，他站了起来对老陈说："我请你的员工喝杯咖啡，该不会影响工作吧？"

老陈巴不得想知道原委，马上调侃说："别借着喝咖啡把我们的美女拐跑了！"说得裘晶"腾"地脸红了。

两人来到不远处的咖啡馆坐了下来，苏宏玮点了两杯咖啡后说："你怎么来这里了，肖元凯知道吗？"

"我俩分手了，他不知道我在这工作。"裘晶缓慢地说。

"为什么，他做了对不起你的事吗？"苏宏玮看得出来，裘晶的眼神里透出凄苦、悲凉的神色。

面对苏宏玮的关切，裘晶眼含着泪水一五一十地把肖元凯的所作所为全都告诉了苏宏玮。她这些苦没地方说，只有见了肖最好的朋友，才能毫无顾忌地倾诉出来。

苏宏玮听了半晌没有说话。他实在想不到才几年的光景肖元凯竟变得让他刮目相看，唯利是图且六亲不认，眼里一切向钱看，抛妻弃子，连他最爱的人都在钱的面前弃之若履。苏宏玮怎么想都想不出肖元凯竟然变得如此面目全非，除了钱，其他的好像都入不了他的法眼。

眼前的裘晶还沉浸在伤感里，苏宏玮也找不出安慰她的话来，末了说了一句"你在这等着"，就出了咖啡馆。不一会的工夫，又折返回来，拿出了刚从柜员机取来的两万块钱摊到裘晶面前，说："拿着吧，你现在是缺钱的时候，肖元凯那边我会去说他，等我的消息。"

裘晶很感动，她和苏宏玮并不十分熟悉，还是一次苏宏玮正在"一品鲜"宴请老家的同学，她和肖元凯也到那家饭馆吃饭，碰巧遇上了。肖元凯是个心思缜密的人，对于自己有情人之事，一般是三缄其口，虽然碰上苏是他不情愿的事，但也没办法，只好上前虚与委蛇、寒暄问候，并介绍了裘晶。让裘晶印象最深的是苏宏玮热情邀请他俩到他的桌上去，但肖元凯还是回绝了，选了一个僻静的座位与裘晶坐下来。今天苏宏玮见面就拿出两万块钱给她，让她看到了苏的为人处事。看来，苏与肖元凯是截然不同的两种人，交朋友也要交这样的人。

苏宏玮倒没觉得有什么，也许是性格使然，也许觉得人有了难处该有人帮助，所以他觉得应帮助她渡过这个难关，不枉他们认识一场。见裘晶不好意思，就说："拿着吧，这可能是你最困难的时候，相信挺过去后，未来一定会越来越好。"

这是裘晶离开肖元凯后在世间听到的最温暖、最激励人的话语，当即热泪盈眶，就差眼泪没掉下来，她望着苏宏玮，感激之情油然而生。为了掩饰裘晶的窘境，他又为她点了一份牛排饭，看着她含泪吃完，把钱装进包里，这才放心走出咖啡馆。临别时，苏宏玮语重心长地对裘晶说："任何时候都要坚强，尤其是女人。如果你不强大起来，那只能有被宰割、被凌辱的份儿。希望你能做个励志的人，早日站起来！"

裘晶望着苏宏玮的背影，默默地说："谢谢你，苏大哥，我一定牢记你的教诲、卧薪尝胆、奋发图强，争取有一天堂堂正正地站在世人面前。"

回到公司的裘晶更加努力，似乎发疯一样地做着业务，从不计较得失，任劳任怨。天道酬勤，裘晶来公司半年后，由于业务精通、客户关系和谐，被老板提拔重用，成为店中独当一面的店长和经理。她个人的生活也得到了空前改变，不仅住上了宽敞明亮的一室一厅，而且有了积蓄，她还了苏宏玮的借款，过上了小资生活。但这些都不是她的追求，她的理想就是开一家有规模的置业公司，她要让肖元凯看看，她离开他照样能过得很好。当她把这个想法告诉苏宏玮和老陈时，得到了他们的支持。

"好！如果你能开起来，我愿投部分资金，让你大展宏图！"苏宏玮听了裘晶的构想马上表态支持，而老陈也同意出资入股，全力支持她做大做强。有了这两个强有力的后盾支持，半年后，也就是裘晶来老陈公司一年后，她开起了自己的"21世纪万和加盟店"。开业当天举办了隆重的开业庆典，不但邀请了南厦市的全部同行，而且连市房地产中介协会的领导也光临现场，场面好不风光热闹。在一阵噼里啪啦的鞭炮声中，21世纪万和加盟店宣布正式开业。领导讲话、来宾讲话、裘晶讲话，这些过程一一走过后，午间又举行了盛大的招待酒会。

整整一天，裘晶忙得不亦乐乎，迎来送往，她始终沉浸在兴奋中。她的师父陈发全和朋友苏宏玮自始至终都在现场，他们都为裘晶能有今天而感到高兴。

"真是不易啊！"老陈对自己的这个徒弟能有今天的风光而感慨万分。

苏宏玮也对裘晶今天取得的成绩而欢欣鼓舞，"这个小女孩真有一股不服输的韧劲，让人佩服！"

新店开业后，裘晶根据自己这些年的经验，结合21世纪加盟店的制度，制定了一套符合发展形势又能极大调动员工积极性的规章制度，使大家的干劲得到了空前发挥。由于措施得当，员工的自觉性得到了极大的调动，每个新来的员工都感到了亲和力，无形中增加了一份使命感和责任感。裘晶提出的口号是"客户的要求就是我们奋斗的方向"。由于奖励措施得力，加之当下形势又为二手房起到了推波助澜的作用，裘晶开业仅三个月，营业额就得到了空前提升。之后，她又买了一辆二手车，规定凡来看房的客户，一律车接车送，方便了买房者，成交量也得到了提升。开业半年后，裘晶的万和店声名鹊起，在南厦房产中介行业无人不知、无人不晓。

肖元凯也得知了这个消息，他想不到裘晶离开自己一年多，竟然开了一家比他还大的中介公司。他想去看看，但又觉得实在无颜见她。想当年自己为了还债狠心抛弃了她和肚子里的孩子，这件事折磨得他至今都还心痛不已。但有什么法子呢，过去的永远都回不来了！他想祈求裘晶的原谅，但又抹不开情面。踌躇再三，他还是决定去看看她。他要当着她的面说出自己的悔恨，请求她能原谅自己，原谅他的无情和自私，这样他的心或许会好受一些。他这样想着，就来到了裘晶的万和店。这里确实要比他的规模大许多，人员也众多，有接待客户的、有签合同的、有介绍房源谈条件的，屋里还有几伙人在洽谈。肖元凯吃了一惊，他的店里鲜有这样热闹的场景，看来事在人为，裘晶确有过人之处，是自己不会知人善任，丢了一棵摇钱大树。肖元凯正感叹着，过来一人，来到跟前他才看清，原来是他公司以前的员工赵经理。

"是肖总?"他有些意外。

"到这家来了?"肖元凯问了一句。

"还有两位也来到这里。"赵经理说完向里面指了指。

肖元凯看清了，里面还有两人向他摆了摆手。肖元凯感到一阵莫名的悲哀：同样是员工，在他那儿默默无闻，但到了这儿却生龙活虎、劲头十足，这让他看到了自己管理水平的差距。肖元凯正反思自己的过往时，裘晶领着几个人从车上走了进来。不仅令裘晶感到意外，就连肖元凯也分外惊讶。一年多不见，裘晶好像变了个人，气质独特、衣着飘逸，好似一个亭亭玉立的时尚女郎站在他的面前。她身着一条色彩斑斓的长裙，纤细的白色腰带一下子把女人的神韵勾勒出来，戴一副能遮住半个脸的太阳镜，仿佛后面有着耐人寻味的神秘。眼镜摘下，宛若古典美人，活脱脱的西施再世。裘晶还是那个裘晶，只是变得更加自信和高傲了。肖元凯看得有点蒙圈，如今的裘晶再不是那个小鸟依人的小女子了，而是一个叱咤风云、沉浮商海的老板。只见她喊了一声："余秘书，把咱们的买卖合同拿出来给阿姨看看，刘经理，阿姨有不明白的就给解释一下。"眼看众人进了洽谈室，这才打量起肖元凯。对于眼前的这个男人，裘晶有太多的爱恨情仇：是他把自己的人生一夜颠覆，是他用甜言蜜语、海誓山盟让她怀孕生子，又是他像扔破衣服一样把她抛弃，让她置之死地而后生。裘晶不想这些便罢，一想到这些，两眼就喷出火来："你到这来干什么？还嫌害我害得不够吗！"

肖元凯自觉一生很龌龊，面对裘晶更是无地自容，裘晶的每一句话都像榔头重重地砸在他的心头。他自知罪孽深重，无言以对。"我知道对不起你，你说什么我都不怪你，是我害了你，我今天来这里，就是来赎罪的。"

裘晶没想到肖元凯竟是这种态度，她原先想狠狠地痛骂他一顿，然后让他消失，以解她这一年多的愤恨和屈辱。但肖元凯好像有了这方面的准备，待在那儿就是想让她骂来着。裘晶愤恨的心情一时不知如何收拾。她似乎清醒过来，这儿毕竟不是在家里，大庭广众之下，还有许多客户。她一个人在这骂街，不仅有失体统，而且会引起许多误解，造成不好的影响。经过这一年多的历练，裘晶对人事有了新的认识，对生活有了更透彻的理解和把握。看了看眼前的肖元凯，内心除了厌恶就是反感。

"你走吧，我不想再看见你，希望你好自为之。"说完了这话，她飘然而去，丢下肖元凯呆呆地愣在地中央，成为全屋人观看的木偶。

婴儿血统引来的风波

　　自从与程毅商量好了孩子的问题，周晓丹就安心在家养胎，闲着没事她就学起了刺绣，打发无聊的时间。看着鸟儿在屋外树上叽叽喳喳，她真恨不得变作鸟儿飞离这囚人的牢笼。不知哪一天，周晓丹开始呕吐不止，而且只要吃点东西，就吐个不停。程家上下一片欢腾，眼看周晓丹的肚子一天天大起来，程家人也目不转睛地盯着，恨不得马上将她那肚里的东西抠出来变成他们的孙子。程毅的妈妈见儿媳肚子一天比一天大，开始关心起来，不仅从娘家请来了保姆伺候，而且加强了营养，鸡鸭鱼肉轮番上桌，而周晓丹只是呕吐，什么东西只要吃进去肯定会被吐出来，弄得一家人束手无策，干着急也没办法。转眼过了立秋，一天晚上，吃了饭的周晓丹想看一会电视，刚打开看一会儿，就感觉肚子有点疼。开始她并没有在意，但随着一阵比一阵更长、更剧烈的疼痛，周晓丹开始呻吟起来。程毅见自己的媳妇脸变得扭曲，惨叫声也大了，急忙唤妈妈过来。她过来看了看，也没太在意，反而说："是不是吃多了？离出生的日子还差好多天呢。"就在大家都没有注意的时候，随着一声惨叫，程毅发现周晓丹的下身全都湿了。"我的羊水可能破了！"周晓丹一声哭。程毅也随之大叫起来："妈——妈，她的羊水破了！"

　　众人一阵忙乱，把周晓丹弄到了医院。没一会，孩子出生了，是个男孩。全家人万分庆幸，尤其是程毅的妈妈，高兴得手舞足蹈，庆幸儿媳给他家送来个男孩，让他家能传宗接代、延续香火。

"你们是怎么搞的？要是再晚来两分钟，这孩子就保不住了！"接生大夫出来气咻咻地说。

"谁也没想到这么快，我们估计还有一个多月呢。该不会是早产吧？"程毅的妈妈说。

"怎么会呢，这孩子是足月生产，我接生的我还不知道！"大夫以不容置疑的口吻说。

大家都沉默了，再也没了声响。

不一会，一小护士过来喊："谁是周晓丹的家属，可以来看孩子了！"

娘俩闻声跑了过去。只见一个皮肤紫黑的小孩像小猫一样躺在玻璃罩子里，小脚不停地乱动，生命力很旺盛。

一连在医院住了三天，第四天程毅把母子接回了家。周晓丹没奶，孩子饿得整天哇哇叫，没办法程毅只好买来奶粉喂他，这才止住了哭声。为了能下奶，程毅找了很多偏方，包括吃猪蹄、煮鱼汤等办法，终于下奶了，不仅周晓丹脸上有了笑容，母亲和程毅也笑逐颜开，家里又有了笑声。

随着孩子一天天长大，全家人的笑声不知哪一天消失了，因为孩子从哪一方面都不像程毅。最明显的是孩子的脑门异常大，而程毅却是小额头；孩子的耳朵也是非常大，而程毅的耳朵却是一般大小。不仅是相貌，就连行为举止等各方面都跟程毅相差甚远。程家人越看越不像，越不像就越端详，面对八个多月就生出来的孩子，结果可想而知。他们开始怀疑孩子的血统，尤其是程毅的妈妈，她曾不止一次当着儿子的面问起，可程毅却对答如流，算是勉强过关。当初全家人都不同意娶这个儿媳，可儿子愿意，谁也拗不过他。现在娶回来了，全家人没看到她一丝笑容。如今没到时间就生下了个孩子，又怎么看都不像程家的种。这可是不得了的大事，他们都希望儿子把这事弄明白，否则全家永无宁日。程毅非常清楚这件事，他知道这事早晚得见光。得知周晓丹怀孕后他就再没同床，而是一直在沙发上睡，对周晓丹也是嘘寒问暖、说一不二。他的努力确也有了效果，周晓丹对他的态度有了转变，不再冷眼相待，有时还帮他洗洗衣服、收拾屋子，这些都让程毅受宠若惊，他盼望有一天周晓丹会接纳他。但这种情形到了孩子出生后，并没有按他的意愿发展。随着家人的变化，那个和谐的环境被打破了，妈妈对他喋喋不休，弄得他十五个吊桶打水——七上八下，左也不对，右也不是。有时他真想大喊几声，借此宣泄一下自己的无奈。但又如何呢？他什么也改变不了。但随后一个更大的事件改变了这个家庭的秩序：程妈为了验证血统，乘周晓丹不注意，以帮忙照顾孩子名义，私下抽了血，取了头发，然后又如法炮制，取了程毅的并送到了省城鉴定中心，一个月后拿到了亲子鉴定报告。这件事的被公开导致了程家对待周晓丹的态度有了一百八十度的转变。

"说说吧，这孩子是谁的？"程妈妈说完把鉴定报告扔到周晓丹面前。

"结婚前我就告诉你儿子我曾跟别人住在一起，他在南厦也看到了。但他置若罔闻，这能怪我吗？"周晓丹振振有词，一副理直气壮的样子。

"程毅知道这事吗？"程妈妈大惑不解。

"你去问他好了！"周晓丹仍然面不改色，从容回答。

晚上吃了饭，见程毅回到屋中，周晓丹对他说："怎么样，你妈肯定不依不饶？要不离婚吧，这样也能给你减轻点压力。"声音虽不大，却让程毅更加心烦意乱。说心里话儿，尽管家里闹成这样，妈妈听到自己的儿子完全知道这一切，当场臭骂了他一顿："鬼迷心窍了，这样的女人你还恋恋不舍！"

可他就是舍不得离开周晓丹，更不愿意离婚。他已认定周晓丹就是他这辈子的老婆，不论有什么意外发生。当初从南厦把周晓丹带回家的路上，程毅就有了思想准备并下定了决心。

"我不想离婚，更不想离开你！"程毅说。

面对程毅的不离不弃，周晓丹确实被感动了："老实说，我本来是想跟你过日子的。可你妈妈这样的态度，让我怎么待下去？"

"你不要管他们说什么，我什么都不说，你就会安然无恙。"

"这种受冷眼的日子，我是实在过不下去了，再不改变，我要疯！"周晓丹说着哭了起来。

程毅见此情景如万箭穿心，他一跺脚，冲出了房间，朝着父母的屋里奔去。过了一个小时，他又回到屋中，谁知刚一进门，就看到周晓丹早已收拾完毕，抱着孩子正在等他。见他回来了，第一句话就是："我准备走了，既然你妈不认可，咱们只能离婚！"

程毅见周晓丹摆出要跟他分道扬镳的架势，反而不知所措了："没人说要我们离婚啊，你自己反倒退缩了？"

"咱俩还能过吗？看你妈那样简直要气死了，我可不想担个不孝的罪名。"周晓丹说。

"你也要理解我妈，谁家的老人摊上这事不上火？"程毅的怒气一点点消了，反而劝起了周晓丹。

"那你说咋办？眼下不离婚还有其他办法吗？"周晓丹不觉声音提高八度。

"办法是人想出来的，天无绝人之路，我就不信想不出办法来！"程毅渐渐从刚才的无奈中走了出来，他开始顺着周晓丹的思路想问题了。

"办法就是从你家搬出来咱们单过，这是唯一的法子。"周晓丹轻松地想出了这个办法，"如果你不想离婚，只能这么办，反正在你家我是受够了！"

"行，听你的！我跟爸妈商量一下。本来有一套新买的房子就是给我预备的，这回不用愁房子了。"程毅的心情总算多云转晴。

当满怀信心的程毅把这个计划告诉父母时，没想到首先跳出来的就是母亲，她指着程毅的鼻子就骂起来："没见过女人啊？赶紧离了，别丢人现眼了！"

"我不想离，我还想跟她过日子。"程毅的态度很倔强。

"带个野种过日子，亏你想得出。告诉你，只要我和你爸在，你就休想！"母亲再一次发怒了。

"我的事不用你管！我也该当家做主了。"儿子扔下这句话，气呼呼地走了。

"怎么样？我就猜你爸妈不会同意，让我说着了吧！"周晓丹像是旁观者一样说着无关痛痒的话。

"我回家待些日子，你能处理好和老人的关系，咱们就继续过，实在不行就离，我无所谓的。"周晓丹说完这话，眼圈开始红了，接着眼泪开始一串一串地掉下来。程毅看着周晓丹说话时很轻松，话说完了人却哭成泪人一般，心一酸，也抱着周晓丹哭起来。

第二天，周晓丹抱着孩子出了程家，她没想到这一走，就再也没进过程家门。周晓丹抱着儿子回到娘家，她的到来无疑给爸妈的心里头添了块巨大的石头。早在这之前，他们就已得知女儿生的孩子不是程家的种。祖祖辈辈生长在山乡的人，哪见过这样闻所未闻的事？他们实在觉得脸上无光。自这件事出来后，周父基本不出现在大庭广众之下，他自觉无脸见人，只有躲在自家院中闷闷地想心事。也许他就不该让女儿回来，更不该强迫她嫁给程毅，也许……也许他不该这样固执，也许……周老汉悲伤地想着，时代的变化太大了，他已跟不上现代社会的节奏，他发觉自己真的老了，突然感到一阵落伍的苍凉。

周晓丹进门了。看见女儿回来了，周父的第一反应是："你还有脸回来？"

周晓丹被父亲责骂得有些愣住了，她的第一反应是家里已知道这事。"我来看看你们是我该尽的责任，你不欢迎我马上就走。"周晓丹说完眼泪瞬间流了下来。

周父一时不知说什么合适。母亲听到了外面的动静，出来一眼就看见了女儿，马上奔了过来。

"晓丹！"娘俩抱在了一起。

周晓丹哭得更厉害了，怀里的婴儿大概被外面的动静惊扰了，也开始哇哇地哭起来，母女相拥着进了屋中。大概因为吃上了奶，婴儿的哭声没了，屋中一时消停了许多。母亲去准备午饭了，周晓丹望着熟睡的孩子也陷入了深思。打从迈出程家的第一步起，她就没有想再回去。对程家她根本就没什么感情，尤其是程毅的妈妈，从未把她这个儿媳放在眼里。孩子的血统出了问题，她更是推波助澜，唯恐天下不乱，每天吊个脸子，斜眼看着周晓丹，让她如芒刺在背，整天在家坐立不安。

这样的日子，她连一天都不想过，无奈程毅不让她走，只好委曲求全住下来。程毅的要求被母亲拒绝，让周晓丹再也看不到任何希望，于是她选择了离开程家，选择了单亲妈妈这一条坎坷而又曲折的路。只有和程毅离婚，然后才能去南厦找苏宏玮。她自认为对苏宏玮做到了忠诚，如果苏宏玮不接纳娘俩，她就一个人抚养孩子，直到他长大成人。她把自己的想法告诉了母亲，然后跟程毅到民政局办理了离婚手续。程毅并不想离婚，但是他母亲坚决不答应，见儿子优柔寡断，马上就骂起来："没见过女人啊！连觉都没睡过一次，这样的人还有什么可留恋的？"她的目的就是让周晓丹先开口，这样就可以毫发无损地了结此事。见周晓丹先提出来，她马上命令儿子随同她办理手续。拿到离婚证的周晓丹如释重负，觉得自己的人生舞台又广阔起来。在民政局门前，她看到程毅惘然若失、难以割舍的样子，就上前拉住他的手说："你是个好人，说心里话，到后来我也想和你过日子，但你妈坚决不同意，活该咱俩无缘，只能分手了，祝你能找到一个比我更好的女人！"说完，松了手，头也不回地走了。

办完了这一切，在家里又待了一阵子，周晓丹觉得该是离开的时候了，于是告别了亲人，坐上了开往火车站的班车。她想上了火车再给苏宏玮打个电话，让他心里有个准备。汽车站到火车站需一个多小时的路程，随着颠簸，周晓丹搂着孩子逐渐进入了梦乡。她梦见了苏宏玮正脚踏祥云向她飞速而来，而她也在一座不知名的山上热切地期待他的降临。忽然，一声巨响，周晓丹感觉像天旋地转一般，人一下子从空中翻了起来，紧接着又是重重地摔了一下，随着连续的翻滚，最后"咣"一声巨响，她顿时失去了知觉。

无缘对面不相逢

　　匆匆忙忙的新年又来了，进了正月，苏宏玮收到了吴晴岚和汪清河的结婚请柬。他既意外又不意外。吴晴岚那次给他打电话，事后想起，就明白其实她是想知道他到底是怎么想的。苏宏玮当时并未想到这一层。他怪自己脑袋太笨，根本不知吴晴岚是征求他意见，他也没想到吴晴岚这么急着要把自己给嫁出去。什么事都是命中注定。当初他跟余惠文结婚时，根本没想到离婚，可竟然鬼使神差地离婚了，虽不是他情愿的，但也是无可奈何。离婚后，他遇上了贤良淑德的吴晴岚，苏宏玮自认为遇上了知音，一度欣喜若狂，一日不见如隔三秋；后来遇上了周晓丹，一开始他并没有把周晓丹与自己联系在一起，但是架不住周晓丹的穷追猛打，年轻女孩的魅力自然要比成熟稳重的女人更具攻击性。尤其那次肌肤之亲，更成了苏宏玮心理负担，为了承担起一个男人的责任，苏宏玮的心开始倾斜到周晓丹这边。最明显自吴晴岚到他家大闹一场，他没给吴晴岚面子，让她感觉自取其辱。自那以后，两人的关系开始降温，以致后来变得不温不火，最后一度中断。也就是这个时候，汪清河乘虚而入，最终拿下了看似坚不可摧的堡垒。想到这儿，苏宏玮内心不免平添了几分伤感——自己一生中做过许多错事，但哪件都不如这件让人痛彻心扉。他记得与吴晴岚相处对词时常吟道"流水落花春去也"，现在用到此时，该是恰到好处。"泪眼问花花不语，乱红飞过秋千去！"苏宏玮凝思片刻，眼前已物是人非，昨日风情不再，心情顿时黯然下来。正低头想着，忽然听到了电话响，忙拿起来，电话那边是修玉林，他问有没有接到吴晴岚的请柬。

"怎么回事！吴晴岚不是和你谈恋爱吗，怎么被汪清河撬走了？"老修略带惋惜地说。

"各有各的命，我和吴晴岚有缘无分，看着像一家人，其实阴差阳错，差得远呢！"苏宏玮自我解嘲地说。

"咱们俩一起去吧，带多少礼钱呢？"老修又说。

"你带个两三千就行，我跟她有了这层关系，拿少了会让人看不起！"苏宏玮并不隐晦自己的意见。

"好吧，那就说定了，到时咱俩一起去，也好有个熟人。"修玉林说。

老修说完，谁知他又捡起另一话题："老邢说一直想见你一面，店铺涨价了，他在犹豫着是出手还是自己用。他想请你帮他分析分析，然后再定。"

"好啊，你跟他说吧，我随时恭候。"苏宏玮说。

"好！我马上跟他联系。"老修说完放下电话，不一会又来了电话："如果今晚有空最好，他请咱到'南海渔家'去吃海鲜。"

"吃饭就不必了，选个茶馆去喝茶就好了！"苏宏玮说。

"那怎么行呢！想去喝茶，吃完饭再去。"老修代为表态说。

"好吧，恭敬不如从命，随便吧！"苏宏玮觉得再推辞反而不好，就答应下来。

晚上，在老修的陪同下，苏宏玮按时来到"南海渔家"，邢万全预定了一包间，并早早来到酒楼，见苏宏玮和修玉林到来，马上迎进包间来。

"难得苏总大驾光临，失敬，失敬！"邢厂长见面先寒暄一番方才落座，接着介绍了前来的两个同事，"这位是现任刘厂长，这位是王副厂长。"大家相互握手致意后重新落座。酒菜早已点好，不一会就被端上桌来。邢万全看了各位一眼，开口说："来吧，大家聚在一起就是朋友，为我们相识干一杯！"

"好，干一杯！"众人响应把杯子举起碰了一声，然后干了。

"大家吃菜，这里的味道还是不错的。"邢万全招呼说。

酒过三巡，菜过五味，邢万全首先开口说话了："苏总，听说你和老修的店铺已卖光了，赚了不少钱！"

"是卖完了，钱也赚了一些。"苏宏玮轻描淡写地说。

"你看我的那些店铺是卖掉好还是留着好？"老邢说。

"怎么，你也想卖吗？当初你可是坚持要开门店，所以也不好劝你卖，现在心动了？"苏宏玮说。

"我算了一下，前三年租金每平方米也不过一百元，七百平方米每年不过八十多万。如果我卖了再投资房地产，那我的利润可不止百万，你说呢？"老邢承认自己失算。

"这点当时就帮你考虑过，只是你当时不这样想，还是用传统的经营模式来计算，到了眼前，你才知道这方法过时了！"苏宏玮一点也不客气，当着他的两个同事指出了问题的症结。

"那我现在想卖还可以吧？"老邢说。

"可以倒可以，只是卖的人逐渐多了，再加上政府又出台了新的调控政策，多少会对价位有所影响。"苏宏玮又说。

他的话刚说完，随同来的两人开始交头接耳谈论起来。

"看来房地产也跟咱们服装一样，都受政策和市场的左右，都存在着一定的风险！"邢万全感叹地说。

"如果你不想靠租金过活的话，那就赶紧卖，我可以帮你快点出手。"苏宏玮说。

"那可太谢谢了，便宜点也行。留两间给他们厂做展销，其余的都卖，然后我跟你炒房去，彻底脱离老本行！"老邢再次举起酒杯。

……

吴晴岚的婚期到了，老修开车来接苏宏玮。南方人的习俗是晚上结婚，距正式仪式还有一段时间，两人便来到一家茶馆品茶、闲聊。

"咱们买的那些房子怎么处理？"一杯茶喝完，老修谝起闲篇。

"卖呀，每年春节过后，都会迎来一个交易小高潮，虽然政府调控的力度逐年加大，但百姓的购房热情不减。而且越调控，价格涨得越高，老百姓的购买欲望越强。买涨不买跌，这就是中国人的普遍心理。"苏宏玮一谈到房地产，像打了鸡血一样，变得亢奋起来。

"能卖多少钱？"修玉林说。

"看眼下的行情，还不卖个二万五六？"苏宏玮大胆预测了一下。

"那咱哥儿几个岂不又发一笔小财？"老修像个孩子一样手舞足蹈起来。

两人又聊了一阵，看着时间差不多了，便起身前往举行婚礼的酒店。来到酒店时，才看见门口处的新郎、新娘早就恭候多时，见了苏宏玮和修玉林上前问候，新郎汪清河更是神采奕奕，亲热无比："来了，欢迎光临！"

他的热情让苏宏玮觉得怪怪的。而吴晴岚却避开苏宏玮转而与修玉林攀谈起来，直到又有客人前来，迎了上去，也没与苏宏玮说一句话。倒是老修感到诧异："她也不跟你说句话儿，是不是还在耿耿于怀？"

"随便吧！是她先结的婚，又不是我，谁对不住谁一清二楚。"苏宏玮说完便感到浑身烦躁起来。签了到，呈上份子钱，便进了大厅。结婚现场布置得好不隆重热烈，苏宏玮选了个角落坐了下来。没等候多久，婚礼仪式便开始了。此时的苏宏玮如坐针毡，几乎想夺门而去，离开婚礼现场，离开人群，找一个僻静的角落向隅而泣。他哭自己终日忙忙碌碌，到头来还是一无所获，连心爱的女人也移情别恋；他哭自己这些年钱虽然多了起来，而情感却少之又少，以致最终变成了孤家寡人。有人说钱是血脉，能让男人精神焕发。可他就没有这样的感觉，男人并没有因他有钱而对他毕恭毕敬，女人也并没有因他有钱而柔情似水。一切还是老样子，连他的前妻也并没因此多看他一眼。苏宏玮感到自己活得很失败。常说征服女人才能征服世界，他连一个女人都没征服过，拿什么征服世界呢？

正在婚礼上坐立不安的苏宏玮偏巧这时接了个电话，打电话的不是别人，正是裘晶。她哀求说："苏大哥，我疼得实在受不了，您能把我送到医院吗？"

苏宏玮从电话的语气声中，就知道裘晶一个人在家，身边没有人。他匆匆跟老修说了一声，急急忙忙开车奔向了裘晶处。此时的裘晶浑身都是汗水，听到敲门声，她连开门的力气都没有了。好不容易捱过了阵痛期，她才爬起来把门打开。苏宏玮见状赶紧将她抱到车上，火速向医院奔去。车上的裘晶高一声低一声地叫唤着，苏宏玮还得边开车边安慰她："快到了，再忍耐一下！"

市医院也接了苏宏玮的电话，车到后，立即把裘晶抬到救护担架上送进了手术室。折腾了整整大半个晚上，又乏又困的苏宏玮昏昏沉沉地靠在医院的长凳上挨到天亮，到卫生间里洗了把脸，这才消除了困意。他又找大夫询问了病人的情况，才知道是患了阑尾炎，刚刚做完手术。见了裘晶，拿到钥匙后，回到她家中把该拿的东西装到一个包裹里，送到医院。七天后又接裘晶出院，这才完成了任务。

裘晶虽然刚做完手术，痛苦的症状还没有消退，但裘晶依然风华不减，配上一双夺人魂魄的眼睛，丝毫不逊平日的风采。苏宏玮想起了周晓丹，想起了那个让他魂牵梦萦的鬼精灵。

"谢谢你了，苏大哥。要是没有你，这几天我都不知怎么过！"裘晶感激地说。

"这点事不算什么，应该的。"苏宏玮说

"苏大哥，有件事想和你谈谈，你帮我参谋参谋，是否可以操作？"裘晶说。

"什么事，说说看。"苏宏玮说。

"我公司的一员工无意聊起，说厦港路近湖西路边有一长达十一年的烂尾楼。这栋楼新上任的市长看见后指示市建委领导一定要恢复重建，争取在他任期内看到这栋楼的新面貌。指示下来了，市建委专为这栋楼的事儿开了专题讨论会，会上一致决定实行公开招标，争取两年内完工。这栋楼之前是三个股东合伙开建的，期间有一股东去世，另两人意见又不统一，分分合合闹了好几年，最后还是不欢而散。我也考察了几次，总觉得有利可图，不知苏大哥有什么建议？"裘晶介绍了项目的大概情况，然后看着苏宏玮。

当信息传到苏宏玮的耳朵里，他第一时间想到自己就是靠装修两栋商品楼获得第一桶金的，对于这样的烂尾楼，他还是有一定经验的。但更多的情况他还没有掌握，因此还不好轻易得出结论。他问："具体的情况你了解多少？比如说建筑面积、楼层总高、是钢混还是框架、占地面积、楼面价和竞拍价格等，这些都是要掌握的。"

裘晶对这些了如指掌，她向苏宏玮介绍着这栋楼的基本情况："这栋楼的原名叫海湾大厦，总建筑面积为一万二千六百三十七平方米，总层高为二十四层，是框架结构，占地面积为三千四百五十六平方米。当时的楼面价是每平方米六千二百元，目前并不知道竞拍价是多少。"裘晶回答了苏宏玮所问的问题。

当这些讯息进入苏宏玮的大脑后，他马上做了一个对比，进而得出一个结论，即这个项目如果总拍价不超过九千万，就有获利的空间。但这只是他的判断，还需要进一步的论证。

"要看竞拍的价位，如果低于九千万以下，就有获利空间。"苏宏玮说。

"要那么多资金？"裘晶伸了一下舌头。

"这点钱不算什么，你师父就能拿出一半来！"苏宏玮说。

"陈总有那么多钱？"裘晶的眼睛瞪大了。

"你继续了解情况，掌握竞拍时间，我找众人商量商量，然后再做决定。"苏宏玮说完走了。

第四天后，老修见到了苏宏玮。他转述说："吴晴岚见你离开，顿时花容失色，就差没哭了。事后她找到我说：'我这辈子最亏欠的人是苏宏玮，如果有来世，我一定等着他，就是等到白头也不离不弃。要不然，会让我刻骨铭心，痛不欲生！'"

苏宏玮听后说："这是命！我和她活该没缘分，不存在谁欠谁的。"

Chapter 44　第四十四章

巾帼不让须眉

　　裘晶本来只是说说，她根本也没想玩这么大的项目。但苏宏玮的一番话燃起了她的希望——多少年来，这不就是她梦寐以求的愿望吗？她要获得第一桶金，眼下就是最好的机会。她决定马上去找她的师父陈发全，把这个信息告诉他。既然资金没问题，其他的就不在话下了。她见到陈总，把她了解的情况全都告诉了他，老陈也觉得是个商机。

　　"这样吧，我再找几个人商量一下，看大家是什么意见。"

　　"我已和苏总谈了，他的意见是看您是什么态度。"裘晶故意刺激了一下老陈，因为只要老陈点头，这事就能成一大半。老陈听后马上操起电话给苏宏玮打了过去。苏宏玮正在考虑如何跟大家说这件事时，老陈倒先来了电话。他知道这是裘晶的激将法，也就顺势而为，两人商定明天晚上到"一品鲜"聚会，商讨这个项目的可行性，探一探各位的投资意向。

　　"海湾大厦"项目的可行性商讨会第二天晚上在一品鲜酒楼如期召开。前来赴会的除了苏宏玮和老陈外，还有许杰、修玉林、邢万全和吴晴岚夫妻。裘晶作为领衔者，自然成了主角儿。她在开席前就这个项目做了主旨发言："海湾大厦是一栋烂尾楼，于2005年开建，到2007年底主体完工。建筑面积一万二千六百三十七平方米，总层高二十四层，占地面积为三千四百五十六平方米。当时的楼面价为每平方米六千二百元。现政府决定重新招标，陈总、苏总已考察过，他俩觉得此时接盘还有较大空间，现请各位前来论证，看看是否可行。"裘晶介绍了概况，接下来想听听大家的意见。

众人听明白后，纷纷把目光投向苏宏玮和老陈。既然他俩已实地考察过，肯定有一定的想法，还是听听他俩的意见吧。苏宏玮见大家都盯着他看，心想不说出点什么怕是过不了关，况且这个项目他也看好，于是看了一下老陈说："就海湾大厦这个项目来讲，地段较好，有一线海景资源。虽说是烂尾楼，但如果我们重新找一家设计公司对它的外立面进行设计，相信会有好的市场表现。此外，由于原来的价格不高，对比近几年的房价，我认为还是有利可图。"苏宏玮发表了他的意见，然后把话题交到老陈那里，让他也做个发言。

老陈也对这个项目颇感兴趣，尤其是他徒弟一手牵头的，作为师父他责无旁贷。对于这个楼盘，他觉得操作起来并不是什么难事，而且市场反应也会很好。现在的关键是能否取得竞标权，他所忧心的是政府会出什么样的价格来作为招标的起价。

"项目没什么问题，有很好的市场前景。我想说的是招标问题，如果标的太高，获利空间太小，我们就要考虑是否接盘！"老陈的话引起大家的深思。

接着老陈的话茬儿，许杰发表了他的意见："我看咱们的前期工作还不够详细，至于招标书和资金问题都要纳入议事日程，只有前期工作扎实了，投标才有可能成功。"

汪清河觉得有必要说几句，他说："海湾大厦的情况我还是了解一点，当初就是没有领导点头才耽搁到今天。如今要公开招投标，势必会引起很多人的关注，目前最主要的是把投标书做好。"

剩下的老修、邢万全、吴晴岚也都做了发言，大家的一致意见是赞同开发这个项目，同意合资参股。听了最后一个人发言，裘晶内心无比激动：有这么多人支持这个项目，说明她看准的事儿一定错不了。她还想说几句，无奈老陈发话了："今天的讨论就到这儿，下面大家吃好喝好，不醉不归！"

酒宴开始了，但大家对项目的热情不止。席间，还有人对这个项目议论纷纷，大家更多的是期待，有的也献言献策，目的只有一个：争取早日拿到这个项目。

裘晶第二天就开始准备项目投标书。为了能做好这个文件，她不仅跑了市建委的资料室，而且还去了市图书馆，翻阅了相关的招投标书和有关介绍海湾大厦的详细资料，对这栋大厦有了进一步的了解，也使得投标书做得更加尽善尽美，成功完成了她的第一张试卷。招标的日子定下来了，裘晶更是满怀期待，她也成了市建委招标办一段时期以来的常客。办公室的工作人员对这位衣着时尚、漂亮大方的美女格外欢迎，主管招投标的小闫更是对这位气质优雅、彬彬有礼的女孩倍加欣赏。没过几日，他便主动邀请裴晶去喝咖啡，裴晶也欣然赴约。交谈中，裴晶得知小闫是美国斯坦福大学的建筑博士生，回国一年多，在市建委招标办工作。裴晶也简单介绍了自己的工作经历。那一晚上，两人都给对方留下了深刻的印象，临别时他们握手道别，裴晶看得出来小闫还有些恋恋不舍，互留了联系方式，这才道了声"拜拜"离去。此后，小闫隔三差五地约裴晶吃饭，两人的关系也逐渐密切起来。待到招标的日子到来时，两人的关系已上升到男女朋友的关系。其后的招标结果可想而知，裴晶以八千六百五十万元的价格最终拿下了海湾大厦的工程。当招标负责人宣布这一结果时，苏宏玮和老陈激动地站了起来，相互击掌祝贺。裴晶的投标书以简洁流畅的文字和详尽的论点论据赢得了在场评委的一致赞同。会后，老陈肯定了裴晶的前期工作，接着又召开了股东说明会，并确定了大家所投股份的额度。

其实，裴晶个人并没有多少资金，也没有考虑自己能占多少股份，她更看重的是成就感。当大家都认了各自的股份时，裴晶发现四千六百万已有人认领，她只需二十五万就可占百分之五十的股份。当她把这个情况跟老陈交流时，老陈却不以为然："这个项目是以万和公司名义进行贷款，最终的责任是要你负的，责任和利益是相对的，这点你要清楚。"裴晶十分清楚师父的意图，她感激地看了他一眼。

接下来，裴晶持有众筹来的四千六百万元，并以项目做抵押向银行贷款四千一百万元开始了她的前期运作。许杰帮她介绍了施工队，并以垫资三百万为进场先决条件，使工程顺利开工。小闫又把他同学所在的香港南华设计公司介绍给裴晶，用他们先进的设计理念，为这栋建筑锦上添花，赋予了这项工程全新的视觉效果。所有看过这栋建筑外观设计后的人，都为设计的独特而惊艳，大家都相信凭着这种设计风格，房子肯定不愁卖。

裴晶每天都到现场视察，望着工程一天天的进展，她的心也随着工程一天天变化着。期间小闫也不时前来助阵。经过这半年的交往，他逐渐喜欢上这位外表自信，内心执着，坚韧顽强，百折不挠的美丽女孩。而裴晶也喜欢这个热情善良、乐于助人且有着渊博知识的小伙子，她喜欢他的率真，一切好恶都在脸上，从不把自己的心思藏得很深，而恰恰是这一点让裴晶为之动心。他们的情感也从最初的相识、相知到最后的相爱。随着工程一天天的进展，他们爱情也一天天地疯长。

这期间，依照老陈和苏宏玮的建议，她又在一楼分别做了一套一百三十六平方米和一套八十四平方米的样板房供客户参观比较。实践证明，样板房的推出比售楼小姐更具说服力。工程还没有完工，房子已售出近百分之八十。开工不到一年，已还清了银行的四千一百万贷款，到年底也将还清股东们的所投全部资金。

众股东也常来视察项目的进展情况。看到大厦渐渐露出庐山真面目，大家的心情也豁然开朗。跟众人预期的一样，这栋烂尾楼经重新设计、装修后，露出了它最抢眼的特色。最吸引人的是它的飘窗、阳台和外立面。人们叹为观止后纷纷来售楼处看房、选房，一时间售楼处前车水马龙，盛况空前。

海湾大厦竣工了，也卖得一房不剩。原因是2013年本就是个疯狂年份，这一年房子特好卖，无论什么房子都有买家。中介行业流行一句话："没有卖不出去的房子，只有卖不出去的价格。"裘晶深谙此道，她把剩下的六套房子以原价八点八折的优惠价位推了出去，这一招还真有效，不出七天，六套房子销售一空，楼盘销售基本完成使命。裘晶大致算了一下，一万二千六百三十七平方米乘以均价一万三千五百元，等于一亿七千零六十万元。减掉投资的八千六百五十万元，再除去工程修建装修费用和行政办公及税收、人员工资和一切费用开支，计三千五百二十万元，两项开支合并共计一点二亿多元，净剩利润为近四千九百万元。裘晶一下子由不名一文的灰姑娘蜕变成了身价千万的大姐大，连裘晶自己都没想到怎么一夜之间就成了不再犯愁租房子、买吃穿的人了。她感到惶恐，人生变化如此之大，让她一时还不能适应。她想不通自己为何有这样奇怪的想法，于是，她找到苏宏玮请教："苏大哥，我本就是一小女子，一夜之间变成腰缠千万的富姐，连我自己都没意识到怎么变成了富人，你说，我该怎么办？"

苏宏玮见裘晶这样说，很意外也很佩服。一般人富裕了肯定溢于言表，不是斗富就是炫富，得意洋洋或趾高气扬，裘晶却表现出惶恐，毫无富贵即安的思想，这让他对裘晶有了新的认识：绝能不小看了这女子。"儒家有言'达则兼济天下，穷则独善其身'的宗旨。作为这个时代的先富者，要有广阔的胸怀，切不可因自己的一时暴富而忘记了家国天下。"

苏宏玮一番话让裘晶肃然起敬，她想不到芸芸众生中还有如此境界的人。看来这世上虽然表面上看似物欲横流、人欲横流，一切向钱看，但其实还是有很多志士仁人有着清醒的头脑，他们想的是如何为国家和民族振兴做出应有的贡献；想的是如何复兴中华民族的伟大梦想。这种人远比那些每天为蝇头小利而相互拆台、尔虞我诈的人高尚多了。无形中，裘晶对苏宏玮又平添了几分敬意。

第四十五章

抛售房产成共识

　　一直思谋着找个机会和大家聚一聚的苏宏玮终于如愿以偿。他根据各位的建议把大家聚拢在一起，商讨下一步大家干些什么。此前，他也听取了部分人的意见。有的认为还是在南厦炒房，保险稳妥；有的认为南厦属中等城市，地盘小、经济总量低，房地产市场有一定的局限，不如到大城市看看，那里的市场终究大些；还有的认为大家应整合资源，形成合力，像温州炒房团那样，到哪都如蝗虫一般吃下整栋楼，遇到合适机会全部出手然后走人，再到下一个楼盘如法炮制；更有甚者，有的还提出再投资本市的烂尾楼盘，然后重新装修对外出售。究竟走什么样的路，走先前的路子，还是走出去，到各地看看，然后再定夺？众说纷纭。苏觉得有必要召集大家在一起讨论讨论。话不说不透，理不论不明。基于这点，他组织了这场聚会。虽不能说是研讨会，但苏宏玮心里明白，大家将通过这次讨论，明确新的思路，确定下一步是形成合力，走出南厦攻城略地，还是单打独斗、各自为政。

　　聚会如期进行，为防止醉酒误事，会上宣布一律不准喝酒，大家也遵守规矩。饭很快就吃完了，各位都翘首以盼，看谁先发言。

　　"大家听清楚，今天只有一个中心议题，那就是吃透政府的政策，然后讨论在这个方针的指导下，我们如何能赚钱！"苏宏玮先作了开场白。

　　"要我说应该把目前的调控政策研究透，只有这样我们才能攻无不克、战无不胜，所谓的纲举目张就是这个道理。2013年全国的形势都是看涨，我的意思要把手里的房产全部抛空，这样才有利于下一步的跟进。"第一个发言的是修玉林，他强调了目前要抛售的观点。

　　"就现在的政策来说，央行推行了积极的货币政策，这给房地产业带来了空前的活力。同时我们要看到各地的差异化，就连北、上、广、深都存在着不同的特点，我们应该找出各地的差别，决定我们的发展方向！"汪清河发表了自己的见解。

　　"就宏观政策来讲，国家从来也没有打压房地产业的意思，而一直强调要平稳、健康地发展。许多人还企盼房价会降下来，纯粹是痴人说梦话。看今年的形势，就是一个信号。随着城镇化进程的加快、人民生活水平的提高，房价上涨是大势所趋，谁也阻挡不了！"吴晴岚的话引起了大家的注意。

　　"房地产业我不大懂，但整个实体行业呈下行趋势，长三角、珠三角都有许多企业关门倒闭。拿我们服装业来说，整体都不景气。但与房地产行业来比，却是冰火两重天。不瞒大家说，我有一个近千人的企业，但我个人年收入也不到百万。两年前我把工厂转让给了同行，这两年我基本在家休息，跟苏总炒店铺才卖了一半就有一千多万的纯利润。在服装业，我干十年也挣不到这些钱。所以，我觉得如今做什么都不如从事房地产业来钱快！"邢万全讲了他最直观的感受。

　　"刚才各位都讲了自己对当前政策的理解。我的感受是不管调控有多严酷，限购加限贷及最近出台的'国五条'都在表明政府的态度。刚才有人讲了区域的差异化，对于北、上、广、深等一线城市我们没法介入，但对于二线城市，比如杭州、南京、武汉、天津、郑州、沈阳、合肥等城市我们还是可以重点关注，那里的投资机会可能会更大。"许杰说。

　　一直没有说话的老陈看大家踊跃发言也按捺不住了，他张口就摆明了自己的观点："要我看，目前形势这样好，咱们还是先把个人的去库存做好。手里有钱，心中不慌。我赞成许杰的观点，别管怎样调控，鱼过千层网，网网还有鱼，东边不亮西边亮！现在炒房可不像2000年那时有个十万八万的就能自由驰骋，如今没个千八百万的，你只能看着别人玩了。"

　　"也不能这样讲。俄国有位名作家叫契诃夫，他的经典箴言是'大狗在叫，小狗也在叫'。炒房根据人的能力，钱多的可以炒大房、炒好房；钱少的可以炒小房、二手房。每个人量力而行，总不能搞一刀切吧！"吴晴岚发表了不同看法。

"对于今年的好形势，我们要有充分的思想准备，我估计国家肯定会出台一系列新的政策来调控房地产业的走势。从2000年到现在的发展已毫无疑义地证明了这点。所以，建议大家一定要把多余的房子出手，以免悔之不及。"苏宏玮也适时发表了自己的看法。

"其实也不尽然。中国这些年房地产的走向，除2008年外，其余的时候一直在涨。有时我觉得炒的速度没有涨得快。现在回过头来看，当年的房子留到现在，已涨了七八倍。你炒的速度未必有涨的速度快。"修玉林又提出了新观点。

"你刚才还提出手里的房子要全抛，现在又提出相反的论据，这不是自相矛盾吗？"许杰觉得老修的观点站不住脚，出来反驳他。

"其实这两种想法一点不矛盾，关键是你站的角度和你拥有的实力。比如说，你是站在专业炒房者的立场还是普通买家的立场。刚才我一个朋友打电话来，他花二十多万买了一套郊区的房子，现在有买家给他四十五万，他问我卖不卖？我的回答是卖不卖都可。若是一位专业炒家有十套房子，我一定劝他卖掉大部分，因为十套的风险要比一套的风险大十倍。这就是我讲的辩证法。"苏宏玮讲完了自己的看法然后看着大家又说，"今天的聚会很有成效，起码弄清了很多以前没懂的东西。如果还想从事这个行业，还想在这里淘金，那就赶紧抛掉手中该出手的房产，积聚力量，迎接新一轮机遇的到来。如果不想在此有所作为的，另当别论。"苏宏玮的话还没讲完，那边老陈的电话响了。

聚会进入了尾声，老陈突然宣布："各位，刚才我的店长来电话，她说有几个客户要买元山现代城小户型的公寓。有房子的明天到我公司去登记，我保证一个月内帮助大家把房卖出。卖不掉的我收购！"

第二天，大家陆续把自己该卖的房产都登记在老陈的公司下，由许杰和老陈两家联手开始对外销售。苏宏玮把自己的三套房和老修的三套房及吴晴岚的两套房都交了出来。元山现代城因地处市中心繁华地段，又加上老陈和许杰的大肆炒作，仅半个月的时间就卖出大半，而且价位已达每平方米近三万。吴晴岚的一套楼竟然卖到了每平方米三万两千三百元。仅此一套，她就赚了一百四十六万多元。此后，邢万全、汪清河也都把该卖的房产拿了出来，放心让老陈他们卖去。到了2013年11月份，这些人该卖的房产已基本全部出手。

2014年2月下旬开始，政府又相继出台各种调控政策，最突出的是《新国五条》的出台，明确提出坚决抑制投机投资性购房，严格执行住房限购措施；已实施限购的直辖市、计划单列市要对限购区域、限购住房类型、限购资格统一要求，完善措施；严格实行差别化的信贷政策，扩大房产税改革的试点范围。

3月初，国务院发布《关于进一步做好房地产市场调控工作有关问题的通知》，明确了二手房个人所得税由交易额的百分之一调整为按差额的百分之二十征收。这些政策的出台直接导致了房地产业的再次下滑，也使市场变得更加萧条，交易量萎缩。

政府调控政策的相继出台，使得房地产市场更加动荡，一时炒房客纷纷蛰居，这种心态反过来又作用市场，使得局势更加低迷和困顿。

经过这两年的起起落落，肖元凯总算活了过来。2013年，他专心做了一年的二手房买卖交易，成效还不错，所欠债务也基本还清，就差苏宏玮的五十万没有还掉。他打算找个日子和苏宏玮聊聊把钱还掉。当初若没苏宏玮大度地慷慨解囊，他已不知被人折磨得死上了几回。肖元凯清楚地记得，他借款一百万的债主找到他后，不由分说，结结实实把他胖揍了一顿，因为还不上钱，那伙人对他用尽了手段。肖元凯每想起这件事都不寒而栗。最后，他不得不向苏宏玮求救，让他拿出一百万替他还债了事。苏宏玮当时手里也凑不够一百万，不得已又向修玉林借了二十万，这才帮他过了这道关。常言道："滴水之恩，当涌泉相报。"经过这一系列的变故，肖元凯才真切体会到苏宏玮的为人和胸襟。与自己的狭隘相比较，肖元凯愈发看到苏宏玮的大度与平和。裘晶在法庭上揭露他写匿名信和在借款上挖坑陷害苏宏玮让他记忆犹新，但苏宏玮还是不计前嫌，反而借钱帮他渡过难关。想想这些事，肖元凯羞愧难当。现在那些不堪回首的艰难岁月过去了，他第一件事就是找苏宏玮道歉。他要当面说出自己的悔恨，说出这些年自己的偏见和狭隘。他想真诚地向苏宏玮表示歉意，请他原谅自己，原谅他的过失和错误。

在一品鲜酒楼，肖元凯特意选了个包间款待苏宏玮。苏接到肖元凯的电话很意外，他当即表示要会上老同学一面，与他喝个一醉方休。

到了约定的时间，苏宏玮打车来到"一品鲜"。刚进屋，就见肖元凯在包间旁等候，见了苏宏玮不由分说张开双臂拥抱起来。苏宏玮在南厦很少受到如此礼遇，一时有些激动，眼睛不禁潮湿起来。肖元凯见状也有些伤感，兄弟二人携手进了包间。

"兄弟，不瞒你说，这些年来南厦，本想交些像《三国演义》里桃园三结义的兄弟，没想到遇见的都是《西游记》里的妖魔鬼怪；本想处几个《水浒传》里路见不平的英雄好汉，遇见的却都是《上海滩》里背后捅刀子的小人。朋友们交着交着就淡了，兄弟们走着走着就散了。说来让人伤心得很！"肖元凯感慨万千，一副悲情的样子。

酒、菜陆续上桌，肖元凯打开酒瓶往两个杯子里倒满，然后举起说："'路遥知马力，日久见人心。'这些年只有你才是共患难的兄弟，为你的大气和胸襟干一杯！"肖元凯说完举起杯子。

苏宏玮见肖元凯此番性情大变，推心置腹不说，而且人也变得虚怀若谷，令人深为感动。"其实，咱们都是凡夫俗子、芸芸众生，都会犯错误、摔跟头。但关键要反思，'吾日三省吾身'，这才是真正的进步。我就是时刻告诫自己是干什么的，吃了几碗干饭，这才不忘初心。"苏宏玮觉得自己的话有些多，但他还是无所顾忌，把自己想说的话一股脑地全抛了出来。

"你讲的这些话也正是我反思后所得出的真谛，希望我们以此共勉、共同前进。"

"今天很高兴，我们哥俩终于又走到一起。来，为我们的友谊干杯！"苏宏玮举起杯子。

"干！"两人的杯子又碰到了一起。

Chapter 46 ···· 第四十六章
组团北上

好不容易逮到一个星期天，苏宏玮想睡个懒觉，但还是没能如愿以偿。一大早老陈来电话了："小苏，明天下午过来商量一下咱们出行考察的事。你准备得怎样了？"

"我这边有老修和老邢，不知你那边的情况怎么样？"其实，苏宏玮早就联系了二人，只是没碰头而已。

"我这边有许杰和裘晶，咱们明天下午见！"苏宏玮说完放下了电话。

翌日下午三时，苏宏玮带着修玉林和邢万全来到了老陈的公司。六人见面寒暄一阵才进入正题。老陈先开讲。他说："回顾2013年，咱们都赚得盆满钵满。2014年，房地产一直下滑，到十月了还没见好转，我看有些地方政府的土地财政怕是要吃紧了，实行了三年的限购政策是不是该松绑了？咱们要走一走、看一看。这次考察主要是了解全国其他城市的房地产形势，顺便也可考虑值得投资的项目和房产。我的意思南厦这地方太小了，我们得放眼全国，才能跟上时代的步伐。"老陈强调的重点是要到外面去投资，这样才能保证与时俱进。

"咱们计划到哪些城市考察？"老修发言了。

"我看北、上、广、深是首选！"裘晶说了自己的想法。

"咱们不能光盯着一线城市，有些二线城市更值得我们关注。比如说，杭州、南京、武汉、天津、沈阳等城市。"

许杰表达了自己的观点。

"我觉得苏州与合肥也应在关注之列。"邢万全又提出了新的城市。

"大家想想，还有哪些城市漏掉了，然后再重点筛选到哪些城市考察。"老陈说。

"我看这些城市已基本代表了中国房地产最活跃的城市了，是中国的风向标，到这些地方去，也就把全国的脉络看得一清二楚了！"苏宏玮表达了自己的看法。

"那咱们先筛选一下，这次先到哪些个城市考察？"老陈说。

"北京应列为首个考察城市。"邢万全说。

"天津、武汉、南京就可以了。"许杰说。

"这些城市就够咱跑二十天了，不能再多了，我们还要考虑下一次。"修玉林强调说。

"那咱就先定这四个城市，下次再把那几个没去的补上。"老陈说。

"大家看看还有什么意见？"苏宏玮看了大家一眼。

"总得有个领头人吧，大家看谁合适？"老陈说。

"我看就小苏吧，他比较心细。"邢万全发话了。

"我看让老陈带队，他负责踩盘，我管大家的吃喝拉撒睡，这总可以了吧？"苏宏玮赶紧推出老陈，为自己解围。

"好，我带队就我带队。这些地方我都去过，找起来方便。两天后出发，各位回去准备一下。正好把身份证号码留下，我现在就准备订机票。"老陈叮嘱说。

2014年10月5日早晨的九点三十分，一行六人坐上了飞往首都北京的航班。两个多小时后，顺利到达了首都机场。

"咱们先到西单附近住下，然后再说。"老陈定了住的位置，众人于是跟老陈打车来到西单附近的一个酒店住下。中午，大家在西单街上的餐馆吃了顿饭，休息了片刻便随着老陈开始了踩盘活动。

"我们这次的重点是考察，情况了解透了再决定是否出手。"老陈先给大家定了调子。

"陈总说得对，到这先找点感觉，然后再定。"老邢顺着老陈的思路说开了。

大家先顺着东西长安街开始转悠，到了国贸附近，先后找了21世纪、链家、中原地产、麦田等中介公司了解二手房情况，间接地知道了北京一手房的情况。此后，又跑到三环、四环等地段实地考察一手楼盘的销售情况。最后，又跑到丰台、通州、石景山等地看了楼盘的在售情况。通过交流、询问、打听等方法终于把北京的房地产总体情况了解个大概。实地考察总结出北京的限购、限贷政策还在严格执行，尤其对外地购房者，无论售楼小姐还是中介人员都众口一词地强调：没本地户口，爱莫能助；即使二手房，有的中介答应帮助办理社保，也需要二十万左右的费用，还不保证顺利过户。通过三天的考察，考察团形成的一致意见是，北京的房价并不算太高，西单附近的二手、新建的豪宅也就每平方米四到五万多，国贸附近有十年房龄的每平方米三万左右。但囿于限购，外地想买房者只能通过公证取得居住权，等政策放开后才能过户。另外，限购、限贷极大地抑制了外地炒家的介入，根本无从下手，只能选择放弃，移师他地。

三天的奔波，虽然没什么实质性收获，但对中国房地产的现状有了一定的认识。即随着城市化进程的推进，中国的房地产还要有一段相当长的曲折不平的路要走，而这种不平衡又预示着波浪式的前行是未来房地产总的形态。

第四天，六人来到天津。与北京截然不同的是天津的建筑可以称之为万国建筑。无论是五大道、意大利风情街、海河两岸，还是著名的民国金融街，各种西洋建筑可以称为中国之最。晚上站在海河铁桥边，霓虹灯闪耀，带来的不仅是繁华，更是一种震撼，而这种光芒又让你体验到都市的繁华和喧嚣，从而发出另一种从未有过的感叹。

六人在天津转了三天，得知此地不限购、不限贷，于是看了中粮的项目，价格不算太贵，均价在每平方米两万一二，虽然位于河北区，但紧邻海河，也算不错的地段。又沿河往下走，来到海河大观，洋房每平方米均价也在二万三到二万五。苏宏玮和邢万全当时就看中了小区的规模，尽管另四人无动于衷，但苏和邢还是分别买了一套八十九平方米左右和一套一百二十多平方米的房子。因为不贷款，两人仅一下午就办妥了手续并签署了商品房买卖合同。此后，六人又参观了华润紫阳里商住样板房和大悦城的样板房，考虑商业地产用的是商业水电，也无天然气供给，转手交易都有所不便，又因不熟悉当地的民俗风情和人文地理而作罢。

离开天津后，六人转战到了武汉。长江两岸被人戏称汉口人有钱、武昌人有文化、汉阳人既没钱也没文化。虽是戏称，但却直接导致了三区房价的巨大差别。以汉口为中心的老城区，虽然街道不整，房屋破烂，但因地理位置优越，房价过万。反观汉阳，虽高楼林立，街道整齐，但房价却卖不过汉口。一江之隔的武昌，学府林立、街道繁华，不仅高楼繁多，而且人流滚滚，单看音乐一条街，就可见一斑。

老陈领着各位先逛了汉口，虽然也是鳞次栉比、人群拥挤，但终究还是难掩繁杂破损之象。所到之处都是机械轰鸣、尘土飞扬，让人感觉整个汉口就是一大工地。而且建好的楼盘，也三两栋自成一体，鲜有小区花园，不像是适合休闲、居住的场所，更无闹中取静，休憩安然之感。接着又到了汉阳，虽然少了些喧嚣，没了汉口的繁杂，但也缺了城市的繁华，掩没了大都市具有的气象。只是区中的归元寺香火鼎盛，朝拜者摩肩接踵，香客们虔诚参拜，给此地留存了很大的发展空间。再去武昌，几人已兴致全无，甚至萌生离开的意愿，直到去了东湖，逛了汉街，这才兴趣盎然，有了留下的意愿。几人先看了复地东湖国际，进售楼处才知这是武汉中北房地产公司打造的一高端楼盘，毗邻东湖，共计开发八期，占地面积五十三万平方米，容积率达一点七六，绿化率达百分之三十六，设施配套、功能齐全，集休闲、娱乐、餐饮于一体，最终成为了全武汉最高端、大气、上档次的楼盘。来到售楼处，售楼小姐见几位都是外地人，开口就说："你们几位是赶巧了，市政府于9月24日刚刚颁发全面取消楼市限购政策，目前是购房的最好时机，均价在每平方米一万六千五百元左右。"售楼小姐娓娓道来，说得众人不由得眼前一亮，接着又问了一些相关问题，这才离去。晚上，六人坐在一起，聊起了复地东湖国际。

邢万全说："这房子三年后每平方米涨一两万没问题，关键是不限购，这是最重要的一点。"

老修也谈了自己的看法："武汉这些年虽没有声名鹊起，但作为全国大型城市的地位却没改变。随着中心城市地位的确立、人才战略竞争的开始，武汉的房价肯定会进一步提升，这就给我们炒房者提供了空间。所以，投资复地东湖国际，我是看好的！"

许杰则提出不同看法，他认为："二位说得不错，武汉的中心城市地位随着区位发展优势会进一步显现出来。但是我们要看到发展空间大，带来的土地供应量也随之加大，这就势必削弱房价上升的空间。复地东湖国际是个好楼盘，但涨幅有多大，我还看不出来。但买个一两套还是可以的。"

"整个武汉的发展，咱们只看了个大概。但就复地东湖国际来说，开发商扬言要把它打造成全武汉最高端的楼盘，说明之前他们也做了大量的前期调查，并在这个基础上得出这样的结论。因此，无论从哪个角度上，东湖国际都是我们投资的首选。"老陈阐述了自己的观点。

苏宏玮见大家都发言了，只有他和裘晶还没有表态，就提出了自己的意见："刚才各位都发表了自己的观点，我再说会有些雷同，我只想说说我的理解。现在全国的限购、限贷的政策都并没有全部解禁，只不过今年整个大环境不好，才有个别城市松绑，它不是主流。武汉这样的中心城市也不可能在大趋势下独善其身，最终也势必加入到限购、限贷的大趋势当中。我想说的是像复地东湖国际这样的高端楼盘，肯定会引起那些投资者的关注，与其和别人一起观望，不如此时出手，抢得个先机，也不枉来一回！"

"既然大家意见比较一致，明天就看盘订房，争取一次性搞定，后天再往南京飞。"老陈最后定了盘子。

翌日，老陈一行六人来到售楼处，找了售楼小姐问起了楼盘的具体位置和剩余房子的面积、楼层朝向等。售楼处没见过六人一起前来买房，一时间众售楼小妹们蜂拥上前，热情招待，端茶倒水，忙得不亦乐乎。不仅让她们看模型，而且还将他们领到现场观看了第四期的在建情况，并实地到所属楼层参观考察。通过实地考察，每个人都选到了自己如意的房子。除许杰选中两套九十多平方米的两居室，其余五人各选了两套一百三十多平方米的三居室和三套九十来平方米的两居室。六人办完手续，交完全款，已是华灯初上。走出售楼处，六人仍兴致不减，许杰提议今晚要痛饮一番，明日挥师南京，到虎踞龙盘的地方潇洒一把，看他们是何等豪情万丈。

席间，他们还为今天的大手笔而自豪不已。

"我做生意这么多年，第一次体验大款的豪放和气概。那小女孩的眼睛都直了！"老邢也一改往日的老气横秋，眉飞色舞地诉说开来。

"我等豪气贯三江，他日不作楚狂人！"苏宏玮酒喝多了，顺嘴胡诌了两句。

"不过今天的场面是太震撼了。整个售楼处的小妹们忙得团团转，她们也没想到这么萧条的季节能有人买房。"裘晶与大家碰杯后说。

"今天咱哥儿几个算是豪放了一回，好长时间没这样潇洒了！"老陈喝完了杯中的酒说。

"今天是咱们出来最痛快的一天。来，为最痛快的一天干杯！"

或许是酒喝得有点多了，几个人觉得酒馆有点容不下他们了，每个人都无所顾忌，借酒行令，放肆地吆喝、呐喊着……

翌日，六人又辗转来到旧称金陵的六朝古都——南京。下了飞机，走出机场，坐车来到市中心，找了家酒店住了下来。

"南京变化也很大，我都快认不得了！"出酒店来到街上，老陈不由得发出感叹。

裘晶第一次来南京，之前她还只是在书本上和电视里见过，但如今身临其境，她还是有太多的感慨："哇！不愧是大都市，有着非凡的气派，让人第一眼就不能忘却。"

六人先逛了秦淮河，只见街面皆是明清建筑，青旗沽酒，行人如织。各种本地特产遍布大街小巷，引得游人争相购买。苏宏玮和修玉林来到河上的拱桥，沿河两岸相望，时近秋日，但各家门窗大开，不时还有鼓乐之声，引得苏宏玮诗意大发："烟笼寒水月笼沙，夜泊秦淮近酒家……"

"苏大哥不仅是个商人，还是个诗人！"裘晶在后面说。

苏宏玮见状忙掩饰说："咱们还是看房吧，别听我胡诌。"

六人连看了南京的几处楼盘，皆因限购又限贷而兴趣索然，到第二天晚上，在玄武湖的一酒家里吃饭时，许杰说："这地方根本没法看，房价比武汉还高，又没外地人的空间，我看还是赶紧走！"

第三天，六人带着复杂的心情乘飞机离开南京，返回南厦，结束了这次考察。虽说不是满载而归，却也开阔了眼界。对中国的房地产业有了一个全新的认识。他们期待新的房地产热潮到来，就像钱塘江的弄潮儿一样，期待八月十五的钱塘潮到来，能在水中劈波斩浪，傲立潮头。

Chapter 47 第四十七章
峰回路转

因翻车被撞晕的周晓丹醒来后才发觉自己躺在草地上，头已被包扎起来，怀里的孩子不知哪里去了，她一急，马上大声哭起来："孩子——我的孩子！"

她的哭声引过来一戴眼镜的男子，他告诉周晓丹说："是你的孩子？刚才已被抱往临时救护所，正在做护理。"男子说话很轻，富有磁性，听了很让人舒服。

"在什么地方？我要看看我的孩子。"周晓丹吃力地站了起来。这一起来不打紧，浑身像散了架似的，没一个地方不疼的，还没站直，就一个趔趄倒了下去。男子见状忙上前扶住，她才没有摔倒在地。也就在同时，周晓丹听到自己的左小腿"咔嚓"一声轻微的响动，疼得她立刻站不住了，重重地坐在了地上。"我的腿大概骨折了！"她呻吟着哭起来。

"这又发现个骨折的病人，快把她抬走！"眼镜男大声喊了起来。

随着喊声，不一会儿有人抬来了一副担架，把周晓丹抬上去，送到了不远处的村小学院中。一位年纪稍长的大夫看了看周晓丹的腿，又轻轻地摸了摸，对周围的人说："她的腿骨大概折了，需要住院治疗。"

"那个头上有伤的婴儿是她的孩子。"救助周晓丹的男子说。

躺在担架上的周晓丹吃力地喊着："孩子——我的孩

子！"有人把幼儿抱到周晓丹面前，周晓丹见了不顾身上的伤痛，抢着抱到怀里。孩子头上虽然做了包扎，但没有哭闹，仍在安详地熟睡。周晓丹看着儿子的小脸，眼泪流了下来。不一会儿有救护车来了，娘俩被送上了车，又拉了两个患者，一同送到了县医院。经过拍片、透视，腿部也被打上了石膏，其他方面无恙，周晓丹的心总算落地了。那个救助他的眼镜男也经常来看望她，通过交谈得知他姓虞，名秋白，郴州人，湖南师范大学毕业，志愿来山区教学，是村中唯一一公办小学的老师兼校长。

"说出来不怕你笑话，从一年级到六年，就我一个老师，大家还管我叫虞校长，你说逗不逗？"虞秋白笑着讲述他的轶事。

孩子哭了，大概是饿了，周晓丹急忙给孩子泡奶粉，可能只剩最后一点了，周晓丹并没有在意，她随手把空袋子扔到纸篓里。可没一会儿的工夫，虞秋白出去又回来了，他的手里拿了两袋相同品牌的奶粉。周晓丹很意外，她这么一个细微的动作却被他看在眼里，看得出来是一个细心的人。她不由得多看了他一眼。"真是谢谢了，让你费心跑了一趟。"晓丹说完要拿钱给他。

虞秋白连连推手说不要："这么点钱还说还，真是不好意思了！"

"学校离医院这么远，以后就不要来了！"周晓丹见他很辛苦就说了一句。

"没关系的。学校刚放假就遇上这起车祸，不光有你，还有几个重伤的，他们都跟我很有感情，希望他们都快点好起来。我有摩托车，不到半小时就来了，不碍事的。"虞秋白说得那么轻松，好像玩似的。

周晓丹不再说什么了，她内心祈祷这个年轻人万事顺意。

岁月无痕，时光荏苒，一晃三个多月过去了，晓丹的腿也渐渐好起来，打的石膏也被拆下，她已能下地走路了，有时抱着孩子在后院来回走动。虞秋白仍时常来看望她。眼看住院的病人越来越少，有一次，在院中的长凳上，周晓丹跟他聊起了过往。

"你的家是这地方人吗？学校放假了也不见你回家呀？"周晓丹好奇地问。

"我是郴州市桃河乡人，大学毕业后就回到本市的一所中学教书。我在大学有一个女朋友，是我高中同学，上大学又在一起，自然成了一对。她学习特别好，在高中时就被同学称为学霸。毕业后，她回来又考上了一份公务员的工作，在林业局当文秘。她父母对我这个一无权势二无财富的未来乡下女婿不冷不热的，好在她对我很好，经常来看我，或到城边的山上去玩，或到市里的图书馆里去读书。我在放假时经常带她东游西逛，去过南岳衡山，还去过一次黄山。当看到悬崖边的铁链上挂满了'情人锁'时，她也非要挂上一把。我们找了很久，才选到了一处理想的地方，锁上了两人的心，又拍了照。记得那时她还调皮地说：'虞秋白，你要后悔还来得及，锁上就打不开了！'我当时还打趣地说：'反正我是不会后悔的。你要是后悔，就得再来黄山一趟，打开锁才能解开心结。'她听后说了一句：'看着！'说完将那串钥匙随手抛向山谷，然后说：'咱俩将来谁后悔谁就得找回那串钥匙，还得打开锁，你能做到吗？'我当时非常感动，紧紧抱住她说：'你若不离不弃，我必生死相依！'而后，我俩就在'情人锁'旁边跪地发誓：'执子之手，与子偕老；一生一世，相依相守。'可是回来不到两个月，她突然感到不适，开始还不以为然，后来痛得厉害就送到了医院，经检查才得知患了胰腺癌。这个晴天霹雳砸得我有点懵，根本不知所措，随后送到省城医院，得知要高额的医疗费用。我回到家里，四方筹措，把自家的田地都抵押上了，勉强凑了四万三千元，连夜赶回省城医院，见到了昏迷不醒的她。她的父母见我折返回来，又带来这么多钱，惊讶不已，她的母亲当场就哭了起来：'孩子，你从哪儿弄来这么多钱呀！'她醒后紧紧地抓住我的手，看着我不说一句话。在她治疗的那些日子里，我整天守在她的床前。她睡了，我也稍微休息一会儿；她醒了，我就陪她聊天。我们聊音乐，聊绘画，聊文学，还聊大学时光，聊两人去黄山的经历。当时她还打趣地说：'现在后悔就得去黄山找钥匙了！'过一会儿，她又说：'你可以不去黄山，我批准了！'我当时紧紧抓住她的手，眼泪止不住地流下来。记得在她临走的前一天下午，我还推着她到医院的小花园里散心。夕阳西斜，到处洒满温暖的阳光。已近夏末，虽满园绿色，一派生机，但仍听见树叶沙沙作响。偶有一片树叶落下，无声无息，落地后悄然无语，而后便是长久的沉寂。我和她都看到了这一幕，我赶紧将她推走，避免她触景生情，引无限伤感。

"她走得很快，就在得病的第九天，也就是我带她去花园赏景的第二天午夜。当时，我正迷迷糊糊的，见她痛苦呻吟，并不时伴有身体的抽搐，急忙去喊大夫。医生过来检查，又推到抢救室抢救，折腾了一个多小时才从里面走出来。看那黯然的神情，我就知道无力回天了。'我们已尽力了！这种病当前没有什么有效的治疗方法。'

"我听后不知怎么了，大脑一片空白，好一阵子才醒悟过来。我不能痛哭，只能捂着扭曲的脸，内心流淌着无声的泪水，一直走到了无人的地方才号啕大哭起来。这就是我的故事，一个我今生也无法忘怀的名字——李徽。"

虞秋白讲完了他的故事，好像一位老人，安详、平静，没有任何悲痛地注视远方。

"那后来呢？"周晓丹还沉浸在刚才的故事中不能自拔。

"后来就是现在，我辞了中学的工作，只身来到这穷乡僻壤当着孩子王。前苏联有一部电影叫《乡村女教师》，我就是受了这部电影的影响，最后才下定决心来到这里的。"虞秋白断断续续讲述了他的经历。

天空中不知什么时候飘来大朵的白云，一朵加一朵，太阳也被它掩去了光芒。两人也不知什么时候中断了谈话，在无言的沉默中任时间流逝。

不知什么时候，虞秋白开口了："讲讲你的身世吧，看你的眼神就知道是个有故事的人！"周晓丹起初并不开口，沉默了好一会儿，眼泪开始在眼圈里转起来，虞秋白知道不能再问下去了，赶紧止住了话题。谁知周晓丹却说话了："我知道你对我一直有着很多猜测。但因咱们一直不熟，我不想说。现在我的病也快好了，也即将离开此地，听了你的故事，让人有伤心欲绝的感觉。我把我的经历也告诉你，让你对我这个谜一般的女人有个全新的认识。"周晓丹说完就把自己曲折的人生经历都讲给了虞秋白。末了她说："我看你是个好人，从对他人的关爱上就知道你的为人。我把我的经历告诉你，就是想说明每个人活在世上都很不易。但无论如何，我们都得活下去。不管前面的路有多迷茫，也不管路上还有多少暴风骤雨，都得坚持走下去。当我们老了回过头看今天的时候，也许都不是苦难了，它是成长的经历，也许这就是人生的真谛！"

虞秋白噙着眼泪听完周晓丹传奇一样的经历，受到了震撼。他知道这个世界上每天有许许多多催人泪下的故事在上演，感人的情节和动人的生活都在不停演绎。虞秋白被周晓丹的经历所感动，正直的他决定要为这个女人做点他应该做的事情。

"你不要太伤心难过了，这世界还是好人多。哪怕'总为浮云能蔽日，长安不见使人愁'，相信你也一定能渡过难关，等到迎来光明的一天。"虞秋白感到自己热血沸腾，浑身血脉贲张。他想象自己能一马当先，为这个女人遮风挡雨、披荆斩棘，让她在勇士身后安享风和日丽、笑拥明月春风。

"谢谢你，很少听到这么温暖的语言了，真是谢谢了！"周晓丹忽然觉得眼前这个男人的几句话说到她的心坎里了，她怀着感激的心情看了他一眼。虞秋白并不像时下所推崇的帅哥那样，有着让女人一眼就忘不掉的帅气，长长的头发似乎告诉人们他是一个文艺青年外，其余的就太一般了。一双专注的眼睛后面隐藏着火一般的热情，宽厚的嘴唇更为他的善良诠释了应有的一笔，颀长高挑的身材使得矮小的人不得不仰视他的面容。周晓丹注视他的时候，不巧虞秋白也看了她一眼，四目相对，让她那根深藏的心弦不禁"嗡"地响了一声。她赶紧移开了眼光，再不敢朝那个方向看了。

虞秋白也历经了一次情感的冲击。当第一天看见她被人救出的那一刻起，他就对这女孩有了好感。那种怜香惜玉的感情更使得他对这个女人格外关注。爱屋及乌，当他看到她还有一幼儿时，更激发了他的怜爱之心，对周晓丹也就更加关爱起来。尤其得知周晓丹现已无家可归，开始漂泊生涯时，虽然也曾有过片刻的犹豫，但最终要保护周晓丹母子的想法占了上风，他觉得自己是受过高等教育的知识分子，思想要有别于世俗的传统观念。况且，他与周晓丹仅仅是萍水相逢，以后是怎么回事，还不知道呢，现在就先衡量人家的条件，是自己太龌龊了。净化了灵魂后，这才想着如何帮助这娘俩。

一天下午，虞秋白来看周晓丹第一句就试探性地问："要出院了，你有什么打算？"

对于这个问题，周晓丹也不止一次问自己。有诗云："何处是归程？长亭更短亭。"周晓丹现在就是这个心境。当初，她只是凭着一股冲动，什么也没想就出来了。她想着只要见到苏宏玮就万事大吉。即使不接纳她，顶多他自己养着孩子就行了。现在看来还远不是那么简单的一回事。即使苏宏玮接纳了她，承认孩子是他的血脉，那以后呢，对于她和程毅生活的一年多，苏宏玮会不会耿耿于怀呢？虽然自己为他坚守如初，但他会相信吗？即使他相信了，两人会回到从前吗？周晓丹不想则已，一想起这事，就心乱如麻，正所谓"剪不断、理还乱"。如今虞秋白向她问起，她更是不知如何回答是好。"我原本是想把孩子交给他爸，就想了却一桩心事。但又怕自己离不开孩子，他爸的情况我现在也不知道。即使他能接纳我娘俩，我的心理障碍也让我无法度过这一关，所以我还在犹豫。不过，我最终还得去找他，因为目前还没有更好的办法。"周晓丹向虞秋白讲述了自己的矛盾心理。

此时的虞秋白也想不出更好的言辞来安慰周晓丹，他不知怎样劝说才能解开她的心结。场面一时陷入沉默，双方都没有声音了。

许久，虞秋白的口中说出了这样的话语："如果眼下没有理想的去处，那就到学校教书吧。这里虽赶不上都市的繁华热闹，但却能为你遮风挡雨，带来自然的馈赠。你的心不会为过往而愁肠百结，也不会为未来而忧心忡忡。"

周晓丹听了这个年轻人的话，心里泛起涟漪。她和虞秋白素昧平生、萍水相逢，两人仅因车祸认识。这场车祸给了他们相识的契机，让他们的心走得更近了。周晓丹此时说不出是悲是喜，对于他提出的建议，她也不知是该拒绝还是应允，总之，她陷入了两难的茫然之中。

望着为难的周晓丹，虞秋白知道这是给她出了个难题，他感到有些难堪。为了摆脱窘境，他站了起来说："你别为难，实在不愿去也没关系，条条大路通罗马，总会好起来的。"说完仓惶转身走了，留下周晓丹一头的雾水。

一连几天，虞秋白头影不露，很久没见他周晓丹也觉得缺点什么。说心里话，虞秋白让她去学校教书，眼下还不失为一条路。一方面，有了落脚之地，让她可以有时间思考未来；另一方面，她也可以找机会了解苏宏玮目前的情况。万一他结婚了呢？万一……周晓丹想了许多，最后，留下来的想法占了上风。但虞秋白却不见了踪影，让她又左右为难了。眼看出院的日子到了，想着即将离开医院，离开熟悉的环境，周晓丹突然有种难舍难离的感觉。她不知道是什么原因。总之，前面的路太凄迷，她似乎在徘徊，似乎在等待有人给她指出一条适合她走的路。但眼下无人指点迷津，她只能自己抉择。思考到最后，她还是决定去找苏宏玮。尽管眼下她并不十分情愿去见苏宏玮，但别无选择。她只能冒昧去见他。周晓丹现在明白了人天生就是两种命，有些人注定就是操劳奔波命，情无所归，而有些人却是衣来伸手，饭来张口的命。她的命属于前者，这辈子无论有什么风花雪月，到头来都是昙花一现，过眼烟云，最终是落了片"白茫茫大地真干净"。周晓丹想到自己竟是这种命运时，她捂着被子痛哭起来。

第二天，该是离开医院的日子了。周晓丹抱着孩子，向那些给予她精心治疗和护理的大夫与护士深深地鞠了一躬，然后依依不舍地离开医院，来到了汽车站。买了开往火车站的车票，就在检票的一刹那，她还举目张望，希望虞秋白从天而降，将她接走。然而，她的所有一厢情愿都在检票后黯然起来。检完票上车坐稳后，她开始默默念诵："再见了，养育我的故乡，再见了……"

启动的汽车响着轰鸣的发动机声，就要离去了。这时，一个戴眼镜的年轻人急匆匆地开着摩托车拦住了汽车。"等一下！"他的话还没说完，人早已跳上汽车，"周晓丹，留下来吧，学校需要你！"

其实，在周晓丹走与留的问题上，虞秋白也是经过了激烈的思想斗争，他原想把周晓丹留下来帮助自己把学校办好，给学校留住一位好老师。对他个人而言，他喜欢周晓丹，从第一天见面，他就对她一见钟情。周的睿智、学识及大度都为他所赏识。在医院护理的几个月，他已深深地爱上了这个貌美如花且才华横溢的女人，虽然他知道她还有个孩子，也知道她已离婚，但这些似乎都阻挡不了他的爱慕之心。但交流后，他又发现这个女人早就心有所属。这又让他顾虑重重，但最终他还是说服了自己：人要有大爱，不能事事考虑个人得失。就在这种思想的促使下，他开始为周晓丹来学校教书奔走。他还给乡政府和县教委各打了一份报告，等到今天才有了批复。他拿着批复就赶往医院，没想到周晓丹已出院去了汽车站。他一急，骑着摩托车就飞奔汽车站，这才发生了拦截汽车的一幕。

周晓丹没想到虞秋白这个时候出现在她面前，她的眼睛噙满了泪水，像电影里类似的故事情节那样，感动得不知说什么好，只能机械地顺从虞秋白，下了汽车，而后坐上了他的摩托车，回到了最初为她护理的那所小学校。

似水流年

　　苏宏玮回到家还没两天就接到吴晴岚打来电话，说夫妻俩邀他去家里坐坐。"明天是星期六，下午来我家，我们结婚后，你还一次都没来过！"吴晴岚在电话里说。

　　苏宏玮本来不想去做客，考虑他和吴晴岚以往的关系，他怕汪清河有误解。正在犹豫时，那边汪清河接过电话发声了："老朋友，明天得一定来呀，你不来，明天我就得请你去，看着办吧！"说完又把电话给了吴晴岚。

　　"你明天不是没事吗？听说你们六人转了一大圈，来了也给我们讲讲，以后有机会把老汪也带出去看看，长点见识。"

　　苏宏玮很无奈，他不想去串门，和他们也没多少可谈的；但情面难却，不去又不成。没办法，他只好违心地登门拜访。

　　当他带着礼物敲开吴晴岚家的时候，首先感到了屋中大变样。不仅重新做了装修，而且家具家电都焕然一新，有了富丽堂皇之感。不知是先入为主抑或心情的关系，苏宏玮总觉得不如没装修前舒服。

　　汪清河依然热情不减，见了面还不忘揶揄："还是一个人，也不带位嫂子来，让我们见见。"

　　苏宏玮只是尴尬地笑了一笑。他心里想：要不是自己大意失荆州，哪有他调侃我的份儿？

　　吴晴岚过来，为苏宏玮泡了一杯绿茶，打开茶盖，屋中一会就飘满了茶香。"出去一趟怎么样，有什么收获？"吴晴岚说。

"逛了四个城市，感觉全国多数地方都在限购、限贷，唯有天津、武汉解禁，总算放开了。但这形势能维持到哪一天，谁也不知道！"苏宏玮讲了他心中的顾虑。

"2014年解禁的城市很多，看来明年会有更多的城市加入到放开的潮流中。"汪清河断言。

"政府就这样松松紧紧的，房价只能越来越高。难怪任大炮说，政府每打压一次，房价就疯狂地报复一次。"吴晴岚说。

"看这样的走势，明年的房价肯定会走高，而且涨幅会更加拉大，虽然在限购，但本市居民炒个一两套或者通过全权委托公证来交易还是有空可钻的。对于平民百姓来说，年收益有个百八十万的还是很轻松的。"苏宏玮说。

"那也比上班强。请你来就是看看专职炒房年收益能否达到百万？"汪清河说出了自己的打算。

苏宏玮这才清楚了夫妻俩请他来的目的，无怪乎都说南方人的功利心重，他们跟你来往多半是有目的而来，不像北方人，友情为重，多半不带功利心。想到这儿，这回做客也就索然无味了。这以后，无论主人是多么的热情，无论菜肴是多么的丰盛，苏宏玮都味同嚼蜡，只是客气地应酬，没了进屋之初的感觉。

一年又一年，看似萧条、冷落的2014年匆匆地过去了，不管人们的心情如何，2015年又来到了。虽依然是浮躁与期待并存的一年，但人们的心情更加恐慌。因为从年初开始，牵动百姓最敏感的那根神经——房价，就像脱缰的野马，无所顾忌地横冲直撞。没人知道房价的上限，就像饥饿年代吃多少也不饱一样。房价的无上限上涨，导致了市场秩序的混乱。这段时间，纠纷案件高发起来，纠纷的原因多半是房东悔约，房子不卖了。一项统计表明，当年全国因房屋买卖纠纷引发的案件占总量的百分之二十七。

苏宏玮每天除了浏览本省本市的报纸，就是上网搜索有关房地产的信息。去产能、去库存，"去"成了这个时期的口号。三、四线城市的房子积压到政府出面来引导消化，这让苏宏玮感到意外。对于这个口号的提出，苏宏玮一直存有疑惑。他不知道提出这个概念的背景，更不知道究竟全国存量房有多少迫切需要被消化，但他知道一个原因，这就是一些过度依赖土地财政的地方政府财政紧张了，都喊"渴"，于是去库存也就应运而生了。

秋日的一天，肖元凯给苏宏玮打来电话，约他到海天酒店喝一杯。"干吗去那啊，到我家来喝还随便，想喝到几点就几点！"苏宏玮建议说。

"那好，你等我，六点就到你家喝！"肖元凯说完放下电话。

晚上六点，肖元凯准时来到苏宏玮家。他这是第二次来。苏宏玮也备好了酒、菜，肖元凯自带了一瓶威士忌和一只鸡。两人在露台上对饮起来。

"'对酒当歌，人生几何。譬如朝露，去日苦多！'兄弟，今年我是大丰收。交易量比去年翻了三倍还有余。今年，我炒了三套房，闲余时间搞了借贷。不过，这回不像以前了，借钱者一定要用房产做抵押，并且到房管局办手续，然后再到公证处办理全权委托公证，有了这双保险，借贷就万无一失了！"肖元凯酒喝了三杯后，口无遮拦，愈发兴奋起来。

看到肖元凯又恢复了原来的精神头，苏宏玮由衷的高兴，看来借贷危机改掉他身上许多的缺点，他真的成熟老练起来。"兄弟，为你的涅槃再造咱们干一杯！"苏宏玮举起杯与肖元凯痛快地干了一杯。

"照这样干下去，不出两年，我就翻身了。到时我就跟你出去闯荡。不像去年，你跟我说了我也没钱去。今后再有这种事，我一定跟你携手同行，也赚它个盆满钵满。"肖元凯今天是底气十足，大气磅礴，酒也喝得潇洒，连他自己都感到今天特别意气风发、豪气冲天。

"不过，咱们也要小心，越是形势好，越是会出问题。我担心政府明年还会出台新的调控政策来稳定房价，咱们切不可成为接盘侠。手里的房子不能高过五套，这样，风险才可控。"苏宏玮说。

"有道理！现在房价高得离谱，咱们要千万小心。做了这几年，我懂得了一个道理：做什么事都要有度。如果超过这个度，无论上或下，准保会出事，这就是我的经验。"肖元凯与苏宏玮碰了杯后说。

"好兄弟，你这样说，我就放心了。希望咱们的日子越来越好！"苏宏玮也受到了感染，抬手就干了一杯。

"这些年我最大的体会就是商场上人心叵测，以为都是朋友，实际上玩好了是《小时代》，玩不好就是《甄嬛传》。你春风得意时，围前围后地恭维你，你落魄了，别人都会远离，唯恐避之不及。什么朋友，都他妈的扯淡！"肖元凯喝得有些多了，情绪也开始激动起来。

"我们都不是神仙，谁都有看走眼的时候，关键是吃一堑长一智！毕竟与他们没有交情，只有生意上的利益往来，难免上当受骗。"苏宏玮说给肖元凯，实际也说给自己。

"很久没有像今天这样痛快了，真是难得。也只有跟你在一起，我才无所顾忌，就连以前在裴晶面前，我也不敢放肆啊！"肖元凯说完诡异地笑了。

"看今年的房地产呈下行趋势，说不定明年就会来个大反转，你就等着数钞票吧！"苏宏玮举起杯又碰了一个。

"好！我就等着这一天呢。"肖元凯也不知自己喝了多少酒，反正他知道在老苏家，他可以随心所欲。

进入2015年，为了刺激消费，推动库存加速消化，国家财政部于3月30日出台了个人转让两年以上住房免征营业税的新规定；同日，央行又推出贷款首付比例最低降至四成以下的规定，明确指出对拥有一套住房贷款未结清而购买二套房的首付比例不得低于百分之四十；拥有一套住房贷款结清的，购买二套房的贷款可下降至百分之三十。此外，为了放水养鱼，央行又实施了下调存款金利率等举措，在一定程度上都对房地产的疯狂起到了推波助澜的作用。

日月如梭，人们在忐忑不安中迎来了2016年。全国的房价在一浪高过一浪的潮流中已变得像无法驾驭的野马一样，"楼王""地王"等词汇频频出现在公众的视野里。房价已不是看年度增长，而是用月。更为显著的是二手房，已完全没了衡量的标准，每天的价格都变幻莫测，今天两百万的房子，明天就可能要到两百二十万，后天可能涨到二百五十万。所有的这些，都预示房地产市场正在面临变革或重新洗牌。而苏宏玮他们在这种波涛汹涌的浪潮下，个个欢欣鼓舞、群情激奋。大家都想在这次浪潮中用大网抬鱼。苏宏玮也没闲着，他充分利用资金的优势，买了一套法院拍卖的双拼别墅。房子价格一千三百五十万，加上过户费及拍卖费等相关费用，共计一千四百二十万左右。苏宏玮又投了近一百万的二次装修费，合计共一千五百二十万左右。三个月的装修时间，让苏宏玮忙得焦头烂额。到八月份，已基本装好。苏宏玮看后，自己都喜欢得不行。他想能卖就卖，不能卖就自己住，然后他想把现在住的联排别墅卖掉，看现在的行情，也能卖个一千两百万。苏宏玮越来越舍不得他的双拼了，就在他把两套都挂在"万佳"豪宅部时，一位来自晋江的邱老板却看中了他的双拼。第一次他并没有说一句话，而是看了看就走了。第二次带了全家老小六口人一齐前来观看。谁知小儿子对这房子情有独钟，从一楼到三楼，又从三楼到地下室，打开家庭影院躺在沙发上就不起来了，直到家人几次呼唤，才恋恋不舍地出了地下室。邱老板见全家人都相当满意，就跟中介人员说他出两千万。当中介把这一信息反馈给苏宏玮时，他的第一反应是该出手了。但当他露出征询的眼光时，中介却把他拉到一边，悄悄说："这个老板的家人看中了你这套房子了，他肯定买。你别着急，我帮你谈，谈成了能给我多少提成？"小伙子压低了声音说。

"可以，两千两百五十万以上咱俩对半分。"苏宏玮说。

此后一连两天都没有消息，苏宏玮以为事情已经黄了。没想到第三天下午四点多，万佳地产的小伙子打来电话，说买家已出到两千两百八十万，让苏宏玮前来公司签合同、收定金。苏宏玮虽不十分想卖，但巨大的利润还是让他为之动心，思来想去最后决定卖掉。当苏宏玮来到豪宅部时，那个小伙子早已在等候他。

"苏总，他们马上就到，您稍等片刻。"说完，手里拿出一张十五万的欠条，让苏宏玮给他签字。

苏宏玮看后笑了："你是怕我不给你？"小伙子一脸的尴尬："没办法！你知道我为这单生意付出了多少心血？眼看就谈不拢了，是我亲自跑了一趟晋江，带了一堆水果才促成这单生意。"

小伙子讲了背后的经过，苏宏玮感动不已："好，我给你签这字！"他说完拿过字条写上了自己的名字，"不成功我可不给你啊！"

"那怎么可能呢，我们也是有职业操守的！"小伙子肯定地说。

两人正说着，买家也到了。"什么事都讲个缘分，我的全家人都跟这套房子有缘。加上这小伙子热情服务，咱们这买卖成交了！"邱老板爽快地签了合同，并且按约到银行转了两百万定金。双方约定了交易的日子，这桩生意就算完成了。

那边的肖元凯也欣喜若狂。这一年他赚了个翻天，仅前八个月营业额就达九十多万。他也不知道2016年是他的什么年，反正，今年他是真正的咸鱼翻身，又回到2013年前的状态。

Chapter 49　第四十九章
南下深圳

卖了别墅的苏宏玮正盘算如何让到手的资金发挥最大的效益时，老陈来电话了："许杰深圳的朋友打来电话，说万科在深南大道68号接手了一个楼盘，目前正准备开盘，打折的力度很大。虽说是商业地产，但里面的装修和格局是按照居家的商品房设计的。他建议咱们看看去，他说这个楼盘不限购，是个投资的机会。"老陈说完了，似乎在等待苏宏玮的反应。

"好啊，那咱们就去一趟。现在交通这么方便，三四个小时的动车就到了，今天约一下，后天就可动身。"苏宏玮回答得很干脆。

当天，苏宏玮就给老修、裴晶、吴晴岚、邢万全分别打了电话，说明了深南大道68号项目即将开盘的情况，众人听后都说好。吴晴岚更是双手赞同："很久没去深圳了，去看看情况，即使一无所获，权当旅游了！"

苏宏玮随即作了统计，加裴晶、吴晴岚夫妇及老修和邢万全共计是六人。他把这边的人数报给了老陈。老陈一听，马上兴奋起来："嗬！真成炒房团了。"

第二天，各自订好了次日早晨去深圳的车票，晚上作了通报，除汪清河有事去不成外，其余七人均可成行。

翌日，早上九点，众人顺利登上去深圳的动车，开始了他们的炒房之旅。

深南大道68号楼盘果然气派，外观金碧辉煌，清一色的土豪金玻璃幕墙，远看金光万丈，十分了得。几人由许杰的朋友带进售楼处，一群售楼小姐即刻围了上来。她们先是介绍楼盘所处位置，又介绍周边的交通、学校及购物情况，还重点谈到了路对面正拆迁，规划中将建起的深圳最大的"万象城"。"如果这个大型的集休闲、旅游、购物、餐饮等项目为一体的商城建成，将带动周边房地产项目的火热，相信到时周边的房子会增值无限。如今我们的项目是政府限价，均价是六万多，如果不是限价，我们至少卖到八万多。看看整个深圳的房价，就知道我们的优势了。"售楼小姐说完后，又领着众人看了样板房。装修好的样板房分别是四十平方米左右、五十多平方米、六十多平方米、七十多平方米的，间间装修精致，选材高端，整体看上去是高端、大气、上档次。几人看过后，完全被震住了。"这才叫房子，咱以前看的或住的房子，都不是真正意义上的房子，看了这样的装修，那才叫舒适呢！"邢万全赞不绝口，回到售楼处坐下，感慨万千。

大家商量了一下，老邢说如果可以，他准备买十套。他的话一下子带动了大家的情绪，纷纷提出了自己的计划。老陈瞄了苏宏玮一眼，意思是询问他的态度如何？苏宏玮见状凑到老陈身边说："价格还可以，想不到深圳还有这样便宜的房子。除四十多平方米的没有燃气，要使用电磁炉外，其余的都可以用煤气，虽然用的是商业水电，但在这种城市里大家好像并不在乎这几个小钱，买几套还没什么问题，即使卖不掉，拿来出租，我看收益还是可观的。像这种特大型城市，二十年后房地产也不会崩盘。"苏宏玮谈了自己的看法。

"这样吧，咱们再领大家多看几个楼盘，然后再定，以免失误。"老陈向大家表明了意见。邢万全表示自己不看了，他就准备在这出手。苏宏玮觉得老陈说得对，就说："咱们还是多看几个楼盘，货比三家再下手，总比这样盲目要好得多！"听了苏宏玮的话，大家都不再开口了。于是第二天由许杰的朋友王进带着又看了三个楼盘。大家先是来到蛇口一个叫"锦绣天地"的楼盘，众人上去看了两眼样板房，纷纷摇头，一问拿地时间已过去了十三年，再问价格，从五万六到七万不等，众人失望而去。又来到福田一楼盘，房价高得吓人，均价已达八万，而且，可供选择的房子也少之又少，众人皆流露出失望的神色。回到酒店吃饭时，还是老邢最先开口："我说老苏、老陈，咱们还是去68号吧。看到现在，就那里房子可以炒。别的地方都不行！"

"是的，看了半天，只有深南大道68号可以炒。"吴晴岚先站到了邢万全一边。

"下午咱们还看看其他楼盘吗？"老陈问众人。

没人响应。

"来了就要全面考察，否则我们容易判断失误。"苏宏玮提醒了一句。

"既然大家都是这个意见，那就在这看吧。等定完了，再到其他处看看。"老陈最后说。

下午，七人开始选房。苏宏玮选了五套四十来平方米的开间小户型，又选中三套近五十来平方米一室一厅的户型，又拿了一套七十六平方米出头的两居室，总价二千五百多万元。老邢也拿了九套房子，价格和苏宏玮的差不多；老陈拿了五套小户型，有三套四十平方米的，两套五十平方米的；许杰干脆拿了三套五十多平方米的。裘晶考虑半天，最后决定拿三套四十来平方米的开间和三套五十来平方米的一室一厅；吴晴岚也拿了两套五十多平方米小户型；修玉林看到最后，权衡了半天，拿了两套四十来平方米的开间，又拿了两套五十多平方米的一室一厅，另一位朋友王进只拿了两套五十多平方米一室一厅的房子。整整一个下午，售楼处的大部分工作人员都在为这八个炒房客全程服务，她们还没见过一群人组团前来炒房。让她们开了眼界的是团队里不仅有男的还有女的，更让她们惊讶的是全部都是一次性付款，即使折扣已按规定打到最低，他们还是让公司总经理出面，最后又让了零点五折的优惠。

晚上，大家举行了盛大的宴会，为今天争取的折扣而庆祝。根据公司所给的折扣，加上后来又提出的优惠，共计达三成，节省了三百多万。"来！为我们今天节省三百多万的支出干一杯。"苏宏玮先站起来建议。

"干杯！"众人齐声响应。

回到南厦后的一段时间里，大家还在为自己的这次壮举激动不已。许杰每次谈到这次深圳之行，都无限憧憬，他认为自己第一次玩了个心跳，从来没这样潇洒过："真过瘾，做了这么多年，这一次才算真正意义上的炒房！"

一枝一叶总关情

　　说来也巧，就在苏宏玮渐渐地把周晓丹藏在内心深处的某个角落时，一次十分偶然的机缘，他竟巧合地遇见了周晓丹的哥哥周晓明——那天小关请他喝酒时，在一酒馆里。苏宏玮第一眼看见时就觉得似曾相识，再一细看时才认出是周晓丹的哥哥。周晓明也很错愕，他怎么也没想到在人海茫茫的南厦竟然遇到苏宏玮。

　　"你怎么来南厦了？"苏宏玮很亲切。

　　"我是县上派来漳州闽南花卉市场购买花卉种子和苗木来的。今年县上要大力扶持花卉种植业，通过种植花卉为农民开辟致富之路。如今，我已完成了任务，路经南厦吃顿饭，晚上十点多就走了。"周晓明介绍了他来此地的原因。

　　"周晓丹现在怎么样，她还好吗？"苏宏玮急切地问。

　　周晓明沉吟一下，最后还是把情况说了："她的情况很不好，如今婚也离了，带着孩子来南厦途中，汽车又翻到沟里，害得她骨折了，在医院住了三个多月，而后在当地做起了小学教师，至今也有一年多了。"周晓明简单地介绍了周晓丹这几年的经历。

　　苏宏玮听后心里不知是什么滋味，苦辣酸咸甜，五味杂陈。他正在咀嚼这种味道时，周晓明又开口了："我爹对这门婚事非常后悔，他常说是自己把女儿毁了，到后来就成了心病，去年竟然患肝癌去世了！"

苏宏玮听了更是许久没能回应，不知说什么好。悔恨、悲哀还是愤世嫉俗？他都觉得不恰当。他唯一的想法就是找个无人的地方大哭一场，宣泄自己的凄凉之苦。然而那边的小关还在等他，酒菜早已备好。见此情景，苏宏玮只好拉周晓明重新入席，怎奈他已快吃完了。苏宏玮只好对小关说："兄弟，今天实在对不住了，有一个外地的朋友，我必须得送送他，你自己用吧！"

苏宏玮说完就与周晓明离开餐馆，而后领他到天福茗茶店买了两斤铁观音茶叶，又到特产店买了些海产品，然后把他送到火车站。临上车前，他说："她的不幸是我的责任，我会去赎罪的！"说完，握了握手，望着周晓明上了火车。

回到家的苏宏玮心神再难安定下来，他想着周晓丹因为他而遭受了常人难以想象的波折和坎坷，而这一切又是因为那一晚的酒醉荒唐所造成的。虽然周晓明没有明说，但苏宏玮已听得出来，周晓丹和他的一夜情竟然生了个儿子。而这个孩子又让她的道路变得更加曲折和艰难起来。苏宏玮能想象得到，周晓丹肯定因这个孩子而经历了千辛万苦和许多屈辱，要不然她也不会沦落到如此地步。苏宏玮在接受灵魂拷问的同时，他突然觉得自己也成了托尔斯泰笔下的聂赫留朵夫，他要让自己复活，就必须去看看周晓丹，看看她和孩子过着怎样的生活，或当着她的面赎罪，将娘俩接回，让他们安享平和与幸福。苏宏玮想到这，恨不得马上就飞到周晓丹的身边。

发疯一般的苏宏玮三更半夜开始收拾物品，打算天明就走，去湖南，去周晓丹所在的小山村，看看那个让他魂牵梦萦、一生不舍的爱人。他不知道她是这样的结局，如果早知道，他会不顾一切寻她而来，生命中什么都无所谓，唯独周晓丹，是他的不舍。她不应只活在悔恨的回忆里，也该有真实的幸福。天亮了，苏宏玮拿起背包开上车就踏上了征程。车很快开出了城，他忽然想起什么东西也没有带，连一样给孩子的礼物都没有。没办法，他只好把车开回来，等着超市开门营业。他就在停车场睡了一觉，直到太阳升起，快九点了他才惊醒。他赶紧起来到商场买了一大堆给孩子的礼物，这才开车上了沈海高速。

苏宏玮是第二天下午才到了他哥哥所说的那所小学。由于路不熟加之心急，下了高速，导航也不灵了，走了许多冤枉路。进了小学的院中，朗朗书声才让苏宏玮浮躁的心稍许安定下来。

下课了，孩子们一窝蜂地跑了出来，随后，走出一位头发长长、颇有艺术家风范的老师来。

"你找谁？"男老师问。

"我找周晓丹！"苏宏玮说。

男老师想了一下说："你是苏宏玮吧？听周老师多次提起你，她家还有你的一张照片，所以我就猜到了。我叫虞秋白，也是这里的老师。"他说完伸出了手。

苏宏玮的心终于落地了。看来她哥哥说她在小学里教书没错，地方也对，只是没见到周晓丹，他的心还是有些忐忑。

"哦！进屋来坐，你等下，我去喊她。"叫虞秋白的老师领着苏宏玮进了后排的一间屋，倒杯水便出去了。

苏宏玮刚端起杯，周晓丹就出现在眼前。三年多没见，晓丹似乎比先前成熟多了，只是改变了发型，变成了齐肩的短发，地地道道地蜕变成了人民教师的形象。苏宏玮的心里涌出了无法言明的东西。时间能把一切改变，虽然周晓丹并没给他留下寒酸落魄的感觉，但苏宏玮却陡生伤感。

周晓丹同样也感受着多年的离愁别绪，今天见到了苏宏玮，她也陷入了心潮澎湃的感情漩涡。三年多来，她的心一刻也没有平静过。每当夜深人静，想起与苏宏玮的点点滴滴，都让她倍感温馨，就连他数落她的时候，如今回忆起来都倍感亲切。刚来时，她总幻想有一天苏宏玮会突然从天而降，带她和孩子离开这个令她伤心的地方。但随着时间的流逝，她的心逐渐安定了一些，想离开此地的心情反而没刚来时那样强烈了。如今，望着苏宏玮，她却心情千回百转，不知所措。说心里话，她最懂苏宏玮的心，当年若不是车被拦在收费站，她和苏宏玮早就远走高飞了。程毅的错爱，导致她落到了这步田地。多亏有虞校长的帮助，她度过了人生最为艰难的一段时光。她感谢虞秋白在那个时候伸出援手，铸就了她终生不弃的大爱情怀。虞对她的爱，是一种大爱，超越了狭隘的利己主义，它使一个人的境界得到了升华。虽然她并没有给他半点的许诺，但心里还是怀有万分的感激之情。

上课的铃声响了。没有任何语言交流的两人被铃声惊醒了。"还有一节课，你等着！"周晓丹说完拥抱了一下苏宏玮，就急匆匆地上课去了。苏宏玮开始打量屋中的陈设。四周的墙壁脏污斑驳，除了屋中的一张大床算是现代的家具外，其余的皆是古董一般的用品。老式的餐桌摇摇欲坠，几把椅子也是老旧破损。屋中只有床上的蚊帐算是白的，其余便是灰黑一片。引人注意的是桌子上摆了一张他和周晓丹的合照。苏宏玮想起来了，那是他刚买联排别墅的第二天下午时，周晓丹拿着自拍神器拍了两人唯一的一张合影，没想到周晓丹保存至今，而且还放大、做了镜框，立于家中。那一瞬间，苏宏玮的眼睛潮湿了。人人都言湘女多情，看来说得没错。他算真正懂得了周晓丹那颗坚贞的心，知道了什么是坚守，知道了时间的流逝和生活的波折并没有让她遗忘。屋中有些沉闷，苏宏玮走出门外。学校的房舍破烂不堪，有的已没了窗户，有的连门也不知被什么人扛走了。整体给人的感觉是破败、荒凉，没有什么生气。唯有操场当中的那面红旗，在风中迎风飘扬，让人知道这是个学校，此外便看不出什么特色了。苏宏玮心里很难受，他更想象不出周晓丹竟然在这种环境里挨了一年多。

下课的铃声在一阵不经意中又响了，同学们走出教室，没一会就走光了，院中只剩下苏宏玮、周晓丹和虞秋白。

"走吧，我请虞校长到镇上去吃顿饭！"苏宏玮发出邀请。

"就在家里吃吧，都是新鲜的蔬菜和粮食，虞老师你去镇上买些鱼和肉来，我来做饭。"周晓丹说完拿钱给虞秋白。

"好的，我去！"虞秋白说完骑上他的摩托车一溜烟地走了，院中只剩周晓丹和苏宏玮。

"我来做饭，你参观参观，一会儿饭就好了！"周晓丹说完进了厨房。苏宏玮来了，她大概知道他干什么来了，这让她有点心慌意乱。她跟苏宏玮的一段情，足让她刻骨铭心一辈子；尤其有了他的骨血，更坚定了她的信念。虽然虞校长对她照顾有加，让她感到真情的难能可贵，但她是"曾经沧海难为水"，她和苏宏玮的患难与共，比任何经历都难以忘怀，没什么困难能阻挡他们走到一起。当她看到虞秋白的脸上流露出从未有过的焦躁时，心里感到一沉。她的离去无疑对虞秋白是个打击，她和虞秋白在此相遇，又在此度过了她人生中最为艰难的日子。虽然虞对她一往情深，也曾表达过爱慕之情，但她始终没有给过他任何承诺。

虞秋白也是个君子，他知道周晓丹已心有所属，不可能再装下别人，于是知趣地退避三舍。虽然他对周晓丹一如既往，但内心还是怀有无限遗憾，恨自己不是苏宏玮，恨自己没能先于苏宏玮认识周晓丹。如今见真的有人来接娘俩了，他的内心还是有点依依不舍。他知道事情已无法逆转，周晓丹肯定要离开这个不属于她的地方。面对这个事实，他虽内心有千般不舍、万般无奈，但还是祝福周晓丹，祝她今后的生活一帆风顺、幸福美满。成人之美也是一种美德。虞秋白想到了这点，也逐渐释怀了。想世间所有的人和事都是一个"缘"字，只有体验痛苦的过程，才能参悟生命的真谛。凡事皆有定数，看来他和周晓丹不能在一起注定是天意了。路上的虞秋白说不上是苦，也说不上是悲，总之，他是悲喜交加，悲的是自己失去了一个良师益友，喜的是周晓丹母子从此脱离苦难，有了生活的希望。他的思绪万千，如骨鲠在喉，在心中酝酿作一首《减字木兰花·秋月》："往事如烟，千种风情我无关，似水流年，峥嵘坎坷尽翻篇！花开花落，岁月悠悠缘何在？今夜阑珊，伊人咫尺天涯间！"

"我回来喽！看看，我买的活鱼、鲜肉。"虞秋白放下摩托车，就在院中吆喝起来。带回的周玮也在院中步履蹒跚，学着喊起来。

"看！你爸爸来了。"虞秋白招呼小玮。

苏宏玮这才端详起自己的儿子来。不错，看孩子一眼苏宏玮就知道跟自己像极了，无论眉眼，还是鼻子、嘴型都跟自己相差无几，走到街上谁都不会否认这孩子是苏宏玮的。但孩子见了苏宏玮很是陌生，他茫然地看着苏宏玮不知所措。

周晓丹走出厨房来，见周玮有些困惑，忙拉到身边来说："他是爸爸，快叫爸爸！"她的菜已做得差不多了，见虞秋白站在一旁又说："有没有买酒？他可是爱喝酒的。"

"哦！忘了，我去买。"虞秋白拍了一下脑袋，赶紧骑车走了。

"不要买了，我不喝酒！"苏宏玮大声喊着。

"让他去吧，你们哥俩今晚好好喝一场！"周晓丹说完又去了厨房。

趁这个时候，苏宏玮把给孩子的礼物全都从车中搬了出来。周玮这回不陌生了，他拿了一辆汽车开始玩起来。

"你叫什么名字？"苏宏玮不失时机地问道。

"我叫周玮，你叫什么名字？我家的桌子上有你和妈妈的照片。"孩子虽然玩得很专注，但仍然没有忘记和苏宏玮对话。

"啊！我叫苏宏玮。"他说。

两人正玩得高兴，虞秋白回来了，他不仅搬了一箱青岛啤酒，而且拿了一瓶二锅头。

"妈妈，叔叔回来了！"周玮喊起来。

听到虞秋白回来了，周晓丹出来急忙招呼开饭。满满的一桌农家菜，五颜六色，好不丰盛。苏宏玮怎么也没想到在这穷乡僻壤里能有如此的待遇。他有些激动，甚至不知说什么好。他端起酒杯说："三年了，我无时无刻不在想着晓丹，这次来看看她究竟过得怎样，看到她过得这样充实，我很高兴。来，为了我们的相逢，大家干一杯！"苏宏玮说完与二人碰了一下，干了。

周晓丹觉得该她说话了，眼下这两个男人都是她生命中最重要的人。刚才苏宏玮的话让她有了一份感激，到今天他还是孑然一身，还想着救自己于水火之中，多么高尚的品格！不久前她还担心他能否接纳自己，现在看来是自己心胸太狭隘，误解了亲密爱人。她感到是自己辜负了苏宏玮的一片心，为此，她怀着深深的歉意，举起了杯子："今天你能来此，说明还没忘了我，刚才的一番话更让我深受感动，我先干了这杯酒，算做对你远道而来的敬意。"说完一口气干了。

虞秋白见两人都干了，自然不甘落后。他举起酒杯说："我知道苏大哥的来意，而且也知道会有这一天。今天，我在此作个表态：虽然周老师走了对学校是个损失，但我还是祝愿她远走高飞，寻找新的人生舞台，来，咱们大家干一杯！"他说完与苏宏玮和周晓丹碰了一下，爽快地干了。

"吃菜，这里的菜要比城里菜好多了！"周晓丹介绍说。

"看到你至今还对周老师不离不弃，我就放心了。祝你们天长地久，相爱到老！"虞秋白说完又举起杯子。

"干杯！"三人同时举杯。

虞秋白的一席话让苏宏玮很是感动："谢谢您帮助晓丹度过了最艰难的日子，我再敬您一杯，表示我的谢意！"说完又干了一杯。

面对两个男人的情怀，周晓丹也很感动："既然虞校长这样说了，我真得谢谢你，没你的帮助，那段时间我真不知怎么办才好，这杯酒敬你，表示我的心意，祝学校在你的领导下天天向上！"周晓丹说完敬了虞秋白一杯。

酒喝到了深夜，孩子早睡了，三人还未尽兴，虞秋白又端起酒杯说："兄弟，我看你酒量还不如我呢，咱们再喝一个，怎么样？"虞秋白站了起来。

"好啊，喝一个就喝一个，在这个地方，我就放肆一回，让虞校长见笑了！"苏宏玮说完碰了一下，干了。

周晓丹见苏宏玮喝得有点差不多了，便开口说："宏玮，你这次来得很突然，我带的这个班明年夏天才毕业，我打算把这个班带完再回南厦，你看好吗？"

苏宏玮来时不知什么情况，现在得知周晓丹一切安好，已出乎他的意料，欣喜之余，一口应下来："能找到人我就知足了，晚回一年又何妨，就是三年我也等！"说完又拿起酒杯与虞秋白碰了一下，干了。

"那你这次只能自己回去了！"周晓丹不无遗憾地说。

话虽如此，可苏宏玮有一件重要的事还没说，他觉得该是时候了，于是，拿出一起张卡交到虞秋白面前说："兄弟，这是三百万，是周晓丹当初投资五十万挣来的。我刚才跟她商量了一下，拿这三百万重新翻盖一下校舍，也算我们对贫困山区教育事业做出的贡献吧！"

"这钱我不能要，翻盖学校是国家和政府的事，报告也打上去了，相信不久就会批下来的，你的钱还是拿回去吧！"虞秋白把卡又推了回来。

"这钱本来是拿给晓丹的，她——她说要造福桑梓，为孩子们营造好的学习环境，我觉得也在理，就——就同意了……"苏宏玮觉得自己的意识有些模糊，他还想努力表达自己的意思，但话还没说完，就昏昏地迷糊过去了。

看着熟睡的苏宏玮，周晓丹只好扶他躺到床上，这才回到厅堂。

"他实在不要这三百万就留下。你不是常跟我说要翻盖学校吗，拿这些钱重新盖一所小学，不就完成了你的宿愿吗！"周晓丹说。

"拿你们的钱盖学校，我有些不忍！"虞秋白说

"我在学校待一回，才知道学校太艰苦了，拿这些钱实现你的梦想，也算我们的一点心意，收下吧！"周晓丹说。

虞秋白犹豫了半天，最后才说："好吧，后年秋天你们来，保准让大家看见一所崭新的小学屹立在这个地方！"虞秋白终于同意了周晓丹的意见。

沉沉大睡的苏宏玮第二天将近中午方才醒来。看到屋中的一切，他才知道自己昨晚喝得酩酊大醉，他说了些什么也都记不得了。他很懊恼，在一个陌生的环境里喝得烂醉如泥，实在有失体统，不仅自己没有颜面，而且让周晓丹跟着蒙羞，委实不应该。苏宏玮想到这彻底清醒了，他一骨碌爬起来，赶紧洗把脸，走出房门。

太阳暖暖地照在身上，让他不自觉地伸了个懒腰。远处朗朗的读书声让他意识到这是校园，而他就置身于校园之中。苏宏玮觉得自己该是离开的时候了，昨晚他把自己此行目的已完全表达清楚了，如再拖着不走，不仅会打破这里的秩序，而且也会让主人感到为难，从哪一点上讲，他都应该自觉离开。但他又感到自己这样不辞而别似乎缺乏应有的礼节，会让周晓丹有更多的想法。儿子昨晚早睡下了，他想再看一眼也没看到。他的出现并没有给儿子带来多大的惊喜，在他幼小的心灵里或许最大的是困惑吧！只有时间能改变一切，到时儿子认他也是水到渠成的事。苏宏玮正想着，下课的铃声响了，随着孩子们欢笑声，虞秋白第一个露了面。见苏宏玮出了房门，打起了招呼："起来了，睡得可好？"

"心无旁骛，睡得自然踏实。正所谓'心宽无所向，一觉到天亮'！"说完大笑起来。虞秋白见苏宏玮大度潇洒，也跟着笑起来。二人正聊着，周晓丹也从教室走出门来，见两人在操场大笑不已，感到诧异："什么事让你俩笑得如此开心？"

"没事，没事！"虞秋白连声否定，这才止住了笑声。

"我该走了，跟你们道个别。时间丈量初心，千里来寻，没有辜负。你能安好，我就放心了！"苏宏玮努力搜索更好的临别前的话语。他本想说得潇洒点，但却把话说成了这样；他有点激动，但又有些遗憾；他甚至有些语无伦次，不知道该用什么样的言辞表达此时的心情。

周晓丹看出了苏宏玮的心思，此时她也是五味杂陈。刚刚沉淀下来的平静，又让苏宏玮翻搅起来。对于亲密爱人，她是怀着愧疚的心情来面对的。苏解救不成而铸就了她婚姻的不幸，车祸又使她与苏远隔天涯。此时的周晓丹心里只有一个"恨"字，恨流水无情、花落无语；恨自己懦弱，恨苍天不能让她马上回到苏宏玮的身边与他卿卿我我，倾诉离愁别绪。她有很多的话想对苏宏玮说，而今，看着自己爱人即将离去，但她心中纵有千种意绪，有万般的留恋，不能割舍。"爱你这件事，我尽力了。到今天我还为你坚守，为你甘愿守着这份孤独、这份寂寞，现在终于有了回馈。等着我，再过一年我们就能重逢。但愿这辈子永不分离、天天厮守、日日相拥，直到地老天荒。"周晓丹心里默念着她的祈祷，眼睛望着苏宏玮却一言不发。

苏宏玮望着周晓丹也有千言万语要说，但有虞秋白在场，他只能是无语凝噎。经历了这么多的风风雨雨，又目睹了周晓丹眼下的现状，他此时有着深深的遗憾和自责。虽然看着周晓丹还是乐天知命，不以为苦，但从他的角度看，还是有些让人悲悯。能在这样简陋的条件下安身立命，还真需要一定的精神支柱来支撑。不为繁华所动，不受功利蛊惑，从这个层面上讲，她的精神境界还真让人佩服。但苏宏玮的内心深处，还是认为周晓丹不应该在这种环境里安身立命，她应该有更高的追求，有符合她自身发展条件的舞台任她驰骋，而不是在偏远山乡里做一个孩子王。

苏宏玮想到这里，不免长叹一声，"宝剑锋从磨砺出，梅花香自苦寒来"。人得到历练，才能走向成熟，走向必然的归宿。苏宏玮忽然觉得周晓丹经历了这么多坎坷，或许对未来的生活会有更深的理解和宽容吧！此时的苏宏玮仿佛醍醐灌顶，洞悉了生活的真谛，再也没了纠结。他感到一种从未有过的轻松。

"吃了饭再走吧，总不能让你空着肚子回！"周晓丹打破了沉闷。

"你们太忙了，我还是走的好。"苏宏玮说。

"你给的钱我和虞校长商量了，既然你不想拿回去，干脆把它捐赠给这所小学，重新翻盖校舍，取名宏玮小学，让后人永远铭记你的名字。你看可好？"周晓丹说。

"钱已给你们了，怎么安排那是学校的事。千万不要留我的名字，要写就写虞校长，他才有资格在这儿流芳百世，而我只是一匆匆过客，根本不值得大书一笔。"苏宏玮连连摇头，不愿沽名。

"那就说定了，两年后就有一所新小学拔地而起，欢迎你们那时再来。"虞校长说。

"我现在做饭去，吃了饭再走。"周晓丹说完进了厨房。

饭吃过了，该是启程上路的时候了，周晓丹出来相送，看着苏宏玮发动了车子。随着汽车缓缓地移动，周晓丹向苏宏玮招手致意。"再见，过了年我就回去，等我！"周晓丹边说边哽咽着。

苏宏玮不愿看到这样场面，他强忍泪水，一脚油门，车子便蹿了出去，而后扬起一股尘土，转眼间便消失了。上了高速路，苏宏玮的心情更加惆怅，望着连绵不断的绿野青山，他的思绪也如泛滥的河水，一发而不可收。此行前，他根本没想到周晓丹会为他依然坚守初衷，领着儿子生活在这样的环境里，而且还执着信念，憧憬未来。人生难得一知己，为我欢欣为我忧！触景生情，他在车里吟起了自己的新作，《七绝·秋韵》："谁将暮色染群峰，满目青山落日红，自笑人生华发少，大风起处也从容！"

苏宏玮只觉得言犹未尽，想抒发点什么却又找不到合适的词语，眼看太阳已经西斜，霞光无限，于是加大油门，向前驶去。疲于赶路的苏宏玮一气跑到了天亮，才依稀看到了家就在不远处，于是一鼓作气把车开回了家，进屋倒头便睡，不问今夕何年。

正在熟睡的苏宏玮被一阵铃声惊醒，拿来手机一看，发现了周晓丹发来一首《采桑子·无我》："昔人已近黄花瘦，情也悠悠，意也悠悠，爱到归时方始休！度尽千辛皆不顾，生子忧忧，育子忧忧，待到秋来无所求！"

本来还晕晕乎乎的苏宏玮此时睡意全无，他认真体会着词所表达的意绪，揣摩她的心境。他知道周晓丹的胸襟是开阔的，也知道她的无私奉献是最伟大的女人所具有的。她让他看到了伟大的心胸和情怀。苏宏玮读着这首《采桑子》，久久不忍放下手机。他看到了周晓丹那颗日月可鉴的坚贞的心。苏宏玮真想哭一场，他也说不清是什么缘故，总之，他就想淋漓尽致地大哭一场，这样他才能好受些。他真的哭起来了，而且是呜呜地嘶鸣，继而又号啕大哭，而后声音逐渐弱了，最后是万籁无声，宛若冬日的旷野一般，静谧地守候着严寒。

Chapter 51　第五十一章

重建家园的情怀

　　谁也没想到，南海洋面上形成的台风"莫兰"携风裹雨向大陆的西海岸气势汹汹地刮来。没人预料到这次台风的级别是南厦自有气象记载以来最强的一次，中心风力竟达15级。起先风势并没有那么强烈，雨水虽然大些，但对于习以为常的南方人来说，并没有什么意外的。但随着风势的愈加猛烈，大雨倾盆、高楼摇曳，停水停电使得市区陷入无边的黑暗。整个城市开始呻吟了，在狂风暴雨的肆虐下，一些街面上悬挂的广告牌开始战栗，随着超强台风的摧残、蹂躏，最后被肢解成各种散落的碎片，给本来干净、整洁的街面增加了无数的垃圾。好不容易长成的大树在肆无忌惮的狂风暴雨下，失去了站稳脚跟的能力，有的一头栽在路面上，有的躺在身下的支撑物上哀嚎着。树叶凋零、漫天飞舞，整个城市在猛烈暴风的冲击下，变得愈加颤抖和惊悚。又一轮强势的台风袭来，沿海高档楼盘视野开阔的海景玻璃窗瞬间崩溃，屋中顿时七零八落，一片狼藉。树木凋零、楼房颤抖、道路茫茫、雨水肆虐，整个城市在风暴摧残下无所适从。一些低洼的居民区开始雨水倒灌，人们在楼房里惊慌失措，似乎末日来临一般。望着风雨撞击的窗外，所有的人都惶惶不可终日，大家更担心强大的自然伟力会冲破门窗，扫荡他们脆弱的心灵。一些孩子哭着把头埋进妈妈的怀抱，他们实在是没有看过这样的自然天象。强风、超强台风、暴雨、大暴雨，甚至特大暴雨轮番在这个花园城市的上空淋漓尽致地表演着，挥洒着。

苏宏玮坐在家里也被台风的强度和力度所惊骇。尽管他住的是低矮的别墅，但台风仍然毫不留情，向着窗户猛烈扑打。他家门前的小树在风中脆弱地摇摆，最终还是经不起蹂躏，惨叫着拦腰倒地；窗户、雨棚、露台上的物品和晾挂的衣服，也都被吹得七零八落，有的已不知去向。苏宏玮想问问老陈，他家的情况怎样。电话通了，老陈那边也是叫苦不迭："我来二十多年，也没见这么强的台风，老婆和孩子都坐立不安。要是到海边去，还不把人刮跑了？"

苏宏玮又分别给老修和肖元凯打去电话，得到的回答都是恐慌和担忧。肆虐的台风足足折腾了一晚上，到第二天天亮才慢慢减弱，快近中午才消停下来。苏宏玮出得门来，所到之处一片狼藉。小区门口引以为豪的两棵有四五十年的大榕树被连根拔起，相拥倒地，导致车辆无法通行。小区通向外面的大马路，更是惨不忍睹，一排排昔日挺拔葱郁的树木如今歪七扭八地横卧在路中央，路上尽是泥土、树叶和垃圾，脏水横流，满目疮痍。路上的行人满脸悲情，他们喜爱的城市一夜之间被台风折磨得面目全非、七零八落。每个人心情都极其沉重。他们赖以生存的城市，引以为豪的花园般的环境被这场台风刮得零落不堪，人们心痛的程度可想而知。大家纷纷加入了重建家园的行动中。街面上、小区里，人们自觉地将树木扶起，清理路面上的垃圾，所有这些公益活动都是自觉自愿，所有人都有一个心愿，那就是让城市尽快恢复原来的风貌，尽快让原来赏心悦目的城市重新回到人们眼前。

苏宏玮也自觉加入了小区的重建之中，上午协助了市园林工人把门前的老树锯断、搬走，下午又加入植物修剪、搬挪的活动中。他正干得起劲，兜里的手机响了起来，原来是裘晶打过来的："苏大哥，市政府接连发布动员令，号召全市人民行动起来，为恢复生产、重建家园贡献每个市民应有的力量，咱们该做点啥？"苏宏玮想了想说："这样吧，我这还有点活没干完，一会你到我家来，咱们商量商量，看能做些什么！"

不一会，裘晶来了，恰好苏宏玮手头的工作也完了，两人就在苏宏玮的小花园里谈起来。"你刚才的电话让我想了许多，咱们这些炒房客遇到了改革开放的好时代，遇到了房地产快速增长期，发家致富了。现在城市遭受重创，位卑未敢忘忧国！我们该拿出点行动为城市建设做点贡献。我提议咱们应该成立一个救灾基金会，向那些先富起来的人募捐，以使我们的家园建设得更好。为了践行这个号召，我先拿出一百万表明我的态度，然后我还会动员老修和邢万全成为这个基金的创始者。最后再考虑老陈、许杰、吴晴岚他们。"

　　裘晶感动于苏宏玮的这番话,她时刻记着苏大哥给她讲的"达者兼济天下"的胸怀。她来找苏宏玮也是这个意思,她想和他谈谈自己的想法,没承想与苏不谋而合,她当即表示自己也捐上一百万为这个基金会添砖加瓦。两人商量好了,苏宏玮当即打电话给修玉林和邢万全、吴晴岚。裘晶也分别通知了老陈和许杰,大家相约到裘晶的公司商讨基金会成立的问题。下午两点半,除汪清河因单位有事来不了,其他人悉数到场。裘晶主持会议并首先发言,她说:"这次台风对我市造成的危害极大,市民们纷纷自发地行动起来,参与重建工作。作为这个城市的一员,我们这些人总不能熟视无睹吧!苏大哥已给我们做了很好的榜样,他拿出一百万作为救灾基金捐给市上,我也决定捐一百万响应这个号召。现在看看各位的意见怎样?"裘晶话说完了,然后看着大家。

　　老陈看了看各位,首先表了态,他说:"我们这些人都是靠改革开放的好政策才发家致富的,如今城市遭受重创,这个时候就要看我们这些先富起来的人的态度了。刚才说小苏捐了一百万,我也照他的数目捐一百万。为民分忧,为城市添彩,咱们责无旁贷!"

　　老陈的话完了,许杰抢着表态:"'国家兴亡,匹夫有责',大灾大难当前,正是考验每个中华儿女的时候,我也捐出一百万,算对这个城市做的贡献!"

　　剩下的修玉林、邢万全、吴晴岚也都表态各拿出一百万捐赠。看见所到之人都慷慨解囊,裘晶感到十分激动,她当即表示说:"我们这些炒房客,虽然在某些人眼里富得并不十分光彩,但这是历史的机遇,是改革开放赋予了我们这样的机遇。如果国家和民族需要我们的时候,我们每个人都会挺身而出,今天大家的行动就证明了这点。"裘晶讲完了,想了想又说:"会议完了,明天各位要把款汇到我的账号上,我会代表大家尽快把它呈送市民政部门,并在网上倡导全体市民,让这个基金会发扬光大,为全市人民谋福利。"裘晶的话讲完后,下面响起了一片掌声。

Chapter 52　第五十二章

回归

　　指缝太宽，时光太瘦。2016年转瞬间过去了，苏宏玮也如众多的炒房客一样，看准时机，开始抛售手里的房产。他不仅卖掉了武汉复地东湖国际的全部房产，而且把天津海河大观的三套房产也全部套现，利润翻番。双方签订了出售价格协议，明确了超出约定售价以外归中介方所有，让与他合作的中介机构赚了个盆满钵满。资金的全部回笼，又让苏宏玮的心开始膨胀起来，他开始搜寻新一轮的商机，并且把他的意图分别告诉了裴晶、老陈、修玉林、邢万全及肖元凯。大家的意见是今年房价的大幅度攀升，势必导致明年政府对房价的进一步调控，但究竟还会有哪些政策出台，谁也猜不透，因为近十年政府已相继出台了诸多的调控措施，似乎穷尽了办法。"还是看看再说吧，据我的经验，现在不是买进的时机。要学巴菲特的思维，别人恐惧我贪婪，别人贪婪我恐惧！"老陈突然卖弄起他的学问来。

　　"就按你的意思观望吧。明年咱们刀枪入库、马放南山，坐在山头上大碗喝酒，看山下是一场怎样的厮杀！"苏宏玮说完看着老陈。

　　"其实也不尽然，咱们在深南大道投的公寓楼到了明年不知会怎样？2019年6月交房不知能否达到大家的预期。如果形势仍不好，咱们就完蛋了！"老陈似乎深沉起来，他的眼神流露出一丝迷茫的色彩。

　　"没你说得那么恐怖，现在的房地产呈分化趋势。深圳属一线特大型城市，其辐射能力绝不是一般城市所具有的。我敢说，像北、上、广、深这样的一线城市，即使政策有什么变动，也对其影响不大；有香港的房价作参照，更不会大起大落。即使出现史上最严厉的调控措施，我看深圳也能抗得住。往最坏了想，维持现有的价格，我看是没问题的，顶多是回本赚吆喝，原价转让了！"苏宏玮坚持自己的见解。

"但愿如此吧，起码咱们没把大家带沟里去！"老陈的脸多云转晴。

鸡年如期而至，2017年春节期间苏宏玮每天出去拜年，吃了肖家吃陈家，喝了修家喝吴家，每天大醉而归，日复一日，时光倒也过得很快，出了十五，一晃又进了三月。早春的寒意还没褪去，一场更大的房地产调控史无前例地降临在神州大地，并在全国引起了不小的震荡。四月中旬的一天上午，肖元凯意外地敲开了苏宏玮寓所的门。苏宏玮很惊讶，肖元凯很少到他家来，尤其是上午来访，更是没有先例。他满脸诧异地把肖迎进客厅，问："什么事让你这么早来到我家？打个电话不就结了。"

"我要和你说个惊天的消息：最近全国有三十多个城市发布楼市调控新政，北京更是多箭齐发，打出了调控组合拳。新一轮的楼市调控政策不断收紧，突显政府维护房地产市场平稳健康发展、抑制投机炒房的决心。"肖元凯一进门就迫不及待地跟苏宏玮说起他在网上发现的新动向。

"这有什么新鲜的，从2008年政府就不断地发布新政，过了一阶段又自行撤销，反反复复，这些年不就是如此么？咱们还不是在波浪式的发展中一点点壮大，在螺旋式的上升中腰包一点点鼓起来的吗！"苏宏玮倒不觉得有什么特别之处。

"'房住不炒'成为今年的主基调，已不比往年。一线楼市强力升级，严堵政策漏洞。一些城市从'认房又认贷'开始，随之在购房资格、入学条件、商品房买卖限制、中介整治等方面填补政策漏洞，看来政府这回是动真格的了！"肖元凯说。

苏宏玮给肖元凯泡了一杯茶，接着说："真搞不懂有关部门在做什么？我感觉他们就像家长，而房地产就像一个孩子。看到孩子的顽皮超出了大人的规范就动手打一顿，看见孩子哭得不成样子，怕哭坏了身子，又过来哄，哄好了，孩子开玩了，又看着不顺眼，于是周而复始。这些年的房地产调控，就是如此这般，这般如此。孩子没有管好，反而脾气越来越坏了；房价没有降下来，反而超出了民众承受的范围，已全面进入高危房价时代。这就是调控的结果！"

"今年的情况还不仅如此，调控的政策范围有所扩大，从一线城市和部分热点二线城市扩展到一些三四线城市，而且呈现四大引人注目的特点：一是房贷利率进入九折时代；二是私募基金禁止投资房价上涨过快的城市，其中就包括北京、上海、广州、深圳、厦门、合肥、南京、苏州、无锡、杭州、天津、福州、武汉、郑州、济南、成都等城市；三是房地产税要来了；四是房贷利息抵扣税款。首套房贷利息抵扣个税对年轻的'房奴'来说，是天上掉馅饼的大好事！"肖元凯讲述了最近网上传来的讯息。

"这些消息对咱们来说太重要了，它起码告诉大家2017年该怎么做。有了这些讯息我们就有方向，今晚要跟老陈他们喝一场，把这些重要的信息透露给大家，做好心理准备，明确今后的发展方向。"苏宏玮感到很兴奋，肖元凯带来的讯息无疑解开了他的困惑，他只要顺势而为就行。想着能与众兄弟分享当前的形势，苏宏玮的心里无比轻松。但看肖元凯一脸的惆怅，他有些不解了。

"实话跟你说吧，我完蛋了！2016年看着形势好，我又在蓝湾御景买了两套一百六十多平方米的豪宅。原本以为能大赚一把，谁想到形势变化得如此之快，让我又有陷入了2007年的处境。我很懊悔，为什么2007年撞了一次墙，如今又重蹈覆辙？分析来分析去，还是'贪'字作祟，总想一口吃个胖子。其实人是有宿命的，命给你八两，你凑不够一斤。活该我是没发财的命，只能落得如此的下场了！"肖元凯说完长长地叹了一口气。

望着肖元凯一副消极悲观的样子，苏宏玮能说什么呢？打从他俩来到南厦，肖元凯就从没与他交过心，价值观的不同导致了两人做事风格的迥异。就眼下这件事来说，肖从来也没向他透露半点口风，如今大事不妙了，才向他大倒苦水，还把结局归咎于捉摸不定的命运。这让苏宏玮无话可说。看着肖元凯沮丧的表情，苏宏玮感觉说什么都晚了。如果肖元凯当初能跟他商量商量，他或许会提出自己的见解，那今天的情形就大不一样了。可惜没有如果，面对如今的态势，苏宏玮也是回天乏力，只徒有惋惜、遗憾的份了。

送走了肖元凯，苏宏玮的心久久不能平静下来。他在思考今后路该怎么走。肖元凯的前车之鉴和深圳的炒房之旅让他感到炒房这条路越走越窄。下一步该怎么办呢？他认真地思考着。

2018年春节过去了，苏宏玮与老陈、许杰、裴晶、修玉林等碰面，就目前的局势和今后该走什么样的路做了深入的探讨。大家众说纷纭，苏宏玮也逐渐形成了自己的一套想法。他思考着如何用通俗易懂、深入浅出的论述来阐明自己的观点，让大家易于接受他的建议，以便决定今后该怎么办。

五月的一天早上，苏宏玮边吃早餐边看电视，地方台的一条新闻引起了他的关注。电视画面播放的是位于本市蓝湾御景小区3号楼的天台上一位老妇人悲痛欲绝、大哭不已的场景，一楼消防队员正紧张地铺设救生垫，预防老人情绪激动跳下来。主持人正在现场解说："五月十三日中午十二时许，一操着东北口音的老妇人来到楼顶天台上，她边哭着边跨过安全护栏来到楼台的边沿。没人清楚她悲伤的原因，只看到她随时有失足掉下来的危险。"于是有人报警，有人通知物业，还有人来到天台，规劝老人离开危险地。大家的想法是挽救老人，谁都不希望一条生命就这样平白无故地逝去。但老夫人只是哭，不准别人靠近。得到信息的丈夫也来到天台上，看到自己的老伴不想活了，他更是悔恨交加、老泪纵横，哭着要向自己的老伴扑去。谁知老夫人见状狂喊："别过来，你要再往前走，我就跳下去！"老夫人的怒吼，让丈夫吓得再不敢贸然前行。他只待了片刻，身子晃了晃便颓然倒地。楼顶的人一下子围了上去，有的慌忙拨打120，有的上前做起了人工施救。面对此情形，身处崩溃边缘的老夫人惊醒过来，她不顾自身的安危，哭着爬回天台，扑到丈夫身边，一边嘟囔着一边捶胸顿足地恸哭着。直到120救护车赶来，目送老人被抬上车远去，人们这才放下心来。

"据了解，老两口在2016年经我市元凯中介公司居间介绍，以贷款三百万，共计七百六十五万元的价格购买了蓝湾御景3号楼7楼一套一百六十一平方米的四居室。2018年交房后，由于调控措施依然如故，楼市并没有回暖迹象，房子不仅没有脱手，反而呈降价趋势。根据最新预测，全市房价已下降百分之二十六，而且还有下调的空间。如此大的变故让老两口无法面对，他们每天度日如年、备受煎熬。核算下来，不仅分文未挣，且加上银行利息反而已亏损近二百万元，眼看两人的血汗钱已损失近一半，老夫人一时想不开，这才想一死了之。有关老人的后续情况，本台将做追踪报导。"

苏宏玮看到这条报道后，马上联想这又是肖元凯利欲熏心的杰作。他既惋惜又遗憾。惋惜的是那老两口今后该怎么活，遗憾的是肖元凯根本就没有消除贪婪的本性。思绪万千，他拿起了手机……

肖元凯似乎也知道了情况，电话通了他也是满腹的委屈和无奈："我也不知道会是这样的结果，要是早知道，打死我也不怂恿她老两口买房。现在我这里也是乌烟瘴气，炒房客纷纷前来，让我帮他们解决问题。我有什么能耐帮他们解决房价下跌呀！悔不当初。我就不该加入炒房的行列。如今倒好，赔得倾家荡产，两手空空。十多年的心血都白费了！你说，我的运气咋就这么背，是不是祖上无德，让我遭此劫难？……”看得出来，肖元凯已经语无伦次，似乎濒临崩溃。

苏宏玮能说什么呢？安慰也好，责备也罢，他都觉得不合适，唯有缄默才是最好的态度，此处无声胜有声或许是最好的回答。那一晚上，苏宏玮翻来覆去睡不着。他一会想起大学时的肖元凯，一会又想起现实中的肖元凯。他始终想不出肖缘何变得如此的面目全非，让他简直都认不出了。快天亮了，他才迷迷糊糊地睡去。

2018年房地产继续平稳的态势迫使苏宏玮不得不思考，怎样才能使大家在资金保值的前提下能有所作为。“房住不炒”已成为当下共识。无论是调控大势还是宏观经济的发展趋势都显示炒房客的空间愈发收窄。肖元凯的窘状及深南大道68号的命运让苏宏玮开始警觉，他必须将这些迫在眉睫的问题结合当前的大趋势告诉各位，让大家收手，避免重蹈覆辙。就在苏宏玮思考目前房地产市场处于分化的现象，就此晚上该讲些什么时，周晓丹来电话了：“宏玮，我昨晚就上火车了，到南昌又得换车，估计得今天上午十一点多到，你有事就忙，我有钥匙自己能找到家！”

听说周晓丹回来了，苏宏玮开心极了。他不假思索地说：“好的，下车后从南门出来，我在那儿接你！”放下电话，苏宏玮久久不能平静。他和周晓丹可谓历经千辛万苦，费尽百般周折，现在两人才得以团聚，想想实在太不容易了。从最初的相识到后来的相知、相恋，苏宏玮始终觉得自己是个被动的角色。直到亲自解救周晓丹不成后，他才有了主动意识，但这想法来得太迟了，导致他与周还是失之交臂，辗转至今才换来期待的相逢。苏宏玮回想起这些时，总觉得他的一生从没有哪件好东西能轻而易举地获取，他必须费尽千辛万苦才能得来，赚钱如此，幸福的家庭亦是如此。这些年来，他一直是过着单身寡居的生活，生活无节奏，极为随意。这娘俩来了，他要给他们一个安宁幸福的生活，就必须承担起一个家庭顶梁柱的责任，他要让那母子俩在他的庇护下无忧无虑、快乐一生。这是他的责任，也是他责无旁贷的使命。

晚上七点钟，他还得参加一场在南海渔家酒楼举办的酒会，到时他还要进行演讲。虽然他的口才不太好，但总有能打动人心的地方，大家愿意听他演说，他也就愿意说说，为博得掌声而乐此不疲。他今晚演讲的题目是“资本市场的机遇及思考”。他想着经过十来年的拼搏，他和几位朋友目前已积累了相当规模的资金。看当下的形势，炒房这条路已逐渐变窄，成了夕阳产业。“房住不炒”是党和国家一段时期内坚定的方针。为此，经过长时间的观察，他决定向资本市场靠拢。虽然他还不大懂得资本市场的游戏规则和其中的门道，但他知道资本在市场中的主导作用，知道产权交易、重组、并购都是资本起着决定性作用。他现在是拥有强大资金的一方，他要保证兄弟姐妹们的钱能增值保值，他就得率先考虑下一步的战略。"人无远虑，必有近忧"，他应适时指出这点，并考虑在资本市场上寻觅商机，适时选择风险投资和保险、外汇及其他金融衍生品的投资业务。此外，国家大力倡导的银色经济也是重点选项之一，他们可以根据南厦的区位优势和天然地理资源，结合市政府的政策支持，开发一些为养老服务的项目，形成配套并逐步推广。当然，他的这些想法仅仅是抛砖引玉，引导大家逐步退出房地产的江湖。他更希望这些想法能激发大家的思考，看看各位对此有什么反应。如能在他的思路下集思广益，提出能振兴国家和民族且符合社会潮流的项目来，他的目的就达到了。

看着时间快到了，苏宏玮换了套西装，打上领带，提着他常随身携带的皮包出了家门，开上那辆新换的宝马X6驶入了滚滚车流，出发去往火车站。再过二十分钟他就可以见到日思夜想的亲人——周晓丹娘俩了。

2019年4月于厦门

本书配有能够帮助您
提高阅读效率的线上服务

建·议·配·合·二·维·码·一·起·使·用·本·书

扫码后，您可以获得
以下线上服务

1 本书立享服务

★ 本书话题交流群

2 每周专享服务

★ 社科智库
★ 同类好书推荐

3 长期尊享权益

★ 推荐同城/省会/邻近
直辖市优质线下活动